国家社科基金
后期资助项目

当代人口较少民族文学的审美观照

The Contemporary Literature Aesthetics
about Ethnic Groups with Small Populations

李长中 / 著

社会科学文献出版社
SOCIAL SCIENCES ACADEMIC PRESS (CHINA)

国家社科基金后期资助项目
出版说明

　　后期资助项目是国家社科基金设立的一类重要项目，旨在鼓励广大社科研究者潜心治学，支持基础研究多出优秀成果。它是经过严格评审，从接近完成的科研成果中遴选立项的。为扩大后期资助项目的影响，更好地推动学术发展，促进成果转化，全国哲学社会科学规划办公室按照"统一设计、统一标识、统一版式、形成系列"的总体要求，组织出版国家社科基金后期资助项目成果。

全国哲学社会科学规划办公室

目 录

导论　当代人口较少民族文学研究：问题的提出或合理性 …………… 1
　第一节　人口较少民族文化与其书面文学的发生 ………………… 5
　第二节　当代人口较少民族文学研究现状抑或审美缺失 ………… 17

第一章　当代人口较少民族文学的口头传统与书面文学创作 ……… 26
　第一节　民间性：当代人口较少民族文学的审美表征（一）…… 33
　第二节　写文化：当代人口较少民族文学的审美表征（二）…… 49
　第三节　口头传统与当代人口较少民族文学的"空间转向" …… 57

第二章　当代人口较少民族文学的母语思维与汉语写作 …………… 78
　第一节　母语思维与人口较少民族汉语文学的"语言"翻译 …… 85
　第二节　母语思维与人口较少民族汉语文学的"文化"翻译 …… 100

第三章　当代人口较少民族文学的"跨文类"书写或文类探索 …… 116
　第一节　民族志写作与当代人口较少民族文学的身份叙事 …… 125
　第二节　"寓言"的民族化书写及其限度 ……………………… 138
　第三节　"见证文学"：当代人口较少民族文学的创伤叙述 … 152
　第四节　"自传性写作"与人口较少民族作家的文化自觉 …… 167

第四章　当代人口较少民族文学的民间话语资源或"再民间化" … 185
　第一节　当代人口较少民族文学对民间历史/传统的审美构建 … 188
　第二节　当代人口较少民族文学对民间神话的审美构建 ……… 203
　第三节　当代人口较少民族文学对民间宗教的审美构建 ……… 219

第五章　当代人口较少民族文学的空间书写与风景的修辞 ………… 234
　第一节　当代人口较少民族文学对"空间闯入者"形象的
　　　　　美学建构 ……………………………………………… 243
　第二节　当代人口较少民族文学对"空间景观"的诗意想象 …… 261

结语　当代人口较少民族文学的审美观照：一个必要的视角 ……… 280

导论　当代人口较少民族文学研究：
问题的提出或合理性

　　近些年来，与中国综合国力的不断提升和国际影响力的不断扩大相关，"中国经验""北京共识"等概念应运而生，并一度成为学界竞相讨论的话语镜像。上述概念在文学研究领域内的直接表述是"中国文学"如何"走出去"这一宏大叙事命题。加之市场经济或商品化语境下文学及文化生态的持续恶化，"文学经典化"及其相关问题的讨论自然成为上述话语的应有之意。由于这一问题的讨论不仅限于中国文学能否以及如何经典化的问题，而且涉及中华民族文化的传承、创新与发展等一系列重大相关话题，引起了文化学、文艺学、中国文学、比较文学、社会学、历史学等诸多学科学者的参与，对"文学经典"何以"祛魅"、如何"赋魅"、何以"经典"等问题进行了广泛而深入的探讨，达成诸多共识。不过，在上述讨论中，学界较多关注的是文学的文化生态问题，如出版、消费、生产机制等"外部因素"对"文学经典"的影响等，在文学经典建构与解构等问题上提出的大多是一些既不可证伪也难以证实的"宏大叙事"，过多的"构想""建议""设计"等一旦付诸实践层面的操作则可能验证出此类话语的空泛。对如何引导中国文学积极汲取各民族的文学经验，特别是我国少数民族的文学经验，取长补短，互通有无，促进中华多民族文学共同发展，建构"中国经典"等这些极富理论生长点和实践引导功能的话题，却没有予以认真对待，制约了"经典"及其相关问题讨论的深度和广度。而这一问题的存在，无疑与研究者"中华多民族文学史观"的缺失有着密切关联，并在一定程度上制约了少数民族文学书写价值的敞亮。

　　尽管作为"多元一体"的多民族国家，我国各少数民族文学与主流民族文学（汉族文学）之间在长期的相互拒斥、碰撞、竞争与互融状态下实际参与了中国文学史的建构或塑造过程，形成"你中有我，我中有你"的多元"杂交"状态,并以其充沛的"边缘活力"彰显出中国文学生成的多源性与美学形态的多元性。不过,各少数民族文学在中国文学史的话语建构及其表述中却一直被作为缺席的他者,长期游离于作为权力话语象征的中国文学史的历史记忆或文化想象之外,中国文学史的这种"傲慢"又以一种"稳定结构"制约着对各边缘民族文学的再发现。即使是在受现代性思潮影响下的新时期之后的中国文学史书写中,这一现状也没有得到根本性改变。即使有部分少数民族作家及其作品能够跻身于中国文学史的话语表述之内,得到主流话语的赞许或接纳,如蒙古族作家玛拉沁夫,藏族作家饶阶巴桑、意西泽仁,彝族作家李乔,壮族作家陆地,维吾尔族作家铁依甫江·艾里耶夫,白族诗人白雪,锡伯族作家郭基南等。但这一赞许或接纳的话语逻辑并不是因其本体意义上的文学价值,而是出于文学之外的诸多因素,如政治话语层面的"多元一体"建构、"民族团结"需求或文化层面上地方性的民族民间文化展示等。在这里,"民族文学批评往往以寻求和阐释作品中的民族性、民俗风情为宗旨,通过凸显其异质性以更好地作为主流文学的点缀和补充"。[①]因此,对我国各少数民族文学作家来说,能否被平等对待而不是以"照顾"心态"忝列"入中国文学史书写,并且使之作为一种"结构的历史"而不是以"板块的历史"而存在,从而取得进入公共空间的话语言说权,也就意味着身份的确证和文化的"拯救"。这一点也是学界积极倡导"中华多民族文学史观"的内在动力和价值诉求。

作为一种主动和自觉颠覆"沉默的大多数"状态后的话语重构,"中华多民族文学史观"的提出旨在打破以往各少数民族文学多处于被静观、被误置状态的主体症候。所以,"中华多民族文学史观"预设了理论探讨的两种话语规约:①强调以多民族文学史观去看待和审视"中国文学"范畴之内的"少数民族文学";②强调"少数民族文学"理应进入"中国文学史"书写。上述问题又逻辑地引申出如下问题:其一,少数民族文学能否进入文学史;其二,少数民族文学如何才能进入文学史。只有对这些相关问题加以综合性或整体性探讨,才能真正明确多民族文学之于中国文学的意义,多民族文学史观之于中国文学史观的意义。

---

① 李长中:《当代少数民族文学批评:理论与实践》,民族出版社,2013,第23页。

在笔者看来，传统的中国文学史只是一种"脱事件"的历史，是按照主流话语规范打造的历史，没有以多民族文学史观来看待和处理处于边缘或少数民族文学的事实存在。或者说，这样的文学史只是主流话语按照自身标准叙述或制造出来的文学史，是主流话语虚构出来并符合其实际需要的文学史。基于这一前提，中国文学史缺乏对"事件"的关注是言说"多民族文学史观"的基本逻辑推衍，如中国文学史"虽然冠以了'中国之名'，但它们不能承担起中国——国别文学史的重任。因为，这些文学史的描述对象大都只囿于占中国人口绝大多数的汉族文学"。① "传统'中国'观念却使中国文学史研究成为汉族叙事视角下的文学流变史，汉族之外的其他民族的文学或者被边缘化成为汉族文学的点缀和陪衬，或者干脆淡出文学史视野，成为纯民间的存在。"② 出于对国内各边缘民族文学"事件"性存在事实的集体性焦虑，学界一再从哲学基础、政治语境、历史演进、文学形态等方面探讨民族文学"能否"与"如何"入史的问题。

问题的吊诡是，即使是在"中华多民族文学史观"的探讨中，占我国少数民族总数达1/2强的28个"人口较少民族"的书面文学，却因其长期的边缘性存在而一再遭到主流话语的结构性放逐和忽视，"人口较少民族文学"概念也一直被遮蔽在"少数民族文学"概念的叙述规约之内。尽管一些人口较少民族作家如乌热尔图、郭基南、孟和博彦、乌·白辛等较早就进入了学界研究视野，一些中国文学史如张炯等主编的《中国文学通史》、王庆生主编的《中国当代文学史》等，以及一些少数民族文学史或文学简史如吴重阳编撰的《中国当代民族文学概观》、李鸿然撰写的《中国当代少数民族文学史论》、特·赛音巴雅尔主编的《中国少数民族当代文学史》等，也都不同程度地涉及当代人口较少民族文学问题，甚至有的文学史还列专章（节）对部分人口较少民族作家的创作进行了论述。赫哲族作家乌·白辛，京族作家李英敏，鄂温克族作家乌热尔图、杜梅、涂志勇，鄂伦春族作家敖长福，乌孜别克族诗人塔来提·纳斯尔等，也一直是各族别文学史不可或缺的存在。不过，上

---

① 马绍玺：《怎样才能建构真正意义上的多民族的国别文学史》，《民族文学研究》2007年第2期。
② 李晓峰：《多民族文学：中国文学史观的缺失》，《民族文学研究》2007年第3期。

述研究视野基本上只是将他们作为"少数民族作家"而视之,并没有以"多民族文学史观"的研究意识去呈现他们作为"人口较少民族"作家的非规约性问题,也就难以从文学类型学角度认识到人口较少民族文学的自身特性。即使一些族别文学史或区域性文学史能够意识到人口较少民族文学的地位及意义,并在具体论述中资料爬梳扎实具体、论证严密可靠,亦不乏新鲜的观点和独到的见解,甚至发前人所未发之言,如马克勋的《保安族文学》,马光星的《土族文学史》,武文的《裕固族文学研究》,以及冯国寅主编的《青海当代文学 50 年》,托娅、彩娜编著的《内蒙古当代文学概观》,李建平等的《广西文学 50 年》等著作。[①] 上述著作同样没有将人口较少民族文学与其他少数民族文学加以比较性研究,这就难以充分认识"人口较少民族文学"何以能成为一种文学类型,与其他民族文学有何不同、缘何不同、不同之处何在等问题。作为当前学界有关人口较少民族书面文学研究的唯一一部专著——钟进文主编的《中国人口较少民族书面文学研究》(民族出版社,2012),其在编写体例上也只是人口较少民族各族别文学的拼贴,在整体上属于教材性质,并没有真正表述出人口较少民族文学的类型学意义。由此而论,学界对"人口较少民族文学"进行的整体把握和个案分析相结合的综合性研究,直到目前仍是中国文学研究的盲点,不仅主流文学史研究未给予充分注意,而且在民族文学研究中亦较为薄弱,甚至付之阙如。

如果说,在新时期之前及之初,因"人口较少民族文学"尚处于孕育和成长期(或被遮蔽在主流话语规约之内而难以成为独立的文学形态)而不能真正影响到中国文学史书写的话,那么,新时期之后,特别是 20 世纪 90 年代以来,人口较少民族文学的发展和繁荣已成为当代中国重要的文学及文化现象之时,若持续保持对这一类型文学的忽视和冷落,将在一定程度上遮蔽中华多民族文学源头与形态的丰富性和多元化特征,制约中华多民族文学的共同发展,也可能导致"中华多民族文学史观"这一本土原创性话语因缺失源自文学实践的支撑而成为脱离对象的言说,并最终影响人们对人口较少民族文学与文化的理解与接受。故

[①] 王锐在《我国人口较少民族书面文学创作与研究刍议》(《文艺理论与批评》2012 年第 4 期)一文中,对当代人口较少民族文学研究现状也做了一些梳理,本书所用材料亦有引自该文之处,特此致谢!

此，本书研究的"人口较少民族文学"为新时期以来的人口较少民族书面文学。出于行文论述的方便，下文出现的"人口较少民族汉语文学""人口较少民族书面文学""人口较少民族作家文学"等，皆是"当代人口较少民族文学"的不同表述而已。

第一节 人口较少民族文化与其书面文学的发生

文学是特定民族文化的审美表达，是该民族的文化信息与意义的主要载体，呈现或折射出特有的民族及地域文化色彩，浸润着特定民族的思维方式、民族性格、审美风尚、生产生活方式、经济社会变化规律等。我国28个人口较少民族之间在族源、地域文化、生产生活方式、宗教信仰、书面文学发展历程及其叙事资源等方面存在明显的差异，"各地区资源条件和发展的差距"[①] 等也都客观存在。这些都全面而深刻地影响到人口较少民族作家们的文学审美创造并使之呈现出族别文学间的不同。当我们把诸如仫佬族作家群、达斡尔族作家群、裕固族作家群、景颇族作家群等加以比较性研究时，发现他们的作品在民族性的表达、现代性的阐释以及情感体验的表述等方面，确实存在着较大区别。但是，自新时期以来，由全球化及现代性所引发的一体化文化迅速向纵深推进，我国各人口较少民族日趋面临着几乎相似的多元文化混杂语境，基本一致的现代化发展需求，生产、生活方式急剧转型的现实处境和共有的因文化剧烈震荡而生成的身份认同压力等问题。或者说，正是由于共同面临着"现代性"所带来的诸多压力或困境，人口较少民族作家才产生了几乎相同的心理体验和生活经验，他们的心理波动和情绪流动才具有"类"的特征，他们有关现代性背景下的人性书写才具有根本的一致性。再加上我国人口较少民族大多有语言而无文字，丰富发达的民间口头传统至今仍作为一种"深层结构"影响或制约着人们的思维方式、言说习惯、道德伦理、审美取向及审美建构方式等。这就构成了当代人口较少民族文化的共性特征，而这一共性特征使得其文学不仅承担着多民族国家内文化多样性的传承、保护与发展等重任，而且使其题材选取、主题

---

① 《中华人民共和国民族区域自治法》，中国民主法制出版社，2001。

设置、情感体验、审美品格等方面亦呈现出基本的一致性。这是"人口较少民族文学"之所以能够作为一种文学类型加以研究的基础，或者说，20世纪80年代之后人口较少民族文化的共性特征构成了"人口较少民族文学研究"的合法性基础。如钟进文先生所说："我国人口较少民族之间在发展经历、族群意识、文化认同、民族感情等方面却有着惊人的相似之处，这种深层情结在文学中就表现为叙述模式的高度一致性。"①换句话说，当代中国各人口较少民族现代性生存境遇的一致性或相近性，各人口较少民族现代性体验及情感诉求的一致性或相近性，以及各人口较少民族共同面临的口语文化发达而书面文学历程较短、书写资源相对匮乏等问题，决定了当代人口较少民族文学的类型学特征及其研究的合法性。这一研究的合法性无疑也在彰显着一个潜在的话语症候，即"人口较少民族文学"作为黑格尔意义上的"这一个"不能被硬性纳入中国文学或汉民族文学的知识谱系之内，而是呈现出独具民族特色及地域特点的地方性知识特征和殊异性的文学现象。具体表现为如下特征。

其一，"人口较少"，生产生活方式相对单一，文化核心区域小，文化解体风险大，是当代人口较少民族普遍存在的基本症候（尽管在现代性语境下，各人口较少民族内部的生产生活方式已发生很大变化，存在多种生产生活方式并存现象，单以鄂伦春族为例，其内部既有渔猎、采集、手工业等传统生产方式，同时也有农业、服务业、工业生产等现代生产方式存在。只不过就族群内部某一群体来说，人们的生产生活方式仍是较为单一的，如使鹿鄂温克人、渔猎赫哲人等）。在我国28个人口较少民族中，人口在万人以下的有塔吉克族、独龙族、鄂伦春族、赫哲族、门巴族、珞巴族、高山族等；人口在5000人以下的有塔塔尔族、门巴族、珞巴族、高山族等。人口较少民族人们一般情况下对生存环境较为依赖，他们的生产生活方式如狩猎、渔猎、游牧、耕作等都需要特定的环境，与特定的生态环境之间形成一种息息相关的生活链条。他们能够感受源自大地深处的心跳与脉动，触摸山川、河流、森林久远的回声与性情，聆听风声、鸟声、涛声的宁静与安详，静观花生草长、日出月落的秘密与神奇。同时，这一特定生存区域也决定了他们的文化生态异

---

① 钟进文：《我国人口较少民族书面文学初探》，《民族文学研究》2007年第3期。

常脆弱、文化造血功能相对不足，文化抗风险能力相对脆弱。也许对人口较多的民族来说，一棵树的砍伐、一片草的枯萎、一只鸟的死亡、一位老人的去世、一个民间故事的消失等，不会引起民族群体较大的心理波动和情绪化反应，但对人口较少民族群体来说，就有可能隐喻着一种文化的消失或一种生存之根的斩断。或者说，对于这些人口"少"、文化相对简单的民族来说，环境的破坏、文化的消解与社会秩序的解体之间在现代性语境下就有了相互间的勾连。费孝通先生曾将青藏高原与黄土高原间的小族群聚居地如撒拉族、土族、裕固族等称为"民族小岛"（"小岛"这一形象既具体、生动，又凸显出悲剧、风险的存在。这也是国外学界为何一再将这些人口较少、文化相对简单的民族称为"小民族"或"小小民族"的原因之一）。因为是"民族小岛"，在面临来自外来他者民族文化的强烈冲击时，其生存空间、文化传统等很难"独善其身"，很难按照其原有的发展逻辑演进，正如裕固族作家铁穆尔所说，一个尧熬尔①老人的故去，一个尧熬尔古老习俗的流失，可能意味着尧熬尔的一段历史将被永远埋入地下，一首曾经传唱的尧熬尔民歌将永远消失，回归尧熬尔历史的路被阻断。特别是人口较少民族文化原本在相对静态、稳定的环境下孕育而成，一旦在现代化急剧变革中面临着超出其承载能力的他文化冲击及生态环境破坏，尤其是以追求商业化、娱乐化、市场化为宗旨的大众文化的日益进逼，就会严重影响人口较少民族传统文化的存续。

换句话说，对于文化传承人口相对较少的民族来说，在全球化加速不断向各边缘民族地区迅速播撒之时，这些边缘民族的文化更是一种边缘的"弱势文化"，其"被冲击、被重组、被改造"的现象就会愈演愈烈。甚至可以说，全球化冲击"不断表现在强弱文化之间的不对等影响，更表现为强文化对弱文化的'强行交流'和'文化覆盖'，这种'强行交流'和'文化覆盖'往往以'强经济'为依托，对其它国家和地区传统的地方文化进行'文化渗透'，改变甚至荡涤传统地方文化"。② 正是

---

① 另译作"尧乎尔""尧敖尔"，裕固族人的自称。学术界对这一自称的译法并不统一，本书因而未对此词做统一处理。——笔者注
② 张鸿雁、房冠辛：《新型城镇化视野下的少数民族特色文化城市建设》，《民族研究》2014年第1期。

缘于他者文化对弱小民族文化的"强行"重组或改造,弱小民族的文化才难以保持在他们看来本应自成一体的民族文化系统。杜玉亭对基诺族的调查、张海育对土族学生的调研、兰州大学志愿者对裕固族儿童的调查、何群对东北"三少民族"的调查等都清楚地说明了这一风险的存在。再以赫哲族为例,赫哲族具有鲜明的渔猎文化特征,其神话、传说、故事等都渗透着浓厚的渔猎文化特色。随着大规模资源开发,他们世居地区的生态环境日益恶化,渔业资源锐减,赫哲族文化面临失忆风险;而在布朗山乡,人们甚至认为:"我们的民族快不有(没有之意)了,已经快被汉化了。"① 目前,大多数布朗族青少年已不会讲本民族语言,也不知道本民族历史文化,更不愿意言说本民族语言,不愿意穿戴本民族传统服饰,不愿意过本民族传统节日。其他人口较少民族地区也存在因其生产生活方式单一,文化承载人口较少、文化生态较为脆弱等原因而在现代化发展过程中出现"文化解体"或与传统"断裂"的风险。

也就是说,当现代化进程势不可当、决绝地"收编"或同化这些无能为力或无可奈何的边缘区域之时,弱小民族单薄而根基不牢的文化生命很难"独善其身",它们的传统文化现代转型问题的解决也不可能轻而易举、一蹴而就,"断裂"就成了其现代转型所潜隐着的必然代价。鄂温克族作家乌热尔图就把人口较少民族的上述遭际概括为"经典性的'断裂'意象"。他的《老人和鹿》《沃克和泌利格》《清晨点起一堆火》《猎犬》《越过克波河》《最后一次出猎》《在哪儿签上我的名》《玛鲁呀,玛鲁》《灰色驯鹿皮的夜晚》《萨满,我们的萨满》等作品几乎都是以"老人/传统"的无力或死亡表述着民族文化传统在现代性语境中的"断裂"问题。在乌热尔图看来,鄂温克族由于文化承载人口数量偏少,文化传承链条相对脆弱,很难经受住外来力量强烈而持续性的挤压,与传统的隔绝或断裂就成了人口较少民族文化在当前语境下的必然命运。他为此解释说:"你的民族人口稀少,顽强地走了上千年的生命历程,一条牢固的文化和生命链条一代传给一代,递在你的手中突然变得脆弱。你被置身于两个世界,一个古朴而脆弱,一个斑斓而万变,你的两难选

---

① 据郗春媛博士的田野调查,特此致谢!

择含有痛苦。"① 传统文化的"古朴而脆弱"与现代文化的"斑斓而万变"构成了典型的难以共存、不可通约的紧张。在这一现代性转型过程中，鄂温克民族很难规避与文化传统间的"断裂"风险。更为可怕的是，面对着本民族文化日渐消解或陨灭的风险，长期被他者所代言的鄂温克民族却难以表述出自身的实际意愿和发出自己独立的声音（这也是乌热尔图先生在20世纪90年代一再强调"声音不可代替"的根源）。这一问题不能不唤醒作为人口较少民族文化代言人的作家们的文化忧患意识和自觉为自我民族代言的责任担当意识。值得注意的是，他们的代言并非一种被自我赋权的代言，他们只是承担着整个族群声音的呈现者或执笔者功能。因为，"面对现代文明的冲击"，他们的心声是一致的，他们的现代性体验是相同的，一如乌热尔图自己所说："我的感情、我的思维方式和他们的内心是相通的，基本是一样的，所以说才有这种代言的资格。"② 出于自觉的"代言"意识，他们的文学创作也就以保存民族文化、记录民族生存历程为目的，从而使他们的文学文本先天性烙上接续文化传统、重建民族身份的价值底蕴。乌热尔图在《我的写作道路》一文中指出："作为一个人口稀少的、面对现代文明冲击的、古老民族的第一代作家，我越来越意识到自己的责任，力图用文学的形式记录和保留自己民族独特的文化，因为一些弱小和古老的民族文化时刻处于被动的、被淹没的文化困境之中。"③ 在这里，乌热尔图无意识地连续使用"人口稀少""面对现代文明冲击""古老民族的"等词语来界定自己民族的身份，凸显出强烈的忧患意识。因为是"人口稀少"且是"古老的民族"，它们的文明形态就不可避免地表现出典型的脆弱性，在"现代文明冲击"面前也就很难规避被同化、被改造的风险。正是源于对民族文化传统已经或即将"断裂"或被"淹没"的忧虑，乌热尔图后期作品的主人公或叙述者几乎都是以"我们""我们鄂温克人""我们使鹿部落"等群体性指称进行文化身份叙事，隐喻着对已经或即将解体流失的鄂温克狩

---

① 转引自苏都热·华《母鹿－苏娃》，作家出版社，2000，第10页。
② 宝贵敏、巴义尔：《昨日的猎手——与鄂温克族作家乌热尔图的对话》，《中国民族》2007年第12期。
③ 这是乌热尔图先生于1986年10月30日在美国爱荷华大学国际写作专题讨论会上的发言。

猎文化的哀悼和沉思，为民族代言的自觉意识使他的文本叙述总是背负着"想象的共同体"意义上的文化重塑与价值担当意识。

作为新时期率先意识到"文化断裂"风险的人口较少民族作家，乌热尔图的创作主旨可以看作是人口较少民族作家创作的一个标尺、一面镜子。从这面镜子中，我们可以聆听人口较少民族作家的共同心声，可以触摸人口较少民族作家在现代文明冲击面前灵魂跳动的脉搏；通过这面镜子，我们依然还可以看到，随着现代性在各边缘民族地区播撒的日益深入，当前人口较少民族作家的文化忧患意识以及其在文学文本中的表现程度也更为强烈。

其二，在现代性及全球化作为当前中国社会总体性或结构性的发展逻辑或价值规约面前，人口较少民族群体由传统所形塑的身份的连续性、历史性及自我确证性遭到严重削弱，身份归属、族群意识等问题成为当前人口较少民族群体现代性体验的主体症候，文化身份认同问题日益彰显，全方位影响当代人口较少民族的书面文学创作，并使其文本呈现出强烈的文化寻根意识。尽管对目前经济发展相对滞后、物质生活水平相对较低、文化事业发展相对薄弱的人口较少民族人们来说，现代化发展是他们最终融入现代社会的必由之路，经济、文化、思想观念、社会形态的现代化是不以他们自身的意念为转移的，更不能以保护传统为名而试图阻止民族经济、社会、文化等的现代化转型。但是，作为一种后发外源性现代化，人口较少民族的现代化是在民族主体还没有完全认同和没有主动参与意愿的情况下借助自上而下的外在力量推动的，再加上"他们的文化处境比中国其他少数民族更为严峻"（武寅语），在传统观念基础上形成的文化心态依然制约着人口较少民族"如何融入现代化进程"与"如何融入他者民族"这一时代主题，如文化保守主义问题、文化虚无主义问题、文化本质主义问题等，并使之以一种相对稳定的"维模功能"决定着他们对外来文化的接受态度。"在文化传播中，维模功能使文化圈对外来文化起到一种选择和自我保护作用。如果外来文化对原有的文化模式具有危害或破坏性时，维模功能便会起到一种守门人的作用，竭力阻止破坏性文化的侵入。"[①] "维模功能"的存在使得人口较

---

① 沙莲香：《传播学》，中国人民大学出版社，1990，第72~73页。

少民族在面临诸多与其传统不相适应的外来文化碰撞时，很自然地会在自我与他者之间形成"文化区隔"现象，进而影响到人们与其他民族的"社会融入"及其自身文化的现代转型问题。普米族诗人鲁若迪基的《一群羊走过县城》甚至把本民族群体比喻为"软弱""纯洁"的"羊"，"县城"（"县城"或"街市"是当前人口较少民族文学中最常用来隐喻他者的典型表征）则是"屠场"，"县城"里的人是"比狼更可怕的动物"。[①] 在这里，小民族群体对他者的恐惧或恐惧性想象所形成的"维模功能"在自我与他者间形成了一种截然对立的"文化区隔"。

一般来说，民族文化是与民族群体社会生存和生活发展相适应并不断随之而更新的，人口较少民族的现代化也需要它们的文化不断更新来适应之。或者说，任何民族的文化更新都有其自身独特的规律，既不能为之拔苗助长、好高骛远，也不能抱残守缺、故步自封，这是一个民族发展必须坚守的基本准则。只不过当源于强势话语的全球化及现代性以经济一体化和生活方式同质化等方式迅速改变着人口较少民族文化传统之时，极有可能导致人口较少民族地区出现与之相适应的传统文化模式的变迁，并使之在潜移过程中与固有文化传统产生一系列尖锐矛盾和剧烈冲突，导致它们的文化不仅没能得以良性、健康、持续性发展，反而遭到系统性、结构性破坏，这是各小民族在现代性快速发展语境下时常出现的问题。费孝通对如鄂伦春族、鄂温克族、赫哲族等一些小民族的生存与发展问题调研后认为："在全球化的浪潮之中，一些根蒂不深、人数又少的民族，本身还没有形成为一个有生机的社区，不是自力更生的状态。"[②] 因为"根基不深"，因为没能形成"有机的社区"，因为人数较少，人口较少民族在全球化及现代性发展过程中不可避免地出现一种既不能有效融入现代化发展轨道，又很难继续保持民族文化传统中的优秀成分的两难处境，甚至一些扶持性政策的实施也没有从根本上改变他们的生存困境与精神困惑，反而生成更为令人担忧的后果，也由此生成诸多值得关注的社会问题和心理问题等。例如，随着国家对鄂伦春族的政策性扶持和现代性文化的进入，鄂伦春族现在出现了一些值得警惕的问

---

① 鲁若迪基：《一群羊走过县城》，http：//www.qhnews.com/2011zt/system/2011/08/30/010454426.shtml。
② 费孝通：《民族生存与发展》，《西北民族研究》2002年第1期。

题：有些人一心钻进钱眼里，把民族传统中的助人为乐精神忘得一干二净；因为政府扶持，一些人干脆坐吃山空，贪图享乐，"形成了依赖意识和盲目的优越意识，影响了鄂伦春族自我发展能力的增强，已明显不适应市场经济体制下的激烈竞争环境"。① 就这样，"既不敢大胆地迈进新生活轨道，又不能继续生存于先前社会模式"的无所适从感是当前人口较少民族群体存在的普遍心态（当前，许多人口较少民族作家都在强化他们的"无所适从感"，关于这一问题后文将论及）。这一问题在其他人口较少民族如裕固族、毛南族等中也都以不同方式、在不同程度上存在，导致其文化传承失去了稳定而持续的内在逻辑，甚至丧失了本身具有的文化特质而举步维艰。在这样一个传统价值解体、生活秩序消散的现代性场域内，身份认同问题渐趋成为人口较少民族强烈的"在己性"焦虑，或隐或显地影响到人们处理各种社会关系的基本准则或方式，特别是当他们的传统文化被纳入现代化的商品化、市场化转型的发展逻辑之中时，人口较少民族作家不得不致力于重建身份认同或文化归属意义上的寻根之举，以从中窥视本民族现实生存的隐性秘密或精神力量，这也是人口较少民族文学为何弥漫着一种浓厚的寻根意识和强烈认同焦虑的根源所在。

也就是说，在全球化及现代性话语已成为社会整体的价值规约并持续向各个边缘区域迅速播撒（各边缘区域在自上而下式的国家话语推动下也不断以积极的主动言说姿态向现代性"投怀送抱"）之际，如何寻"根"、寻什么样的"根"、如何拓展寻"根"之路等问题，依然值得人口较少民族作家深入思考；如何面对"经济发展"与"文化保存"、民族认同与多元认同、本土与他者、传统与现代之间的关系问题，如何面对人们的脚步已迈进现代化生活发展逻辑而心态、情感还处于传统之中的内在纠结，也是人口较少民族作家必须思考的基本问题。裕固族作家杜曼·扎斯达尔的《一个人的部落》对这一问题进行了经典概括："这个时代会给我们崭新舒适的生活，但在这'舒适'的背后是一条游牧文化走向泯灭的不归路，我们会像消失的契丹族或党项人那样失散在记忆

---

① 都永浩：《鄂伦春族文化环境适应与发展问题》，《中央民族大学学报》1994年第1期。

的深处。……一个人的部落,明天还会有传说和故事吗?"① 如果说,现代生活的"舒适"是以失去传统游牧文化为代价,经济"发展"是以生态破坏、环境污染为本钱。这样的现代化不能不引起人口较少民族的警觉。"一个人的部落"的生存焦虑与身份困惑,"明天还会有传说和故事吗"的民族存续危机,一再表述着人口较少民族作家对现代化发展的沉重忧思,进而规约着当代人口较少民族文学的言说姿态、叙事伦理和审美表达。

其三,在文学创作的审美文化资源方面,人口较少民族普遍缺乏现代意义上的书面文学资源,丰富发达的民间口语文化传统形塑着人口较少民族作家独特的诗性思维方式、审美观念及艺术表达手段,当代人口较少民族文学或隐或显地存在着与民间口头传统的内在勾连。民间口语文化中的史诗、英雄传奇、说唱文学、神话传说、故事歌谣等共同建构并承载着人口较少民族群体的民族精神、文化记忆、宗教信仰、人伦情怀、风俗道德、生活习惯等,并以其蕴含着的道德伦理、价值观念、理想信念等影响着人口较少民族的精神面貌。作为我国三大民族史诗之一的柯尔克孜族的《玛纳斯》,始终是柯尔克孜人的精神家园和灵魂返乡之处;《西志哈至》一直是裕固族人民族认同和文化寻根的源头;赫哲族的特仑固(历史传说、神话)、说胡力(故事)等口头传说;布朗族民歌;鄂伦春族摩苏昆;锡伯族民间流传的如《阿布凯恩都力与大地》《老鼠、蛇、蚊子、燕子和人》《老人为什么受尊敬》等口头史诗或故事;普米族、景颇族、阿昌族、德昂族等民族中广泛流传着的本民族或本支系的创世史诗等,都为各自民族的书面文学创作提供诸多方面的滋养。这些如血液般融入人口较少民族群体日常生活与情感深处的且具有极为严密的传承逻辑的叙事或抒情传统,其实是人口较少民族书面文学生成的"文化土壤",并作为一种深层结构对于人口较少民族书面文学创作产生潜移默化或"集体无意识"意义上的影响。关纪新、朝戈金认为:"由于生产力发展速度缓慢,民间文学得到充分发育,因此迟滞了作家文学的生长,但其对作家文学的影响却是根深蒂固的。"② 当前许许多

---

① 杜曼·扎斯达尔:《一个人的部落》,散文网:http://www.sanwen.net/subject/505511/。
② 关纪新、朝戈金:《多重选择的世界——当代少数民族作家文学的理论描述》,中央民族大学出版社,1995,第11页。

多的人口较少民族文学都是以口传故事、神话和谚语、民间历史、宗教伦理等的述说和钩沉表达出对族群传统文化的省思和对族群历史的关怀，甚至有些人口较少民族作家就是在民间口传文学搜集、整理基础上走向书面文学创作并走向中国文坛的。另一方面，在全球化及多元强势文化渐趋整合各边缘民族文化，各边缘民族文化也顺势在强势文化收编之下渐趋解体语境下，人口较少民族作家对民间口头传统的再利用已成为他们传承和创新民族文化的必要方式，成为他们向传统"致敬"并触摸族群历史、建构族群记忆、想象族群认同的必要方式。在这种情况下，人口较少民族文学对民间资源的再叙述就不仅是单纯的题材选取问题，而是一种身份建构行为，即凸显出人口较少民族文学的地方性审美特征。"在更广泛的意义上为现代社会留下原始自然的生活拍照，游猎民族的思维形态和原始宗教功能。……回忆和解说一个民族的原生态，就是回忆和解说我们人类的童年。……回忆刀耕火种的农业文明时代会让人类重新看到挽救生命的希望。"[1]

一般而言，文学的发展有时代的创新性，更有历史的继承性。任何意义上的新的文学产生都不能离开既有传统。或者说，必须以既有传统作为再创造的基础，才能有新的文学产生。尽管随着现代多元文化观念和文化思潮的共时态涌入，现代传播媒介的普遍采用，以及汉字的渐趋普及，当代人口较少民族文学创作受到西方诸多文学观念、文学思潮及汉族或其他民族文学观念、文学思潮等的影响，改变了人口较少民族地区的文化生态及其作家的言说方式。但是，丰富发达的民间口头传统作为人口较少民族作家的文化资源或文化土壤，民间口头文化中的民间智慧和人文精神对人口较少民族作家的文化观、价值观和审美观会产生深远的影响与制约，民间口头文化中的述源释源、叙根论根的民族历史叙事模式更从多层次影响着人口较少民族文学的叙事方式及书写立场，成为其在新的文学格局与新的文化语境下生存与发展的审美文化源泉。正是在民间口头传统的历史语境和民俗场景基础之上，人口较少民族文学在从口头文学到书面文学的现代性转型过程中所生成的一些文学现象，也就自然不同于在书面文学相对成熟的文化语境中生成的其他民族文学

---

[1] 萨娜：《进入当代文明的边缘化写作》，《山花》2004年第8期。

（特别是汉族文学），蕴含着丰富的地方性书写经验。特别是21世纪以来，文化全球化趋势加剧，本土/全球、传统/现代、边缘/中心等多元文化之间日益碰撞、互动与融合，导致人口较少民族场域内的民族传统、根骨观念、宗教意识、文化身份等问题逐渐凸显，民族文化的遭遇危机真实而全面地呈现出来。出于文化寻根、身份重构与民族精神张扬的需要，民间口头文化资源又作为民族性或根基性的象征符码，成为人口较少民族书面文学建构自我认同或回归民族共同体的基本资源。传统文化的日渐式微、现代性风险的日渐加重，迫使作为本民族文化代言人的人口较少民族作家不能不思考如何通过创作存续民族传统、延续族群文化生命的问题。他们更是执着于追溯本民族流传的民间口头文学，并以之为民族精神言说和文化寻根的基本价值参照维度和精神向度。

当前，一些人口较少民族作家的文学创作纷纷陷入后继乏力、鲜有突破的瓶颈之中，文学叙述越来越呈现出模式化、套路化、格式化的风险。有些人口较少民族作家犹如昙花一现，成名后接着便消失在文学创作的舞台；有些作家甚至多年来保持单一的创作模式、思维方式与书写范式，单纯依靠情绪化的倾诉和情感的激烈抒发来弥补叙事能力的欠缺，或者单纯依靠独特的民族风情、仪式和地域性景观书写来取代文学语言的锤炼和文本结构的精心设置。叙事的单薄、结构的单一、风格的固化、矛盾发展或解决的随意、斧凿痕迹的浓重等，成为当前人口较少民族文学难以克服的主导症候，甚至一些曾经很有前途的人口较少民族作家纷纷停止了文学创作。另外，还有些人口较少民族作家刻意模仿汉族或其他民族作家文学的技巧手法、叙事模式，在语言、文体、言说方式等方面逐渐失去了本民族特质的同时又难以真正融入其他民族文学的优长。凡此种种，与其说是人口较少民族作家现代性转型力度不够或现代文学观念不强，倒不如说是人口较少民族作家在追求文学现代性过程中逐渐远离了自己的民间口头文学传统，忽视了从丰赡的民族民间口语传统中汲取创作资源并予以审美转化所致，结果导致他们的作品或多或少地失去了民族特色与地域特点而难以彰显自身特质。

其四，在文学创作成就方面，"人口较少民族文学"在新时期之后才共同迎来发展繁荣期，书面文学发展历程较短、作家队伍规模较小、现代性文学经验较为薄弱，有时一个或几个知名作家就可以代表整个民族的书面文学创作成就或水平，支撑起整个民族的文学创作大厦，这是当代人口较少民族文学发展的基本现状。新时期以降，人口较少民族作家的文化身份问题渐趋跃出历史"地表"，开始以一种现代性意识重新审视本民族的生存状态和精神风貌，他们的创作开始颠覆前一阶段依附于主流话语的认同式书写，以一种强烈的批判性、现代性精神（当然，这一现象又与当时整个社会的"新启蒙主义"思潮存在内在的相洽性）来观照本民族的前世与今生，人口较少民族自身的"文化痼疾和民族劣根性成为人口较少民族作家理性审视的对象和激烈批判的矛头，诸如落后的婚姻制度、非人道的复仇习俗、不合时宜的伦理道德、缺乏继续生长动力的文化传统等"。① 这一时期的人口较少民族文学在根植于本民族传统历史文化的纵深之处、以对民间传统力量的再诠释来作用于本民族在现实社会中的再造与新生时，又以现代性启蒙意识来审视本民族文化传统的劣根性，以现代性意识和新人文精神来观照和批判本民族文化传统中阻碍其前进步伐的诸多障碍，从而促进了各人口较少民族第一代书面文学作家的成长与成熟。一大批新一代作家成长、成熟起来，如普米族的鲁若迪基，德昂族的艾傈木诺，俄罗斯族的张雁，裕固族的铁穆尔、阿拉旦·淖尔，鄂温克族的杜梅，毛南族的孟学祥等。特别是20世纪90年代以来，人口较少民族作家不断从本民族民间口传文化及其他各种外来的文学观念、文学思潮、创作技巧及艺术手法中汲取创作资源，再加上这些作家本身普遍接受了现代高等教育或跨文化、跨语言的学术训练，促进了当代人口较少民族文学的快速成长和发展，各人口较少民族都有了自己的代表性作家或作家群，如仫佬族作家群、达斡尔族女性作家群、裕固族作家群、景颇族作家群等，他们以众声和鸣的方式参与着与其他民族文学，特别是与主流文学的对话与合作，并以其独特的美学形态和地方性知识特征成为当代中国重要的文学及文化现象，凸显出人口较少民族文学重要的学科史和学术史意义。

作为当代人口较少民族文学创作实绩的证明，我国28个人口较少民族都有了自己的中国作家协会会员，有的民族甚至还有不止一个中国作

---

① 李长中：《当代民族文学叙事的现代性迷思——从新时期到新世纪的一个考察》，《北方民族大学学报》2011年第2期。

家协会会员。如锡伯族有王忠琪、傅查·新昌、哈闻等,塔塔尔族有马力克·哈斯木·恰你希夫、格拉吉丁·欧斯满等,裕固族有阿拉旦·淖尔、铁穆尔、妥清德等,仫佬族有包玉堂、潘琦、鬼子、何述强等,达斡尔族有孟和彦博、阿凤、张华、萨娜、娜恩达拉等,撒拉族有阿尔丁夫·翼人、韩文德等;其他如阿昌族有孙宝廷、布朗族有陶玉明、毛南族有谭亚洲、景颇族有沙红英(玛波)、独龙族有罗荣芬、俄罗斯族有尼古拉·于希河、高山族有陈杰、德昂族有艾傈木诺等,甚至人口最少的门巴族、珞巴族、赫哲族等也都有了自己的中国作家协会会员,这实际上是人口较少民族作家文学取得了进入主流文学资格或资本的证明。另悉,当前我国最为知名的纯小说刊物《小说月报》编辑部,正在准备与中国少数民族作家学会联手组织编辑出版《〈小说月报〉少数民族作家精品集》一书,拟从20世纪80年代至今近30多年《小说月报》所刊登的少数民族文学作品中选取70多篇(部)被普遍认可的当代少数民族文学作品,总字数计可达140多万字,其中就包括达斡尔族、仫佬族、鄂温克族等人口较少民族作家的优秀作品。《小说月报》是当前国内最权威、最有影响力的文学选刊,人口较少民族文学作品能够跻身其中的事实说明:人口较少民族文学已取得与汉族优秀作品并肩而立的成就(当然,人口较少民族作家文学入选数量的偏少,在一定程度上也是其质量有待提高的明证)。另从中国少数民族文学最高奖项"骏马奖"的获奖情况来看,据不完全统计,在连续10届"骏马奖"中均有人口较少民族作品入选,有部分人口较少民族作家作品甚至还屡次入选,这也从一个侧面彰显出人口较少民族文学的创作实绩。

第二节 当代人口较少民族文学研究现状抑或审美缺失

随着中国文学史研究方向和领域的不断拓展,少数民族文学研究渐成新的学术增长点,研究质量或研究水平渐趋提高(这可以从许多方面谈起,如研究队伍扩大,学术专著及研究性论文频出,各级别课题不断立项,理论深度不断推进等)。尤其是受文学研究的"文化转向"及后学思潮影响,少数民族文学的民族性、文化身份、民族主义等问题日益受到学界关注。在已有的研究中，学者们将民族史、社会史、文化史与文学史等结合起来加以整体考察，对少数民族文学的学科性质、研究路径、如何入史等问题做出了重要探索。不过，在一般人的印象中，谈到"人口较少民族文学"时往往将之等同于"人口较少民族口头文学"或"人口较少民族民间文学"，对人口较少民族的书面文学持一种轻视、怀疑态度或者以所谓的"落后""低等""文学性差"等直接否定之，即使有时也肯定人口较少民族文学的价值问题，却往往是以它们的文化价值、精神价值等概而括之。既不能理性而科学地定位这一文学类型对中国多民族文学及其多民族文学史的意义，也影响到对该文学类型的深入阐释。这一问题在人口较少民族文学研究中也许更为严重。笔者在目前国内最大期刊网站——中国知网以"人口较少民族文学""人口较少民族各族别文学""人口较少民族各作家作品"等为关键词或主题，对1983～2012年近30年人口较少民族文学的研究成果加以总体状况的概览，发现其呈现出如下特点。

其一，与"人口较少民族"的社会学、民族学、经济学、教育学、人类学等学科的研究渐趋升温相比，"人口较少民族文学"研究尚未受到学界重视，研究水平相对滞后。自国务院发布《扶持人口较少民族发展规划（2005－2010年）》以来，有关"人口较少民族"的社会发展问题、经济扶持问题、教育现状问题、种族起源问题等日益受到民族学、人类学、教育学、经济学、社会学等学界重视，收获了一大批学术成果。如王铁志关于西南德昂族社会问题的研究、何群关于东北"三少民族"经济发展与环境保护问题的研究、郤春嫒关于布朗族教育问题的研究等。相对而言，"人口较少民族文学"的研究至今仍集中于口头文学如叙事诗、神话传说、史诗等文体的研究，人口较少民族书面文学研究则处于隐而不彰的状况。即使在"少数民族文学"研究范畴内，对"人口较少民族书面文学"的研究无论在研究数量，还是在研究质量方面，也都远远落后于人口较多民族文学的研究，如藏族文学研究、回族文学研究、满族文学研究、维吾尔族文学研究等。这一现象的形成，可能在于：一是与研究者对当代人口较少民族文学的重视程度不足有关；二是囿于"中华多民族文学史观"的缺失或在实践层面上的主动性寻求不足，忽视了我国少数民族文学，特别是其中"人口较少民族文学"经验的自身特征及其对中国文学经典建构的积极意义，影响到对"人口较少民族书面文学"经验的科学总结。这一点从许多人口较少民族作家作品皆被纳入"少数民族文学研究"之列即可以看出。而且，在已有的研究中，绝大多数研究都是集中于"人口较少民族"的族别文学研究和作家作品的个案研究，且分布极为不均匀。如在作家作品的个案研究中，近30年来共计有52篇研究论文，关于鄂温克族作家乌热尔图的研究论文就达到25篇，占总数的近50%；在族别文学研究的51篇论文中，大多是对其中人口相对较多的民族文学的研究，如撒拉族文学研究、锡伯族文学研究、达斡尔族文学研究等；门巴族、珞巴族、基诺族、土族等民族的文学始终没有得到学界注意；在23篇硕士学位论文中，研究仫佬族作家鬼子及其作品的论文就达9篇之多。另一个突出现象是，人口较少民族自身的个别研究者就可支撑起本民族文学研究大厦，如景颇族的晨宏之于景颇族文学研究、锡伯族的贺元秀之于锡伯族文学研究、裕固族的钟进文之于裕固族文学研究等。在人口较少民族文学的类型化或整体性研究中，目前仅以零星的单篇论文为主。中央民族大学钟进文先生主编的《中国人口较少民族书面文学研究》是仅有的一部专著，为人口较少民族文学后续研究奠定了研究基础，明确了研究任务，规划了研究方向。不过，由于该著是以相关材料整理与挖掘为目的，以多人参与教材编写为手段，以各族别文学拼贴为体例，以文学体裁梳理为依据，尚限于文学现象描述和材料整理阶段，加之编写人员众多，学术水平参差不齐，对人口较少民族书面文学的一些根本性问题没有加以拓展，存在亟待开发的空间。

其二，比较性研究意识不足。当我们将"人口较少民族文学"纳入类型学意义上的研究时，其实已暗含着一个不言而喻的话语症候，即"人口较少民族文学"与其他民族文学相较而言，是非规约性或非同质性的。总体上来看，当代人口较少民族文学因其文学传统、文化资源、创作心态、审美观念、思维方式等诸多方面的独特性而形成丰富的地方性的文学样态、审美风貌、艺术特色、叙事手法等，特别是在全球化及多元文化语境下，当代人口较少民族文学更凸显出其在地性知识特征及其鲜明的民族文化记忆。在实际的研究中，学界却时常以主流民族文学或普适性文学标准套用于"人口较少民族文学"，忽视了"人口较少民族文学"自身的文化及美学价值及其与其他民族文学的诸多差异性特质，至于其缘何具有不同于其他民族文学的特质，有何不同，特别是这些特质、差异及其与其他民族文学之关联等问题的探讨，则缺少有深度、有创见的理论言说。比较性研究意识的匮乏在深层逻辑上无疑与研究者没能以"中华多民族文学史观"意识去观照"人口较少民族文学"的外在表征密切相关。

  作为特定历史时期民族文化的审美形式，"人口较少民族文学"既受诸多文化因素影响，又受文学创作规律的自身规约，同时也是各民族文学互动互补后的审美结晶。新时期以来，随着我国人口较少民族社会文化转型持续加剧，一种以身份建构为价值导向对现代性及全球化加以接纳、反思，乃至质疑为主潮，进而在肯定和张扬自我民族身份基础上走向文化多元主义或多元民族文化认同为演进路径的人口较少民族文学书写趋势日渐清晰。进入20世纪90年代，尤其是21世纪以来，这一趋势渐成人口较少民族文学书写常态，由此催生了诸多高度关注现实、思考当下且深具民族审美特性的新的文学形态，展示了中国文学形态及其源头的复杂性特征。在这一过程中，人口较少民族文学"积极而广泛吸收各种新潮文学观念和文学理论，大胆实验各种外来叙事技巧和艺术手段，敏感于形式的新奇与审美的创造，各种形式的突破和新的艺术境界的追求，使民族文学的审美风貌各具异彩。特别是一些善于汲取各方创作滋养、视野开阔、思维敏锐的少数民族青年作家正在不断崛起，其独特的叙事艺术、别具风情的语言运用、生动活泼的文体形式、融民族性与时代性于一体的意象设置，给中国当代文坛带来极大的美学冲击"①，并成为其民族文学创新"永不枯竭的源头活水"。如达斡尔族作家萨娜、仫佬族作家鬼子、鄂温克族作家乌热尔图、撒拉族作家撒玛尔罕、裕固族作家铁穆尔、景颇族作家玛波、独龙族作家罗荣芬、阿昌族作家罗汉等，都曾引起过当代文坛不同程度的关注。尤其是当前人口较少民族文学的汉语写作，更应该也更能够成为中华多民族文学园地里的奇葩，并能够充实和补充中国汉语文学的审美形态。因为，作为不同思维方式、不同民族文化的碰撞、竞争与融合的结果，当代人口较少民族文学的汉

---

① 李长中：《批评的"接地性"与多民族文学史观的践行路径》，《中央民族大学学报》2013年第1期。

语写作在传统母语思维、口头文学的言说方式与汉语言之间的纠缠、扭结必然使汉语言发生民族化、地域化改造或变形。例如，达斡尔族作家萨娜的《金色牧场》的语言运用就凸显出典型的"诗性思维"特征，如"来时我还看见遍地阳光，可是现在，天空的乌云已经伸出舌头要舔我们的脚后跟了"。[①] 这一源于原始世界或"人神共在"状态下的语言和思维方式彰显出人口较少民族汉语文学的独特审美价值。从这个意义上说，人口较少民族书面文学在对汉语加以民族化、地方化的创造性转换的同时，也形成了新颖别致、生动活泼的复数汉语的表达方式和言说模式，这无疑给当代中国汉语写作带来了陌生化效果。另外，我国人口较少民族几乎都拥有类型复杂、题材丰富、体系发达的民间口头文学传统，源于民间的思维方式、审美习尚及民间文本始终是人口较少民族书面文学的活水源头，作为一种结构性因素影响着人口较少民族书面文学的主题、题材、结构、意象、文体、语言、叙事方式、书写手法等，形塑出与其他民族文学的非规约性文学现象及其书写特征。一些论者在缺乏比较性研究意识的同时，以较大民族文学或主流民族文学的评价标准去衡量人口较少民族书面文学，并以所谓的"简单""民间化""粗俗""文学性不足"等怠慢、轻视甚至贬低人口较少民族文学。这一问题的存在彰显出比较性研究意识及方法介入当代人口较少民族文学研究的必要性、迫切性。

其三，泛文化研究，抑或研究的审美缺失，是当前人口较少民族文学研究的主导性症候。20世纪80年代以来，随着少数民族作家或其文学创作主体意识的渐趋觉醒或自觉，中国少数民族文学学科的有意识建构趋势与新时期之后整个文化语境的"向外看"思潮的共谋性关联，使得源于西方的他者话语开始共时态进入我国少数民族文学批评现场，特别是20世纪90年代后，各种文化研究理论及"后学"思潮如后结构、后殖民、性别理论、认同理论、散居族裔等开始被学界所掌握并作为民族文学批评的常用语码，呈现出"名词轰炸"式的话语狂欢之态（这也是批评者几乎都以"照搬、套用西方理论"作为对少数民族文学批评现状不满的主导性批评话语）。在整体少数民族文学研究尚且如此的情况

---

① 萨娜：《金色牧场》，《收获》2007年第1期。

下，当代人口较少民族文学研究更是问题多多。所谓"问题多多"，不仅表现在学界至今没有把当代人口较少民族文学与其他民族文学加以区别性对待，难以把握当代人口较少民族文学与其他民族文学间的差异性特征，而且受当前少数民族文学研究现状所限，即使偶有论及人口较少民族文学问题的，也同样因袭着"空泛化"的研究现象，过多从发生学、主题学或思想史层面去关注当代人口较少民族文学的"外部研究"，而对当代人口较少民族文学独特的文学性、艺术价值等文学的"内部研究"却莫衷一是，不置可否。如当代人口较少民族文学的母语思维与汉语写作问题、口头传统与书面文学创作问题、空间及其景观书写问题、文体问题、民间话语资源的审美转化问题及其审美建构方式问题，以及当代人口较少民族文学对中国文学经典建构的意义问题研究等，往往以其任务的艰巨或冷僻而被有意无意地忽视了（在"2014·中国多民族文学论坛"会议上，少数民族文学研究的上述症结已引起学者的广泛关注，这应该看作是当前我国少数民族文学研究向前推进的有力证据）。从目前研究现状来看，不少学者依然将文化意义或精神价值作为观照人口较少民族文学的基本视角或阐释的基本框架，民族性、文化身份、民族主义等文化问题日益受到学界关注，诸如"文化视域中的某族文学""某族文学的文化观照""某族文学与文化身份""某族文学的文化民族主义"等，许多研究仅把人口较少民族文学作为认同或维系文化身份的症候或例证，而目前各类与各级别课题或项目对文学的文化研究青睐又在一定程度上为这种研究思潮的泛滥起到了推波助澜的作用。尤其是近年来，随着文化身份或民族认同研究日益深入，人口较少民族文学的美学或审美因素的分析却愈加处于弱势，研究也日渐单调和片面。

  从根本上说，无论文学承担着多么强烈的文化传承、保护与发展功能，具有多么重要的文化意义（我们当然不否认其文化意义），文学作为文化的一种审美表现形式归根结底仍是以其本质属性——文学性或美学价值为存在前提的，这也是文学史书写关注的基本面向，任何忽视或淡化文学审美属性的研究都是一种片面的研究，都不能成为真正意义上的文学研究。或者说，当代人口较少民族文学在其本质规定性层面上仍是"文学"，是"文学"的民族化、地方性表述。在语言、文体、叙事、修辞等方面是否具有民族性与地域性的美学特征，这些民族性与地域性的美学特征是否具有参与一般性文学对话的文学性特质,才是其创作成败及能否入史的关键之所在。例如,无论哪一部中国现当代文学史都要对老舍、沈从文等人辟专章加以介绍,这无疑说明了一个问题,即这些文学史对他们的接受并不是以其民族性书写或者主要不是以其民族性书写为准绳的,而是这些作品本身表述着普遍的文学性或人类性问题。从这个意义上说,文学的审美研究才是文学研究的最终归宿。尽管文学研究不能忽视社会公共性场域的建构,不能忽视向宏阔的社会历史场域敞开,但文学的根本属性不能等同于历史、文献、调查报告、政府公文等实用文体。只有在审美研究的基础上深入而全方位地向文学的社会历史、文化语境、民族特性拓展和挺进,才能最终抵达"外部研究"与"内部研究"相融合的研究程度,在此基础上生成的文学史才是一种审美生成史、"语文学"的感悟史。就此意义而言,文学的文化研究如人类学研究、民族志研究、民族主义思潮研究等只是为了更有效地达到对文学的理解,而不是以此取代文学的审美研究。尤其是在后现代边缘复兴、少数族话语崛起或地方性知识话语得以重视的时代背景下,文学研究更应该坚持文学研究的"文化"立场和文化研究的"文学"立场相结合的整体性研究思路,对文学的任何偏离、断裂与遗忘都会导致文学研究的变质与畸形。由此而论,从当代人口较少民族文学的艺术形式或美学风格层面挖掘其与文化意蕴的互动机制,探究其艺术价值或文学性生成规律及其表现形态,才是其能否入史、能否经典化的关键。

  对当代人口较少民族文学自身来说,首先,人口较少民族作家不断从本民族民间口头文化中汲取创作资源、民间口头文化与书面文学间的互动、诗性思维与科学理性精神的互融、传统审美意识与现代文学观念的"交往对话"等,深刻形塑着当代人口较少民族文学的审美生成及文化意蕴,对"中国经验"、"中国梦"或"中国故事"的地方性书写形成诸多不同于书面文学相对发达民族的文学审美特征和文本形态,蕴藏着丰富而复杂的边缘民族文学书写经验,对原始自然生态及其神性气息的艺术描绘,对民族民间风俗礼仪及其特有意蕴的审美再现,对宗教信仰仪式及其神秘氛围的民族志书写,对传统生产生活方式及其文化品格的执着构拟,使人口较少民族书面文学呈现出典型的民族特色与地域特点。其次,在全球化及现代性发展日益向纵深处推进这一整体语境之下,人口较少民族也普遍面临着由传统到现代的艰难转型问题。人口较少民族作家在坚持诉说民族身份认同的同时，也不断以现代意识去审视本民族在现代性发展中的问题或不足，文学所表述的思想观念及价值立场也因注入现代性品质内涵而渐趋超越单一族裔身份书写，对城乡迁移或传统居住方式解体背景下本民族群体心理或个体灵魂的复杂性呈现，对生态灾害或家园破败语境下边缘族群前途命运问题的沉重思考，对多元文化碰撞过程中本民族现代性体验和生活经验的艺术书写等，使当代人口较少民族文学越来越具有一种介入公共性写作的基本特性，表征着后殖民语境下民族身份表述的多元性及对话性特点。或者说，人口较少民族作家的现代性体验及其文学表述的非规约性特征，决定了人口较少民族文学的基本叙事主题及文学特质。最后，当代人口较少民族文学的审美或艺术价值生成有着极为复杂的因素，如母语思维与汉语写作问题、口头传统与书面文学创作问题、文体类型问题等。这些问题从根本上形塑了人口较少民族文学的民族性与地方性的审美特质，是其他民族文学（特别是汉族文学）难以比拟的。对这些审美特质加以必要的总结，窥探其中的某些规律，有助于引导人口较少民族文学创作健康良性发展。这对于充实与完善中国文学史书写、促进中国多民族文学共同发展等，其意义自不待言。

当代少数民族文学研究或批评的弱势问题目前已成学界共识。这种弱势一方面源于主流话语的冷漠或居高临下的言说姿态，另一方面则源于少数民族批评者主体意识薄弱以及自身批评话语的陈旧或批评思维的惰性或惯性，甚至在批评实践中一再通过抱怨诸如边缘化、失语、不能与他者对话等，并试图通过这种弱势言说赢得他者的尊重、支持和理解。这种心态本身就是一种主体被阉割后的后殖民心态。从根本上说，任何时候都不能依靠别人的施舍而取得自身的合法性与话语权，而是要靠自身的实力与能力。作为少数民族文学的研究者不能如阿Q一样去刻意遮蔽自身的弱点或缺点，也不能如祥林嫂一样不断重复自己的弱势并试图以自身的弱势示人，更不能凭借诉说自身的弱势去赚取他人的同情和怜悯。自怨自艾不如奋起直追，自暴自弃不如脚踏实地。只有不埋怨、不抱怨、不喊冤、不叫穷，踏踏实实、勤勤恳恳、一步一个脚印、做出成绩、取得成效，才能真正赢得他人的尊重、摆脱自身的弱势、解决"失语"问题，而不是把"失语"或弱势作为换取别人同情的筹码和资本。基于对上述问题的理性审视，本书拟在多学科交叉与跨文化研究视角下，着重从"当代人口较少民族文学的口头传统与书面文学创作""当代人口较少民族文学的母语思维与汉语写作""当代人口较少民族文学的'跨文类'写作或文类探索""当代人口较少民族文学的民间话语资源或'再民间化'""当代人口较少民族文学的空间书写与风景的修辞"等方面出发，对当代人口较少民族文学现代转型过程中生成的诸多殊异性审美现象及其叙事经验加以理论概括及实践总结，并深入分析人口较少民族书面文学非规约性特征发生及存在的原因，揭示其背后涉及的历史、文化、身份、经济等诸多要素。同时，对当代人口较少民族文学的现代性进程加以历时性对比与共时性分析，寻求人口较少民族文学的审美生成与其文化生态变迁、民族身份诉求等之间的内在关联，进而对其中存在的诸多问题予以理性剖析，以此呈现出这一文学类型的民族特质和地域特点。本书拟重点探讨当代人口较少民族文学在处理文字书写与民间口头传统的关系时，是否促进了文学审美品质的现代转型；在处理本民族文化与全球化多元文化之间的关系时，是否实现了文学的民族性与现代性之间的良性互动；在处理文学的审美表述与文化传承之间的关系时，是否促进了地方性文学价值的生成，从而在审美视域下对当代人口较少民族文学及其相关问题加以探源性研究，以期"重新发现那最纵深也是最持久的人类表达之根"[①]。

---

① 〔美〕弗里：《口头诗学：帕里－洛德理论》，朝戈金译，社会科学文献出版社，2000，第5页。

第一章　当代人口较少民族文学的口头传统与书面文学创作

达斡尔族作家孟和博彦就乌热尔图小说崛起现象曾提出过一个极富理论生发空间的话题。在孟和博彦看来，乌热尔图的作品在新时期之初短短几年的时间迅速崛起是个奇迹。这个奇迹在于：乌热尔图的作品不多，哺育他成长的民族人口特别少，能为他提供写作素材和创作灵感的地方人口更少，但他的为数不多的作品却使他成为当时文坛上的明星。对此，孟和博彦以不断追问的口吻说："如此短暂的文学经历，如此狭小的（相对地讲）生活天地，何以会使他一跃成为引起全国文学界和广大读者注目的优秀短篇小说作者？"① 孟和博彦先生这一极具问题意识的追问，其实涉及的是当代人口较少民族作家审美意识的生成问题。因为，从根本上说，文学是作家的审美创造，是作家依据一定的审美规范、生活积累、文化资源、艺术成规并以其富有鲜明的个体化创造能力而创作出的艺术结晶。作者的审美意识是在一定历史和文化语境下渐趋生成并深化的，审美意识的不同也就决定了作家间文学创作基本面貌的差异，诸如文学的文学性特质、审美风格、价值取向、题材选取等。这一问题在李泽厚的《美学四讲》中有极为深刻的论述。在李泽厚看来，"审美不过是这个人性总体结构中有关人性情感的某种子结构"。② 若能够对以乌热尔图为代表的人口较少民族作家的审美意识问题进行较为科学而深入的研究，对于我们认识那些身处边缘的人口较少民族作家的文学创作无疑应该有极为重要的推动作用。令人遗憾的是，孟和博彦的这一话题没有得到学界的及时关注与有效回应。忽视了这一话题所蕴含的理论生发意义，也就从学理上制约了对以乌热尔图为代表的人口较少民族作家在新时期文坛崛起的深层问题的思考。在这个意义上说，对作家的审美

---

① 孟和博彦：《时代的脉息、民族的心音——评鄂温克族作家乌热尔图的小说》，《民族文学研究》1984 年第 4 期。
② 李泽厚：《美学四讲》，生活·读书·新知三联书店，1989，第 113~114 页。

意识及其生成语境的考察，就成了对作家作品考察的前提。

我国人口较少民族几乎都是有语言无文字而共同拥有丰富发达的民间口头传统（即使有文字的人口较少民族也同样拥有丰富的民间口头传统，如锡伯族、俄罗斯族、乌孜别克族、景颇族等），并以口耳相传方式在人口较少民族间代际传承，甚至是一种与民族群体生命意志相互依存的动态的、变动不安的文化及文学，是人口较少民族群体以口头传承方式凝结成的生命意志和民族情感，具有灵动鲜活的生命律动和深邃旷远的哲理。就此意义而言，民间口头传统对人口较少民族群体深层的心理结构、审美意识与文化心态等会产生持久的辐射力和穿透力，对人口较少民族群体的审美表述、言说方式与叙事或抒情惯习会产生全方位、立体性作用，甚至对人口较少民族群体的行为方式、交往原则与社会意识等会产生凝聚与规约意义。柯尔克孜族的伟大史诗《玛纳斯》被称为我国"三大史诗"之一，对现代柯尔克孜族及其他相关民族的民族心理、审美习尚、文化建构、历史传承等都起到根本性的形塑作用；流传于赫哲族民间漫长历史中的口头文学伊玛堪、特仑固等，对人们认识赫哲族的历史与现实、文化与风物、品行与道德等更具有"活化石"作用，对赫哲族文学，甚至是鄂伦春族、鄂温克族、达斡尔族等相关民族的书面文学都产生深远的审美形塑作用；凝结着裕固族民族情结的民间口头文本《西志哈至》为当代裕固族文学对民族精神的现代审美表述提供了不竭源泉；仫佬族口头文学如《婆王神话》《垦王山》《潘曼故事》等，成为当代仫佬族文学的基本主题。

或者可以说，民间口头文化传统作为人口较少民族民族性的集中体现和民族文化的"活化石"，作为一个民族审美心理的凝聚性结构和民族艺术经验的升华，或隐或显地影响着当代人口较少民族作家的审美意识或文学观念的生成，特别是在文化交流尚不足以改变他们的文化结构，汉文字或其他书面文化尚没有大规模使用之时，民间口头传统几乎是人口较少民族文化的基本构件。一些人口较少民族文学作家通过搜集、整理、改编民间文学而居于书面文学创作优秀者之列的事实就说明了这一点。以阿昌族当代文学创作现状为例：阿昌族没有本民族文字，却有非常发达、丰富的歌谣、故事、传说等口头文学，阿昌族作家几乎都是在民间口头文学传统中接受艺术熏陶而走上书面文学创作之路的。阿昌族作家曹先强曾说，他是在弥漫着浓厚民间口头文化传统的氛围中成长起来的，他的许多作品也是在民间口头传统中孕育而成的，许多民间口头文学的题材被他运用到了自己的创作中，例如，他的《远山童话之腊八的忏悔》就是源于听奶奶讲的故事而改编的。阿昌族作家赵家福、曹明强、孙宝廷等也都认为，是民间口头传统滋养和哺育了他们的书面文学创作，并认为这是他们一生中都取之不尽的资源。鄂温克族作家乌热尔图早期的儿童文学作品集《森林骄子》（与黄国光合著，1981）里面的不少作品就是以本民族神话传说故事为基础改写而成的。如《太阳姑娘》就直接以民间关于太阳神题材的神话为基础，文本 2/3 的篇幅是老额尼缓缓讲述的为人间送温暖和光明的"太阳姑娘"的故事。即使在他的《丛林幽幽》《玛鲁呀，玛鲁》《清晨生起一把火》等作品中，我们依然可以看出其与民间口头传统的源流关系；赫哲族作家乌·白辛、裕固族作家铁穆尔、达斡尔族作家萨娜等都曾谈到过民间口头文化对自己创作的影响问题。一些人口较少民族作家甚至终身以民间文学的题材、体裁为创作对象，民间口头文学如神话、史诗、民间故事、传说、谚语等作为重要的文化载体，其蕴含的价值取向、实用功能、艺术思维方式等全面影响着当代人口较少民族文学的语言、结构、审美风格、话语模式等，蕴藏着鲜明的族群意识和集体记忆，回应了民间口头文化的哺育和滋养。

　　诚然，在民间口头传统中孕育生成的作家的审美意识同时也是一种审美的价值判断，是对作家审美创造活动或文学建构行为的一种价值规约。一般来说，传统民间口头文化是民族情感与民族伦理道德的艺术结晶，是民间信仰与民间精神的传承载体，同时也是民间禁忌与民间规约的基本价值依据。在民间口头文化传唱过程中，传唱者并不认为自己所从事的工作是一种轻松、消遣性的娱乐活动，而是将之作为"代神立言"的"悦神"形式，是人神沟通的必要途径。无论是柯尔克孜族的"玛纳斯"演唱、北方人口较少民族的萨满仪式，还是毛南族师公的"还愿"活动，都是一种人神契约的遵守或聆听神性语言的仪式。在这一过程中，无论是口头传唱者，还是参与者，都相信传唱内容的神圣性、真实性及其所具有的规约性，甚至是禁忌性，也都相信传唱者在传唱中具有沟通人神两界的超乎常人的能量。对于在民间口头文化传统中浸染甚久、甚深的人口较少民族作家来说，他们自觉地继承了口头文化中这种高贵的说唱精神和"为民族代言"的价值观念，把文学写作看作是为自我民族代言的主要方式，并使之扮演着塑造民族形象和演绎民族历史的重任。所以，在人口较少民族作家的书面创作中我们很少看到私人性、消遣性、游戏性的"自娱自乐"书写，很少看到他们把文学创作当作获取功名的敲门砖，很少看到他们把文学创作当作分大众文化"一杯羹"的利益诉求，很少看到他们把文学创作当作"炫技"或"玩弄手法"的一种形式，而是呈现出"再现的重负"意义上的"民族寓言"性质，甚至把写作当作一种信仰、一种力量。一如锡伯族作家阿苏所说，文学写作尽管不是他的唯一信仰，但是写作已经成为他生活中不可或缺的部分，他始终对写作充满敬畏，只要生命不息，他的写作就不会停止。阿昌族作家孙宝廷正是"在充满神性的阿露窝罗牌坊下，跳起窝罗舞，祭奠天公地母"时发现了"文学与我的生命紧紧地联系在了一起——刀砍不断，火烧不尽，风吹不散。民族表达与书写，只有发自于感动的内心"。① 当前，许多人口较少民族作家至今仍生活在贫穷、闭塞、落后的山区、牧区、沙漠、森林或江河湍急之地，为了生计，他们很少有足够的时间和充沛的精力从事写作，甚至有些作家至今还是没有固定收入的"农民"身份（不一定是农民，也可能是牧民或猎民等，如裕固族作家贺新等，只是以此概括那些至今未被纳入"体制"而没有稳定生活来源者），他们就是在这种清贫、寂寞与孤苦中为了民族文化存续、种族身份传承、民族尊严而写作。这一为民族尊严而创作的立场又是当前人口较少民族作家普遍存在的自觉而主动的追求。在这里，"叙事不仅仅是一种可以用来也可以不用来在其发展过程方面的真实事件的中性推论形式，而且更重要的是，它包含了具有鲜明意识形态甚至特殊政治意蕴的本体论和认识论选择"。② 随着传统与现代之间多元文化冲击的日趋激烈，族群记忆的渐趋淡化、身份意识的日趋混杂、传统文化的渐趋解体等现代性焦虑使人口较少民族作家更是自觉背负着沉重的道德诉求和价值重构意识，他们的文学创作越来越重视族群价值立场表述和民族传统伦理道

---

① 孙宝廷：《魂系阿露窝罗牌坊》，《文艺报》2012年5月11日。
② 〔美〕海登·怀特：《形式的内容》，董立河译，北京出版社集团文津出版社，2005，第1页。

德重塑，有时甚至以削弱或牺牲文学的文学性为代价来呈现语言背后的"民族寓言"，在文学的精神底色上鲜明地融入了源自民间口头文化言说的价值基因，这也是人口较少民族文学为何总是致力于现实主义文学创作的根本原因，在对本民族生存与发展问题的积极介入姿态书写背后潜隐着人口较少民族作家对民族历史、现实状况与未来走向问题的沉重思考，使这样的文学写作显得厚重而质朴。

另外，人口较少民族几乎普遍存在着书面文学历程较短、作家规模较小、发行传播手段较为落后、文学观念或技巧相对滞后等问题，即使是新时期后成长起来且接受过现代教育，甚至是高等教育的人口较少民族作家，他们在创作时也会有意无意地从本源性的民间口头传统这一"文化母体"中汲取创作资源，与口头传统形构出一种"源"与"流"的关系。口头传统的言说方式、句法结构、表现手法、语言运用、价值取向及审美表述等诸多方面无不影响着人口较少民族作家审美意识的形成，他们的这种审美意识形成反过来又促使着人口较少民族作家更为自觉地向民间口头传统汲取创作资源或寻求创作灵感。许多人口较少民族作家都曾以或访谈或自序或用作品中的人物代言等方式，表达了民间口头传统对自己创作的影响。特别是人口较少民族的口头文化大都浸润着漫长而深厚的宗教信仰传统，宗教仪式及其信仰一直是人口较少民族自觉的行为规范、价值取向和审美准则，尤其在人口较少民族书面文学的发生期或初创期。以萨满教为例，我国北方的鄂伦春族、鄂温克族、达斡尔族等的传统习俗中就产生了萨满调、跳神曲以及其他祭祀祈祷歌等娱神的歌谣。萨满教最突出的特征是相信万物有灵，特别注重对于自然万物的崇拜。东北"三少民族"作家的审美意识及其创作观念无不受到民间宗教潜移默化的影响，他们的文学创作也总是浸染着这种浓厚的宗教意识。塔塔尔族文学、乌孜别克族文学、塔吉克族文学、撒拉族文学等充满着善恶对比的故事情节、幽默风趣的语言和简朴清洁的民族精神等，亦是与伊斯兰教有关；布朗族文学、基诺族文学、独龙族文学对稼穑禁忌、播种或收获节日的敬重或敬畏，也都源于他们对小乘佛教的信奉。

近年来，在由现代化与全球化等多重强势力量裹挟而至的压力面前，人口较少民族因其文化承载人口规模偏小、文化核心区域狭小而分散、文化根基和文化再生能力相对脆弱、生产生活方式相对单一而很难经受剧烈的社会变动等原因，在现代化发展面前不可避免地存在着民族文化解体的风险，特别是现代性文化中的破坏性基因一旦与人口较少民族文化中的落后成分合谋或媾和，对人口较少民族优秀文化所带来的冲击更是难以估量的。作为民族文化代言人的人口较少民族作家对此不能无动于衷，他们更为自觉地通过对民间口头传统的整理或再叙说等方式来建构一种新形势下的民族记忆。随着人口较少民族年青一代对外来视觉文化或娱乐文化的接受表现出越来越强烈的期待，对主流民族（或其他较大民族）语言的自觉学习与运用（这一问题极为复杂，如出于就业问题考虑，或出于长期在汉语氛围中学习环境的浸染，跨族流动的日益频繁等）、对凝聚着本民族独特思维方式与文化精神的母语或口头传统等表现出明显的冷漠或拒斥，对之加以落后、没教养、没素质等标签化处理，甚至以说本民族语言、传唱本民族民间口头传统为耻。这种源自群体内部对民族文化的轻视或贬低更使得人口较少民族文化存续问题出现新困境。如鄂温克旗巴彦托海镇的城镇鄂温克青年中有60%以上已不会使用母语交流；在赫哲族、达斡尔族、鄂伦春族等传统狩猎或渔猎区，主动而自觉从事传统生产方式的人已经几近消失，会说且愿意说母语的人更是寥若晨星，只有在为数不多的个别老人中间还可能听到几成绝迹的母语在回响；土族、撒拉族、裕固族、高山族、德昂族、独龙族等其他人口较少民族都存在着母语流失或后继无人的情况，甚至说，关于这一问题我们几乎可以在当前任何一个弱小民族中找到直接而多方面的证据。一旦作为人口较少民族文化记忆与传承的民族语言及口头传统解体或消失，就很容易使人口较少民族产生一种"流散"的现代性体验。

人口较少民族的"流散"当然不同于现代意义上的"移民"群体或跨国定居者的"流散"，而是在多民族一体国家内因生产生活方式的现代转型、家园空间的日益破败、文化空间的日益混杂或民族间人员的频繁流动所引发的身份错位、文化流失、归属感不确定等原因所形成的"还没离开故乡，就已无家可归"的在己性体验。"在伤痕累累的云彩下漂泊／在季节伸开的手掌上流浪"（傅查·新昌《解决》）。这种"流散"表面上是物理家园或生存空间的沦落，其实却是他们失去文化根基后精神或灵魂的"流散"，是他们在生活中遭遇到困顿、彷徨与看不到一条坦然可行之路时而生成的灵魂无处安放的表征。普米族诗人曹翔把这种体验直接概括为经典化的"过客"意象，"……/如今，家乡的泸沽湖/村庄失去了往日的宁静/舅舅丢失了古老的渔网/年轻人划渡着兴奋的游客/在自己的家乡成为了过客"。① 在这一痛及灵魂的现代性体验面前，出于对外来文化自觉或自发式的质疑或抵制，出于对本民族文化身份的维系和守望，人口较少民族作家更是试图从民间口头文化中寻求建构自我身份的精神资源和话语言说范式，并使之"成为民族文学建构自我认同的根基，民间文学中的故事、人物、题材、文体、语言等都参与了民族文学的身份建构。特别在人口较少民族文学中，民族精神言说和文化寻根书写成了民族文学重要的价值维度和精神向度，民族作家开始重新考量和追溯本民族长期流传的民间口头文本"。② 丰富而多彩的民间口头传统形塑了当代人口较少民族作家独特的审美意识、审美观念，以及由此而形成的人口较少民族书面文学独特的审美风貌、艺术特征及文学表现形态，特别是在全球化及多元文化冲击所引发的"流散"体验越来越影响到人口较少民族身份认同与民族意识之时，向民间口头传统寻求叙事资源并以此作为建构自我身份的必要在场，成为当代人口较少民族作家审美意识生成的内在动力，并随着他者文化冲击的日趋激烈而愈加强化着他们向民间口头传统皈依的自觉意识，形构出人口较少民族书面文学典型的"民间性"与"写文化"的审美特质。甚至可以说，人口较少民族书面文学对民间口头传统的持续关注与深情回眸，在其本质上形塑自我民族的集体记忆，为一个民族的生存与延续建立起精神家园和信仰根基。

就此而言，民间口头文化传统如何影响着人口较少民族作家的审美意识，他们的审美表述又如何浸染着民间口头文化基因？人口较少民族文学由传统到现代性转型过程中形成了哪些独特的文学现象或艺术特征？上述问题都需要深入而系统的研究。

---

① 曹翔：《家乡的泸沽湖》，作家出版社，2007，第163页。
② 李长中：《当代少数民族文学批评如何面对民间话语》，《学术论坛》2011年第2期。

第一节　民间性：当代人口较少民族
文学的审美表征（一）

　　与民间口头文化传统的"源"与"流"关系，决定了人口较少民族书面文学的审美表征具有典型的民间性特征。"民间性"具体是指人口较少民族作家在书面文学创作时受民间口头文学创作思维的潜在影响，在书面文学的题材、文体、语言、叙事等方面积极汲取民间口头文学滋养，使之呈现出与民间口头文学的审美品质或艺术风貌相类似的文学特性，如叙事的口语化、对话性，艺术风格的悲壮性、诗意性，文本结构的并置性、空间性等。李陀在《致乌热尔图》一文中就涉及了这一问题。在身为达斡尔族且言说汉语的学者李陀看来，乌热尔图出身于没有现代文学创作传统的民族，而且还不得不用汉语这一非母语进行创作，在这种情况下，乌热尔图的作品为什么还能成为"地地道道的鄂温克族文学"呢？对此，李陀认为："……因为你的小说深深地植根于鄂温克族的民族生活，这个很小的民族的生产和生活方式、风俗习惯、伦理观念、宗教意识、民族心理等，都在你的小说中得到了相当细致、准确的描绘和表现。"[①] 由于鄂温克族是一个根本没有"小说传统"的民族，乌热尔图必须向汉族和世界其他民族文学学习，但他的学习并不是一味地照搬或完全地模仿，他有自己的"期待视域"，有自己的根基，就是通过自觉向鄂温克民间口头传统回归这一"非常重要的一步"并糅合其他现代文学技巧而创作出"地地道道的鄂温克族文学"，并以其鲜明的民间性特质和奇异的地域风情而得到主流文坛的认可与接纳，从而赢得书面文学创作的成功（据悉，乌热尔图的作品现今又将重新结集出版，这至少说明他的作品从新时期至今都存在被其他民族读者认可或接纳的事实）。即使当前人口较少民族作家大多具有跨文化的教育背景，如接受过汉文化教育，甚至还接受过国外文化教育，受汉语文学和世界其他民族文学的文学观念、创作思潮、艺术技巧等的影响，创作观念日益多元化、创作风格日益多样化、创作资源日益多维化，民间口头传统作为一种

---

① 乌热尔图：《沉默的播种者》，内蒙古文化出版社，1994，第253页。

"深层结构"仍然影响着人口较少民族作家的审美意识并使其文学呈现出典型的民间性特征。这一点在怒族、达斡尔族、仫佬族、德昂族、裕固族、撒拉族、柯尔克孜族、塔吉克族等的作家作品中都或隐或显的存在。毛南族没有文字但口头文学发达,毛南族作家大多都有机会接触民间歌手,有的作家本人就是当地很著名的民间歌手,如谭亚洲、谭自安等,他们的创作几乎都是从收集与整理民歌开始的。他们的作品无论主题、题材及其韵味都受民间歌谣的影响。景颇族历史上没有文字,绝大多数景颇族作者都是在搜集或整理民间口头文学的基础上进入书面文学创作的,口头文化传统成了他们民族精神文化的主要载体和言说方式的基本形态,他们在创作时会有意无意地把口传文化传统"移位"到书面文学创作中,一些比较突出的作家如玛波、闵建岚、沙红英、左慧波等人的作品都呈现典型的"民间性"特征。

当代人口较少民族文学主动聚焦民间口头文化的丰富宝库,自觉(或潜意识)向民间口头传统汲取创作资源。甚至可以说,人口较少民族作家对外来文学观念或文学的理解都是以民间口头传统为基本"期待视域"的,民间口头传统作为一种根基性存在是他们融合其他现代文学手法或技巧的"原初栖居地",他们的书面文学创作也总是潜隐着民间口头传统的基因,如"民间故事母题的现代传承"、"口语化的讲述方式"和"对话体的叙述风格"等,呈现出典型的"民间性"这一审美特征。

1. 民间故事母题的现代传承

"母题"作为民间口头传统的基本成分,在民间集体的口头传唱中代代相传并不断依据特定的历史及文化语境而给予扩展或压缩,形成了口头传统表面的丰富多彩但其母题却又相对集中的生产和传承格局。这一研究为我们从"民间故事母题的现代重释"角度探究人口较少民族书面文学的"民间性"这一审美特征提供了有效的观察视角。例如,鄂温克作家杜梅的《木垛上的童话》[①]以双层文本结构的"互文性"安排,巧妙穿插了"小雪兔找神奇蘑菇"这一民间故事母题。故事中的妞妞、山普和小恩勒每次在木垛边嬉戏、玩耍时,妞妞都要讲一段"小雪兔找

---

① 杜梅:《银白的山带》,内蒙古文联出版社,1998,第110页。

神奇蘑菇"的故事,然后引起山普和小恩勒有关打猎和自己理想的争论。在这里,孩子们对理想的追求本身就是"小雪兔找神奇蘑菇"这一民间故事母题的现代重释;裕固族作家达隆东智的《雪落地的声音》(《夜郎文学》2011年第2期)关于鬼神的叙事,无疑是流行于西北地区"迷魂子"故事的现代书写;阿昌族作家曹先强的《远山童话》(《边疆文学》1997年第4期)中的故事也是明显脱胎于"照镜子"这一民间故事母题。

少数民族文学研究的关键不是作家认同自己的创作与民间口头传统的关系问题,而是研究者能够找出一些有说服力的证据来证明他们的文学创作与民间口头传统之间存在着关联。以仫佬族作家鬼子为例,鬼子曾在不同场合一再强调自己的作品与自己民族的民间文化传统无关,不承认自己是"少数民族作家"。他曾说:"有人说,我的创作与我那民族本身的一些渊源有关,但我却丝毫没有这样的痕迹。"[①] 当有人强调他的创作与他所属的那个民族有着深厚渊源时,鬼子明确反对:"我却丝毫没有找到这样的一丝痕迹。"[②] 针对鬼子的上述言论,学界如果在不加深入论证的情况下仍是直接以"鬼子以其独特的生活方式和创作进行着完善自身文化身份建构的复杂工程,他对仫佬族文化、文学和汉民族文化、文学均采取了既外在又内在,既依附又背离的双栖性策略。在与多种文化展开对话与交流中,作出取舍,为己所用,这是文化身份重构与定位的重要手段,也是鬼子艺术创作的特殊方式"[③] 作为预设性结论,而对于鬼子如何在自己的文本中利用民间文化传统,这些民间文化传统又如何形成了鬼子作品的审美价值等问题,如果不加具体、周密论证,就有可能导致论点既缺乏源自作品实践的支撑,也使得作家本人对此论调不屑一顾(鬼子强调"我从不关心批评者对我的批评""批评对我没有任何意义"等,即是他对批评界不满的明证)。以鬼子作品为例,探讨其文本与民间故事母题的关系,也许能为我们的探讨提供一个丰富个案,更具标本或典范意义。

---

① 鬼子:《艰难的行走》,昆仑出版社,2002,第16页。
② 鬼子:《艰难行走——鬼子创作与生活备忘录》,《昆仑》2002年第5期。
③ 黄晓娟:《民族身份与作家身份的建构与交融——以作家鬼子为例》,《民族文学研究》2006年第3期。

笔者把鬼子的作品加以抽象处理后，可以发现他的几乎所有作品都存在"缺失—寻找—失败"这一故事母题。具体分析如下。

（1）《上午打瞌睡的女孩》：寒露的母亲因经济拮据偷拿了掉在地上的一块脏肉，而导致过寒露父亲离家，寒露及其母亲开始外出寻父，最后家破人亡。

（2）《被雨淋湿的河》：晓雷因不愿像父亲一样从事小学教学而外出打工，终因不遵守当前社会中的违背正常秩序的所谓规则而死亡。

（3）《瓦城上空的麦田》：李四六十寿诞时，想让几个在瓦城的孩子为自己祝寿，但几个孩子忙于自己的事情而忘记了父亲的生日，李四不得不进城寻找几个孩子"讨个说法"，最后惨死在车轮下。

（4）《一根水做的绳子》：无论是阿香，还是李貌，都是情感缺失，二人的偶然接触也被损坏，导致阿香不离不弃地寻找李貌，最终二人双双死亡。

鬼子的其他作品如《大年夜》《农村弟弟》《苏通之死》等也都可以抽象出"缺失—寻找—失败"式的故事母题。这一母题恰是民间口头传统结构故事的基本母题，同时也是几乎所有早期少数群体在生产力相对落后、生产能力相对不足、生产技能相对缺乏、生存环境相对恶劣、人自身精神状态相对不自由情况下对外在世界的一种观照模式或体验方式，诸多的民间口头传统如各种神话、史诗、传说、故事等都在表述着因自身缺失而不断寻找克服缺失的方式方法这一共有母题。俄罗斯学者普罗普从俄罗斯的100个民间故事中概括出的故事基本上是由31种顺序不变的功能及7个人物角色构成，而这些"功能"恰好建构出"缺失—寻找"的故事母题。[1]

普罗普所概括出的这些民间故事"母题"在仫佬族民间故事或传说中得到源自实践层面的验证。如在仫佬族群体中广泛流传的民间神话传说《凤凰山》《垦山王》《鸳鸯石》，民间故事如《得芬和钢年》《望郎石》《稼》《仫佬人的八月十五》《菩圣坳》《杜鹃鸟》《同年桥》《苦娃鸟》《蛸娘岩的传说》等，都是源于对各种"缺失"母题的不同建构。

---

[1] 〔俄〕弗拉基米尔·雅可夫列维奇·普罗普：《故事形态学》，贾放译，中华书局，2006，第60页。

鬼子出生、成长于民间口头文学发达的仫佬山乡，上大学之前一直没有离开过这片故土，即使毕业后还不时亲近着仫佬山乡的山山水水。在长时期的民间文化熏染与陶冶下，他的文学创作不管其承认与否都会与本民族口头传统"氛围"存在或隐或显的互动性关联。鬼子在一次座谈会上的发言证实了笔者的论断。他说："我觉得……要是没有那个地方，就不会有那一种氛围，你就不会有那一份酷爱，也许所有的人都是你的恩人，都对你的文学思维起到了不可思议的作用。"① 鬼子的这番言论否定了他所说的"我的小说写的都不是少数民族的生活"这一论断。问题的复杂性在于，一般的民间口头故事都是以喜剧或"大团圆"作为结尾，如以"……从此，他们过上了幸福生活"或以普罗普式的"主人公成婚并加冕为王"作为其基本结构模式等。为什么在鬼子的系列作品中所谓的"缺失—寻找"这一故事母题都共同走向了"失败"这一悲剧性结尾呢？这就需要将鬼子的作品重新置放入仫佬族的文化传统、历史渊源和现实境况之中加以综合性考察。

从地理位置上说，仫佬人的祖先生活在崇山峻岭、交通闭塞、环境险恶、气候恶劣之处，被认为是"蒿草弥漫，无人行径"。这种恶劣的环境因素使仫佬族直至新中国成立前夕仍受着自然灾害的极大侵袭和威胁，形塑了仫佬族群体与生俱来的悲剧意识和苦难意识，这种悲剧意识和苦难意识又直接形塑了仫佬族民间口传文学的悲剧性主题。他们的民间文学无论是神话、传说、故事，还是戏剧都是以主人公的失败为结尾，以悲剧的形成为主线，以苦难的生活为底蕴。对于从小生活在仫佬山乡的鬼子来说，他在成长过程中所经历的苦难及艰辛与仫佬族内心深处的悲剧情结构成了典型的"视域融合"。鬼子的童年、青少年时期一直生活在苦难之中，即使上了大学也经常处于饥寒交迫状态，缺衣少食，只能靠给别人写文章赚取生活费。所以，在鬼子的各类自述或访谈中不时出现"生活艰难""从小就充满着苦难"等表述。在语言心理学看来，重复叙说某种话语原型是叙说者渴望以此叙说缓解该种话语困扰下的内心纠结。之所以重复恰恰是因为他（她）难以规避这种话语的影响。鬼子之所以说对苦难的发现"正好迎合了我的某种人生经验，但这样的选

---

① 张燕玲：《世纪文坛上的仫佬族作家群座谈》，《南方文坛》2003年第3期。

择应该说是理性的"①,就在于他的痛苦经历与仫佬族的悲剧性格有了一种灵魂沟通,使他的作品不同于传统民间故事母题的"团圆"式的叙述旨归。他的人物越是寻找,越"只能把他们推向更加可怕的苦难,他们的追寻只能引发自身与外界、个体与社会的冲突,冲突的结果是弱者的孤独与死亡"②的结局。

  与鬼子矢口否认自己的创作与民间口头传统无关相反,达斡尔族作家萨娜明确强调自己的创作以民间口头文化为资源。她的《有关萨满的传说与纪实》《黑水民谣》《金色牧场》等单从题目本身来看就是对民间口头文本的再诠释,再重述。萨娜从小生活在"莫力达瓦"这一萨满教盛行、民间口头文化传统发达的达斡尔族自治旗,丰富的民间口头文化传统如神话、传说、故事、谚语、歌谣等一直渗透或融入人们生活的方方面面,几乎每一个达斡尔人都可以唱出(说出)若干的民间口头文本等,即使在他们日常的劳作、交往、会客、宴请等各种活动中,说唱民间口头文学传统是其中必不可少的核心内容。在冬天的篝火旁,在夏天的乘凉处,在秋天的收获期,在春天的歌唱中,莫力达瓦到处都可以听到人们对民间口头传统的吟唱与交流。萨娜曾以叙述者之口对东北"三少民族"文学创作情况总结说:"'三少民族'创作的资源来源于民间神话,部落和家族传说,以及英雄的故事。这些东西由于产生于相对封闭的自然山水之间,产生于与其他民族长期隔绝的部族中,而且受原始萨满教的长期影响,所以具有强烈的民间特质。他们用本民族的文化资源写作,在更广泛的意义上为现代社会留下原始自然的生活拍照。"③萨娜在创作实践中对民间口头文化传统由自发继承到主动接受,由素材选取到精神重释,由个体创作到为民族立言的言说行为,在此就有了更为深远的意义。对人口较少民族作家来说,民间口头文化传统并不是一种外在的、仅仅被利用的工具性资源,而是与人口较少民族作家血脉相通、骨肉相连的一种内在性基因,无论是对口头传统的显在继承,抑或隐性重构,都彰显出人口较少民族作家力图通过民间口头文化传统的再叙述而"为现代社会留下原始自然的生活拍照"的寓言化书写之意。从这个

---

① 姜广平:《叙述阳光下的苦难——与鬼子对话》,《莽原》2006 年第 1 期。
② 杨萍:《鬼子笔下的苦难形象与精神》,《当代文坛》2007 年第 4 期。
③ 萨娜:《白雪的故乡》,《作家》2009 年第 4 期。

意义上说,民间口头文学如何影响到萨娜的文学创作,萨娜的作品潜隐着什么样的民间故事母题等问题,就成了我们观照萨娜文本的基本切入点。

当我们同样把萨娜有关民族题材的作品加以抽象处理后,可以发现她的这些作品普遍存在着民间口传文学中的"二男一女"这一故事原型。具体分析如下。

(1)《阿西卡》:阿西卡,索伦、天秋。

(2)《有关萨满的纪实与传说》:斯罕尔玛,阿勒楚丹、木格迪。

(3)《野地》:古珠讷,托博坎、沃登。

(4)《额尔古纳河的夏季》:北奇,白津、亚森。

萨娜的《幻觉的河流》《哈勒峡谷》《鞭仇》等作品也都可以看作是"二男一女"这一民间故事母题的变体。而这一故事母题恰是达斡尔族民间故事,特别是莫日根故事的基本结构模式。达斡尔族莫日根故事情节虽各不相同,却保持着相对稳定的结构方式:多采用单线叙事结构,主人公大多没有幸福美满的童年,不是父亲出猎未归,与母亲相依为命;就是父母双亡,与姐姐艰难度日,后经历寻父、救姐或婚姻考验,并在宝马、仙女、巫师、山神的帮助下终获美满幸福的人生结局。如《阿波卡提莫日根》《额腾格尔莫日根》《哈勒热岱莫日根》等是以孤儿反抗大伯和恶势力迫害为故事主线;《甘莫日根》《库楚尼莫日根》《洪都勒迪莫日根》等是孤儿救姐的模式;《绰勒朋迪莫日根》《绰库尔迪莫日根》等则是以婚姻考验为核心内容。值得注意的是:作为自觉且善于从民间故事中吸收创作资源的人口较少民族作家,萨娜作品中的"二男一女"式的母题结构其实蕴含着无限的故事拓展空间:"二男"模式可扩展为"传统与现代""本土与全球""开放与保守""卑鄙与高贵""勇敢与懦弱""承担与逃避"等矛盾或冲突;"女人"不一定是作品的主人公,而是拓展为作品暗含的一种检验民族精神标高或作家所认同的某一价值准则等。在这一标高或准则面前,不同"男人"之间所代表的精神气度、道德水准、价值取向等才能完全凸显出来。

由于全球化后殖民语境下的各种外来文化持续冲击着人口较少民族的文化传统,加之各种现代文学思潮、文学观念及叙事方式等的共时性引入,人口较少民族书面文学创作渐被纳入现代性转型之中。在这一过程中，对于在民间口头文化生态中孕育、成长或成熟起来的人口较少民族作家来说，民间口头文化仍会作为一种文化"基因"融入他们的创作之中。同时，在由全球化带来的文化一体化或同质化语境下，人口较少民族书面文学对民间故事母题的现代阐释本身也是一种争取自我阐释权的需要，避免被他者"代言"的需要，并以此方式将本民族的文化精神和文化密码注入现代传播媒介（如图书出版、数字化传播等）之中，取得与他者对话的资格与资本。就此意义而言，人口较少民族书面文学对民间故事母题的现代传承也就成了一种文化自觉行为，成了对自我民族文化阐释权维系或争夺的一种权力话语象征行为。在乌热尔图看来，在漫长的历史中依靠口头传承的鄂温克的历史、文化或习俗现已成了"锈迹斑斑""脆弱不堪"的链条，这条链条很可能在现代性语境中遭到彻底"断裂"，自成一体的民族文化传统也可能蜕变为"残缺不全的残片"，一旦"残片"消失，鄂温克保存了千百年的文化将成为被他者研究或被他者展览的"待解之谜"①。出于修复已成"破碎的残片"的文化传统需要，人口较少民族作家一再致力于民间故事母题的现代传承并以此重续那条在现代性语境下日渐"脆弱、锈蚀的链条"，使之成为一种"隐形文本"作用于他们的书面文学创作。所以说，人口较少民族书面文学对民间故事母题的现代传承并不是一种个体化的创作行为，也不是纯粹的题材选取问题，而是人口较少民族作家自觉皈依于民族共同体，传承本民族文化传统的集体性言说，包含着本民族特有的民族秘史。

2. 对话体的叙述风格

文学是文化的审美反映。对文学的考察自然要将之置于文化语境之内。或者说，只有把鱼放进水里，才能更好地研究鱼的特性。与书面创作不同，民间口头文学的创作、传播、接受过程是同一的、共时态的，口头文学的创作过程须有听众的直接介入，有现场听众的反应和互动，才能使口述活动顺利进展下去。听众的情绪和对表演的反应都会直接作用于讲述者的表演，影响到叙事的长度、细节修饰的繁简程度、语词的夸张程度、故事的增删程度等，甚至会影响到故事的结构模式、人物的形象构成与文化精神的讲述，听众的构成成分会影响到故事主人公的身

---

① 乌热尔图编著《述说鄂温克·致读者》，远方出版社，1998，第1页。

份定位。这样看来,讲述者与听众之间只有保持双方持续不断的相互对话或交流,故事才能够顺利地在代际间传承并不断予以丰富与创新("听众"在某种程度上也是"讲述者"、传承者或创造者)。美国学者翁曾思考过这样一个问题:"口语文化如何且为何能够以有组织的方式构建知识呢?"经过长期的田野考察后他指出:"一个参与会话的人是必不可少的条件:人在口语文化里,长时间的思考和与他人的交流是紧紧联系在一起的。"① 在翁看来,民间口头文学的根本特征就在于讲述者与听众(参与者)间的交流和互动,具有典型的"对话体叙述风格"或美学特征。

人口较少民族大多生活于文字缺失、书面记载匮乏、口头文化发达的边远区域,再加上人口较少民族群体生产生活方式的"流动性"这一典型特征,如狩猎、渔猎、采集、游牧等生活方式,都与农业社会中所特有的稳定性不同。"流动性"的生产生活方式使得他们更多是靠口头表达而非书写来交流思想、表达情感、沟通有无,即使那些表面上看起来是自言自语的行为也并不是一种个体性的"独白",而是个体与所处环境、内心世界、外在神灵间的对话或交谈。作为浸染民间口头传统甚久且自觉从民间口头文化传统中汲取叙事资源的人口较少民族作家,他们的文学创作在审美特征层面同样体现出典型的"对话体的叙述风格"。"对话性"涉及故事讲述者的交流问题,涉及叙述者与隐含读者的对话问题,即讲述者(叙述者)—故事—听众之间的关系,尤其体现在讲述者的讲述干预和讲述者与读者的互动上。这一特征在人口较少民族书面文学中主要表现为:讲述故事时使用第二人称,叙述话语中第一人称单复数的交替使用等,共同建构了人口较少民族书面文学的"对话体"的美学特征。乌热尔图在《胎》中的叙述者在以第三人称叙事时突然转换为"我—你"间的对话体叙述,如"好家伙,**你**的四条腿真够硬实……告诉**你**,**你**怕,我也怕;**你**烦,我更烦。……"② 乌热尔图的其他作品如《雪》《清晨升起一堆火》《玛鲁呀,玛鲁》《你让我顺水漂流》《在哪儿签上我的名》《萨满,我们的萨满》等也都是先第一人称叙述进而

---

① 〔美〕沃尔特·翁:《口语文化与书面文化》,何道宽译,北京大学出版社,2008,第26页。
② 乌热尔图:《你让我顺水漂流》,作家出版社,1996,第3页。

转换为"我—你"间的对话性叙述。如《雪》的叙述者说:"来到这儿,**你**把眼神随便搭在哪条山沟都觉得豁亮……"① 在鄂伦春族作家空特乐的《猎人与麦子》、独龙族作家罗荣芬的《在路上》等中也出现这种叙述风格。在这样的文本中,读者始终感受到叙述者在与你亲切交谈,甚至会感觉到叙述者是在以循循善诱、步步引导的方式与你促膝谈心,而不是叙述者个人的窃窃私语、自我倾诉,读者从中很容易体验到这种"对话体叙述风格"。

若以文学社会学视角观之,文学文本中的任何形式因素如叙述声音、文体类型、语言修辞等都是作者的意识形态或价值立场的有效载体,甚至形式本身就是意识形态。由此而论,人口较少民族书面文学的"对话体叙述风格"其实远不仅仅是一种纯粹美学风格的选择,而是蕴含着强烈的族群身份重构意识,蕴含着强弱势文化不对称情况下弱小民族渴望与他者交流、与他者平等共处的自我救赎愿景。对于人口较少民族来说,他们的族群身份确认是通过独具民族属性的场域、习性、文化而实现的。也就是说,族群是通过与他者的对比,因自身与他者的差别性及独特性而获得心理的归属感及满足感。这种满足感是促进本族群"孤立于他者,在'我们'的同伴圈内形成的这种感情,并保持'我们'与他者之间的心理距离"。② 随着全球化与现代性(又往往与主流民族文化相合谋)迅速向各人口较少民族或区域播撒,作为人口较少、文化较为脆弱的人口较少民族很难在这一现代性场域中完整而充分维系自身的传统与生存空间,文化的流散、身份的混杂、传统的解体、空间的挤压等问题成为人口较少民族在现代性发展逻辑中的最凸显症候。为了强化其他民族读者,特别是汉族读者对人口较少民族文化的了解、包容和尊重,人口较少民族作家不得不以对话体的叙述风格试图解构强势文化对弱势文化的"单向流入"现象,从而强调自我民族文化的合法性与合理性存在。特别是对如鄂温克族作家乌热尔图这样具有强烈民族文化保护意识的人口较少民族作家来说,如何在全球化和多元文化冲击面前守护本民族文化、维持本民族身份、建构本民族认同,成为他们最为迫在眉睫的现实焦虑。

---

① 乌热尔图:《你让我顺水漂流》,作家出版社,1996,第21页。
② 〔日〕吉野耕作:《文化民族主义的社会学——现代日本自我认同意识的走向》,刘克申译,商务印书馆,2004,第24页。

乌热尔图从20世纪90年代起就强调"声音不能替代"的问题,他唯恐弱小的民族被作为强势民族的他者所误读或践踏,他的创作也总是以对话体叙述方式吸引或渴望他者参与到与人口较少民族的对话之中,让强势的他者民族真正能够平等地、设身处地地看待人口较少民族及其现实境遇,并能够对弱小民族独特的生活方式与文化传统持一种平等而不是玩赏、包容而不是拒绝、同情而不是怜悯的认同。所以,乌热尔图的几乎所有作品都在表达着强烈的渴望对话与理解愿景。"在如今的喧嚣之中,还有谁听得到那从密林深处传出来的声音?那些古老居民的心声,还有他们的忧伤和叹息!难道不能停住脚步,听听大兴安岭的叹息?难道不能从那大山的呻吟、从那大河的咆哮中,感悟一点什么吗?"① "还有谁听"一词真实表述着叙述者对人口较少民族声音长期被遮蔽、被"剥夺"的忧患与无可奈何之感,而"难道"一词在文本中的连续性重复彰显出叙述者对那些处于文化优势地位的民族能够设身处地的倾听、了解和包容弱小民族的呼唤和期盼。在这里,乌热尔图以一种焦灼而愤激,恳求与抗争相交融的叙事声音将渴望与其他民族展开对话的急迫心态和良好愿望清晰地揭示了出来,如此发人深思!所以,他反对"独白"式的美学,在他的作品中我们也很少见到完全的"第三人称"叙述。

以乌热尔图的《丛林幽幽》为例(通常认为,这是乌热尔图的最后一篇小说,此后,他便转向了散文、随笔的创作阶段,个中原因已有诸位学者做了深刻剖析,在本书后续部分也将对这一现象有所涉及),尽管这篇作品是以冷静的第三人称来讲述"奇勒查家族与熊——赫戈蒂"的故事。但是,为了让其他民族接受者进入这一故事语境,叙述者在叙述阿那金追赶熊的经过后,迫不及待地便让叙述接受者进入了他的故事:"如果**你**愿意在自己的头脑中勾画出早春四月的正午,与一头熊莫名其妙相遇的猎手返回猎营地的情景,让自己的大脑有一个不被偏见和无知所左右的想象的空间,我建议**你**……"在这里,叙述者之所以急切地引导叙述接受者进入故事的对话空间,其实是为了让其他民族的读者避免居高临下、带着"偏见"或"无知"来看待鄂温克族这一人口较少民族及

---

① 乌热尔图:《蒙古故地》,青岛出版社,2009,第176页。

其文化,"让自己的大脑有一个不被偏见和无知所左右的想象的空间"。①"对话体叙述风格"的选取意义在这里凸显了出来。特别需要注意的是,也正是从这个地方开始,叙述者开始持续性地随时中断故事讲述的逻辑线索,而加入能够形成有关鄂温克族族群想象的种族历史、社会形态变迁历程、种族迁徙的故事,甚至连续穿插鄂温克族独特的婚丧嫁娶习俗、生老病死仪式,以及一些图腾崇拜、祖先禁忌、萨满故事等各个方面的内容,以建构出属于"我们"的独特文化特征。叙述者之所以在这里用人类学或民族志写作手法呈现本民族传统文化的现实际遇,其实渗透着乌热尔图对鄂温克文化强烈的认同意识。在乌热尔图看来,在新时期伊始就不断持续推进的现代性发展态势面前,鄂温克族历史延续下来的传统生产及生活方式不断遭遇蚕食和抛弃,也不断被他者,甚至被本民族群体的内部人员所遗忘。鄂温克族用整个生命和全部情感传承下来的、凝结着整个民族生活经验和生命智慧且能够聆听祖先声音的整个文化体系正在以令人吃惊的方式和速度消亡,这对于"一个没有来得及用文字记录下自己全部文化特性的古老民族,意味着什么"②;生产及生活方式的现代性转型、生活空间的日渐逼仄、以口头传承为基础的文化根基在书面文化或视觉文化冲击下的渐趋瓦解,对鄂温克民族来说,"意味着什么"。这一问题的答案,是不难给出的,而这一问题的答案也是令人痛惜的。《丛林幽幽》中所一再凸显的"失去""正在失去"等难以抑制的伤感与无奈的词语叠加,成为"传统"或"历史"不再的经典隐喻,而其中屡次出现的诸如"剩下的""只有……""还有……"等又暗喻着对本民族文化在强势文明全面进逼情况下难以为继的痛苦。正是出于对这一严峻境遇的忧思与感伤,乌热尔图作为一个有强烈民族自尊与民族自觉的当代知识分子,他不得不以民族文化代言人身份自觉承担起民族代言重任,在以"对话体"的叙述风格来建构民族身份认同的同时,吁请其他民族读者的关注和了解,"对话体"叙述成为乌热尔图作品的基本特性之一。

在人口较少民族书面文学的"对话体叙述风格"的艺术建构中,

---

① 乌热尔图:《丛林幽幽》,《收获》1993年第6期。
② 乌热尔图:《在大兴安岭的怀抱里》,《中国民族》2001年第1期。

"老人"崇拜意识更能够体现其"民间性"特征，在当前全球化及多元文化语境下也更具有族群认同的象征功能。《雪》的叙述者"我"——申肯大叔之所以不断地讲述年青一代早已丢弃的古老的狩猎规矩、部落习俗、传说故事等，"进了山，我有自己的规矩，是些忘不了、扔不掉的老规矩。告诉你……"这种表达句型也就具有极为广阔的阐释空间。因为，"老人"是人口较少民族民间文化的创造者、守护者和传承者，只有"老人"才是他们的母语及母语文化的通晓者或知情者，还能清晰地记着本民族民间口头传统，保持着对神灵的信奉，维系着对传统文化的敬畏，掌握着古老的宗教习俗；也只有"老人"才有资格和能力向年青一代讲述他们民族真实的历史，还原民族生活真相，塑造他们自己的族群身份，唤醒年青一代对本民族的历史记忆或民族想象。乌热尔图的《老人与鹿》中的叙述者通过"老人与孩子"间的对话，表述着"老人"对下一代的"启蒙教育"，引导年青一代"记住"本民族的文化传统。所以，《雪》中的"老人"始终以"记住"作为每句话的起点来强化"孩子"的认同意识。在这里，"老人"实际上成了年青一代（儿童）的启蒙者、规训者，"一个对他人有所指教的人"。

出于对"一些弱小和古老的民族文化时刻处于被动的、被淹没的文化困境之中"①的忧患意识，乌热尔图作品中的故事讲述者"老人"才一再要求"孩子""记住"（让"孩子""记住"蕴含着非常值得阐释的话语症候），从而使"老人"这一角色无疑"加入了导师和智者的行列"②。也就是在这种意义上，乌热尔图在《丛林幽幽》中才把"老人"看作是"历史陈迹的唯一见证人"。因为"老人"能够将部族起源、生活经验、民族历史等以口传方式传承给"孩子们"，"老人"其实代表着整个民族或整个部族的历史、精神和智慧。所以，人们要对"老人"保持着"童孩般的精神依赖"。③从这个意义上说，乌热尔图的作品一再叙述着民族文化传承者、创造者的"老人"故事或以"老人"作为民族历史的见证人，其实是期待由"老人"所建构起的民族文化与民族精神能

---

① 乌热尔图：《我的写作道路》，《文学自由谈》1987年第2期。
② 〔德〕启迪·本雅明：《启迪·本雅明文选》，生活·读书·新知三联书店，2012，第178页。
③ 乌热尔图：《丛林幽幽》，《收获》1993年第6期。

够在年青一代中传承、发展和创新,能够在老人/孩子之间不断对话的叙述中更好地融入民族"想象的共同体"的基本构件,如宗教信仰、种族迁徙、文化传统、伦理道德、禁忌规约等,以叙述接受者与叙述者互动的方式共同建构现代性语境下的自我民族认同愿景,《丛林幽幽》(包括乌热尔图的其他作品)也总是强化着叙述者的认同意识。在该文结尾处,主人公阿那金剥解熊肉时在熊的胃囊发现了乌里阿老祖母的玉石手镯,族人猛然意识到这头熊是他们的"额沃"——老祖母。这一意象如同"熊孩"额腾柯浑身长满熊毛如出一辙,共同隐喻着隐含作者(叙述者)对民族传统回归的焦灼期盼。

在这里,人口较少民族书面文学中的"老人"就成了本民族历史、传统、规约禁忌、风俗民情的见证者、传承者与代言者,他所倾诉的话语也就成了"公共话语","老人"所讲述的故事或事件不再是一种自我情感的宣泄和"我说的就是我自己"式的自言自语,而是通过"吁请"其他人的在场以及让他者参与交流的方式把自我民族的地方性知识、历史、景观等传达到"公共领域",而使之成为民族身份重构的"公共话语"表征,并使之成为本雅明意义上的"实用性知识"。这一点在裕固族作家铁穆尔的《北望阿尔泰》(《飞天》1994年第7期)中再次得到经典性展现。《北望阿尔泰》的叙述者兼故事人物"我"之所以去记录有关阿尔泰的故事,因为阿尔泰是裕固族的起源之地,这就使"我"的寻访具有"文化寻根"之意。所以,"我"一见到"部落最后的一名老歌手",她就直接并且重复地告诉"我":"我们祖先的故乡是阿尔泰山"①。在叙述者看来,裕固族的历史是一部英雄辈出的历史,是一部征服者的历史,是一部洒脱自由、奔放豪迈的历史。相较而言,当前正日益遭受各种外来他者冲击的裕固族却越来越成为处于边缘的"弱小民族":牛羊得不到自由的放养,生物得不到自由的成长,文化得不到自由的发展,家园得不到自由的居住。对于在"过去/现在"强烈对比中的裕固族群体来说,他们现今的伤痛只有在历史回眸中才能获得心理安慰和灵魂的皈依,才能从中汲取当前民族生存的力量和勇气。《北望阿尔泰》的叙述者之所以意志坚决地要去听"最后一名老歌手"的歌唱,就

---

① 铁穆尔:《北望阿尔泰》,《飞天》1994年第7期。

是因为"老歌手"所吟唱的恰是尧熬尔千百年里的迁徙历程，以及在迁徙历程中涌现出的英雄人物和伟大创举；是他们在历史纵深处能够挥洒自由、驰骋草原的无拘无束，随心所欲的生命历程。所以，在故事结尾处，《北望阿尔泰》的叙述者抑制不住强烈的民族认同意识，直接呼喊："我魂牵梦绕的阿尔泰杭盖！是如此强烈地吸引着我，令我无限神往！……"

通过"老人/孩子"这一对话体的讲述方式，可以触摸族群起源，聆听祖先伟大而英勇的生命回声，解开族群繁衍与生存的密码，在源于民间歌谣的歌唱中"采撷"民族传统和回忆族群历史的辉煌，实现叙述者对自我民族身份强烈的认同意识。在这里，"老人"不再是一个孤独而濒临死亡的个体，而是作为民族文化的"标本"或"纪念碑"成为民族文化身份的象征体。就此意义而言，当代人口较少民族文学中的"老人"的频繁出场，其实是在张扬一种传统文化的寻根意识和归属情结，是在为族群现实生存寻求一种诗意空间，以之纾缓或消解人口较少民族群体在现代性与民族传统剧烈冲突背景下引发的认同压力和身份焦虑，为人口较少民族群体坦然而安全地走向不可知的未来提供必要的精神动力。

3. 口语化的讲述方式

任何一种言说惯习都是由言说者本人所处的文化土壤孕育而成的。如果说，"民间故事母题的现代传承"是人口较少民族书面文学对民间口头文化传统的隐性吸纳和改造的话，"口语化的讲述方式"则是对民间口头文化传统继承的外在显现。因为，民间口头传统具有鲜明的口述性、交流性、互动性、集体性、传承性等基本特性，"听众出场参与呼应故事的作用，主讲人和听众共同参与讲故事，这是一种起与应轮流呼应的说唱形式"。[①] 源于民间口语文化的熏陶，人口较少民族书面文学总是表现出重复、絮叨的"口语化"讲述特征，呈现出典型的民间性。在鄂温克族作家杜梅的《山那边》、毛南族作家孟学祥的《山路不到头》、达斡尔族作家苏都热·华的《母鹿－苏娃》、独龙族作家罗荣芬的《我的故乡河》、普米族作家殷海涛的《走出远山》、阿昌族作家罗汉的《成人

---

① Beaulieu, Elizabeth Ann ed., *The Toni Morrison Encyclopedi*, Westport, Conn: Greenwood Press, 2003, p. 253.

童话》、裕固族作家玛尔简的《海子湖边沙枣情》、土族作家鲍义志的《水磨沟里的最后一盘水磨》、布朗族作家陶玉明的《我的乡村》等作品中，都可以见到这种口语化的讲述方式。

"程式"的运用是人口较少民族书面文学"口语化的讲述方式"的最主要体现方式。关于"程式"，帕里认为是"在相同的格律条件下为表达一种特定的基本观念而经常使用的一组词"。洛德在此基础上又加以补充说，"程式"是适应表演的急迫性而创造的，最稳定的"程式"是诗中表现最常见意义的程式，① 例如行为、时间、地点等。口头文化研究者沃尔特·翁又称之为"套话"。② 由于缺少书面记载传统，人口较少民族的口头文化传统在长期的表演、传诵过程中"积淀"而成的有着相对稳定的讲述方式的"程式"，无疑会以一种"集体无意识"方式作用于人口较少民族作家的文学创作，"程式"化讲述即这种作用的表现之一。这一点在鄂温克族作家乌热尔图的作品中有着极为明显的表现。例如，在《玛鲁呀，玛鲁》这篇不到4000字的小说里，像"努杰他走了，他走了努杰。他是不想走的，我知道。他从来没想到走，一点儿也没想到，可他还是走了"这样的程式化重复竟然连续出现四次之多。特别是最后一段，叙述者在转述努杰的姐姐巴格达的话时一再重复"她说"这一人物行为——"她说，……她说，……她说，……她说，……她说，……她说，……"③ 通过叙述者对"玛鲁"神灵的反复忏悔及反省，既追述了叙述者姐弟三人之间的故事，又达到与死者、与神灵的握手言和。

《玛鲁呀，玛鲁》中的这种讲述方式，一是受典型的民间口头传统影响。在没有文字的口头传统中，吟诵者或演唱者很难凭记忆而掌握大量复杂的口传故事，他的重复其实是为了拖延故事的讲述时间，以便更好地思考如何安排或组织下一步的故事场景或情节，这就必须反复使用某些相对固定而易于操作的"程式"。这些"程式"的作用不是为了重

---

① 〔美〕阿尔伯特·贝茨·洛德：《故事的歌手》，尹虎彬译，中华书局，2004，第42～46页。
② 〔美〕沃尔特·翁：《口语文化与书面文化》，何道宽译，北京大学出版社，2008，第45页。
③ 乌热尔图：《你让我顺水漂流》，作家出版社，1996，第83～89页。

复，而是为了构造新的故事。换句话说，"程式"是在传统中形成且具有固定含义（往往还具有特定的韵律格式）的现成表达式。同时，这些程式的含义还有"传统性指涉"的意味，读者（听者）能够在聆听中思考这些程式的"言外之意"或"弦外之音"是什么的问题。所以，重复是故事讲述者不可或缺的讲述方式。二是在形式上更符合民间口语文化中讲故事的絮叨、轻快、活泼状态。三是在不断的话语重复中，引发人们对努杰出走的思考，理解这种近乎原始的口传故事的表达方式对于一个以"听觉文化"为特征的民族而言的意义，提醒读者应该如何思考这些言说中留存着的民族记忆、生活经验，以及这些民族记忆和经验在当代语境中的功能或作用等。所以，这种口语化的讲述方式就成了一种"有意味的形式"。因为，"那些重复使用的词语，因为反复的使用而开始失去其精确性，这些重复的词语是一种驱动力量，它使得故事中所赋予的面对神灵的祷告得以实现"。[①]

另外，人口较少民族在长期的口耳相传过程中，形成了大量充满民间智慧、承载民间文化、渗透民族记忆、彰显民族精神、规范和引导着人们日常言行的谚语、格言、歌谣等并使之作为一种集体记忆渗透在该民族的生产、生活与交往之中。人口较少民族作家一旦从事书面文学创作，这些独具民族特色的谚语、格言、歌谣等会以无意识方式融化在书面文学的字里行间，体现出鲜明的"口语化"特征，彰显出人口较少民族书面文学言说方式的朴实、乡野与自然特性，充满乡野氛围与泥土气息，建构出人口较少民族书面文学的"民间性"这一最为基本的美学特征。

第二节 写文化：当代人口较少民族
文学的审美表征（二）

特定的民族文化是特定民族存在的基础，文化的消亡是民族解体的症候。全球化及现代化快速、持续向纵深处推进，人口较少民族比其他民族经受着更为严峻、更为痛苦的文化裂变，他们的"文化错位""文

[①] 〔美〕阿尔伯特·贝茨·洛德：《故事的歌手》，尹虎彬译，中华书局，2004，第92页。

化不适""文化解体"等问题也更为突出。人口较少民族作家出于一种文化认同的需要而对民间口头文化传统加以民族志或人类学写作，以展示本民族的种族起源、迁徙历史、规约禁忌、英雄传奇等众多地方性知识景观，使得人口较少民族书面文学的审美品质呈现出典型的"写文化"特征，并以此方式达到延续种族血脉、传承民族文化、建构族群身份的目的（据此，人口较少民族书面文学的文学价值或审美功能才往往被民族志般的文献价值或文化价值所取代，文学价值被遮蔽于文学的人类学、民族学资料价值之下。不过，在全球化多元文化冲击日渐严重、边缘民族文化渐趋解体或消弭的情况下，人口较少民族书面文学的上述价值却会愈加凸显）。或者说，在因多元文化冲击而引发的"风险社会"面前，如何写文化、写什么样的文化、以什么方式写文化等问题，成为各小民族或弱势民族文学的基本命题。

  一般来说，一个民族的惯习、仪式及民间文化是该民族文化、历史、政治、经济、宗教、道德等诸多精神的集中体现，是该民族区别于其他民族最为殊异之处，也是该民族群体实现民族认同的基本标志。首先，人口较少民族文学为了强化自我民族的文化认同，并尽可能让其他民族读者接受他们的这种认同，往往会在作品中融入大量的源自口头传统中的仪式惯习、禁忌规约、民间历史、迁徙历程等，使之构成人口较少民族文学独具特点的文化景观。例如，布朗族作家陶玉明的《谁家的公鸡在打鸣》就穿插了大量的民族口头传统中的风俗展示，如对"祭奄"（布朗族最大的山寨神）的描述，对富有民族特色的"歇山窝铺"的介绍，特别是在文本的第三部分，几乎都是以布朗族原"昭色"的妻子奈月腊边织布边给儿子讲的布朗族迁徙历程以及布朗族"祭奄"的来历来构思故事的，以此达到展示布朗族文化的目的。为此，文本设置了两条线索：一条线索是布朗族村寨塔格老因何要选举、如何选举昭色的故事，另一条线索是前任昭色妻子奈月腊及其儿子的故事。两条线索相互交织，共同建构起布朗族的民族风情和本群体的文化记忆。[①] 在这里，文本一再强化和彰显昭色选举的场景，一再通过"母亲"向"儿子"讲述布朗族历史故事等（这是当代人口较少民族文学时常采用的经典叙事模

---

① 陶玉明：《谁家的公鸡在打鸣》，《边疆文学》2010 年第 2 期。

式——"老人/孩子"的另类书写），不就是布朗民族试图在传统中寻找本民族文化认同及信仰的象征吗？达斡尔族作家萨娜的《多布库尔河》与此有着异曲同工之妙。该文本通过对达斡尔族传统"狩猎""剥熊"等诸多禁忌或仪式的艺术再现，其实潜隐着作者渴望以此方式来表达对当前达斡尔族生态破坏、人与自然对立问题的深沉思考。而在其他如鄂伦春族、鄂温克族文学中也都经常可以见到通过这一民间禁忌描述而达到"写文化"目的的书写现象。

其次，人口较少民族作家虽然基本上都是以汉语进行创作，母语思维及民间口头传统的言说方式却影响着他们对汉文字的感悟及运用。或者可以说，由于担心汉语写作对本民族文化的遮蔽、隐匿或肢解，人口较少民族书面文学的汉语写作其实是人口较少民族作家对汉语的再创造、再翻译。在这一过程中，对汉语言的民族化、民间化改造本身成为人口较少民族书面文学"写文化"的主要表现方式，如对汉语言的民族化、地域化的"修辞性"问题。尽管乌热尔图曾经对汉语写作问题表示过深深的忧虑。他说："这用汉字堆码起来的文字，到底有多少真正属于鄂温克民族，我不得不使用一种古老而笨拙的方法，用自己的鼻子来嗅一嗅那书页中的气味，我终于认定了，这堆经我手中成形的东西，只有一半是我熟悉和认可的，而另一半却变得陌生和疏远。"① 针对非汉族作家却不得不以汉语写作这一困境，乌热尔图只有不断地在作品中强化对本民族民间口头传统文化的汉译或转写，使他的汉语作品始终浸润着鄂温克族独特的民族历史、道德伦理、民族心理等，他的汉语作品也彰显出独属"鄂温克"而非其他民族文学的审美格调、艺术特色和美学形态，使之成为"地地道道的鄂温克族文学"。另外，因为口头传统文化语境中的听众几乎都是没有受过教育的群体，他们对口头传统文化的兴趣很大程度上是由独特而新奇的文化事件和语言修辞决定的，文化内容的充实与语言修辞的成功与否决定口头传统的存亡。当代人口较少民族作家在向民间口头传统"致敬"时不能不渗透着语言的民间文化修辞色彩。如在阿昌族作家罗汉的《边地小说二题》之《分家》中，主人公三强老汉一想到要和儿子分家的事情，他就"双手象狗抖苍蝇样抖得厉害，擦了

---

① 乌热尔图：《我属于森林》，《文学自由谈》1986年第4期。

几根火柴都给抖息了";"这些天来发生的一连串事儿,使他三强魂不守舍,坐立不安,日子过得象牛爬坡似的艰难";"问题是他那独儿子传生尽干些丢人现眼的事情,总是变着戏法跟他哑巴扯藤子——憨拽"。① 在前一句话里,"双手象狗抖苍蝇样抖得厉害"这一比喻形象地揭示出主人公在传统观念与现代生活场景冲突中内心的矛盾和挣扎;后一句以"日子过得象牛爬坡似的艰难"这一比喻深刻表述着少数群体生活的艰辛和悲苦,最后一句歇后语的运用,极富民族特色和地域特点,渗透着人口较少民族文学的民族文化属性;乌热尔图在《丛林幽幽》中也有类似的句子:猎手阿那金发现那头熊和他如影相随时,他"用了一指口烟的功夫,他的神色变得镇静,猎手的威严从仅仅抿住的嘴角露出来"。② 在鄂温克族的文化体系中有相当数量的熊图腾神话,并以之形成了诸多熊禁忌。例如,鄂温克人认为熊与鄂温克人有血缘关系,熊创造了鄂温克人。作为狩猎民族,熊同时也是鄂温克人所要猎获的猎物,这种矛盾心态充斥在鄂温克猎手心中。当阿那金看到熊的足印和他同一个方向行走时,他的挣扎、恐慌和忧虑既源于"弑父"的精神困惑,也源于鄂温克族特有的万物有灵论。"用了一指口烟的功夫"这一有异于汉民族用来表达时间的句子,既恰当、熨帖地表达了阿那金矛盾的心理和情绪变化,又使之具有极为强烈的鄂温克族民间文化色彩。其他如毛南族作家孟学祥,阿昌族作家罗汉、孙宇飞、赵家福等,怒族作家彭兆清,普米族作家汤格·萨甲博,基诺族作家张志华,布朗族作家俸春华,艾帕新、普秀高、陶玉明等的文学语言都具有民族特点的浓郁的文化风情。

　　再次,对民间口头文本如民间歌谣、故事、传说、谚语等的文学再现,尤其体现了"写文化"这一人口较少民族文学的审美特征。据刘俐俐先生考证:"乌热尔图小说……是在鄂温克族民间文化的河床中汲取资源和延伸的。鄂温克族宗教信仰和民间文学及神话系统的资源,决定了乌热尔图文本的取材范围与叙事风格。"③ 乌热尔图的作品对本民族叙事资源的自觉借鉴并不是孤立的个案,而是普遍存在于人口较少民族书面

---

① 罗汉:《边地小说二题之分家》,《边疆文学》2000年第4期。
② 乌热尔图:《丛林幽幽》,《收获》1993年第6期。
③ 刘俐俐:《汉语写作如何造就了少数民族的优秀作品——以鄂温克族作家乌热尔图的作品为例》,《学术研究》2009年第4期。

文学之中。因为，人口较少民族大多长期生存生活于相对封闭且偏远的地区，与外界环境和生活的隔膜使他们的创作不能不依附于自己的文化母体（例如，乌热尔图的作品基本上就是以敖鲁古雅为主要书写对象，而这部分的人口才170多人，对口头传统的自觉皈依，就可以摆脱书写对象单薄或地域狭小的弊端），口头传统中的一切艺术形式和讲述技巧都成为人口较少民族作家的叙事资源。在这里，人口较少民族书面文学对口头传统的运用不仅是凸显民族民间文化的丰富而独特形式，而且也是一种呈现民族民间文化的手段，更是一种文化认同的表现。当前，几乎所有的人口较少民族书面文学作品都穿插着大量的神话传说、民间歌谣、谚语格言、民间故事、风俗禁忌等，这些融入了民族民间文化基因、思维方式、地域特质、民族意识等的民间口头文本无疑承担着"写文化"的重要作用。特别是在当前现代性冲击渐趋凸显与文化解体风险日益加剧的情况下，自觉向民间文化传统汲取创作资源更作为承载人口较少民族深层族群记忆或族群认同的载体，以使其区别于其他群体，"写文化"也进而为人口较少民族作家的民族精神或民族情感的表述提供了丰富的叙事资源。

在一定程度上可以说，当前人口较少民族文学表现出的"民族性"或展示的"民族特色"，在很大程度上是他们对民间口头文化资源的"翻版"或"改写"的结果，他们的书面文学体裁、题材、故事等几乎都能在流传于民间的口头文本中找到脉络和根源；他们书面文学的审美风格、言说方式、叙事艺术等也多可以从民间口头传统中找到其"原型"。或者说，通过对民族民间口头文化传统的文学表演和审美建构，唤起人口较少民族群体的族群记忆、集体认知或身份认同，从而完成"想象的共同体"建构，成为人口较少民族文学"写文化"最为基本的书写规约。

现代性文化在其本质意义上意味着文化的一体化或同质化，其最终目的是通过对各偏远区域或民族文化的收编来达到对强势文化（强势文化又往往与强大的经济、政治等因素相配合）的顺从或"招安"。在这一强弱势文化不对称且弱势文化渐趋解体的情况下，如何对他者讲述本民族文化以规避与传统的"断裂"、讲述什么样的民族文化以召唤他者"同情之理解"，一直是人口较少民族作家着力思考的问题。作为新时期成长起来并自觉以民族文化代言人身份从事写作的鄂温克族作家,乌热尔图就非常注重如何通过"书面文学"这一现代传播媒介来对民族文化加以传承或"记住"的问题。他说:"我的职责是什么?我要让愿意读鄂温克人的小说的朋友,或是偶然翻阅鄂温克小说的朋友,记住鄂温克这个曾跨越几千年时空的民族。"① 在这里,我们很明显感受到"记住"一词的语气在该段落中显得尤为沉重,这种语气也彰显出乌热尔图本人对本民族文化渐趋解体的焦虑或恐慌。"记住"无疑就是要让那些阅读鄂温克文学的读者"记住"。"读者"的主体也应该是非鄂温克族读者,或者说是那些人口较多民族的读者。为了让那些人口较大民族读者"记住"鄂温克文化或传统,乌热尔图的作品始终洋溢着浓厚的鄂温克口头文化传统如民间歌谣、鹿歌、熊歌、民间传说、迁徙历史、诸多规则禁忌、萨满文化等。特别是关于萨满、关于鄂温克族图腾崇拜等民间文化更是其着力书写的对象,以使之成为其他民族读者了解和认同鄂温克族文化真相,倾听源自他们内心深处的声音的目的,"记住"人口较少民族独特的风俗与礼仪。乌热尔图这种明确的让读者"记住"的创作取向和文化立场在当代人口较少民族作家中具有相当的典型性和代表性,他们试图通过对民族民间文化的艺术展示赢得其他民族读者的认同和赞赏。他们往往将笔触伸向民族心理、民族文化的根脉之处,致力于在作品中艺术化的呈现本民族独特的生产和生活方式,不同于其他民族群体的风俗习惯、宗教观念、伦理道德、族群心理、性格特点等,从而使他们的作品在中华多民族文学场域中彰显出民族性、地域性的审美价值和文化意义。李陀在给乌热尔图的信中就明确指出了这一点,他曾说,乌热尔图的作品绝不会和其他少数民族作家的作品相类似,也不会和以汉语写作的汉族作家的作品相类似。这种观察应该说是准确的,到位的。

一般而言,对民族民间文化的一再书写是几乎所有人口较少民族作家都不得不思考的问题,这既源于哺育他们的民间口头文化传统,更出于他们对当下多元文化语境的理性审视或情感取向。面对着本民族文化传统日益被他者所误读,面对着本民族文化不断在现代性进程中消失或解体,甚至本民族年青一代也越来越背弃自己的民族文化传统这一现实

---

① 乌热尔图:《我属于森林》,《文学自由谈》1986年第4期。

困境，人口较少民族作家对此忧心忡忡、惴惴不安，他们只能以书写方式来写本民族文化，保存本民族文化，并试图以此唤起人们的尊重与理解。所以，人口较少民族作家总是自觉回归到民间文化传统之中，借用民间故事的讲述方式或故事母题，以一种民间化的叙事手法力图在文本中使得本民族文化出场，甚至以一种民间还原的视角去看待、发现"大历史"之外的另一种真实，一种氤氲着浓厚的民间传说气息的"小历史"。萨娜的《野地》讲述了关于一夜之间居然有十几个妇女怀孕的故事；她的《黑水民谣》以一种非历史化、非逻辑化的叙述观念，以无法言明的神秘力量在线索模糊、结构混杂、不拘章法的叙事中融入"野地"般的"黑水民谣"，彰显出充沛的民间精神和民间生命；作品《有关萨满的传说与纪实》题目本身就是一种民间文化的再叙述；她的《金色牧场》(《收获》2007年第1期)以一种隐喻化手法让"妈妈"作为叙述者，以使之在对民族民间文化文本的诗意守望中建构出达斡尔族群体在当前文化语境中的族群认同与身份归属，以维系本民族群体在多元文化冲突中的生存价值及走向未来的精神动力。所以，文本一再强化"妈妈用怀旧的口气一遍一遍地叙说，我们的祖先原本居住在阿穆尔河左岸"。[①]"妈妈"是处于"流散"状态下游子心中的精神家园或归属象征，是民族文化得以孕育和生长的母体，也是民族传统延续和创新的根脉。叙述者对"妈妈"及其讲述故事的追忆，其实是叙述者力图在民族历史的再诠释中探寻达斡尔族当前生存的精神资源的方法。在萨娜看来，作为本民族的代言人，自己有必要将民族历史还原，让他者尊重民族历史的真实性和客观性。

之所以选择"妈妈"这一女性叙述者来讲述民族历史，这一书写方式明显不同于其他文学以"男性"叙述者来讲述历史的叙事方式，使《金色牧场》的叙述形式充满着强烈的隐喻意味，也蕴含着极为丰厚的阐释空间。[①]对于各边地弱小民族来说，以前的边地民族的历史大都是被他者所改写或代言的"历史"，或者说是由主流民族或统治者以一种居高临下方式筛选或过滤后的历史，是强势话语掌控者按照自身话语规则或书写标准书写的历史。以"妈妈"这一边地民族历史的真正创造者

[①] 萨娜：《金色牧场》，《收获》2007年第1期。

("妈妈"其实就是"创造者"的隐喻)及参与者来叙述历史,则彰显出边地民族自身建构本民族历史的可能性与自觉意识。② "妈妈"讲的并不是某一家族的生活史,更不是个人的成长史,而是"民族"的集体性历史。作为民族历史的创造者、参与者、传承者和思考者,甚至是民族繁衍者的"妈妈",她有资格来讲述这个民族的历史,而且她的讲述是站在"现在"这一视角基础上去讲述达斡尔族今昔的故事,这里面就有一个对"过去"的回顾与反思问题,能够更好地引发读者对达斡尔文化的认同或思考,并能够使之在这种对比性叙述中张扬达斡尔民族历史的同时,更好地完成民族共同体的重构。③ 在记忆理论看来,文学中的任何回顾性叙述都是以心灵活动展开为线索,是以意识流而非完整的情节结构方式展开文本的,在这种情况下,什么东西对叙述者的心灵活动能够产生最大影响,什么东西才能真正进入叙述者的记忆之中。毫无疑问,只有那些最能够起到建构民族共同体、对"妈妈"的心灵震撼最强烈的民族文化景观才能成为其追忆的内容。这就使《金色牧场》在"妈妈"的讲述中浓缩了整个民族的精神向度和灵魂深度。萨娜曾经的解释恰好与笔者的上述思考一致。她在一次访谈中说:"自己是达斡尔族不仅仅是因为血统中达斡尔族居多,还因为在达斡尔民族心理中,他们认为本民族中母性氏族和家族中女性祖先的影响是最为重要的方面。"①

当前,人口较少民族作家担心自己的文化被误读、被篡改心态在强弱势文化不对称且竞争又日益激烈的情况下,是普遍而非个案性的,是持久而非暂时性的,是剧烈而非温和性的,这就不能不促使他们更自觉地以"展示"方式对本民族文化加以呈现,以此凸显其在场的合法性与可能性。特别是随着人口较少民族传统生产方式、生活方式及传统文化体系的现代转型,逐渐改变了人口较少民族传统道德伦理、价值观念以及维系民族文化传统的生态环境。作为这一转型的必然代价,人口较少民族文化传统渐趋呈现出被整体性"切割走样""改头换面的占用"② 风险,有些地方甚至面临着完全消失、解体的风险,人口较少民族作家不

---

① 萨娜的以上论述源自广西师范大学杨眉对萨娜的采访,时间为:2010年7月14日,特此致谢!
② 乌热尔图:《不可剥夺的自我阐释权》,《读书》1997年第2期。

能不从民族民间口头传统这一文化母体及精神依托中汲取本民族共同的人生经验和生活体验，并对之加以现代性审美意义上的传承与重构，从而使之成为本民族群体文化记忆和族群认同的象征物。对他们来说，民间文化传统传承的基本载体是"传承者"，如果"传承者"因各种原因不再或不能承担起传承任务，那么，源于民族文化母体的这一段文化就将烟消云散，不复存在。即使给予其各种现代意义上的保护和扶持，一旦离开其生存的原有文化土壤，他们所传承的文化仍然是一种"固化"而非"活态"的文化。这一问题是当前几乎所有弱小民族都在面临的却又难以解决的问题。德昂族作家艾傈木诺在《失语的村庄》（《民族文学》2010 年第 10 期）中说，"德昂族尽管历史久远并有着自己独特的生活方式和习俗文化，但是，由于没有文字传承，他们的文化只能靠口口相传，而在当前强势文化的步步紧逼之下，德昂族的文化传统已渐行渐远。"面对着这一关涉民族文化存续与否的问题，面对着现实遭际中与他者文化日甚一日的冲突与撞击问题，人口较少民族作家其实并没有太多的选择空间或路径，没有太多可以依托的资源和方法。他们的文学创作只能把笔深入民族民间文化的根脉之处，祭起民族民间文化书写大旗，在根本上是以此方式表述着对自我民族群体价值观念的体认和尊重，期待以此起到保护和延续本民族文化传统和确证民族身份的作用，并使之成为对文化传统加以修复的手段。同时，"写文化"的审美追求也为人口较少民族民间文化传统的当代复活提供了另类可能。

第三节　口头传统与当代人口较少民族文学的"空间转向"

从根本上说，文学作为一种修辞，是作者、文本与读者相对对话、沟通和协商的平台，是意义与意识形态相互交织的网络，文学文本中的方方面面如语言、形式、结构或情节等，其实都蕴含着作者力图赋予它的思想价值。当我们以这种视角去观照当前人口较少民族书面文学时，很容易发现当代人口较少民族文学在文本结构层面基本上不按照线性书写模式来结构或组织文本，从中几乎看不到那种线索清晰、叙述周密、结构严谨之作，而是以多线条交叉、多情节并置、多场景共存等方式建构立体性、空间化的结构模式,彰显出典型的"空间转向"特征。由此,我们不能不思考如下问题,在什么样的知识谱系之内促成了人口较少民族书面文学的"空间转向"生成、文本的"空间转向"呈现出什么样的修辞性质、具备什么样的民族性特征等问题。从这一意义上说,当代人口较少民族文学"空间转向"问题研究也构成了伊格尔顿意义上的"形式的政治"研究。①

1. 当代人口较少民族文学的"空间转向"

如果说书面文学是作家在独立状态下的个体化写作,创作者可以不断构思、打磨和修改作品的结构和情节,使之按照书写者设计好的情节线索向前发展。民间口头传统却因缺少文字这一记忆工具而不得不依靠某些固定模式作为叙事动力,如重复、不停插入、闪回等延续不停的口头表演。所以,口头文学传统基本上都有一些共同的表达模式——重复的程式、类似的母题、雷同的故事形式等,这就导致民间口头讲述一般不遵守线性叙事逻辑。也就是说,口头传统往往会突然以短暂的画面插入某一场景,用以表现人物此时此刻的心理状态和感情起伏。同时,由于口头传统是一种现场表演性的民间集体性说唱行为,说唱者不可能脱离听众而单独说唱,离开听众对说唱者来说犹如鱼离开水,而是听众与说唱者共同承担起说唱行为,听众的参与和加入说唱就成为民间口头传统的基本特征。如有学者所说:"听众出场参与呼应故事的作用,主讲人和听众共同参与讲故事,这是一种起与应轮流呼应的说唱形式。"② 当代人口较少民族作家长期浸润在丰富的民间口头传统之中,与山川河流为伍,与森林沙漠为伴,与峡谷丘陵为邻,与草原荒漠为友,族群口头传统及口语化思维方式被人口较少民族作家所汲取和承袭。尽管当代人口较少民族文学的创作资源日渐丰富和多元,各种现代或后现代文学观念及文学思潮也共时态影响着人口较少民族文学的现代转型问题,民间口头传统仍会以一种"先在结构"影响着其书面文学创作,形塑出当代人口较少民族文学特有的审美属性和独特的文学表达方式。甚至可以说,

---

① 〔美〕巴巴拉·哈洛:《赛义德、文化政治与批评理论——伊格尔顿访谈》,吴格非译,《国外理论动态》2007年第8期。
② Beaulieu, Elizabeth Ann ed., *The Toni Morrison Encyclopedia*, Westport, Conn: Greenwood Press, 2003, p. 253.

当代人口较少民族文学的叙述选择在很大程度上并不是一种自觉的、有意识的美学建构，而是在民间资源基础上形成的无意识的艺术选择。无论是"故事叠加式的讲述模式""多重叙述者空间并置"，还是"视角越界"的审美建构方式等，都使当代人口较少民族文学呈现出典型的空间并置的结构形态（据此，当代人口较少民族文学的"空间转向"也往往被批评为结构松散、叙事拖沓、情节散漫、故事性不强等，进而被认为是"落后的""低等的""有待改进的"文学等），彰显出当代人口较少民族文学不同于其他民族文学的诸多地方性美学价值。

"故事叠加式的讲述模式"，是指文本通过不同层次的叙述者或人物来讲述不同的故事，这些不同的故事恰好可以共同建构出民族文化展示的空间场域。达斡尔族作家萨娜《金色牧场》的第一个故事层是叙述者"我"在讲述"我"的经历并使之作为故事的"母体叙述"，这个"母体叙述"实际上是为下一个故事层提供人物讲述及其相关背景的依据，成为故事展开的"序幕"；第二层的叙述中心是"母亲"。她向叙述者"我"讲述的不是自己的经历和故事而是达斡尔族的民族传统、历史迁徙和家族起源。在"母亲"不断回忆民族历史和有关祖先的记忆中，年轻的叙述者"我"真实触摸到本民族的历史、文化传统，并试图从中汲取达斡尔族传统的民族精神与民间智慧，以作用于达斡尔群体在当下现实语境中生存下去的力量和勇气[①]。鄂伦春族空特乐在《山林的回声》《鄂伦春人与自然之约》等作品中也是以这种叙述方式和叙述伦理来讲述故事的。如《山林的回声》（《人与生物圈》2003年第12期）的叙述者"我"在第一故事层现身，接着进入青花姨讲述的第二个故事层。裕固族作家玛尔简的《阿扎和白马》中的叙述者"我"只起到一个开头作用，随即以"老人"讲故事的方式，建构出文本的故事叠加式的叙述模式："阿扎经常给我们讲自己年轻时的经历和白马的故事。他说，……"这样，《阿扎和白马》的整个故事都是由阿扎讲述出来的[②]；同样，裕固族作家达隆东智的《遥远的巴斯墩》以叙述者"我"不停地寻访裕固族的历史和人物，听取有关裕固族的回忆和历史传说、故事等再现了"尧

[①] 萨娜：《金色牧场》，《收获》2007年第1期。
[②] 玛尔简：《阿扎和白马》，《飞天》2009年第18期。

乎尔"的迁徙历史、风土人情等，以此作为作品的第一层面。为了追求叙述的真实性，在第二故事层，叙述者华洛老人等长者以第一人称的口吻，讲述"尧乎尔"的过往兴衰、荣辱变迁。作为不断迁徙的民族，漫长而惨痛的迁徙历程、辉煌而英雄辈出的祖先故里给现实生活中存在诸多不如意的少数群体以诗意的想象化空间、现实的文化焦虑和生存焦虑自然转化为历史的重新叙述，以强化自我身份的归属意识，并蕴含对自我文化的独特性追求，抵制他者文化侵扰的可能①。这种叙述方式在裕固族作家铁穆尔的文本中始终存在。他的《北望阿尔泰》首先以叙述者"我"在"母体叙述"层讲述自己不断外出、寻访民族历史的旅程，为第二故事层提供了故事展开空间，第二故事层就以叙述者"我"的寻访对象——"老人"作为讲述人物，再现裕固族的历史和起源：叙述者"我"一再请求"老人"讲述"我们祖先的故乡是阿尔泰山"，"我们的部落来自阿尔泰，我们祖先的坟地是阿尔泰"等的故事②。在这里，通过"老人"（文本中出现其他如"母亲""长辈"等讲述者，皆是"老人"的不同指称）向年轻人讲述源于民族文化传统中的"故事"，其实是在弘扬和传播承载着祖辈们集体智慧和心血结晶的知识和经验，是在回溯与确证族群"想象的共同体"的形成和价值根基，这既是叙述者更好触摸民族灵魂、聆听源于祖先的呼唤、抵达民族起源地的方式，又是一种唤起他者认同、增强或凝聚"想象共同体"的精神资源。

  一方面，以故事叠加方式来建构文本明显受到民间口头文学的影响。据帕里－洛德、翁等人的考察，民间口头文学是一种集体化的创作，是在众人互动状态下的一种讲述模式，类似于西方语境中的"讲述体"。在"讲述体"文学中，时常有叙述者（作者）与人物讲述者双重声音存在：当二者声音能够取得完全融合时，会共同促进文学主题的表达；当二者声音不一致时则会使文本呈现出开放或"召唤"姿态，引导读者更好地进入文本并能够多角度阐释文本；同时，讲述体的叙述方式基本上是采用口语化、表演性方式，是"建立在民间故事基础上有独特语调和风格的特有形式"③。当代人口较少民族文学的故事叠加式的叙述方式因

---

① 达隆东智：《遥远的巴斯墩》，《西部散文家》2011年第1期。
② 铁穆尔：《北望阿尔泰》，《飞天》1994年第7期。
③ 王树福：《讲述体：一种民族化叙述体式的生成》，《外国文学》2010年第5期。

有多重叙述主体的参加，有意识地在叙述结构上打乱了各种言说场域，使之能够较为准确而全面地把本民族的历史或文化展示出来，起到"想象的共同体"的建构作用。并且，作为一种想象的共同体和集体认知的产物，民间口头传统中的谚语、俗语、各式各样的民歌手法和自创新词都可以在文本中得以呈现，强化了文学书写的真实性，并形成一种地方化、陌生化的审美形态。

当前，现代性以及由此而引发的全球化正不断以强有力方式持续冲击着各边缘区域，特别是在我国各人口较少民族地区，随着传统生产方式的改变，沿袭久远的生活方式的改变，与其生产生活方式以及生态环境相适宜的居住条件的改善，相对静守、稳定的文化传统与他者交流的频繁等，这些带给人口较少民族的负面影响是生态环境的恶化、道德伦理的退化、文化传统的流失、心理归属感的消失等问题。或者可以说，对人口较少民族群体来说，现代化所一直鼓吹和许诺的物质文明、精神文明、社会形态发育等和谐发展问题在人口较少民族地区其实并没能得以实现，经济发展与环境保护、本土文化与多元文化、传统保护与现代进化观等一系列矛盾规约了当前人口较少民族对现代性的阐释向度。族群之间、族群内部两代人或几代人之间、城乡之间等诸多冲突普遍存在于人口较少民族地区。所以，以"展示"方式真实而多元呈现本民族文化原貌，避免被他者所误读或误解，并从中汲取面对当下现实的力量，成为当代人口较少民族文学选取这一叙述方式的基本动力。

另一方面，在当代人口较少民族文学的故事叠加式叙述模式中，第一故事层的叙述者始终是年青一代或有在外生活经历的人，第二故事层的讲述者无一例外是"老人"或是有丰富民族历史知识的人，这无疑建构了一个极富象征意味的隐喻空间。通过"老人/青年"这一不同代际间"讲故事"的方式很自然地进入民族共同的文化记忆和价值认同之中，使之在代与代之间传承与相袭，对于没有文字的民族，这是一种极为有效的建构民族记忆的方式。因为，在全球化及多元文化语境下成长起来的年青一代，他们对他者文化中的视觉文化、娱乐文化或新媒体文化的接受期待已远远超出对本民族的历史、文化或传统学习与继承的兴趣，特别是他们因受现代性所引发的多元文化的影响而对本民族文化存有误读或不解的可能，一方面对民族身份念念不忘，另一方面对民族文化又漠不关心的问题在当前尤为突出。在这种情况下，作为民族文化"百科全书"的"老人"叙事无疑对"年青一代"具有纠偏或补正之意。例如，敖蓉在《神奇部落》（《江南》2013年第9期）中随时加入"乌日娜姨妈"向年青一代的"尤日卡"和"我"讲述鄂温克前世与今生的故事，以彰显鄂温克文化传统的真实风貌；萨娜在《蛇》（《钟山》2006年第2期）中甚至以"我信姥姥，我们一家都信姥姥"表述着对"老人"的尊重与敬意。

为了更好地呈现本民族的历史和传统，当代人口较少民族文学还时常出现"行走"这一典型意象。只有在"行走"过程中，叙述者才能以"见证人视角"去更好地寻访"老人"，让"老人"来讲述"民族秘史"，唤醒族群的集体记忆，见证当下并从中触摸民族历史"真相"。铁穆尔的几乎所有文本都始终呈现着一个经久不衰的动作——"行走"，即他的叙述者经常处于"行走"之中。他在《夜路漫漫》中的叙述者"我"，无论白天或黑夜都在不停地"行走"，甚至不知道自己身在何处，未来要走向何方①；《星光下的乌拉金》的叙述者"我"，"冬天"在雪地上行走，"夏天"在沼泽地上"走着"去"追寻最后一批尧熬尔东迁时遗留的痕迹和信息"②（所谓的"痕迹"和"信息"不就是民族文化见证的最好体现吗）；《北望阿尔泰》的叙述者"我"也是不停地去探访"部落最后一名老歌手"③。在这里，叙述者"我"通过老人之口聆听源于祖先的英雄传奇，见证族群前世的辉煌与荣耀，感悟久远历史的真谛与启示。所以，铁穆尔在他的文本中总是要点明或强化关于"行走"的主旨。他的《北方女王》更是关于"行走"意象书写的典型文本，强调要回到尧熬尔的发源地，重回"北方女王"的世界④；他的《苍狼大地》的叙述者一再强调要"去寻找我们尧熬尔人的根源"⑤。值得注意的是：《苍狼大地》的叙述者的行走路线恰是裕固族先民在历史纵深处驰骋之地，是裕固族这一"想象的共同体"渐趋建构生成之路，也是裕固族先

---

① 铁穆尔：《夜路漫漫》，《西藏文学》2006年第5期。
② 铁穆尔：《星光下的乌拉金》，甘肃文化出版社，2006，第126页。
③ 铁穆尔：《北望阿尔泰》，《飞天》1994年第3期。
④ 铁穆尔：《北方女王》，《飞天》1998年第12期。
⑤ 铁穆尔：《苍狼大地》，《飞天》1998年第4期。

民英雄辈出、豪气冲天的迁徙之途。叙述者正是在对裕固族辉煌历史的再次"行走"中触摸裕固族的历史与文化传统,并对之加以诗意想象或审美重构,使之成为他者了解裕固族历史与现实的一面镜子,成为缓解裕固族当下生存焦虑的精神依托。《焦斯楞的呼唤》的叙述者"行走"的目的是"去寻找永远的焦斯楞草原,寻找我们那神秘的尧熬尔部落的根源"[1],在"行走"中去见证民族的光荣与梦想、历史与现实,去探询民族秘史与民族存续的隐性力量。由此而论,"行走"在某种意义上也成了人口较少民族在多元文化冲击面前的一种精神原乡。"故事叠加式叙事"就有了一种强烈的文化寻根之意,有为整个民族文化"立此存照"之意。也就是说,这一叙事方式是与民族认同相一致的,以此唤醒独属于本民族群体的历史记忆,建构出与其他人群的区分与差别,强化民族文化记忆。

"多重叙述者空间并置"是当前人口较少民族文学建构审美空间的又一重要方式。"多重叙述者"是指一个文本由不同的叙述者或故事讲述者参与叙述或讲述,这些不同叙述者或故事讲述者叙述或讲述的内容构建成一种多空间并置的叙述模式。乌热尔图的《丛林幽幽》是这一叙述方式的经典文本。《丛林幽幽》开头是全知叙述者在交代这个故事,这位全知叙述者是一位名叫色勒木的老人。从叙事学上说,人物作为叙述者,其叙事视角只能是一种限知视角,即人物看到的东西不能超过他的视角范围。但是,《丛林幽幽》中作为故事叙述者的色勒木老人却如全知叙述者一样,对故事人物阿那金的打猎经历,以及整个奇勒查游猎家族的经历了如指掌,况且这时的色勒木还只是一个九岁的孩子。在这里,人物叙述者与全知视角之间存在着张力,正是这种张力的存在,阿那金及其家族与熊之间的故事才能真实而全面地呈现出来。同时,在故事讲述过程中还随时插入第一人称叙述者的介入现象。例如,在人物叙述者讲到阿那金与熊相遇的情景时,第一人称叙述者接着说:"我建议你,读一读……"[2] 其他在讲到鄂温克人的生育习俗、萨满传统、丧葬习俗等时,叙述者"我"不时引经据典,对民族文化传统展开详细介绍

---

[1] 铁穆尔:《焦斯楞的呼唤》,《飞天》1997年第4期。
[2] 乌热尔图:《丛林幽幽》,《收获》1996年第3期。

和多方考证。在讲到阿那金与儿子额腾柯的故事时,叙述者"我"又开始引经据典、多方考证,对那种"大剂量羼入叙述人的想象"故事加以纠正和补充。在第一人称叙述者"我"(从叙述者"我"对各种人类学、民族学、民俗学等知识的掌握可以看出,"我"无疑是一个受到很好教育的、知识广博的鄂温克青年)看来,"老人"所讲的这个故事,其意义不是阿那金个人的故事,而是整个鄂温克民族的集体性故事,从而引发读者对鄂温克民族的历史与现实、风俗与禁忌等的同情之理解。通过这种多重叙述者叙事空间并置的叙事形式让不同叙述者从不同叙事角度共时态讲述故事,能够全方位、立体性地把鄂温克民族的民族性格、言说习惯,甚至思维方式等在文本空间中得到呈现,并通过与潜在叙述对象的对话以及对正常叙述进程的干预,呈现出鄂温克族独有的诸多地方性文化特征。达斡尔族作家萨娜的《阿西卡》的叙述者表面上看是第一人称叙述者,这种叙述者无论是叙述他人的故事,还是叙述自我的故事,在理论上讲都只能是一种限知叙述。不过,《阿西卡》的叙述者"我"作为阿西卡的侄女却是以全知视角在看整个家族的故事、阿西卡与索伦的故事,叙述者的身份极为灵活,不受叙述视角的制约,如何更好地叙述故事,呈现人物、表达感想才是他们考虑叙述方式的唯一出发点。这样的叙述方式往往使文本呈现出两个故事层:在讲述阿西卡与索伦的那种洒脱、豪放、刚毅、担当、坚贞不屈的精神时,叙述者随时插入自己的议论、感想和思考。在讲到阿西卡的相貌时,叙述者"我"又插入自己在城市里看到的那些矫揉造作、虚假修饰的场景。在讲到索伦为阿西卡报仇而义无反顾时,"我"又开始强调他们为爱生为爱死的真纯与勇敢。① 裕固族作家铁穆尔的《北方女王》在故事层面以全知叙述者讲述图拉寻找"北方女王"故事,同时在抒情层面抒发叙述者"我"对北方女王的崇敬心理,以及对裕固族当下现状的深沉思考和感慨。景颇族作家岳坚的《过错》、岳丁的《爱的渴望》,鄂温克族作家乌热尔图的《琥珀色的篝火》、杜梅的《木垛上的童话》,达斡尔族作家阿凤的《木轮悠悠》、孟晖的《盂兰变》,阿昌族作家罗汉的《红泪》,锡伯族作家傅查·新昌的《父亲之死》,塔吉克族作家阿提克木·则米尔的《冰山之

---

① 萨娜:《你脸上有把刀》,大众文艺出版社,2003,第120~126页。

心》等，都是以多重叙述者讲述相叠加的方式来建构文本的文化空间，以此达到尽可能展示本民族文化之目的。从这一意义上说，当代人口较少民族文学的"视角越界"现象就尤为值得关注。

"视角越界"是指故事的讲述者所讲述的内容或者超出或者小于故事事件的观察者所认知的范围，也就是说，叙述者讲述的故事往往不是视角人物所能看到的，二者之间存在"僭越"之处，或是全知视角变为限知视角，或是限知视角成为全知视角等，这样的视角选择笔者称之为"视角越界"。当代人口较少民族文学中的"视角越界"现象是一种极为普遍且存在多重阐释空间的叙事现象。例如，仫佬族作家鬼子的作品多以故事人物作为视角人物，一是视角人物作为旁观者而观看别人的故事，如《苏通之死》（《收获》1997年第2期）的视角人物"我"是苏通极为要好的朋友。正是这一特定视角的设置，为叙述者更好地贴近叙述人物与叙述对象提供了近距离角度，也使叙述的事件更为真实、可靠。《被雨淋湿的河》（《人民文学》1997年第5期）中的视角人物之所以让"女性"承担起视角人物的任务，因为"女性"是家庭的组织者、协调者，女性更能够关注家庭和家庭中的方方面面，这样就使视角人物对另一个家庭中的家事展示显得自然、逼真。另一类视角人物是故事中的人物作为视角人物来观照自己的故事，"经验之我"与"叙述之我"相统一，如《上午打瞌睡的女孩》《伤心的黑羊》《学生作文》等，这种叙述视角因为有两种不同的视角相互交织，能够更为完整地呈现出故事以及反思故事本身的意义。更重要的是，由于"叙述之我"在观照故事时能够把"经验之我"的情感、思想和心理活动融入故事之上，这就可以将心理活动与事件进展、人物行为与叙述者评价、现实场景与其文化意蕴等较为好的交织在文本之中。不过，从严格的意义上说，人物作为观察者或视角人物，作为故事的见证者或参与者不能超越于人物本人的视野之外，而只能观察到人物视角之内发生的事情。但是，在鬼子的上述文本中，人物视角几乎都是以全知视角出现的，人物视角观察的对象或所了解的知识几乎都曾溢出了人物视角所能够观察到的地方，超出了人物视角的能力，存在明显的"视角越界"现象。再比例如，达斡尔族作家萨娜的《多布库尔河》中的人物视角也不时以类似于全知意义上的第三人称视角出现,例如:"妈妈在白雪皑皑的大地上生下了我。……"①视角人物"我"所能够了解的内容显然不是尚未出生或刚刚出生的"我"所能看到的,这也存在着一种"视角越界"的现象。《卡克,卡克》②的叙述者先由一个尚未出生的孩子讲述在妈妈肚子里的感受,接着,整个文本讲述的就是这个孩子类同于全知性视角所观照的故事。

当代人口较少民族文学之所以选择(或者说是无意识形成)"视角越界"现象,大概是因为:①人口较少民族文学既是人口较少民族文化的审美反映,也是人口较少民族群体心理、情感体验与人生经验的艺术再现。人物视角与全知视角的相互参照,相互补充,由此形成的多重视角现象能够更好地呈现出人口较少民族作家竭力要达到的叙事效果,如让读者更好地认识人口较少民族文化的独特性、认同人口较少民族的当下诉求、同情之理解人口较少民族传统的合法性存在等。同时,多重视角人物并置也可以最大限度地呈现出人口较少民族的道德伦理、风习民俗、禁忌规约、宗教仪式等,这无疑强化了文本表述地方性知识的完整性及可靠性。更为重要的是,当前,人口较少民族群体在现代性剧烈冲击下的文化认同问题日益突出,他们对经济发展与工业化开发,对城市化进程与传统居住方式改造、对主流民族文化教育与汉语教学、对传统生产生活方式改革与现代生产工艺倡导等问题有着自身独特的了解和认识。人口较少民族作家要在作品中表达出整个群体对这些问题的思考。所以,全知视角的设置满足了人口较少民族作家对这些问题的思考与认知。②由于人口较少民族文学承担着"民族寓言"书写重任,承担着重塑整个民族的身份认同或价值归属的重任,所以,人口较少民族文学向读者所讲述的故事或内容也不是个体或家族故事,而是整个民族的故事,是对民族命运的阐释或思考。这样,视角人物在观照对象时就应该有全知视角参与评价,才能为其他民族读者提供一个较为安全的认知视野和认同框架。也正是源于自觉的民族意识和身份认同意识,人口较少民族文学才能不断突破既有叙事规约,遵从自我表达需要而创造出独具民族特点的叙述方式,使之成为背负沉重民族认同意识的

---

① 萨娜:《多布库尔河》,作家出版社,2013,第80页。
② 这是萨娜发给笔者的电子文本。

"集体化"写作。

在这种情况下，出于对文化流散状况下民族群体价值观的体认，对个体身份向群体身份归属的自觉意愿，对以传承和宣扬民族文化为己任的创作立场和文化认同意识的主动追求，成为当代人口较少民族文学"视角越界"现象产生的根源。

2. "空间转向"与人口较少民族作家的文化意识

我国人口较少民族几乎都生活在偏远、闭塞的山区，人员或文化交流长期以来都处于缺失状态，形成其殊异性或非规约性意义上的文化惯习。在文化社会学看来，任何民族及其文化都依存于独特的场域，每个场域都有属于自己的"性情倾向系统"，即惯习，在这种惯习基础上形成的文化也自然具有独特的民族性或群体性特质。① 由于文化惯习的存在，当人口较少民族文化与强势文化间的交流或冲突尚不能从根本上改变其民族文化传统，且这种改变还没能上升到一个民族的集体性焦虑之时，人口较少民族的文化身份问题会处于隐而不彰之中。新时期以来，全球化及多元文化冲击使得人口较少民族文化的相对稳定状态渐趋被打破，加之人口较少民族文化的传承受人口总数不多的限制，文化的自我保护及创新能力相对不足，"其发展空间和影响就有限"，在遭受强势文化的持续性冲击面前如果没有必要且恰当的保护方式很可能导致他们的文化解体风险加剧，所以说，"从文化发展来看，制约人口较少民族文化发展的因素主要是人口数量问题……但人口较少民族的文化由于市场狭小，缺乏经济实力和现代传媒手段的支持，其发展空间和影响就有限"②。由此，他们的文化认同问题渐趋凸显并成为当前亟须克服的集体性焦虑。

"文化身份"是作为个体对集体的归属意识，是"我"在集体中的位置，拥有这种"位置"才是单一个体在心理、情感、生理等诸多层面获取意义的根本，反映着集体共同的历史经验和共有的文化符码。一旦本民族文化遭遇强势文化冲击并出现身份危机和"向何处去"的矛盾彷

---

① 〔法〕皮埃尔·布迪厄、〔美〕华康德：《实践与反思——反思社会学导论》，李猛、李康译，中央编译出版社，1998，第134页。
② 王铁志：《人口较少民族研究的意义》，《黑龙江民族丛刊》2005年第5期。

徨之时，定然会激起作为民族文化代言人的人口较少民族作家的焦虑和感伤，并试图选择那种既符合自身的言说传统且契合他们当前表达需求的文学书写方式来建构其独特的民族意识，彰显独特的民族文化，恰是这种特性才是与其他民族能够维持平等身份和确证自身的明证。所以，人口较少民族作家总是很少以"文学现代化"为借口完全照搬主流民族或其他民族文学的叙述方式和艺术手法，他们的创作所关注的问题也非纯粹的美学或审美问题，而是听从于表达的需要而非刻意按照既有的理论框架去创作，思考如何在文学的"象征形式"中表述他们的现实焦虑、意识形态立场、价值取向等问题，在叙述方式选择方面形成了独具民族特点的诸多特性，这才是人口较少民族作家在进行文学创作时遵循的基本价值规约。从这个意义上说，当代人口较少民族文学以其独特的叙述方式来建构隐喻着民族性、身份、认同等意识形态质素的"空间结构"问题，与人口较少民族作家所处的文化"场域"大有关联。

或者说，正是出于对民族文化的认同需要，当代人口较少民族文学才不得不以空间化的结构模式全方位、多角度来呈现自我民族文化的本来面目，即试图揭示出自我民族"隐藏着的"文化身份以及"隐蔽着的"历史与文化，以避免被他者所误读或肢解，重新建构出多元文化混杂状态下"想象的共同体"，让自我民族群体有一个想象的"根"的意义上的"精神家园"。乌热尔图在《鄂温克族历史词语》"引言"中明确强调要以自我民族为叙事视点，要以叙述自我民族故事为叙事重心，向他者呈现出一个自我书写且书写自我的真实的鄂温克历史。他说："……本书彰显了鄂温克人的观点与情感，无疑以其视点为中心，表述了他们复苏了的历史意识。"[1] 在这里，乌热尔图明确说出了"写文化"的真实目的就是"复苏"本民族的传统文化和文化传统。达斡尔族作家萨娜在《进入当代文明的边缘化写作》中甚至把这种写作称为"回家"："顺着歌声的引导，我们重新找到了精神的家园，回去吧，回到我们的童年，回到太阳刚刚升起的原野，回到吉祥的泥土的家园。"[2] 为了要"从湍急如流的"他者空间"退出来"，当代人口较少民族文学就不能不以多种

---

[1] 乌热尔图选编《鄂温克族历史词语》，内蒙古文化出版社，2005，第6~7页。
[2] 萨娜：《进入当代文明的边缘化写作》，《山花》2004年第8期。

叙述方式的交叉运用来建构独属于自我民族文化的"空间结构",以便让自己"重新找到精神的家园"。同时,作为汉语这一"非母语"写作的被迫选择,意味着人口较少民族作家想象中的读者是难以计数的他民族读者,他们希望自己的文学虚构出来的世界、表达的感情、彰显的思想能够被他民族读者理解和认同,让自己所属民族的文化能够和他民族文化在汉语这个平台上达成交流活动,使当代人口较少民族文学能够沿着本民族"世俗的、水平的、横向的"民族文化书写延伸到广大的他民族读者那里,这种创作立场也在一定程度上促使了文本"空间结构"的建构。恰如乌热尔图所说,这种结构能够"创作出真正属于鄂温克民族的文学作品,同时又被其他民族的读者所喜爱"[1]。所以,人口较少民族作家便很自然地借助民间口头文化中的各种叙事方式如重复、隐喻、对话、场景展示等来建构空间结构的文本,完成对本民族文化的立体展示并通过这种"展示"达到"从他们辽远的歌唱里找到回归精神家园的途径"的叙事目的。[2] 这一点在裕固族作家铁穆尔的作品中体现得尤为明显。他的《苍天的耳语》《失我祁连山》《尧熬尔之谜》《北方女王》《焦斯楞的呼唤》《星光下的乌拉金》《苍狼大地》等都是以空间并置的结构模式呈现出民族文化的传统与现在、历史与当下的矛盾冲突与参差对照。这种空间并置的结构模式对作者(隐含作者)来说,通过对本民族文化的全方位展示可以达到触摸族源、确证身份的目的;对读者来说,可以呼唤他民族读者对小民族文化现状与未来进行"同情之理解"。由此而论,铁穆尔之所以如此执着于对本民族历史加以回眸并沉溺于民族文化的一再呈现,不仅是在诉说民族文化传统在当前语境中陨落的哀思和悲悼,引发读者对多元文化语境中弱小民族文化何去何从问题的省思,并使之达到传承民族文化的功能。而且,这一叙述背后潜隐着不言而喻的话语症候,即源于作者对外来文化对传统文化侵蚀或误读行为的反拨或控诉,是一种自觉的身份建构行为。在铁穆尔看来因其人口少、文化代言人少、传播路径狭窄等而导致"声音被替代"问题一直影响着他民族读者对裕固族文化的了解,甚至出现被"污名化"、被"代言化"的问题。

---

[1] 乌热尔图:《沉默的播种者》,内蒙古文化出版社,1994,第102页。
[2] 马学良、梁庭望、张公瑾:《中国少数民族文学史》,中央民族大学出版社,2001,第7页。

铁穆尔曾在鲁迅文学院的一次发言抨击了当前作为外民族的他者对裕固族文化的误读问题，或者出于现实的经济利益或功利目的而对裕固族的"污名化"问题。在铁穆尔看来，近年来，出于各种现实利益的考虑，裕固族文化被阉割、被肢解、被经济捆绑的现象屡禁不止，一些展销会、推介会等往往打着"经济搭台，文化唱戏"的旗号把裕固族文化当作吸引人眼球的"亮点"，只不过这些所谓的"亮点"只是被他者打造的、适合他们需要的、被肢解的裕固族文化，成了"眼球经济"，与真实的裕固族文化并不搭边。更有甚者，个别商家通过生产那些不伦不类、粗制滥造的裕固族服饰和日常生活用品等来消费裕固族文化。[1] 源于对裕固族形象的"污名化"和传统文化消解风险的担忧，铁穆尔近年来甚至把自己的汉语名字"铁穆尔"又重新改为"Y. C. 铁穆尔"。这一名字的转换其实是他的民族意识进一步觉醒的表现。重新转换为裕固族的名字，是意在提醒自己不要忘了是尧敖尔的传人，要让他人记住尧敖尔文化的精髓，他担心没有文字记载的裕固族文化很可能在目前诸多外来文化冲击下解体或消亡。铁穆尔不想让他民族群体继续误读裕固族的民族文化并使之在误读中消失，不想让本民族文化在强势文化的"污名化"过程中"沉默无声"，不想让族群解体或民族消亡意义上的"流散"体验继续下去，他要用手中的笔把尚存于世的"尧乎尔"文化记录下来，传至后人，把已经或即将消失的裕固族文化重新从被误读、被污名化的历史深处中打捞上来，敞亮出来并予以重新梳理与阐释，还原裕固族历史文化真相。他之所以花费十多年功夫去写《裕固民族尧熬尔千年史》这一"裕固族历史上的第一部历史"，目的即是如此。他在该书"引言"中明确强调：自己之所以写作此书，就是希望其他民族读者从中了解和认同尧乎尔人，不带偏见或"先入为主"的态度去看取尧乎尔人的思想感情，真正理解和包容尧乎尔人的现实焦虑，把裕固族当作和他们相同的、平等的一员，"而不是看作为'被研究''被观看'毫无自主性的一个社群"[2]。为了让民族文化呈现出其本

---

[1] Y. C. 铁穆尔：《每个民族都有自己的"黑匣子"——在鲁迅文学院的发言》，http：//blog. sina. com. cn/s/blog_9ece95ad01016maz. html。
[2] 铁穆尔：《心血写就〈裕固民族尧熬尔千年史〉》，http：//www. dzwww. com/2011/dqm-jzgh/zxbd/201108/t20110807_6524845_1. htm。

来面目,铁穆尔不断在文本的空间转向建构中尽可能写文化,写本民族即将消散的文化,写真实的民族文化。在这里,文中所一再强化的"看到""了解"等,与乌热尔图渴望人们"记住"的叙事目的存在十分典型的互文。

笔者对铁穆尔及其文本的分析无疑是个案性的,但铁穆尔的现代性体验、文化观念、创作立场、叙述旨归等却是人口较少民族作家的一致诉求,强弱势文化间冲击的力度与传统文化消失的速度,都远远超出了他们心理与情感上的承受程度,他们的作品也共同表述着他们在现代性语境下文化或身份难以定位的彷徨,表述着他们对如何纾缓或克服这一焦虑的方案设计的思考。在传统文化书写中建构族群认同,在族群认同建构中书写传统文化,成为人口较少民族作家创作时的基本价值预设,"空间结构"的叙事模式选择也成了人口较少民族作家价值预设的艺术化显现。一如有学者所说:"全球化使得一直被压抑在文化边缘地带的旧殖民地国家的文化身份变得日益模糊起来,那里的知识分子迫切需要寻找自己民族文化身份的价值和文化身份的认同。"[①]人口较少民族文学的"空间结构"其实是人口较少群体身份焦虑的外在显现,蕴含着丰富而复杂的意识形态内容。

3. "空间转向"与人口较少民族作家的多元现代性想象

任何一种文学叙述都是权力话语或意识形态话语的表征形式。当代人口较少民族文学的"空间转向"其实隐喻着人口较少民族群体对现代性宣扬的线性时间观的质疑或抗争,对设计一种立足于本民族现实基础上生成多元现代性方案的探索或建构。对人口较少民族来说,他们的文化本来是缓慢的甚至是静态发展的,而现代化的发展却是剧烈的、线性进化的、全方位的。要想使存续能力较为脆弱的人口较少民族文化能够在多元文化混杂语境下得以健康良性发展,就应该让他们的文化发展有一个缓冲、过渡的周期。但是,由于现代化发展已被确立为当前整个社会的基本价值规约与发展逻辑,人口较少民族不得不共时性进入工业化、城镇化这一现代化发展的基本模式之中。在静态自守与剧烈变动这两种不对等文化的冲突和碰撞过程中,如果不对人口较少民族文化加以保护,

---

① Robinson, Douglas, *Translation and Empire*, Manchester: St. Jerome, 1997.

其结果无疑是毁灭性的。尽管按照巴斯的观点，族群并不是以地理与社会的隔离为存在前提的，人口流动与社会互动导致文化差异消失的判断是不合理的。他强调指出，恰是族群间的亲密接触、相互依赖所形成的互补共生的互动结构，才能促成族群交往的规则或惯例的形成以及类别式的族群差异的维护。[①] 但巴斯的这一论断却忽视了各民族间因其人口、经济、文化等方面的不平衡所带来的对现代性承受能力的结构性差异问题。作为文化承载人口较少的民族，他们对现代化的情感态度以及自身文化的调适能力明显不同于其他民族。在时间层面上，作为猝然间被强行纳入现代化发展进程中的民族，他们对快速而至的现代化还缺乏一定的适应周期。一旦以线性进化为基本表现形式的现代性发展逻辑危及长期处于相对静态、稳定的人口较少民族社会的自身运行规律，由此引发的不适或不安很难使人口较少民族群体主动拥抱或追索普适性的现代性话语。在空间层面上，作为长期生存于相对清静自守、人与自然和谐共融、稳定单一状况下的人口较少民族，在迫不得已面对全球化及多元文化的强烈而持续性冲击之时，他们的文化心态、心理意愿和现实情感都还缺乏对突然间出现的他者文化冲突的各种准备，由此而使他们很难以一种理性的、科学的态度去审视或评估本民族文化与外来他者文化的优劣短长。所以，对现阶段的人口较少民族来说，不能按照普适性的发展规划来硬性要求他们与其他民族一道以共时态的、同质性的方式进入现代性发展逻辑，应给予他们的文化发展一个适当的调整、适应周期和其他诸多方面及条件的支持，慢慢培育、逐渐巩固，才能增强其自身文化的造血功能，犹如刚刚栽上的树苗不能施加营养过于丰厚的肥料，否则会导致尚处于弱势状态的文化崩溃或解体。

特别是近年来，在国家政策层面的"西部大开发""工业化""城镇化"强力推动或裹挟下，几乎所有的人口较少民族都被纳入快速的资源开发、工业化和城镇化发展进程之中，导致本来生态环境相对脆弱的人口较少民族地区出现环境污染、传统生产生活方式难以为继的状态。同时，他们也难以接受或适应新的生产生活环境、新的生活方式、新的文

---

① Hans Vermeulen and Cora Govers, *The Anthropology of Ethnicity*, Ansterdan: Hert Spinhuis, 1996.

明形态等问题，从而进一步加剧了人口较少民族的生存焦虑，他们的文化消解风险也在不断上升，甚至出现一些亟须解决的社会问题，如酗酒、不思进取、打架、偷窃，甚至仇恨社会等，乃至出现"如今，有些人好像是在相互比着看谁的心变得更硬或更麻木"这一问题①。特别是先前与人口较少民族文化息息相关的生态环境的日趋恶化，更是从根本上影响着人口较少民族的文化安全。乌热尔图的《哪儿签上我的名》以猎人腾阿道之口指出现代性发展带给狩猎民族的创伤：雷鸣般的机器声淹没了传统社会里的鸟鸣与风声，成片成片树木的砍伐取代了传统社会中人与自然的和谐共处，汹涌而至的各类外来人群干扰和破坏了传统社会中温情脉脉的族群关系。更为严重的是，随着鄂温克族狩猎所依靠的森林被大量砍伐，直接危及鄂温克族传统生产方式的继承，驯鹿因吃不到苔藓而濒临死亡，即使是鄂温克传统文化中的"风葬"习俗也因找不到"像样的树"而导致"萨满卡道布老爹甘愿死在猎人的枪口之下"。所以，《哪儿签上我的名》的叙述者伤痛地指出："这么几年，我就……再也……再也……找不到……像样的林子，找不到……它……了。你把我……扔到河里，让我顺水……让我……顺水……"②铁穆尔在《蓝翅膀的游隼》中揭示了随着"牧民安居工程"的推进，在渐趋城镇化过程中牧区世代传承的生产生活方式发生了根本改变，裕固族传统文化面临解体。面对民族文化解体的忧虑，种族存续与否的焦灼以及民族未来走向的无着等诸多的现实困境，人口较少民族作家不能不在创作中表述对现代性的犹疑或抗争，他们氤氲着一种对"过急现代性"的忧思情结。所谓"过急现代性"是指：现代性方案原本是强势话语掌握者对弱势话语的一种同化或收编行为，这一同化或收编行为其实并没有充分考虑地区及民族间的差异或者认为地区及民族间的差异最终要被纳入共时性的理性发展过程，一旦当现代性发展进度及深度超越了个别地区及边缘民族自身承受程度，则会出现与现代性相伴随的各种负面问题，如文化消失、文明瓦解、生态危机等。对当前的人口较少民族来说，国家话语层面的现代化因较少关注到不同地区承受能力的差异而使部分边缘或少数

---

① 铁穆尔：《蓝翅膀的游隼》，《民族文学》2014年第4期。
② 乌热尔图：《你让我顺水漂流》，作家出版社，1996，第136页。

民族地区无论在精神层面，还是在社会层面均出现若干与现代性相悖的现象，故此，笔者把少数民族地区的现代性称为"过急现代性"。萨娜的《进入当代文明的边缘化写作》对此有清晰表述："工业化和商品经济的冲击让他们力不从心，无所适从。他们从思想上和心理上都缺乏准备和过渡，无法自然地穿行于两种文化两种文明之间的巨大峡谷。人与自然的关系不再是和谐、密不可分的，伟大的马文化随着草原的退化和森林的毁坏而最终消逝。"① （在本书后半部分，我们会一再看到"无所适从"一词出现在人口较少民族文学文本之中，这一现象值得我们深思——笔者注）作为在各方面都还没有做好充足准备的情况下就被迫纳入现代性进程的人口较少民族来说，他们不是不希望现代化和现代文明，不是不希望过上富裕、文明的生活，而是渴望以自己的独特方式、适合自己的方法、本族群能够承受的速度进入现代化进程，这种心态反映到他们的文学创作中就是以"空间转向"这一象征形式来抵制线性的、进化论式的现代化，空间化场景并置恰好表达了他们所认同的空间独特性、文化多样性和生产生活方式复杂性的现实，而不希望被强行纳入单一的线性发展逻辑的拒绝心态。就此而言，人口较少民族文学以空间结构来组织文本并在空间结构中呈现丰富而复杂的本土文化，其意义也就不止于形式的简单选择，而是蕴含着以空间化的地方性言说方式对抗现代性发展之意，并试图以空间化形式来倡导一种适合于本土现实的多元现代性，其意义在深层逻辑上犹如笔者上文已详细论述的"对话体叙述方式"的意义。或者说，人口较少民族文学的空间结构与人口较少民族对现代性标准话语的质疑和抗争有着一种互文性勾连。

也就是说，作为现实生活中的边缘或弱势群体，人口较少民族群体在尚无法以其他手段对源于强势话语的现代性实施某些对抗性策略之时，就不得不转而在话语或文本层面实行一种仪式性、想象性的质疑或抗争，这是他们要掌控族群历史书写权和还原族群生活真相意义的书写愿望和"抗争宿命之路"。从这一意义上说，当代人口较少民族文学空间结构的选择无疑表述着人口较少民族群体在现代化经济发展和欲望膨胀推动下因生态破坏而产生的惴惴不安却无可奈何，以及面对复杂社会无所适从

---

① 萨娜：《进入当代文明的边缘化写作》，《山花》2004 年第 8 期。

而想要退回传统环境又不可得的心理。或者说，当代人口较少民族文学的空间转向并不是单纯容纳文学素材的一种文学手段，而是与种族、群体、性别等群体性意识形态交相融合的一种价值之网，是将文化或身份差异书写转化为一种寻求自我言说方式的手段。所以，当代人口较少民族文学的叙述者才经常打断故事发展线索，随时插入一些在叙述者看来最能够代表本民族特性的文化习俗或文化景观，对其他民族读者来说，这些"地方性知识"能给他们以"陌生化"的审美体验（当代人口较少民族文学的汉语写作已经预设了接受者，即能够读懂汉语文学的读者）。其实还不止于此，人口较少民族文学对"地方性知识"的审美展示更多意义上是在表述一种立场，一种意识形态话语。即通过空间化叙事结构的美学营构来强化文本的民族特性和文化属性，并试图通过对这种民族特性与文化属性的展示建构文本的"召唤结构"，以吁请其他民族读者能够对弱小民族文化予以最大限度的认同与理解，能够对他们的现实诉求有"同情之理解"。在这一"期待视野"内加以审视人口较少民族文学的空间结构问题，也许更具问题观照的现实可靠性。

在人口较少民族作家看来，任何民族都有权利选择适合自身发展逻辑的现代性模式，或者说，现代性本身应该是多元的、在地性的。也就是说，全球化在更根本的意义上不能也不应该是文化的同一化、均质化，而是需要地方性文化的重新复兴来使不同民族文化间呈现出在差异性与多元性基础上的对话与商谈，当代人口较少民族文学的空间结构无疑是对这一问题的自觉思考，并使之作为一种积极寻求全球"本土化"和本土"全球化"的方式，以试图在民族文化和全球化文化之间寻求一种和谐共存的现代性发展模式。因为，尽管对现代性的焦虑和阵痛可能是所有后发外源性民族或社会所共有的体验，文化承载人口相对较多的民族对这一焦虑的表述却不同于人口较少民族，原因可能在于：人口较少民族较之于其他民族对于文化流逝、语言消亡、社群解体及道德断裂等问题有着更为切肤的生活及情感体验，而作为民族文化代言人的人口较少民族作家便试图通过这种言说方式去建立适合本土实际的现代性，并借助这种可选择的现代性通往一个适合他们的可选择的未来。在这个意义上，当代人口较少民族文学的"空间转向"具有典型的"再现的重负"性质，"空间"也就成了文化空间、意义空间。这一形式选择与人口较少民族的当下焦虑存在着极为鲜明的视域融合和逻辑谱系，隐喻着对作为同质化话语的线性进化论的抵制，对强势文化线性"入侵"的拒绝，对人口较少民族探索适合本民族实际的多元现代性的合法性权力的争夺。

　　问题的吊诡之处在于当代人口较少民族文学无论是出于对口头传统的现代性改造、多元文化语境中民族身份认同的需要，抑或是对现代性的一种批判性反思，在致力于空间结构书写而试图以此作为消解或抵制现代性的一种文学的民族寓言时，都有可能存在因过度浪漫化或非理性张扬民族文化或身份认同而出现质疑或抵制外来文化的风险。在强势文化（文明）步步紧逼的形势下，对传统不加批判地认同并以之为民族存续之"根"的愿望，何以能够实现，"回去"谈何容易，"回去"之路又在何方？甚至可以说，在当前全球化浪潮日益席卷各个边缘区域或收编各少数族群之时，又能回到哪里去呢？你想象中的那个"家"还是你记忆中的"家"吗？这些问题是值得深入思考的。当前，人口较少民族书面文学在题材选取方面几乎都是集中书写本民族地域空间内的风情、民俗、仪式等以及本民族内部的生活状况层面，对本民族传统文化的各种书写远远大于对现代性语境下人物内在灵魂的刻画，对族群生存空间景观或风物的重视远远超过对生存空间内"人物"及其心理情感体验的重视。也就是说，对"人物"的描写淹没在对"物"的细致刻画之中，文本中看不到多元文化碰撞互融状态下"人"的生存体验和心理冲突，看不到多重矛盾共时态冲击面前"人"的内在灵魂的挣扎与人性的变异；在主题设置上，总是氤氲着本民族传统即将或已经消解的忧思或质疑，不能对"传统"加以理性审视与辩证观照，把"传统"的有无看作是民族存亡的直接证据，对传统的尽情讴歌与对现代文明的刻意"误读"成为一条贯穿在人口较少民族文学书写中的红线；在价值立场上，时常以二元式立场深情缅怀本民族往昔的温情而痛陈现代性发展的无奈，却对城市化进程日益向纵深拓展、民族地区融入现代生活步伐渐趋加速语境下现代生活景观和现代思想观念缺乏真实而全面的艺术性叙述，本民族的"一切皆好"，他者的"一切皆坏"成为这一叙事伦理的基本症候。这一创作心态在当前人口较少民族文学中是普遍存在的。

　　也许正是因为意识到自己"融入"其他民族的艰难以及渴望维系自我民族身份意愿的强烈，人口较少民族作家才一再致力或沉溺于自我民族的"单边叙事"之中,致力于对本民族文化的极力渲染或展示之中,致力于对民族传统的诗意营构与浪漫化想象之中,他们很少去关注本民族空间之外的世界(即使在文本中也会出现对外在他者的书写,如在对城与乡关系的书写中也关注城市问题,但是,由于不能真正深入现代他者生活,他们的文本几乎都是以对他者的片面化,甚至妖魔化书写来张扬本民族优越感作为叙事的基本价值规约),很少关注本民族文化如何实现现代转型的问题,很少关注他者文化如何与本土文化相互融合的问题,很少关注经济发展如何与民族文化齐头并进的问题等,并以之为自己创作的基本成规以及创作的根本出路,从而限制了人口较少民族作家的观察视野、思想境界、取材范围与艺术创新。萨娜对"东北三少民族"文学的分析也许更有针对性,"三少民族作家……从思想上和心理上都缺乏准备和过渡,无法自然地穿行于两种文化两种文明之间的巨大峡谷。这个瞬息万变的世界在他们看来如此喧闹和矛盾倍出"[①]。或者说,对民间文化传统和民族性的皈依或过于迷恋,对自我民族文化不乏民族主义意义上的认同式书写,对现代性生活状况下人们心理与情感的隔膜或陌生,对他者民族的非理性想象与情感拒斥,对本民族现实生存与发展问题的片面化、非辩证认知和情绪化评判,制约了人口较少民族作家对现代化生活方式的冷静观照;对本民族文化传统和生活方式的民族主义意义上的维护和尊重则制约了对民族文化背后价值功能的辩证与全方位挖掘,对民间口头传统的执着汲取并以之为文化认同的基本精神资源,则制约了他们对现代文学观念、文学思潮及艺术手法的自觉融化,进而影响到人口较少民族文学对普适性价值或人类学价值观念的再度阐释,影响到人口较少民族文学的现代性转型进程和审美现代性的生成。由此可知,在文化守成与知识创新、传统信仰与现代理性、民族认同与人类认同之间的冲撞、矛盾渐趋凸显的全球化语境下,人口较少民族书面文学对民间口头传统的审美重构,依然会面临诸多的难题。

---

① 萨娜:《进入当代文明的边缘化写作》,《山花》2004年第8期。

第二章　当代人口较少民族文学的母语思维与汉语写作

一个民族的语言不仅渗透着该民族独特的心理结构、审美意识、历史传承和文化密码，而且蕴藏着该民族的生产生活方式和思维惯习，是该民族区别于他民族的重要标志。本尼迪克特·安德森甚至认为："民族"是一种"想象的共同体"，而对"民族"这个"共同体"的想象，"最初而且最重要的是通过文字（阅读）来想象的"，也就是说，"从一开始，民族就是用语言——而非血缘——构想出来的，而且人们可以被'请进'想象的共同体之中"。① 对我国人口较少民族来说，他们的母语是与其相互适应或匹配的生存环境、特定的生产生活方式、丰富的民间口头传统以及独有的文化基因紧密相关的，母语更能恰当而充分地表述他们在特定社会时空内的情感体验、生活经验及生命意识，更能给予他们以认同感和家园归属感。乌热尔图在其晚近自传式作品《我在林中狩猎的日子》中以事后回忆的方式表述了自己对母语及母语文化的认同。他说，在他17岁初下乡插队时，"鄂温克猎民定居点生活的一切，对我来说都是陌生的。说真的，那时我对自己的民族身份还很含糊"。但在偶然听到父亲和一位鄂温克猎民用母语攀谈时，"我觉得周围的声响消失了，只有那鄂温克母语平缓的音调带着一股甜味，在我耳边飘荡；父亲和我，也包括小八月，都罩在这声音编织的光环中，不再惧怕任何威吓与欺侮了。那一刻，有股暖流朝我涌来"②。考证此处乌热尔图本人回忆的真伪与否并不是笔者引用该文的目的。乌热尔图事隔多年之后仍然在重述这一回忆本身其实是在以"现在/回忆"这一双重视域叠加方式，重申对本民族母语的依恋与认同（在"当前"的现代性语境下回忆"过

---

① 〔美〕本尼迪克特·安德森：《想象的共同体：民族主义的起源与散布》，吴叡人译，上海世纪出版集团，2005，第141页。
② 转引自刘大先《重寻集体性与文学共和——为什么要重读乌热尔图》，中国作家网：http://www.chinawriter.com.cn/，2013年12月23日9：30。

去"这一行为本身,就具有极为丰富的阐释意味)。从根本上说,每个民族都有自己独特的表达方式和言说传统,这种独特的表达方式和言说传统是与本民族独特的生存空间、生产(生活)方式、文化惯习等融合为一体的,蕴藏着特定民族的文化密码和文化精神,也是其他民族群体很难感受并认识清楚的。达斡尔族作家萨娜则从另一层面表达着对母语的认同。她说,因为从小没有很好地学习母语,达斡尔老人口语中蕴藏着的生存密码自己已难以破解,母语散发出的文化韵味自己已很难感悟,母语蕴藏着的情感体验和心理隐秘自己已很难触摸,与母语的隔膜或距离使她难以聆听到源自民族深处的历史回响。所以,她甚至认为母语是"叙述民族灵魂的唯一可靠的载体"[①]。

根本上说,任何民族的语言都是本民族群体思维方式及文化传统的再现,也必定随着环境和时代的改变而不断扩充或拓展本民族语言的言说范围和所指深度。新时期以来,在由现代性发展所带来的文化交流、生产生活方式转型,多元文化杂糅等这一整体语境下,在先前较为封闭而单一的文化语境中形成的人口较少民族母语已难以充分表述现代社会里本民族群体的生活经验和情感体验。或者说,由现代性日益展开所引发的生活复杂性与心理体验的多层面性,已远非传统文化土壤中孕育生成的人口较少民族母语所能够涵括的。同时,随着人员的跨族流动、少数民族对汉语的普遍接受,强势文化的全面"入侵",人口较少民族母语及其母语文化生态面临着被强势语言侵蚀而渐趋丢失的可能或危险。在这一情况下,对强势语言,特别是对汉语的学习与采用成为人口较少民族的一种趋势和常态。

一方面,对外来异质语言的普遍采用尽管扩展了本民族母语的表述范围和言说深度,却破坏了自我民族母语文化的原生态系统,特别是人口较少民族年青一代越来越注重对主体民族语言及文化的学习和掌握,熟练掌握并运用母语言的人群越来越萎缩,甚至有些人口较少民族母语处于濒临消失的境地,更加强化和加速了人口较少民族母语文化和母语的流失。与此相关,他们的言说系统、价值观念、思维方式等都可能随着母语的流失而烟消云散,由此不能不危及他们的民族认同和文化归属。

---

① 萨娜:《没有回音的诉说》,《作家》2002年第3期。

在人口较少民族群体看来,母语能够增强自我民族的民族自信和自尊,能够使自己与祖先、与故土建立血脉相连的关系,言说母语更能够让人感受到一种源自灵魂的温暖,生发出一种找到家园般的归属感。一旦母语连同母语塑造的母语文化被他者文化强行驱逐,他们的认同问题、归属问题、身份问题等都将变得沉重而急迫。高山族作家林华曾感伤地指出,受多元文化的不断冲击,高山族语言及文化逐渐的边缘化,高山族语言越来越淹没在主流语言的汹涌潮流之外,甚至自己的族人也以不说母语为荣,这样,"让我的民族归属感如此地脆弱和单薄"①。一旦将语言问题与民族归属问题相勾连,语言的流失无疑会伴随着身份的迷失,由此所形塑的心理困惑与情感上的孤独无依感是其他民族难以体验和认识到的。因为,他们的文化、传统以及所有相关的知识系统都是靠本民族的语言传递与承载的,与他们的思维方式、看取世界的方法与感应万物的方式等其实是一体两面的问题,母语的流失自然就是文化身份的流失,是族群记忆的流失。所以,裕固族诗人贺继新在《告别昨天的梦乡》组诗中就把失去本民族语言的民族看作是"没有爹娘的孤儿","不论是阴暗的过去还是灿烂的未来/落泪的故事仍在我们的记忆抽屉里存放/没有文字的历史就像没有爹娘的孤儿/让人隐隐感到生活峡谷的无比空旷……"②。鄂温克族作家敖蓉对此的担忧无疑可以看作是现代性语境下人口较少民族群体的集体性焦虑,"……一个连文字都没有的民族,母语的渐渐消失和远去的鹿铃声真是令人堪忧啊"③。"孤儿"是家园破败与灵魂漂泊的隐喻,"鹿铃声"的"远去"是传统生产生活解体的暗示,母语的"消失"则是民族文化传统不在的先兆。对于文化传统本来就相当脆弱的人口较少民族来说,如果传统以及与传统相关的一切都要在现代性语境下共同消失的话,他们就真的再也触摸不到源于祖先的"心跳",再也接受不到源于民族历史的启迪。他们的根基何在?身份又有何依凭?在他们看来,人口较少民族的文化是脆弱的,人口较少民族的力量是脆弱的,弱小民族的语言因使用者少、使用范围小而同样是脆弱的,在强势文化与较大民族语言奔涌而至的现代性语境下,他们脆弱

---

① http://blog.sina.com.cn/s/blog_623b24c10100hj0m.html.
② 贺继新:《告别昨日的梦乡》,《民族文学》2012 年第 2 期。
③ 敖蓉:《爱的过程》,《草原》2008 年第 7 期。

的语言的消失已成为一个难以规避的现实。所以,同为达斡尔族作家的苏莉也一再表达了对这一问题的忧虑,"在这个纷扰的世界,没有人会在意这样一个小民族的失忆和我们最终的失语","我们听不到祖先的心跳和他们过去的叹息。我们的母语也在面临着消逝的结局,我们的前景越来越像一堆毫无名堂的杂草,没有记忆,没有历史,我们的存在在变得越来越难确认"。①

另一方面,在语言心理学看来,对他者语言的运用并不能完全根除自我民族语言言说方式的在场,自我民族语言及其言说方式的成规及其基因会以一种无意识形式渗透在对他民族语言的运用之中并使之与本民族语言之间形成语言间的疏离、审视和"变形",或者是一种语言间的"换语"。即在对主流民族话语形式加以"改造"或"征服"中追寻自我民族属性和地域属性的隐性表述,在二者的相互"征服"或"改造"中形成了主流民族语言的另类形态。深谙非母语写作的英籍印度裔作家拉什迪认为,其他民族的作家对英语的母语化改造可以形成"多种英语"现象(Englishes)。对于有语言而无文字的人口较少民族的作家来说(包括即使有母语文字也是以汉语创作为主的人口较少民族作家),当他们或主动或被迫选择"汉语"这一"非母语"或"第二母语"方式从事"身份建构"的文学创作活动时(在当前市场经济或商品逻辑占据文化消费空间的情况下,少数民族母语刊物,特别是文学类刊物的发行量普遍较少,而汉语文学类刊物发行量尽管受诸多因素影响有下滑趋势,但较少数民族母语刊物仍占据主导位置,当代人口较少民族作家以汉语作为写作语言也就具有了多重价值空间),不仅使他们的创作心态和言说方式不同于汉族作家,而且也使其在"换语"的写作过程中通过对汉语言的民族化改造而建构出独特的审美意味,"汉语"在当代人口较少民族汉语文学中也自然地被民族化、地方化了,"汉语写作"作为一种独特书写现象成为人口较少民族文学研究的必要视域。或者说,人口较少民族文学的"汉语写作"之所以成为一种独特的文学现象,在很大程度上亦是因为"汉语写作"在"批判性借用"汉语的过程中,扩充了汉语的表现空间,丰富了汉语的文化内涵,增加了汉语的地方性知识表述,并

---

① 苏莉:《没有文字的人生》,《骏马》2002 年第 1 期。

在这种"借用"中建构了自我民族文化与言说方式的新传统,以汉语表述着自我民族久远的历史回响,以汉语建构着自我民族对生命、对灵魂、对生死轮回、对永恒等问题执着叩问的方式,以汉语诉说着自我民族寻找精神家园,安放焦躁不安灵魂的艰辛。

也就是说,当代人口较少民族文学的汉语写作既面临着母语思维的潜在影响,又存在着口头言说方式与文字书写规则、文学性追求与文化翻译等一系列复杂的矛盾及问题,人口较少民族作家不得不在母语思维与汉语表达之间加以"创造性转化",在改造他者的同时力图使汉语成为"某族的汉语",是"第三种语言",既非本民族语的,亦非他者语言即汉语的,呈现出最直观的文化及文学的民族性及多样性特征,套用普鲁斯特的话说,这是在"用陌生的语言进行写作"。这种极具地方性知识特征的语言运用经验,在文化同质化趋势不断凸显的语境下,尤为值得关注。因为,语言是参与文化的创造和更新的主导因素,特别是作为语言艺术的文学,对汉语言的创造性运用本身就是在创新或创造民族文化,是创新或创造民族文化的传承与发展方式,使之保持活力、生机,而不是单纯依靠固守传统和静态性守护来达到的。锡伯族作家傅查·新昌曾认为是汉语改变了他的命运,创造了新的傅查·新昌。在他看来,不要以为只有母语写作才是传播、承载民族文化的最好方式,汉语写作在扩大受众面方面更是一种较好的方式,因为只有那些不仅能在本民族范围内产生发散性影响,而且也能对其他民族的精神生活产生辐射性影响的作家作品,才有可能具有世界文学意味或者说进入世界文学圈内。锡伯族作家佟加·庆夫也说,随着汉语教育在各边缘民族地区的广泛普及,民族语言的生存空间越来越狭小,能够使用与阅读民族语言文字的人数自然越来越少,同时,由于现代数字化传播技术与民族文字间的距离,导致各小民族语言文字很难大规模推广出去,在这种情况下,"不用汉语创作,不积极利用有较高发展水平的其他民族的文化成就,要发展本民族的精神财富不但不可能,而且还会在自我封闭中失去更多的读者,也就很难开创面向世界的锡伯族文学"[1]。即使在有本民族的语言文字,母语写作机制也较为完备的塔吉克族、乌孜别克族、俄罗斯族、景颇族

---

[1] 佟加·庆夫:《双语与锡伯族创作文学》,《满族研究》1995年第1期。

等民族中,他们的主要作家也基本上从事"非母语写作"或双语文学创作,并以基于本民族文化传统方可意会的心理气质对汉语言加以创造性改造,进而扩大了本民族文学的接受范围。

在一个"想象的共同体"的文化符号域之内,语言是文化主体性和言说权力的体现。对汉民族的作家来说,年青一代不说"再见"而说"Bye"、不说"你好"而说"How are you",不说"控制"而说"Hold住",这些现象本身很少会让人联想到汉语及汉文化的消亡问题。但对人口较少民族来说,一个传统语符的消失、一段口语故事的失传、一个外来新词的引入等都有可能危及他们母语文化的存续问题,使他们感受到文化、身份能否维系的问题,由此引发的文化不适问题尤为强烈,其结果是人口较少民族的传统价值观和文化结构随之陷入严重的危机之中,这一问题必然影响到人口较少民族作家的创作心态和书写立场。或者说,一旦一个人在母语中感受到的舒适感被剥夺,或者被强行带离母语这一文化母体,就会产生无助感、失去方向感以及舒适感或依赖感被剥夺的感觉。在这种情况下,人们往往就会在被迫选择的另一种语言上寻求重新建构舒适感的其他途径。对当代人口较少民族作家来说,"汉语言"的被迫选择是他们在情感层面难以接受但事实层面又不得不接受的问题,他们在先前圆融状态下的、能够给予他们心灵安慰与情感抚慰的母语在不能面对强势的他者语言时,在对汉语这一他者语言被迫接受的同时对其加以必要的"转换"或"变形"就成了他们最为迫切的需求,结果导致当代人口较少民族文学的汉语写作可能被赋予过于沉重的价值诉求或意识形态功能,他们不得不在汉语"标准"和母语思维中突出自己的异质特点,在使自身的文化传统与汉语语言符号的融合中重新书写自我对世界的体验和感悟,并以新的方式对其生存境况予以美学编码,这样就在运用汉语的同时对汉语加以了民族化改造或加工,并以鲜明的自我意识敞亮出曾渐被遮蔽或被误读的文化命运,以证实那些未被"中心"认可或遭到忽略的边缘写作在场的意义。对当前人口较少民族作家来说,尽管在汉语写作这一过程中不可避免地会出现本民族文化被改写、被汉化,甚至会出现一定程度上的肢解本民族文化、消解母语精神的现象。就当前情况来看,汉语写作对人口较少民族作家来说,也许不是最好的选择(母语与民间口头文化保持着最直接的关系,也可以说,母语是与自己民族的文化母体相连的),但却是在全球化及多元文化交互混杂语境下的一种较好选择。对汉语的熟练掌握不仅是语言、思维的问题,也是扩大文化交流的必要条件。乌热尔图在《敖鲁古雅祭》中以隐喻化方式表达了对非汉族作家汉语缺失的警惕。他在文中借人物玛丽娅·索之口说:"我就是不会说汉语,有那么多的话憋在心里说不出来。"① 在这里,所谓的"那么多的话憋在心里"的痛苦并不是说这些话"说不来",而是用小民族语言说出来却无人去听,或无人能够听懂。这种焦虑才是弱小民族群体最容易发生的焦虑。特别是汉语作为当前我国的官方语言且汉语教育正逐渐向国内各地区快速普及,国内绝大多数刊物、出版机构以及新的电信或数字化传播媒体认同的主导性语言也是汉语。在这种情况下,对人口较少民族来说,运用汉语并在汉语中融入民族特征的书写方式也许更能起到保护民族传统、传承和宣扬民族文化的功能。

就其实质而论,以汉语写作的人口较少民族作家因为有了他者文化与本民族文化的双重视角而使其自身既成了他民族的边缘者,也成了本民族文化的边缘者,这一双重边缘身份选择既能够使他们对他民族生活及文化有着更为深入的了解和认识,也对本民族文化有着更为深刻的领悟与观察。或者说,当代人口较少民族文学的汉语写作体现了典型的"离散"视角。"离散"视角其实是一种双重边缘视角,对汉族读者来说,人口较少民族作家尽管用汉语创作,但他们的母语思维仍潜在地影响着他们对汉语的运用,使他们的汉语写作呈现出不同于汉族文学的另类面相,从而给汉族读者带来一种全新的审美体验;对本民族读者来说,人口较少民族作家掌握着汉语言也就意味着掌握着汉文化,汉文化与本民族文化的双重意识使他们的汉语写作并不是完全的汉语化,而是以一种双重边缘意识在汉语写作中尽可能容纳本民族文化基因,创造了一种弱小民族文化传承与保护的新方式、新方法。也就是说,通过对汉语的民族化转换,使之渗透着本民族文化成规或文化因子,以此建构出全球化时代本民族的身份认同,成为人口较少民族汉语文学的基本价值规约。所以,这一写作行为非但不是自我民族身份的阉割或一种文化上的"自我矮化",而是多元文化语境下弱小民族作家进行身份重构的必要行为,

---

① 乌热尔图:《敖鲁古雅祭》,《骏马》2007 年第 3 期。

亦可以此方式呼唤本民族母语文化的到场，尽可能达到再现本民族母语文化的目的，表征着典型的"翻译性"和"跨民族性"特征。在这一过程中，尽管他们对汉语言的运用表面上看起来不如汉族作家的汉语言运用那么"规范""标准"，甚至存在被误用、被颠倒的现象，但是，他们的汉语写作却"既带有汉文化信息，又带着少数民族文化信息，甚至还带着少数民族的文化密码和心理密码。……它们是汉语又不完全是汉语，或者是汉语的新异的另类空间。因为它们带有其他民族语言的因素，具有二元甚至多元文化特色，不只让人们看到了多彩多姿的语言形态，更让人们思考它们蕴含的多种多样的文化内容"。[①]

第一节 母语思维与人口较少民族汉语文学的"语言"翻译

一个民族的思维方式及其思维工具是特定社会环境内的文化现象，是特定社会生产方式及生活方式综合作用的产物，这是不同民族间在思维方式及其思维工具方面表现出族别差异的根本原因，也是同一民族间母语思维存在共性特征的根源。母语并非单纯的言说或交谈，母语言说者与交谈对象可以在母语中直接想象到母语所言指的场景、知识、文化、心理与思维。社会学家伯格和卢克曼曾指出，语言一般除了具有最为基本的沟通和理解功能之外，它的最为重要的社会功能就是可以将言说者的主观经验予以客观化，即产生"实在"的功能[②]。由此观之，与汉族作家的汉语写作不同的是，人口较少民族作家的汉语写作必然面临着母语思维的潜在影响，本民族的语言记忆潜在规约着他们的汉语文学叙事。或者说，人口较少民族作家的汉语写作其实是本民族语言记忆的在场，来拯救被汉语所淹没的作家个体及其所属民族的经验、记忆和生活，从而形成一种避免被汉语文化所同化的新的话语系统，这就使他们的"汉语写作"在一定意义上成为一种"语言再造"行为或"语言复调"现象，内嵌着母语思维与汉语规约的双向交流或互动，建构着母语文化与

[①] 李鸿然：《中国当代少数民族文学史论》，云南教育出版社，2004，第146页。
[②] 〔德〕伯格、〔德〕卢克曼：《社会实体的建构》，台北巨流图书公司，1991，第169页。

汉语文化沟通与交流的公共平台。语言学家 Cook（1994）曾对 59 名水平都较高的双语者进行了一项问卷调查，了解他们以何种语言思维思考问题，结果显示在各类思维活动中，双语者的两种语言都积极参与思维。其中，以母语进行"祈祷"和"心算"活动的人数比例最高，超过一半（分别为 60% 和 55%）；其他各类活动中以母语思维的人数也不少，如以母语"无意识思维"和"记忆"的人数都接近一半（比例分别为 49% 和 48%）。从上述统计数字可以看出，在双语习得者的思维方式中，母语思维仍处于主导地位。另据 Kobayashi 和 Rinnert（1992）对 48 名日本大学生在英文写作中的母语思维量的自我评估调查，发现 8 名学生的母语思维量占总思维量的 75% 以上，23 名学生的母语思维量在 50% ~ 75%，13 名学生的母语思维量介于 25% ~ 50%，只有 4 名学生的母语思维量低于 25%。① 而 Lay（1982）也曾分析 4 名中国学生的英文写作文本，发现运用母语思维多的学生的作文在内容、结构和细节上优于母语思维少的学生的作文。② 上述研究表明：在运用他民族语言书写时，母语思维的影响是一直在场的。母语思维不仅影响到他民族语言表达，使他民族语言的书写呈现出另类特征，同时也使母语思维以及母语文化借助他民族语言得以彰显。母语思维与非母语写作的这一关系表征，在当代人口较少民族汉语文学中体现得尤为典型。人口较少民族作家在借助于"汉语"这一他民族语言进行创作时，不仅使这种创作的美学形态不同于汉族作家的汉语文本，而且，因为人口较少民族汉语文学的预设读者为那些掌握了汉语的群体，或者可以说是汉族群体，使汉语写作超越了纯粹的语言或文学意义，而成为人口较少民族文化传播最重要的方式和手段，成为其建构文化认同的基本资源。母语思维如何影响人口较少民族作家的汉语写作、汉语写作存在什么样的"换语"现象、如何进行语言或文化的"翻译"、形成什么样的"汉语风格"等问题，不能不成为人口较少民族文学研究的重要课题。因为从根本上说，"汉语写作"作为母语思维与他者语言相互"杂糅"的另类写作，形成的是一种典型的"杂糅"性的美学形态。

---

① 王文宇：《母语思维与二语习得：回顾与思考》，《外语界》2002 年第 4 期。
② N. Lay, "The Comforts of the First Language in Learning to Write", *Kaleidoscope*, 1988, (4): 15 – 18.

"杂糅"是指"双方或多方相互混合生成第三方的过程",这个第三方的"起源难以确定,与生成它的各方之间的界线模糊不清"。① 作为以汉语写作的人口较少民族作家,"汉语"这一他民族语言其实并不能充分而准确地表述他们的生活经验、情感体验,不能完全触摸他们的文化密码和灵魂波动,也不能真正敞亮他们的运思方式和言说惯习,甚至可以说,汉语对他们从根本上来说仍是一种他者语言,而母语及其思维方式仍是他们的一种返源性或根基性的价值归属。如何通过对汉语的母语化改造而使其不可避免地蕴含着自我原初性的文化记忆,使其在经受外来文化剧烈冲击和层叠语境下成为自我的"文化故乡"? 如何使自身的汉语写作不同于其他民族的汉语写作,并能够彰显出本民族独特的文化身份? 这些问题是当代人口较少民族作家不能不思考的问题。从这个意义上说,当代人口较少民族文学的汉语写作其实是在建构一种语言间性和文化间性,并使之形成本雅明意义上的那种"更丰富的语言"(greater language)②。无论是汉语言的直接套用、母语言说方式的汉语表达、民间口头语言的汉语转写,还是汉语的母语化改造等,都是人口较少民族作家通过对汉语言的地方化、民族化改造而形成的"复调"语言,在一定程度上彰显着人口较少民族群体的生命体验、生活经验与族群记忆。或者说,当代人口较少民族汉语文学在语言的"杂糅"中存在着典型的"语言"翻译现象。因为人口较少民族作家在母语思维与汉语写作、民族意识与现代品质、传统文化与多元文化的交融互渗之中不能不"常在两种文化的夹缝里,在不同的错位空间、风景、梦的夹缝里穿行,承受着身体的精神的语言的转位放逐之痛"③。由此所生成的语言也就成了巴赫金意义上的"复调"性语言。

1. "汉语言的直接套用"

这是指人口较少民族作家在处理国家话语与民族及个体话语、母语思维与汉语写作关系时,因民族话语与个体话语的缺席而导致母语思维

---

① Claudine C. O. Hearn, *Half and Half: Writers on Growing up Biracial and Bicultural*, New York: Pantheon, 1988, p. xiv.
② Walter Benjamin, "The Task of the Translator", *Illuminations: Essays and Reflections*, Trans. Harry Zohn, Ed. Hannah Arendt, New York: Schocken, 1969, pp. 69 – 82.
③ 叶维廉:《被迫承受文化的错位》,《创世纪诗杂志》1994年第100期。

与汉语写作间难以实现有效的对话与协商，在写作过程中母语思维处于失语状态而直接套用汉语言的表达方式和主流语言所蕴含的价值立场、观点和准则，语言的民族特性及民族文化属性被汉语言及主流文化所遮蔽。或者说，这一写作行为是人口较少民族作家主体意识、民族意识尚没有完全从主流话语规约中解放出来的一种典型表征。乌热尔图的《森林里的歌声》（《人民文学》1978年第10期）是这种写作行为的经典文本。如："太阳出来了，金色的朝霞把大兴安岭的草木打扮得如同穿上五颜六色衣裳的姑娘。""当苦难的猎人和山下人民政府派来的队伍欢天喜地在林子行走的时候……悠扬奔放的歌声飘荡在兴安岭的密林中。灿烂的朝阳把温暖的光芒洒遍密林、山岗。"① 面对长期遭受与主流民族相同的极左思潮迫害而终于迎来"文革"结束和新时期到来的鄂温克族，《森林里的歌声》的主人公感受到的是又一次"解放"或"重生"。作为鄂温克族成长起来的第一代作家，乌热尔图如其他鄂温克人一样也感受到"文革"结束带来的"太阳出来"般的新生与希望，他们的这一感受是真实的，是发自内心深处的。乌热尔图要把人口较少民族的这种感受向其他民族、向汉族读者展示出来，以此表述身为人口较少民族的鄂温克族对当时整个社会话语的及时呼应，也以此方式强调人口较少民族是中华多民族大家庭的成员，应该被中华多民族大家庭所接纳。他的这一创作立场又与当时整个国家话语之间恰好构成了共谋（或无意识）。叙述者完全以汉语的表达习惯和主流价值立场言说鄂温克民族的心声，鄂温克族作家的个体话语与民族话语被屏蔽在主流意识形态话语之外，无论是其中的"金色的朝霞""五颜六色"，还是"欢天喜地""悠扬奔放""灿烂的朝阳"等，所隐喻的内容和表达出的情感都与主流民族文学的用法类同。这一现象在当时锡伯族作家郭基南、京族作家李英敏、赫哲族作家乌·白辛、撒拉族作家韩文德、鄂伦春族作家敖长福、达斡尔族作家孟和博彦等人的创作中都普遍存在。当然，这一写作方式既有现实的考量，亦有历史的渊源。

从根本上说，当代人口较少民族文学话语的发生是依附于"少数民族"的国家话语建构而产生的，是政治层面上民族国家统一和多民族团

---

① 乌热尔图：《森林里的歌声》，《人民文学》1978年第10期。

结的衍生物或副产品,是在政治话语规约之下为"社会主义服务"的文学创作。如老舍所说:"……各民族的专业和业余的文学工作者们,必须遵循毛泽东文艺思想、遵循文艺为工农兵服务、为社会主义服务的方向,努力贯彻党中央的百花齐放、百家争鸣、推陈出新的文艺政策!"[①]在这一政治话语规约和主流思想引导或规训之内(当然也不能排除人口较少民族作家对主流话语规约的自觉依附),人口较少民族的汉语文学无论在题材选取、审美风格、价值立场、文字规范等方面都是以主流文学的审美及价值尺度加以创作的,自觉服务于国家在特定时期的方针、政策或政治任务,审美视角成为一种"外向性"视角,即他们在创作时不是以本民族的思维方式、价值观念、创作规范进行创作的,而是自觉自愿地以他民族,特别是主流民族视角来观照本民族生活的,这一时期为数不多的人口较少民族汉语文学在其本质层面是国家话语在少数民族地区的区域性投影[②]。新时期之后,尽管随着民族国家大一统意识形态的退场,现代民族国家的重构以及民族政策的调整与贯彻,作为边缘民族的人口较少民族群体有了相对自由的言说空间与话语选择,人口较少民族作家的个体与民族意识渐趋觉醒的同时也开始强调文学创作对反映民族生活、表达民族心音、倡导民族特性、建构民族身份的重要性。但是,对于长期受到主流意识形态话语规约并形成了相对稳定的思维方式、价值立场,甚至是自觉追随意识形态话语且在汉文化土壤中接受教育的人口较少民族作家来说,历史因袭的惯性力量制约着他们思维方式的更新和审美视角的转换,再加上他们内心深处对"文革"及其后果的感同身受,导致他们这一时期的汉语写作仍然是以"外向性"视角来观照自我,以主流话语的意识形态立场、价值规约和思维方式在场取代或遮蔽个体话语与民族话语的在场[③]。因此,"汉语言的直接套用"成为这一时期人口较少民族汉语文学书写的主导方式。

---

① 玛拉沁夫、吉狄马加主编《中国少数民族文学经典文库(1949~1999)理论评论卷》,民族出版社,1999,第25页。
② 关于这一问题的具体分析,请参阅尹虎彬《从单重文化到双重文化的负载者》,《当代文艺思潮》1986年第6期。
③ 这一问题蕴含着值得再阐释的空间,"汉语言的直接套用"而使民族性隐而不彰,只是在一定程度上而言的,具体问题要做具体分析,请参阅李晓峰《中国当代少数民族文学话语的发生》,《民族文学研究》2007年第1期。

一个值得注意的问题是，当前，由于中华多民族大家庭内事实上存在的"统一社会政治机体中文化的趋同性"这一问题，一些人口较少民族作家出于尽快融入当代主流文坛的现实焦虑，总是刻意模仿和按照主流文学的语言运用方式进行写作，或者以倡导"去族裔化"为写作口实，主动听从主流文学及其批评标准的"询唤"，尽可能消除母语思维的在场或其潜在影响（当然，这一问题又有着极为复杂的因素），特别是全球化时代文化的趋同性以及与现代传播媒介和文化市场的合谋，人口较少民族作家为了俯就于汉民族的审美规范或追求审美趣味的趋同性，而渐趋放弃原本能够对汉语言加以审美创造的自我民族母语思维而直接跟从于汉语言的运思方式与言说模式，结果导致人口较少民族文学本应由语言产生的独特审美趣味消失殆尽，当前民族文学批评界对这一问题的忽视，又加速了人口较少民族作家的这一创作态势。由此，也形成了"汉语言的直接套用"现象。在这一过程中，囿于人口较少民族作家对汉语言还难以产生一种触及灵魂的运用及理解，他们的汉语写作仍是止于照顾汉族读者的阅读习惯而非对汉文字的创造目的，对汉语言的功利性运用使之最终难以超越汉族作家水平（不能排除个别作家的汉语水平可以达到或超过汉族作家），他们的汉语文学创作既难以真实而充分呈现出本民族群体在传统与现代交融混杂中的文化或心理特征，在与汉族作家文学的比较中也难以凸显出自身的美学特质，结果很可能导致人口较少民族文学的"汉语写作"在与汉族文学或其他民族文学的竞争中处于并不有利的位置。

2. 母语言说方式的汉语表达

"母语言说方式的汉语表达"是指：人口较少民族作家仅仅是把汉语作为一种外在的表达工具，在语言的思维方式、情感取向、表达立场等方面却是人口较少民族自身的；或者创作主体为了实现民族文化的外向传播，汉语运用只是作为民族文化保存及传播的主要手段，只是为了增强民族文化在其他民族读者群体中的接受程度，并使其他民族群体能够认同本民族文化而仅仅用汉语来呈现本民族的母语文化或母语思维方式，汉语表达的却是人口较少民族母语的言说方式或母语言思维惯性。鬼子曾经把这一写作行为隐喻为"借用别人的梯子"。"别人"这一他者意识的明确在场使人口较少民族作家在以汉语这一他者语言进行写作时，很难对汉语产生完全的认同感并完全按照汉语的言说方式来表情达意，母语及其言说方式会作为一种"根基"性的存在规约着他们的汉语写作。鬼子曾说："……汉语的写作对我来说永远是在'借用别人的梯子'，这是无法改变的事实，我唯一能够努力的，就是以自己的种植方式使我的果园比别人的种得更好！"① 鬼子之所以强调自己的汉语写作要"比别人的种得更好"，并不是认为自己的汉语写作水平如何，而是强调自己有着特定的"种植方式"。既然汉语只是被借用的一种"梯子"（"梯子"其实是"工具"的另类表述），鬼子的"种植方式"也就只能是以"汉语"这一他者语言来表述母语言说方式而已。所以说，这一写作方式之所以能够在当代人口较少民族作家中普遍存在，在根本意义上既是人口较少民族作家对汉语这一主导民族语言产生的他者意识，也源于人口较少民族作家对本民族传统言说方式的"心有戚戚焉"。鄂伦春族作家敖长福也曾说，作为母语是非汉语的作家来说，他在借用汉语写作的时候首先思考的问题就是如何以自身独特的思维方式去改造汉语，用汉语表达自己的情感与思想，用汉语再现鄂伦春独特的生活与生产。他特别强调指出：这种方法"对一个游猎民族来说，尤为主要"②。阿昌族作家曹先强也认为，他现在虽然使用汉语进行写作，但阿昌族的民族语言和思维方式在他的脑子里已经根深蒂固并形成了相对固定的表达方式。他的汉语写作表达的都是阿昌族的思想感情。即使对汉语的掌握和运用已达到较为熟练的程度，母语思维也会作为一种"深层结构"潜在影响着他们的汉语写作。一位景颇族作家说，在以汉语写作时，当需要描写景颇族的生活底蕴或景颇族群体心灵深处那些他民族群体很难体验或感悟到的情绪时，汉语就很难应付裕如了，非用景颇语才能恰如其分地表达，母语思维的在场成为必要选择。特别是在全球化及多元文化语境下，如何以汉语充分翻译出母语思维的精髓已不仅是一种语言选择问题，而在更为深刻的意义上承担着民族文化的保存和再生的责任。

就一般情况来说，处于弱势状态下的小民族语言在与强势他者的大语言接触时，发生减损或消失危机的往往是弱势的小民族语言。它们或

---

① 鬼子：《艰难行走》，《作家》2001年第2期。
② 王丙珍、敖长福：《鄂伦春族当代文学与狩猎文化》，《内蒙古民族大学学报》2013年第2期。

者被强势语言所改写、所遮蔽,或者自身融入强势语言之中。然而,全球化在文化层面的最显在表现即为单一的主导文化收编或同化各边缘、少数族裔文化的多样性,各边缘或少数族裔语言被同化现象则是这一过程的最直接表现形式。在这一过程中,人口较少民族的母语更因其传承人口数量相对较少,以及事实上可能存在的难以与现代社会生活相适应而更容易出现被强势语言所收编、所同化的现象,母语的渐趋消失导致各人口较少民族的历史文化、精神遗产等将要出现或已经出现要么被全部转写成汉语文献,要么消失在"曾经辉煌过的天空"。母语的"终结"也就"意味着民族的思维模式、价值取向、生存方式、精神实质的全面变迁"。① 在这一现代性风险面前,人口较少民族作家有着沉重的忧患意识和焦虑体验。

出于文化自救或身份维系的迫切需要(当然,也有跨语言写作本身的因素),人口较少民族作家在借用"汉语"这一主流民族语言写作的背后,如何强化本民族母语思维的在场,如何更好地展示本民族母语文化的在场,以及如何通过母语文化在场唤起其他读者的认同,就成了他们在进行"母语言说方式的汉语表达"时必须思考的问题。由此而言,"母语言说方式的汉语表达"在最终的意义上是以此方式作为保存本民族文化的自救方案,这就使人口较少民族作家的汉语写作行为成为语言、文化、意识形态等再造行为。出于在两种语言间流浪的在身性体验,人口较少民族作家不能不思考如何以汉语创作彰显民族特性的问题,如何在借助"别人的梯子"时使自身的汉语写作能"比别人的种得更好",这成为"母语言说方式的汉语表达"的价值原点,成为人口较少民族汉语文学的基本形态之一。

3. 民间口头语言的汉语转写

"民间口头语言的汉语转写"是指:在人口较少民族作家的汉语写作中,为了有效传达和再现自我民族文化传统或独特的地方性景观,而在叙事或抒情中把大量的民间口语融入汉语写作之中,或者以汉语翻译出独具民族及地域特色的民间口语。在这样的文本中,大量用汉语加以

---

① 阿库乌雾:《我们用母语与当代诗坛对话》,中国民族宗教网:http://www.mzb.com.cn/html/report/31265 - 1. htm。

注释或不作注释而直接让非本民族读者难以理解的日常用语、谚语、习俗、禁忌等进入文本。越是民族认同意愿强烈、民族代言意识凸显的人口较少民族作家,在他们的作品中"民间口头语言的汉语转写"现象越是突出。如乌热尔图、铁穆尔、敖长福、妥清德、何述强、曹先强、空特乐等人的作品皆是如此。鄂温克族作家敖蓉的《古娜杰》在介绍古娜杰的父亲猎熊的场面时,以文化人类学方式对鄂温克民族的熊禁忌、熊崇拜等做了连篇累牍的介绍。在这里,无论是对民间宗教信仰或禁忌规约的汉语注释,还是对民间谚语或格言的现代转换,都是以民间口头语言的汉语转写方式进行的,以达到独属自我民族文化在场的目的。这种现象几乎存在于当前所有人口较少民族作家的汉语文学作品中。另外,有些文本直接以汉语来套用民族母语的修辞方式,表达着特定民族的价值思维及情感内容,如:"一个女人的美德,不只是做一个贤妻良母,更重要的是要有一颗能容人的心。""不失蹄的马不是最好的马,只有失过蹄的马才能成为千里马。"[①] 可以说,在当前全球化语境下,这一写作方式日渐成为人口较少民族汉语文学"语言"翻译的最主要形式之一。

在民间口头语言与汉语言的对话与协商过程中,"民间口头语言的汉语转写"在承担起地方性知识重构的同时,也因其丰富与拓展了汉语言的表现空间、审美内涵而成为一种跨文化视野下的"语言再造"行为,这种写作方式跨越了两种语言和两种文化之间的界限,对民间语言的汉族转化体现了两种言说方式相互碰撞、竞争而最终融合的状态,类似于鲍姆加藤所谓的"互扰"和"交互参照"理念,或者如"反吸收写作"的精神实质。一方面,母语为非汉语的作家在用汉语写作时,在保存、改写了母语的同时又以潜在的母语思维对汉语进行改写或创造,丰富了汉语的言说范围和内容,扩展了汉语的表述空间,并以丰富性、创新性的"新汉语"文学使人口较少民族文学成为双重或多重文化传统之间的交互参照。另一方面,汉语也在不知不觉之间悄然地"吸收"或"焊接"带有文化异质性的人口较少民族语言成分,甚至后者以其顽强的拒绝同化功能不断在对汉语的拒斥、竞争与融合中"吸收"和同化他者。所以说,这种写作是两种语言在相互的审视、释义、问诘、媾和中不断

---

① 敖蓉:《一个家族的故事》,《民族文学》2009年第11期。

"生成"他者的过程。就此意义而言,当代人口较少民族汉语文学问题其实是一种"跨文化的话语实践","跨"是一种"既是既不是,既不是又是"意义上的跨界行为,是一种文化间的对话、冲突、协商和对话场域,在这一场域中,充满着各种社会的、政治的、意识形态的、文化的、民族的碰撞。或者说,在"民间口头语言的汉语转写"这一写作行为中,汉语成为被人口较少民族民间口头言说方式改写后的混杂性语言形态,民间口头语言同样是一种经过书面化转写后的语言现代形态,二者间的相互跨界或越界,使这一写作行为其实成了人口较少民族作家的一种"语言再造"行为。

当代人口较少民族作家的汉语文学作品存在着母语思维与汉语规约、口头语言与书面语言、语言转换与文化翻译等多重张力,多重张力形成了人口较少汉语文学中的语言"复调"现象。而"张力"的生成意味着人口较少民族作家的汉语文学存在着多方话语的对话或协商,意味着人口较少民族汉语文学文本阐释空间的拓展与增殖,更意味着母语思维规约下人口较少民族汉语文学作品是一种既不同于他们的母语文学,亦有异于汉族文学的另类美学形态,同时彰显着民间口头语言作用于现代书面文学创作的可能与途径。当然,这一现象能否成为人口较少民族作家的文学常态,能否成为一种值得肯定或倡导的美学形态,尚有值得商榷之处。

4. 汉语言的母语化改造

"汉语言的母语化改造"是指:人口较少民族作家在进行汉语创作时,能够在熟练掌握汉语言的基础上,对之加以母语化改造,既使之成为富有本民族文化特色的言说方式和表述内涵,又使之扩充了汉语的表现空间,呈现出汉语写作的另类经验,体现了人口较少民族文学对多元文化吸收、融合的特性。就目前的情况来看,处于弱势文化状态的人口较少民族作家的汉语文学作品要想进入主流或强势文学/文化场域,参与与主流文学/文化的对话,从而建构出自身的文学/文化话语,就不能完全按照强势文学/文化原有的言说模式和表达方式来言说自身,而应该以其独特的、极富民族性与地方性特征的本民族母语思维反作用于汉语言表达系统,从而达到消解或颠覆汉语言的固有运作模式,才能使之成为真正与汉语言对话或者对抗的文化资本,在改写汉语言的同时彰显出母语文化的在场，否则人口较少民族作家的汉语写作就很可能沦为一种景观化书写或遭遇被主流民族语言——汉语所裹挟的命运。

作为当代人口较少民族作家中较早进入新时期文坛的标志性人物，鄂温克族作家乌热尔图的《一个猎人的恳求》（《民族文学》1981年第5期），是一篇在语言运用上值得分析研究的作品。该文把狩猎民族的求生愿望和他们心底的呼声全面而准确地表达了出来，作品开头无疑点出了该文的主旨："朋友，当狂风卷起漫天风沙的时候，你可曾想起森林里的小树，那样嫩弱的小树……"表面上看，这种言说方式在某种意义上可以被纳入新时期初期的"伤痕文学"或"反思文学"等文学谱系之内，在审美范式上属于当时流行的以揭示问题为主题的"问题小说"。但是，如果将《一个猎人的恳求》的语言言说方式置入鄂温克族的历史、现实及其生存语境时则可发现，上述段落蕴含着极为浓厚的民族意识，虽用汉语写作但表达的却是鄂温克群体的价值立场和道德诉求，彰显的也是鄂温克独特的民族心理和群体情感。以"森林里的小树，那样嫩弱的小树"隐喻着作为人口较少、文化脆弱、根基不稳的鄂温克族，犹如一叶在时代的狂风巨浪中被迫上下颠簸的小船，很难把握自身的命运这一现实境遇。面对如此境遇，叙述者不得不一再强调，每个民族都在创造着自己的历史，为其他民族所不能代替的历史，都有其独特的、丰富的文化精神且体验着与主流民族相同的心跳。所以，叙述者以"你可曾想起"作为对读者的一种提醒、一种呼唤，甚至是一种要求，"要求"或"恳求"其他民族群体或读者不要忽视了鄂温克族这一弱小民族的存在，不要误读、改写或歪曲鄂温克群体的文化或传统，更不要以强势民族的价值标准或审美趣味去裁剪鄂温克族独特的地方性知识系统，"不论大民族、小民族，都是一尊历史的巨人"。在这里，叙述者明确道出了《一个猎人的恳求》写作的内在意蕴。在文章的结尾处，这种向他者"恳求"的价值取向就变得更为鲜明而具有象征意味。

"要来雨了——，古杰耶——，你带上雨衣吧！"波热木大叔在喊。

这时风刮得更猛了。……

"没事儿——，一会儿就晴了——！"古杰耶喊道。

"爸爸——！下次回来——给我买枪——！"这是小满迪的喊声。

"记住了——！孩子——！"他高声回答，揩了一下眼角的泪。①

如果说"没事儿———会儿就晴了——"这种汉语表述是作者受新时期汉语文学的影响，重复着新时期文学的"雨过天晴"这一常见的叙述模式，那么，以小满迪带着稚气的"给我买枪"这句孩子的语言，表达的却是鄂温克牧民带有普遍性的内心呼唤。如果不了解"枪"对于鄂温克族人日常生活乃至文化精神的影响，就很难了解"给我买枪"所表达、渲染的民族文化精神，叙述者正是在这种富有民族特质的事项表达中解构了汉语的初始意义，注入了鄂温克民族的精神内核和认同诉求，使之成为一种重构文化记忆的行为。在乌热尔图看来，由于没有本民族的文字，鄂温克群体一直没有自己的话语权，没有自己书写的能够真实表述鄂温克族历史、现实与本民族群体心理活动的历史，以往的历史都是由其他民族代言、改写的历史。在这种被他者代言的过程中，鄂温克族真实的历史长期被遮蔽在强势话语的表述逻辑之中而得不到敞亮的机会，缺少与他者的交流或互动，缺少多民族文化间的竞争与碰撞，鄂温克族在传统基础上形成的并与特定的生产方式相一致的独特的民族文化处于相对固化或停滞的状态，进而削弱了鄂温克族文化的内在生长力。一旦某种文化缺乏持续的、动态性的生长力，在外来文化的强力冲击下就很难独善其身，文化的瓦解或消失便不可避免。出于这种现实焦虑，对于如乌热尔图这样代言意识明确而自觉的作家，他们的汉语写作就不能不通过对汉语的母语化改造而使之成为审视民族文化、透视民族文化心理、展示民族精神气质、挖掘民族生存状态的主要方式，并在一定程度上成为规避或阻止母语文化流失的寓言化写作行为，语言自身的改造是最能体现语言使用者的价值立场与意识形态诉求的。

人口较少民族大多有语言而无文字，他们的历史传承、道德禁忌、伦理观念、生产、生活习俗等，基本上是以口耳相传的方式进行代际承袭的，这就形成了人口较少民族极为发达的口头文化传统。正是借助于

---

① 乌热尔图：《一个猎人的恳求》，《民族文学》1981年第5期。

融歌、舞、乐、唱于一体的口头传唱，人口较少民族在长期的迁徙、移民、颠沛流离中才得以形成"民族共同体"而不至于被其他较大民族所同化。进入当代社会，特别是进入现代化快速发展的新时期以后，汉语言文化教育的普及、全球化多元文化的渗透，汉语言的学习与使用使人口较少民族的作家基本上是用汉语言进行创作的，而且这种汉语创作也改变了人口较少民族群体传统的表达方式和言说习惯，也在一定程度上改变了人口较少民族传统的审美意识和审美追求。在汉语写作与母语思维的相互碰撞、纠结与融合中，通过对汉民族语言的改造、转化和审美创造，当代人口较少民族的作家以其独具民族与地域文化特色的语言表述方式表述着本族群的历史、现实及其对未来生活空间的梦想与期待，也更显示出当代人口较少民族文学独具民族特色的审美格调，形塑着当代人口较少民族文学"汉语写作"丰富而独特的地方性知识体系，蕴含着极为广阔的阐释空间，这也是当代人口较少民族文学之所以能够在没有成熟的现代叙事传统、书面文学资源匮乏及作家文化素养薄弱等状态下，在新时期之后短短30年时间内迅速成为中国文学整体格局中重要一极的根本。如俄罗斯族作家张雁曾说，俄罗斯族是一个有着强烈生存危机与浓厚苦难意识的民族，俄罗斯族作家一直都是致力于对苦难的书写，或以苦难为作品的主题，所以，他们的文学作品基本上都贯穿着"苦难—跋涉—幸福"的基本叙述逻辑。尽管现在许多少数民族作家都在用汉语进行创作，但如果将俄罗斯作家的汉语作品置放于国内少数民族文学作品的长廊中，就能很容易嗅出那种源自俄罗斯族文化传统的苦难气息和被苦难所渗透的独特的审美品质，如"点燃一根烟，干尽一杯酒，唱起忧伤的歌，跳起欢快的舞"。语言尽管是汉语，只不过汉语表达的却是俄罗斯族人的情感和记忆。当"烟燃尽、酒喝干、歌声息、舞步止"，你会在缥缈的烟雾中看到充满梦想的眼眸，在残留着香气的酒杯里嗅到快乐的芬芳，在余音缭绕的四壁间感觉到满含热情的希冀，在止于琴声的鞋尖上获取追逐幸福的快意。① 阿昌族作家曹先强也认为：阿昌族虽然没有本民族文字，但阿昌族的言说习惯和思维方式已经在自己的头脑中根深蒂固，自己在用汉语写作时首先想到的不是如何去迁就汉语的表

---

① 张雁：《民族文化是创作的源泉与动力》，《文艺报》2012年5月11日。

达习惯,不是去思考如何让自己的汉语写作更符合汉语的规范和标准,而是思考如何在汉语写作中融入阿昌族的文化韵味,融入阿昌族的言说习惯和思维方式。① 特别是随着汉语言文化教育在人口较少民族地区的快速普及,人口较少民族地区人口流动日趋频繁而深入,人口较少民族群体的汉语水平逐年提高,年青一代作家越来越有机会接受高等教育或汉语言文化教育,甚至是国外的跨文化教育,人口较少民族作家的汉语写作将会是一种普遍现象。能否以"边缘人"身份对汉语加以母语化改造并使之形成独特的汉语写作形态,或者说,能否在汉语写作中融入本民族文化基因并使之成为自身文学审美价值生成的必要成分,是人口较少民族作家的汉语写作能否取得成功的关键。

表面上来看,当代人口较少民族作家的汉语作品无论是对汉语的直接套用、母语言说方式的汉语表达、民间口头语言的汉语转写,还是对汉语的母语化改造等,都存在着对汉语词语的"模仿"现象。不过,从根本上说,当代人口较少民族文学对汉语言的模仿并不是一种简单的、对照性的"照搬或拷贝",而是一种"颠倒的模仿"②。正是在对汉语言的"颠倒和错置的模仿"中,当代人口较少民族的汉语文学建构了以他者来言说自我的"第三空间",形塑出一种差异性的汉语言叙事及汉语言文学,他们的汉语写作实践在一定程度上就与民族文化、身份认同等具有了相融性、统一性。例如,达斡尔族作家萨娜的《达勒玛的神树》的主人公达勒玛在看到一个伐木人站在树旁小便时说:"树是有皮有脸的生灵,跟人是一个样的。"③ 萨娜用民族化、口语化的"有皮有脸"转写了汉语词汇中的"有头有脸"这一俗语,形成新鲜、活泼的地方性言说方式,给传统汉语带来陌生化的审美效果。再如,阿昌族作家罗汉的《成人童话》:"我不明白,人是最有感情的动物,我对他可是一片冰心啊,他为什么还要将枪口对准我呢?"④ 在这里,作者就对汉语古诗中的"一片冰心在玉壶"加以了民族化改造,形成极具民族化、地域化、个

---

① 杨春等:《如何抒写民族发展进程中的困境——当代阿昌族作家访谈》,中国作家网: http://www.chinawriter.com.cn/bk/2013-09-04/72114.html。
② [法]朱迪斯·巴特勒:《模仿与性别反抗》,见汪民安等编《后现代性的哲学话语——从福柯到赛义德》,赵英男译,浙江人民出版社,2000,第244页。
③ 萨娜:《达勒玛的神树》,《当代》2007年第2期。
④ 罗汉:《成人童话》,《民族文学》2006年第4期。

性化的汉语重构方式。或者说，汉语写作与其说使当代人口较少民族文学呈现出了文化间的多元化接触和对话，再现或建构了本民族的日常生活景象，不如说是当代人口较少民族汉语文学介入了本族群对其民族的想象性建构和对他者的诗意创造，是一种"介入"性写作。人口较少民族作家正是出于对民族现实生存的深忧远虑，对文化身份建构的焦灼与梦想，对民族未来发展走向的捉摸不定等沉重的"道德律令"，才由最初的被动接受当前积极而创造性地对汉语加以民族化改造，试图在汉语写作中尽可能凸显出自我民族的文化精神和民族气质，把自我民族的价值观念与道德诉求融入汉语这一中国主导场域内的公共空间，以期引起更多他者的更广泛关注和在"理解之同情"基础上的认同，取得与他者对话的文化资本和言说自我的知识权力。

　　语言涵盖了一个民族整体的世界观和思维模式，既是民族文化的最集中体现，又是民族文化中最核心的部分，语言的他者化其实是文化的他者化。任何一位有着自我民族认同感的作家在使用其他民族语言写作时，都不可能完全依附于他者语言。当代人口较少民族文学的汉语写作不能不对之进行母语思维的改造以使其文本呈现出双声共鸣或复调效果，人口较少民族作家也就成了"语言当中的游牧人、移民和吉普赛人"[①]，在语言"流浪"中以重新改造后的语言作为一种策略介入了人口较少民族价值观的塑造和"想象的共同体"的再生，并使之以合法性身份进入主流民族叙事。当代人口较少民族汉语文学本身就是一种积极的话语建构行为，一种寻求重建民族文化传统的集体性言说行为，并使之成为人口较少民族群体向他者展示自我、宣传自我、彰显自我、认同自我的行为。一如乌热尔图所说："……我希望我的读者能够听到我的民族的心跳的心音，让他们看到那样一颗——与他们的心紧密相连的同样的心。"[②]在这里，乌热尔图连续用了"感觉到""透视出""分辨出""听到""看到"等以表述试图渴望他者"理解""对话""协商"的词语，其实已表述了乌热尔图作为人口较少民族的文化代言人渴望他者了解和认同

[①] Guattari Deleuzea, *Kafak: Towards a Minorliterature*, Minneapolis: University of Minnesota Press, 1986, p.172.

[②] 孟和博彦：《时代的脉息、民族的心音——评鄂温克族作家乌热尔图的小说》，《民族文学研究》1984年第8期。

的焦灼期盼或迫切愿望，表述着他在感受来自外在他者文化强烈冲击时的忧虑与苦闷，意在通过汉语写作形式调动起他民族读者对鄂温克族的文化认同，同时也潜隐着一种强烈的身份建构意味。

第二节 母语思维与人口较少民族汉语文学的"文化"翻译

如果不对文学的语言运用问题加以情感或主观判断，单从价值判断出发，母语写作应具有非母语写作不可比拟的价值。也就是说，语言与一个民族的文化心理、思维方式、审美趣味等密切相关，记录着一个民族的文明与文化踪迹，成为延续族群记忆与民族历史、未来的血脉，只能适应和自洽于特定语境下特定群体的心理、思维与特定生产生活方式。所以说，任何文化的特性都展示在自己的语言层面，要识别一个民族，认识一种文化，也就只能从语言本身出发。与此相应，保护语言其实就是保护文化、保护民族特性，放弃母语其实意味着放弃自己的传统和历史，放弃自身的身份归属性。在一些人口较少民族作家看来，母语写作才能更为真实而恰切地表征出自我民族群体共同的历史经验、文化记忆、文化心理和思维特质等。例如，一些人口较少民族文学如柯尔克孜族文学、乌孜别克族文学、门巴族文学、景颇族文学、俄罗斯族文学等，都可以"通过把附近和遥远的地区之间的差异加以戏剧化而强化对自身的感觉"[①]而建构出强烈的家园意识和认同情感，生成极富地域特点和民族特色的美学现象。特别是在当前全球化及多元文化竞争日趋激烈、传统文化自保压力日渐凸显的时期，母语写作也许更能够抵达自我民族文化传统的根部，触摸他们内心的呼声，表述他们特定的生活经验和生命体验，更好地保存、再造和更新民族文化传统。

问题的复杂性在于，在全球化及多元文化时期，原本适应于传统社会环境的母语却很难充分而准确地表达他们现时段的情感、心理与思维特征。也就是说，任何民族的"文化保存或再造更新"都必须在一个开

---

① 〔英〕斯图亚特·霍尔:《文化身份与族裔散居》，罗刚、刘象愚译，《文化研究读本》，中国社会科学出版社，2000，第218页。

放、竞争的语境下才能得以实现，只有建构出一个被更多的他者所认可并能够得到他者理解和尊重的文化空间，才是母语写作必须考虑的问题，而不能因固守边缘而陷入"自我生产，自我消费"的怪圈。这就自然涉及文学的文化资本占有问题。布迪厄认为，一个人理解和利用最受统治阶层重视的语言的能力越强，他所拥有的文化资本就越"富有"，并能更多地控制文化资本的分配和继承。也就是说，为了在竞争中取得与较大民族同样的文化资本，从而在竞争中处于有利位置，对汉语的掌握，以扩大自我民族文学的社会影响力，成为人口较少民族作家必须面对和思考的问题。人口较少民族作家的母语写作因阅读人数的问题而使其文化难以得到更多他者的理解和认同，从而在一定程度上消解了母语写作所承担的文化传承和保护功能。从传播学的角度讲，接受群体的规模与文学价值的实现在一定程度上存在正比例关系。而我国各人口较少民族的阅读人口因其人口基数偏小，加上其中一些民族的教育水平相对较低，母语文学的阅读人口普遍不大。即使是我国人口较多的蒙古族，其母语文学作品的印数也通常是以千计，就连本民族内家喻户晓的作家如满都麦、海日寒等人的作品也大抵只能如此。这与汉语文学畅销书动不动就数万册甚至数十万册的发行量形成巨大反差。再加上目前人口较少民族社会事业发展还相当滞后，民生问题仍然相当突出，他们受教育人口的比例仍然较低等问题，更是制约了人口较少民族母语文学的接受程度。这些问题的存在都直接影响和制约着他们对书面文学的接受。特别是对年青一代人口较少民族作家来说，他们现在已大多生活在非母语环境中，母语只是他们的文化记忆，对他们来说只是能听得懂的（或偶尔听得懂），甚至已成为与之格格不入的语言。鄂温克族作家德纯燕在接受笔者的访谈时曾说，她接受的一直是汉语言文化教育，又长期生活在北京这一世界文化中心，对于鄂温克民族的母语，甚至母语思维早已淡忘，只有回到出生地时才能零星听得懂那么一点。德纯燕的经历在当前人口较少民族作家中无疑是具有象征意味的。在这种情况下，出于文化传递及其身份重构的现实需要，人口较少民族作家不得不用汉语进行写作。尽管在他民族语言的借用过程中不可避免要发生文化"减损"或"过度阐释"现象，甚至出现言不尽意的情况。人口较少民族作家必须要明确如下问题：为什么要借用汉语，用汉语写作要达到什么目的等，或者要思考"是择其便利,汇入主流,日益被同化,还是顽强坚守,尽最大努力呈现不同文化的特质"①。

汉语写作作为当前人口较少民族作家的一种必要书写行为,如何使之尽可能彰显出书写者民族的文化属性,建构出书写者民族的文化认同,就成了当代人口较少民族汉语文学的基本要义。进而言之,作为有着明确读者预设的写作行为,人口较少民族汉语文学同时也以"汉语"这一共享交流平台参与他者对话,如何通过这一公共平台尽可能让其他民族读者认识与认同人口较少民族的文化,成为当前人口较少民族作家汉语写作的基本价值构想。深谙汉语写作原理的达斡尔族作家萨娜认为:"不仅在于能够成功的运用非母语进行文学创作,而且还在于我们将本民族的文化和语言特色带到汉语言文学当中,这既丰富了汉族文学的形式,也让自己的民族文化重新获得生气和活力。"②萨娜敏锐地触及非汉族作家在借用汉语这一公共语言平台进行文学创作时如何使之成为自我民族文化的传承载体,使之渗透自我民族文化血脉根性,使之彰显自我民族文化的历史记忆等。出于自觉的跨语言文化翻译意识,人口较少民族作家总是首先考虑如何将本民族文化知识融入汉语写作之中,如何以本民族母语思维来改造汉语言说方式,如何在汉语表述中彰显出本民族的文化意味或生命体验等问题。或者说,能否用汉语写作表述出人口较少民族作家内心所需表述的话语,在运用汉语写作时能否对汉语加以转化,能否在转化的同时创造出"第三种"语言,能否以这一独创的"第三种"语言丰富当代中国文学的汉语写作,这些应该成为当前人口较少民族作家在汉语写作时务必深入思考的问题。

1. 汉语写作的文化表征

当人口较少民族作家的汉语写作以其强烈的民族文化重构意识和"介入性"写作立场对汉语加以民族化转换,在本土言说与汉语之间尽可能更好地达到民族文化的再现重构之时,在语言使用上就蕴藏着一种主动、积极的带有转述或翻译性质的行为,而这种转述、转译正是对自

---

① 觉罗康林:《用文学表达我对万物的尊重》,《文艺报》2012年5月11日。
② 萨娜:《以民族气息和民族思维创作文学作品》,http://www.imfic.com.cn/xwzx/xwjj/bd13d25b_8c72_4331_8ac2cfb30e30c9cd.html。

我民族文化翻译或改造的主要方式。在这个意义上，当代人口较少民族汉语文学其实是对汉语的"解域化"。在这里，套用德勒兹的理论来说，"解域化"是以本民族母语思维的在场打开已被固化的汉语书写系统，使之呈现出另类表述的可能。经过对"大"语言的解域或颠覆，小民族语言不再指纯粹的形式而是成了"所有文学的革命力量"[①]。从而创造出新的语言，建构或创造出新的身份，这恰恰是小民族文学的政治实践，承担着"集体表述"的重任。人口较少民族作家为了达到"逆写""大语言"——汉语，从而达到建构民族认同的目的，他们的汉语写作也往往以主体性言说姿态建构出不同于汉族文学的文化品格和审美风格，具有典型的"文化翻译"性质。

人口较少民族的汉语文学的"文化翻译"不同于一般意义上不同语言间的"互译"现象，而是汉语文学创作者出于重构文化身份的目的，在运用汉语进行创作时，不得不对其加以民族化处理，从而使汉语写作渗透着浓厚的自我民族文化色彩和独特的感受生活、体验生活的方式，在对汉语加以扭曲、变形或颠覆的同时，也因其独特的、民族化的改造而使其呈现出汉语写作的另类经验。作为非汉族群体，人口较少民族作家对汉语的了解和感受是不同于汉族作家的，他们对汉语的运用无论在技巧上，还是在情感上都与汉族作家存在着极大的"差异性"，这种"差异"又往往表现在文化感受差异层面。正是这种文化感受的"差异性"以及由这种差异性所形成的差异的文学性，才是人口较少民族汉语文学的真正价值及生命力所在。所以，当代人口较少民族作家的汉语创作在其本质上就是一种文化实践行为，是人口较少民族作家的一种话语政治，也是创作主体的身份建构和现代性主体生成的一种必要方式。刘禾将之称为"跨语际实践"，即将翻译视为一种跨语际的文化和文学实践，不再将文本或者信息从一种语言过渡到另一种语言，成为跨语际交往中的一系列文化事件。

就其一般情况而论，如果说母语写作的主旨在于强化"同"的意识，文本也竭力描述本民族所共同认同的对象，因为这种文学能起到安

---

① Guattari Deleuzea, *Kafka: Toward a MinorLiterature*, Minneapolis: University of Minnesota Press, 1986, p.19.

德森所说的"想象的共同体"的功能,而汉语写作的预设对象基本不是本民族的读者,而是其他能够使用汉语的人们,特别是汉族读者,如何让他们能够读懂并且喜欢读,就要通过强化"不同"或"差异"来建构"自我",只有树立"异"的一面,才能建构想象共同体的另一种方式。①因为,作为人口较少民族的汉语文学很明显不是或者主要不是以文学方式来唤起本民族群体的认同感,而是通过现代书写媒介来达到使其他较大民族群体对人口较少民族的认同。这种汉语写作的目的就是力图以汉语这一公共言说语言呈现本民族文化的独特性以消解读者对人口较少民族刻板的或误读式的叙述,并通过标示与他者的区别唤起他者"同情之理解"。由此而论,当代人口较少民族的汉语文学其实是多元文化语境下的一种文化"表征",是人口较少民族作家出于强烈的认同焦虑与忧患意识而建构出的文化镜像,能够最大限度地获得他者,特别是汉族读者的理解、同情或认同。由此,这就面临着一个如何以汉语写作来表征本民族文化并能够使之得到他者"理解"的问题,面临着一个如何向他者讲述本民族文化,讲述什么样的民族文化等问题。

2. 汉语写作与当代人口较少民族文学文化翻译的显在性

人口较少民族汉语文学其实也是一种霍尔意义上的文化表征行为。在作为文化表征的文学文本中,文本所显在的文化和语言意义并不在客体、人或事物上,不在词语中,而是被表征系统建构产生出来的一种意指实践,是一种通过话语产生意义并对意义加以编码,从而使形式本身成为话语实践建构而成的意义表征物。由此来看,当代人口较少民族汉语文学其实面临着一种"反表征"的问题。因为汉语作为汉民族的母语,它的表征系统和表征方式是汉民族所创造并通过不断的言说实践延续、稳定下来的,其表征对象是汉民族文化或以汉民族文化为主导内容的。人口较少民族汉语文学只有采取"反表征"方式才能改写或颠覆汉语的传统表征系统以达到自我民族文化翻译的目的。或者说,他们要在汉语的社会文化表征系统中以一种不同于汉民族的表征形式来表现那些与汉族社会有明显差异的文化传统与民俗风格,这样的汉语写作表达的

---

① 刘禾:《跨语际实践——文学,民族与被译介的现代性(中国,1900~1937)》汉译本序,生活·读书·新知三联书店,2002。

才能是本民族群体对生活和现实的感悟与体验。例如，土族作家东永学的《香柴滩》①中随处出现诸如"走过的路上留名，坐过的地方修寺""不走的路儿走三趟，不见的人儿见三回"等富有民族文化特色的民间谚语；景颇族作家玛波的《罗孔札定》（云南民族出版社，2007）将汉语与民间语言巧妙结合起来，在汉语写作中蕴含着浓郁的景颇族韵味，表达的是景颇族的文化心理，同时也丰富和扩展了汉语的表述内容、言说形态，特别是大量极富民族特质的，表达本民族民间风俗、历史传统、宗教习俗、地域风情等语言的大量置入，更成为当代人口较少民族文学文化翻译的主导手法，诸如民间歌谣、传说或故事的置入，民族民间文化的汉语注释、民间言说方式的汉语表达、民间风土人情、地域景观的人类学或民族志写作、地域性与民族性题材的选取等。

当前，对独具民族特质的名词、仪式、典故、名称等进行汉语注释，尽可能促进汉语读者的接受和了解（这种注释又分为篇末加注、文中夹注等方式），这种写作方式是人口较少民族汉语文学进行文化翻译的又一最常用形式。对人口较少民族来说，长期在相对隔离与闭塞情况下形成的文化传统、思维方式具有独特的地域特点和民族特色，再加上丰富多彩的宗教信仰、万物有灵观念，其语言意识与语言思维都具有极大的民族特性。一方面，语言是一种文化，是一种民族文化的结晶；另一方面，语言又反映着文化，是民族文化最适宜的承载者，"每一种语言无不反映着一种独特的文化观和文化综合系统，后者又产生了使用语言的社团赖以解决同世界的关系问题及形成自己的思想、哲学体系和对世界的认识的方式"②。人口较少民族对事物、感悟、体验及心理活动的命名具有极大的不可兼容性、不可通约性，如果在作品中不加以特别标注就很难为其他读者群体所了解，也就实现不了汉语写作所要达到的目的。所以，当代人口较少民族汉语文学几乎所有文本都存在对本民族独特的命名系统或文化系统加以注释的情况。例如，裕固族作家铁穆尔几乎所有文本都可称得上是一种文化注释的文本，各种注释形式频繁交叉，各种风俗传统、生活场景、伦理规范等正是通过这些注释有效加入了文化翻译的

---

① 东永学：《香柴滩》，http://blog.sina.com.cn/s/blog_623b24c10102dqng.html。
② 《第欧根尼》中文精选版编辑委员会：《文化认同性的变形》，商务印书馆，2008，第226页。

平台，使其文本成为裕固族文化的"大拼盘"。《狼啸苍天》（《延安文学》2002年第6期）的叙述者对民族起源、历史迁徙、发展历程等都做了注释性解释。如对裕固族自称——"尧熬尔"起源的解释、对尧熬尔的头目"阿勒旦·乌日古"的解释等。他的《星光下的乌拉金》《北方女王》《裕固民族尧熬尔千年史》等也都是从不同角度对裕固族文化的展示。人口较少民族因其地理位置偏远、交通通信闭塞、文化交流匮乏、语言不兼容（相对而言）等原因，它们的文化系统几乎是自成一体且能够在相对稳定、单一的氛围中得以存留和延续的，它们的语言系统中的任何一个名词、概念或术语背后都蕴含着丰富复杂且不为其他民族读者所了解的文化记忆（即使是同一民族内部，也由于居住分散而时常存在对语言的不同了解），在文本中对这些名词、概念或术语加以汉语注释，不仅是促使他民族读者了解本民族文化的必要方式，也使文本呈现出典型的地方性审美价值。

当前，全球化及多元文化对各弱小民族的冲击日趋激烈，它们的文化流散问题也更为突出，人口较少民族作家出于文化传递和身份确证的需要，更是试图通过对独具民族属性与地域特性的名词、仪式、典故、民俗、禁忌等加以汉语注释或转写，建构出身为弱小民族的他们与其他较大民族对话交流的文化资本，以使其在强势文化的持续性冲击面前能维系自我民族身份，这就使人口较少民族作家在运用汉语进行写作时不得不更加注重"文化翻译"问题，他们在汉语作品中的"文化翻译"现象也更为凸显。人口较少民族的作家在其汉语写作中的各种"文化翻译"行为，使其原本封闭的文化传统对他民族读者掀开了神秘面纱，以其独特的文化资本参与公共空间的话语建构，并以其对人口较少民族现代性体验的多维性描述而使之承担起"寄寓着我们人类共同的乡愁"①的重任。

3. 汉语写作与当代人口较少民族文学文化翻译的隐在性

尽管人口较少民族的生存区域被称为"人类最后的秘境"，囿于诸多因素制约，人口较少民族书面文学的根基却一直较为薄弱，新时期之后，人口较少民族作家依靠丰富而独特的民族文化传统，积极吸纳、改

---

① http://www.chinawriter.com.cn/2009/2009-07-01/61765.html.

造各种外来文化资源，不断更新、融合各种现代文学观念，现代性意义上的人口较少民族文学才得以出现。特别是20世纪90年代之后，人口较少民族作家的文化身份意识不断强化，加速推动着人口较少民族创作主体的文学观念更新和文学立场的现代性转换，各种现代（后现代）文学思潮、艺术手法、叙事技巧等不断在文学创作中得以民族化、本土化实践或实验，当代人口较少民族文学逐渐脱离纯粹的民族文化展示这一初始书写状态，开始追求普遍意义的文学性或文学价值的提高和锤炼，文化的审美转化能力或艺术价值不断得以升华和提高，甚至可以说，当代人口较少民族文学更加注重民族文化如何转化为文学性的问题，以一种更为隐蔽的表达方式达到对本民族文化翻译的目的。阿昌族作家罗汉的《蛊女的婚事》则是其中的典型文本。

《蛊女的婚事》（《边疆文学》1996年第8期。以下引文若无特别标注处，皆出自该文，不拟另行加注）中的叙述者"我"，是一个出身于人口较少民族，读过书、当了官的，甚至被村民称为"神话般"人物的年轻人。这一点在文本中特意做了交代，"我是我们村附近几十里地有史以来学历最高——自学大专、官儿最大——少尉排长、见识最广——当兵十年的人。在哀牢山腹地的村子里，不论男女老少，把我说得像神话人物般"。文本之所以在这里特意凸显出叙述者的身份特征，其实是作者力图通过这一叙述者选择来表达"故乡如何看待外来者"和"外来者如何评价故乡"的双重思考的隐喻。所以，文本开头就说，"父亲"给"我"寄来封信（"寄信"而不是"打电话""发短信"等，就暗喻着一种信息交流方式的传统在场问题），信中强调，"我"姑妈快50岁的人了还嫁人，特别是姑妈的儿子石生，连祖祖辈辈留下来的规矩也没放在眼里，"父亲"去干涉姑妈的婚事却被乡公所那个管登记的人骂了一顿，并被警告说再这样下去就要把他送去劳改。所以，"父亲"在信中说希望"我"尽快赶回去劝劝"姑妈"他们还是听从祖训，别干那种丢人现眼的事。作为学历最高、官儿最大、见识最广的"我"面对本民族"祖祖辈辈留下来的规矩"，是否应该承担起在族群内部革除陈规旧俗，以现代思想观念启蒙民族传统的任务呢？特别需要注意的是，文本还一再强化叙述者需要对这一启蒙责任担当的问题。如"父亲"在给我的信中就明确告诉"我"去"劝劝他们别干这丢人现眼的事"。信中所说的"劝劝"不就是"启蒙"的同义反复吗？这就必然引发读者的如下思考：如果叙述者能够承担启蒙重任，会出现什么结果，仅仅是"劝劝姑妈"吗？如果不能，因何不能，如何解决？这样一来，文本就把叙述者"我"置于如何处理传统习俗与现代理念之间矛盾冲突的情节结构之中，置于"外来者"与边缘民族之间关系问题的思考之中。这能够引起读者的极大好奇和猜想，也使文本建构起一种"传统/现代"如何相处的经典叙事模式。如果顺着这种叙述结构叙述下去不能说不行，甚至也符合当前人口较少民族文学基本叙述模式。文本的高明之处却在于，文本除了设置"我"和民族间的潜在冲突之外，还设置了"我"和"汉人"（"妻子"）间的对话关系。正是在"我"（即本民族文化代表）和"妻子"（即汉民族文化代表）间不断对话的过程中，本民族文化才能被叙述者通过一种很自然的方式得以最大程度的外显。

　　叙述者"我"尽管是个在外读过书且做了官的人，但"我"毕竟是"父亲"的儿子，是阿昌族的儿子，还不能完全成为"他者"。所以，文本还特意设置了"妻子"这一完全"他者"的角色。当"妻子"知道信的内容之后，叙述者对自己的"妻子"说："我是没有跟你（'你'指'妻子'——笔者注）说过，也从未想到过她。当然如果你想听我可以讲给你听。"在这里，叙述者还特意对"妻子"的出身做了详细介绍，例如，叙述者强调"妻子"出身于城里的高干家庭，即使是自己的"妻子"，"我"一直把她称为"你们汉人"，当"我们"回到故乡后，"妻子"兴奋异常地说，"你们这里山清水秀，空气清新，在城里没有这样的好去处。"在这里，"我"与"妻子"间互称为"你们"，就强烈凸显出人口较少民族与汉族之间潜意识存在的隔膜或戒备问题。正是在这种人物关系的设置中，《蛊女的婚事》就建构出了一个"讲述—倾听"的经典叙事模式。也只有在这一叙述模式中，叙述者才能不受干扰而随意地展示本民族文化的方方面面。所以，"我"一再给"妻子"讲述姑妈的故事，讲了许多哀牢山腹地的民风民俗，特别是用很长的篇幅讲了自己民族文化中极为重要的"蛊"禁忌。《蛊女的婚事》的叙述者兼主人公"我"对"妻子"这一他者讲述"蛊"的过程既是建构一种不同于其他文化传统的身份认同过程，也是以此彰显接受过现代教育且具启蒙意识的"我"又该如何面对传统的问题，特别是当传统的维护者正是自己的至亲至爱之人时,叙述者对"蛊"的民族志呈现就有了值得深思的意义。

作为受过现代教育和现代文明洗礼的"我",能否承担起理性审视并积极改造民族文化传统的重任呢?文本中有这样一段隐喻化写作。当"我"和"妻子"坐着"像老牛样"的客车到达故乡时,"我"说:"人人都说家乡好,我却觉得故乡并不比别的地方强多少。我讨厌它用一峰连一峰的大山禁锢着我们整个民族,使得我们民族落后于现代文明几十年。"(在这里,我们也看到了个体之"我"与集体之"我们"之间在文本中的无意识转换现象。作为一种建构民族认同的方式,我们在后文会作更为详尽的阐释)随着全球化与现代性的快速推进,我国各少数民族也或主动或被裹挟而共时态进入现代化进程之中,各种外来现代观念、思潮强烈冲击与碰撞着少数民族文化传统。作为以再现和彰显民族文化传统与新生为己任的人口较少民族作家的汉语写作,就必须完整而深刻地把本民族的这种阵痛艺术化地揭示出来,进而思考本民族融入现代社会的途径与方式。《蛊女的婚事》完成了这一叙事任务。故事中的"我"不仅冷静而理性地审视了本民族"落后于现代文明几十年"这一沉重现实,而且更为真实地看到了本民族新生的希望和生机,彰显出叙述者"我"既是一位具有现代启蒙思想的传统批判者,也是新生事物的鼓吹者,同时也是一个有着强烈民族认同意识的"外来者"。"然而我讨厌的只是记忆中的土地,从公路已修到山脚这一点,足以看出沉睡中的故乡已经醒来,并正在向前奔去……""向前奔去"无疑是叙述者对民族未来发展的期许,对民族走向新生或重生的希望。但是,问题的关键是,阿昌族"向前奔去"的动力是什么、推动者是谁?这才是我们需要对文本加以仔细审视的问题。在叙述者看来,阿昌族要"向前奔去"的动力和希望并不是外出归来的"我"以及如"我"一样的其他外来者,而是那些扎根乡村、了解乡村且具现代观念(意识)的人物,如敢于打破传统旧习俗、勇于追求个体幸福的姑妈的儿子"石生""石生的未婚妻"等(这一问题需要我们反复思考)。传统与现代、坚守与革新、规矩与反抗、开放与保守等一系列复杂而尖锐的矛盾无可避免地交织在这一文本之中。

一般说来,"文化转型"是对旧文化与旧传统的一种辩证式的否定之否定，首先表现为文明形态的进步和对历史的超越。然而，对任何一个民族来说，传统文化的现代转型又都不是一蹴而就、轻易即可解决的事情。在传统文化土壤中形成的人格结构、价值观念、思维方式、审美趣味等都具有相当顽强的延移性、滞后性。所以，《蛊女的婚事》的叙述者对推动本民族"向前奔去"且扎根于民族深处的改革力量又潜隐着一种隐而不察的担忧。文本中"石生未婚妻"是"石生"敢于打破旧传统与旧习俗的精神与行为动力的源泉，但她始终没有露面，这种结构安排本身就是对上述问题的隐喻化思考。文本更耐人寻味之处在于，尽管面临着本民族新生力量的缺席，隐含作者依然没有把改变民族旧传统的希望寄托在那些接受过新思想、新观念的本民族"外出者"。在文本的隐含作者看来，民族传统是一个不会轻易改变的存在，无论什么意义上的"外出者"都因与民族传统的长期隔膜而难以触及传统的根脉，他们所提出的各种方案或设计也都有可能因为与传统的不相衔接而存在不切实际的成分。所以，文本中的叙述者"我"说："可万万没想到石生比我更有出息更有勇气。他不仅拐弯抹角地和我阿爹明争暗斗，而且，还敢违背千年遗风，给我的姑妈一个快五十岁的老蛊女找了一个男人。这等事要是换了我，无论如何也没法做到，哪怕叫我去死。"在作者或隐含作者看来，真正能够解决人口较少民族现代化转型问题的基本力量并不是那些"外来者"，不论"外来者"是接受过现代文明洗礼的本民族外出者，还是外来的他者。任务的完成只有依靠那些踏踏实实生活在家乡且对民族传统感同身受的年青一代，这些年青一代熟悉传统且具现代理念，扎根故土且有开拓意识。"我"与"石生"以及未在文中出现却始终潜藏着的"石生未婚妻"间的区别，就充分说明了这一点。

正是通过这一隐性的文化翻译，人口较少民族作家的汉语作品才能够较好地向他民族读者展示出自我民族的文化传统，表达作者（叙述者）对本民族历史、现实及未来发展的思考。更为重要的是，这一写作又渗透着作者（叙述者）对本民族文化如何现代转型的反思。这一点同样出现在毛南族作家孟学祥的《爷爷再婚》中。

《爷爷再婚》（《北方作家》2012年第1期。以下引文若无特别标注，皆出自该文）中的叙述者"我"同样是一位受过教育并外出工作的人，也是因为83岁的"爷爷"要娶年轻时的相好——一个被称为"表姑奶奶"的女人,"谁劝都不听","父亲"才执意让"我"回去。之所以让"我"回去劝说"爷爷",用"爷爷"的话说是:"我知道他们一定会喊你回来,你是这个家最有文化的人,有些事他们一定会同你商量。"但是,作为受过现代教育和现代文明洗礼的"我"在爷爷面前居然时时处于被教育、被启蒙的"无语"位置,这就使得人们不得不思考民族文化传统如何现代化,或者说,现代文明如何面对传统的问题。"我"与"爷爷"既隐喻着现代与传统间的关系问题,也彰显出如何处理"老人"与"年青一代"的关系问题(在当代人口较少民族书面文学中,如何看待"老人"和如何处理"老人"和"我们"之间的关系问题一直是如何处理传统与现代关系的绝妙隐喻)。《爷爷再婚》中的"爷爷"对"我"说:"不怕你读那么多书,有些事你是不会懂的。就像我们身边的万事万物,都是有根有源一样,单凭人的力量是无法改变的。""爷爷"的理性、哲思和睿智甚至使"我"不得不承认:"我没想到爷爷对生活还有这么透彻的认识,这不能不让我对爷爷刮目相看。我再一次重新审视爷爷,就像看一棵根须发达的老树,仿佛到处都是生命之根,而仿佛这生命一直都没有尽头。"受过现代文明教育的"我"不但没有从自己身上看到"生命之根",反而在病入膏肓的"爷爷"身上找到了"生命之根",而且"这生命一直都没有尽头"。"传统与现代"的矛盾纠结再一次提醒我们:人口较少民族地区的现代化是一个充满艰巨性、复杂性和长期性的过程,具有自身地方性发展逻辑和现代性叙事展开的独特规约,任何试图将它们纳入单一、同质化的现代性进程的想法或做法都是有问题的,也是很难成功的;任何以为单纯凭借外来力量就可以彻底改变人口较少民族地区的落后面貌而阉割或忽视它们选择现代性的主体能动性的想法或做法,都是不切实际的,也是要被它们抛弃或拒绝的。《爷爷再婚》与《蛊女的婚事》间的互文或对话,都在表述着人口较少民族群体对自身现代化问题的思考。

对不同民族发展道路选择的尊重,其实是对不同民族文化存在的合理性的尊重。任何民族都渴望经济发展、文化繁荣,都渴望得到他者的尊重和认同。因此,我们有必要意识到:"我们每一个人都要承认少数族裔独特而伟大的文化,如果不承认不同的文化,如果不能平等地对待所有的文化,那么就不可能建立起对他人的尊重,不可能建立起人与人之间的平等……"① 这是裕固族作家铁穆尔《哪里还有静静的草原》中的叙述者对"一群中日两国的孩子"讲述的内容,亦可看作是人口较少民族作家的"民族宣言",这种讲述无疑也可以看作是人口较少民族作家对他民族读者如何理解人口较少民族地区现代化问题的一种隐喻或期许。

4. 汉语写作与当代人口较少民族文学文化翻译限度

全球化运动在快速推动全球政治、经济、社会、文化一体化、同质化的同时,也促进了本土意识的觉醒与深化,"全球/本土"的相互缠绕与纠结成为当代社会日渐凸显的主体症候,由此衍生出的传统与现代、对抗与对话、保守与开放等一系列冲突才共时态出现在各个不同民族地区。如霍尔所说,全球化是多变的、自相矛盾的。既不能以全球化文化的同质化、一体化来取代各少数群体或亚文化群体的文化的差异性、多元化,也不能以各少数群体或亚文化群体文化的所谓差异性、多元化来排斥、抵制全球化文化的现代化进程。对于现阶段认同与身份复杂的人口较少民族作家来说,不仅意味着要承担起传承和保护民族文化并使之不断传承与更新的重任,而且作为作家,更要积极寻求能够推动本民族文化如何更好、更快地走向、融入现代化的观念、路径与方法问题,如何在立足本土现实基础上尽快实现契合本民族实际的多元现代性问题,成为当代人口较少民族汉语言文学的难以抗争的"宿命"。因为任何民族都应该有自身的现代性选择,只有自身的主动性选择才能凸显出现代性的多元性、多样性。从这个意义上说,人口较少民族群体选择的现代性不能也不应该是对他者现代性的复制或被动接受,而应该从自身实际出发且以其独特的发展逻辑来改造、修正同质化或单一性的现代性,使之呈现出多元发展或多种可能的选择路径。

在这一多元现代性语境下去审视当代人口较少民族汉语文学的创作问题,可以看出这一写作方式更多意义上是表征着人口较少民族作家对民族文化的诗意想象和渴望被他者认可或"承认"的一种暗喻,这就使之存在着一个把什么样的民族文化翻译给其他民族读者、以什么样的文化心态及文学形式进行翻译的问题。或者说,当代人口较少民族汉语文学面临着一个如何以"汉语"这一他者语言来建构全球化时代的"民族

---

① 铁穆尔:《哪里还有静静的草原》,《飞天》2009 年第 11 期。

身份"问题。也正是为了强化民族文化及身份认同意识这一集体性焦虑,当代人口较少民族汉语文学在对汉语的地方性变革中出现了故意迁就民间话语言说方式的现象,对汉语的扭曲、变形和民族化改造并不是为了创造汉语的另类表述,而是为了凸显母语及其思维方式的在场,并以之为重述身份的基本镜像。这就使人口较少民族汉语文学在文化翻译中往往存在着故意夸大民族文化的差异性或非规约性的现象,专注于民俗、民风、仪式、禁忌、生活场景等的民族志或人类学的展示和再现,却制约了对"文化翻译"限度的必要审视和对文化的批判性考察,以及对民族文化痼疾的理性反思和对人类普适性价值的科学思考,价值立场的单一与错位又使这种写作被强烈的情绪化宣泄所裹挟,失去了文学应有的文学性或普适性的审美价值。鄂温克族作家乌热尔图一再强调"声音不能替代"的问题,并引起其他人口较少民族群体的强烈回应,在这一"呼声"背后其实就蕴含着人口较少民族群体渴望以自己的方式和努力解决自己的问题意识。在此类话语张扬背后也潜隐着这样一个言说逻辑:一旦受到他者的影响和干预,就认为是话语权、生存权的被剥夺。出于重新获得"自我阐释权"这一写作旨归,人口较少民族汉语文学时常沉溺于对自我民族文化的诗意想象之中,在对本民族文化加以翻译时对与本民族文化传统不相一致的他者文化则持一种质疑、不满乃至排斥的心态。所以,在他们的文本中,对现代性这一他者文化的恐惧和担忧就使他们的文本往往以传统文化力量的在场作为叙事的基本参照。毛南族作家谭自安的《寻找阿红》即为这一写作立场的典型隐喻。

《寻找阿红》(《时代文学》2010年第1期,以下引文若无特别标注,皆出自该文)的叙述者"我"说:"往时跟爷爷赶街,爷爷是我们的胆,有他在身边,我和叔叔的惧怕心理减了一大半,在街上,我们像爷爷的灵魂一样紧紧地跟在爷爷的身后,我们甚至还紧紧地抓着爷爷的衣摆走着,我们怕在街上迷失方向。"在这里,"爷爷"无疑是传统力量的在场,是民族文化传统的继承者、维护者,是民族未来生存的精神依托。尽管"赶街"是一种向往现代性的行为,但在如何对待现代性这一问题上,"爷爷"却成了年青一代的"我们的胆",离开了"爷爷","我们"在"街上"一如"洞穴中的鼠",惊悚、恐慌、畏惧不安,甚至会"在街上迷失方向"。文本在这里彰显出一种极为强烈的对比性隐喻。在叙述者看来,"街上"这一蕴含着现代性知识场域里的人"好像个个都很恶,好像个个都在用刀一样的神色对着我们"。文本所一再强化的"刀"这一险恶意象隐喻着少数群体与现代性的尖锐对立,或者可以说是少数群体对现代性的极端恐惧。如果说,少数群体如果难以接受现代文明馈赠的话,那么他们又依靠什么样的资源才能持续生存下去呢?叙述者告诉读者,"爷爷"作为民族文化或民族传统的象征,无疑成为他们继续前行的资本,"爷爷是我们的胆","我们像爷爷的灵魂"不就是这一答案的寓言化阐释吗?没有了传统"我们"就会在"街上迷失"。为了强化叙述者的这一观点,当"爷爷"去世之后,"我们"不得不再次踏入城市("城市"在叙述者看来恰是吞没故事人物阿红之地),与城市的隔膜、疏离、互斥最终使"我们只得把我们丢在这个城市里。"对他者文化的隔膜和拒斥,对本民族文化的非理性接纳或全力拥抱,对现代性的犹疑和对本民族文化传统的诗意向往与凭吊这一二元式立场如此鲜明地彰显出来,无疑影响到当前人口较少民族汉语文学文化翻译的价值尺度及情感诉求。我们不必否认,非母语作家的汉语写作存在着难以规避的翻译中的文化耗损现象:其一,语言的非对称性使跨语言写作存在文化耗损现象,语言(文字)的生成及其所指系统与特定的文化相融合,与特定的思维方式相一致,很难在两种不同语言之间做到语言对应的完全吻合,这一过程中的文化翻译自然存在文化耗损现象;其二,翻译者翻译时的立场或态度也会影响到翻译的文化耗损问题。基于对这一问题的认知,人口较少民族作家在以汉语创作时由于担心自身的文化耗损而在汉语写作时刻意强化本民族文化的在场并视之为本民族的专属品,强化本民族文化与其他文化建构价值共享体系的非现实性,从而把文化传承问题转化成为身份叙述问题,结果导致人口较少民族作家出于身份建构或认同重塑的需要而制约了对自我民族文化传统的理性审视和对文化多元化的艺术建构。从这一意义上说,当代人口较少民族汉语文学的翻译问题其实应该持一种"协商"或"谈判"的对话立场,对民族文化也应该持一种历史的而非固定的、建构的而非本质的立场,只有这一立场才能规避以肆意或故意渲染自我民族文化的优越性和殊异性作为汉语写作的价值预设的写作倾向。从根本上说,任何民族的文化都是"过程"中的产物或结果,任何民族的文化认同也都是混杂的、异质性的,没有永恒不变的文化，也没有永恒不变的关于文化认同的本质规定性。开放是最好的坚守，发展是最好的保护，创新是最好的继承。作为"文学"的一种地方性书写形式，优秀的人口较少民族汉语文学应该如健康的社会生活和健全的身体机能一样，能够包容和涵括更多新的、多元的他者或异质。任何文化都需要不断补充新鲜血液，不断对之添砖加瓦，才能不断更新、不断丰富、不断完善。优秀的人口较少民族汉语文学在进行语言或文化翻译的过程中，不仅需要使本民族文化得以传承与发扬，更应该促进其他民族文化的健康成长，从而使本民族群体更加开放、进取和完善，而不是使之更加凋谢、退缩和残缺。由此而论，当代人口较少民族汉语文学的"翻译"问题在其本质上是一种对话，一种彼此间的交往。如何通过翻译方式参与到他者文化的对话和竞争之中，促使民族文化更好地"嵌入"他者，从而建构一种传统/现代、本土/全球、民族/他者互动的包容性文化，才是当代人口较少民族汉语文学的基本要义所在。

第三章　当代人口较少民族文学的"跨文类"书写或文类探索

从根本上说，文学理论中的任何术语或概念都是在特定文化语境下针对特定文学或文化问题、特定言说对象而创造的话语，一旦这些术语或概念脱离了它们的生成语境，面对与其生成对象不相一致的言说对象，这些术语或概念就很难对之进行有效且恰当的阐释或理解。从这个意义上说，文学理论的变异性要大于其真理性，有限性要大于其普适性，历时性要大于其本质性。萨义德曾以"历史与阶级意识"理论在卢卡奇、戈德曼和雷蒙·威廉斯之间的旅行为例，具体演绎了批评的接地性问题。他说："某一观念或者理论，由于从此时此地向彼时彼地的运动，它的说服力是有所增强呢，还是有所减弱，以及某一历史时期和民族文化中的一种理论，在另一历史时期或者境遇中是否会变得截然不同呢？"他认为，"理论是对具体政治和社会情境的回应"。或言之，没有"放之四海而皆准"的"大理论"，只有实践化、地方性的"小理论"。以"文类"（按照当前学界的看法，"文类"亦等同于"文体"）概念为例，尽管"文类"问题是中西古代文论家都较早关注到的文学基本问题之一，如西方亚里士多德的《诗学》，贺拉斯的《诗艺》、黑格尔《美学》等，中国曹丕的《典论·论文》、刘勰的《文心雕龙》等都对文类问题做出了极为重要的探索。但是，他们对文类的探讨基本上都是以书面文学，特别是作家文学为基础的。或者说，他们观念中的文类其实是"书面文学的文类"，并没有充分考虑到民间口头传统影响下的书面文学文类的独特性问题。特别是现代学术体制建立以来，文类的划分更是在书面文学相对成熟之后对文学创作及其研究的一种规范。以比较权威的《牛津文学术语词典》的界定为例："文类"一词源于法语，指写作的类型。文类同时在三个层面上使用：其一，文学艺术最基本的形式（抒情形式、史诗形式、戏剧形式）；其二，最广义的文本种类（诗歌、散文、小说）；其三，特定的亚类。许多混乱与误解，也正是由此而生。文本可以依据不同的标准进行分类，如根据形式结构（商籁体、流浪汉小说），篇幅（长篇小说、警句），意图（讽刺诗），效果（喜剧），来源（民间故事），题材（田园诗、科幻小说）分类，田园诗、闹剧有某些特定的规则；而另一些——譬如小说——很难有明确的一定之规，尽管一些亚类都划归其名下。①尽管《词典》对"文类"的界定几乎囊括了当时的文学类型。不过，《牛津文学术语词典》对文类及其规范的总结和阐释依然是建立在书面文学基础上的，是针对书面文学的文类现象及其规律的总结或概括。随着后现代知识语境的日渐深入，后殖民话语渐趋活跃，尊重边缘、倡导地方性知识话语问题日益受到学界重视，一些长期被主流话语遮蔽的弱势群体或少数族裔文学得以敞亮，那些在民间口头文化语境中孕育、生成的边缘群体的书面文学类型问题，越来越呈现出极为复杂且极富地方性的知识特征，远远超出了主流话语或中心主义话语所建立的"文类"规范，一旦以既有文类概念去阐释，难免会产生隔靴搔痒之感，很难得到准确而合理的解释。上述问题也正是后现代知识场景下文类问题日益受到质疑的根本。

之所以对文类问题有如此多的疑问，概因为"文学"的生成尽管受到一定的文学观念和文学传统的规约，受一定的惯例或习性的影响，"文学"更多意义上也是一种个体化色彩尤其强烈的文化现象，一方面要受其书写对象的促动，另一方面也是创作主体审美取向或价值观念的外在显现。"文学"在文类层面表现出的相似或相近性并不能取代文学文类本身的丰富性、复杂性。既有文类概念的最大问题就在于试图以概念划分的方式将复杂的文学创作现象置于某一固定的"文类"框架或韦勒克意义上的"分类编组"之中，忽视了文类在特定时期、特定群体中的"变种"问题，结果会形成削足适履的尴尬。黑格尔在将文学分为史诗、抒情诗、戏剧三种文体之后，就曾敏锐地发现有不少文类形式介于这三者之间，他称之为文类"变种"②，黑格尔对文类"变种"现象的分析对我们的启示意义在于：在相对成熟的书面文学基础上生成的文学与深受民间口头文学影响的文学在文类的形成、文本形态及审美现象等方面是

---

① Chris Baldick（ed.），*Oxford Concise Dictionary of Literary Terms*，Oxford，New York：Oxford University Press，1990，p. 7.
② 〔德〕黑格尔：《美学》（第三卷下），朱光潜译，商务印书馆，1986，第96~187页。

存在区别的,这种区别在根本上是因为作家们的"思维方式"不同所致。

从上述意义上说,与在书面文学漫长的历史河流中生成的文学类型不同,当代人口较少民族文学因其书面文学历程较短,叙事资源较为单一,他们的文学现代性演进一方面是在现代文学观念和现代文学经验引导下,对民间口头文学传统加以传承、吸收和融合,在此基础上积极从事着现代学术体制规约的所谓"小说""诗歌""散文"等文类创作的;另一方面,与提早进入"散文的观念方式"的主流民族(例如汉族)不同,我国人口较少民族尚保留着"万物有灵"观念,"诗性思维"作为一种"深层结构"仍对人口较少民族作家的文学创作产生深远影响。上述因素的综合性作用,使当代人口较少民族文学在文类层面彰显出独特的民族特质和地域特色,出现了一些"文类变种"现象,这些"文类变种"因为超越了既有文类理论的阐释范围,蕴含着极为丰富的阐释空间与审美意味,更值得我们认真研究之。以乌热尔图的《丛林幽幽》《七叉犄角的公鹿》《琥珀色的篝火》等作品为例来看,虽然上述几部作品发表时均是以"小说"作为文类标识的,但按照当前较为权威的"小说"这一文类概念可以看出,乌热尔图的上述作品其实并不符合现代"小说"文类的标准①,而是呈现出多文类混杂或跨文类特征,彰显出特别浓厚的民间口头文本意蕴。刘俐俐教授就曾在鄂温克族作家乌热尔图的"小说"中发现了所谓的文类"变种"问题②。

本章对当代人口较少民族文学的文类研究不拟按照一般意义上的文类标准将之"对号入座",然后以既有的文类批评标准去研究人口较少民族书面文学的文类特征,而是以"现象学还原"的方式暂时"中止"或"悬搁"对文学客体存在的既有理论或观念,让现象本身来回应或挑战理论的自洽性问题。从这个意义上说,当代人口较少民族文学的文类考察也要"返回文本现象",返回到这一文学创作的历史现场,即回到文本,进入对文学事实本身的观察,并在现象研究的基础上以"文化持

---

① 关于"小说"的文类特征,当前较为权威的说法请参阅童庆炳主编《文学理论教程》,高等教育出版社,2005,第 199~200 页。
② 刘俐俐:《汉语写作如何成就了少数民族的优秀作品?——以鄂温克族作家乌热尔图的作品为例》,《学术研究》2009 年第 4 期。

有者的内部视界"去阐释或挖掘当代人口较少民族文学在文类层面所呈现出的地方性知识特征,并对之加以理论剖析和实践总结,而不能套用已有的书面文学文类理论对之加以"裁剪"或"拉郎配"。或言之,如果机械地将现代性审美标准套用于人口较少民族书面文学很显然将会陷入阐释错位的问题,特别是对于母语不是汉语却以汉语写作,同时又以民族文化传承为创作目的的人口较少民族文学来说,它们的审美特征、语言特色、艺术特质等都是其他民族文学难以遮蔽或忽视的,由此形成的文学文类亦有殊异之处,而殊异性的文类在一定程度上恰是人口较少民族文学的民族特质的表征。在文类层面如果仍然沿用已成体制的小说、戏剧、诗歌、散文等这些传统的文学文类标准来对之加以划分与阐释,很可能出现"南辕北辙"的问题,不仅无助于文学文本的深度把握,也往往是吃力不讨好的(当前,国内刊物在刊发人口较少民族文学作品时仍然是以既有的小说、散文、诗歌等文类概念将之分别编码。其实,这是主流话语规约的结果,而非人口较少民族文学创作使然。有学者甚至将这种套用称为"实际上体现了西方的文化霸权",而少数民族文学文类是"无法为既定的、已渐成体制化的文学理论教条所束缚的"①)。

就此意义而言,当代人口较少民族文学的文类考察就不能局限于书面文学文本细读之中,不能局限于书面文学的文类概括的搬用或模仿,而是返回到人口较少民族文学文本现象的纵深处,返回到创作主体的思维方式及其生成语境之中。

1. 口头文化规约下人口较少民族作家的文类意识

我国28个人口较少民族除去景颇族、柯尔克孜族、锡伯族、珞巴族、门巴族等有自己的文字,塔塔尔族、乌孜别克族、俄罗斯族、塔吉克族等使用与之相邻民族的文字外,其他人口较少民族都没有自己的文字。没有文字的民族,他们的规约禁忌、民间文化、风俗礼仪、劳动技能,甚至整个民族文化的传承或延续,都需要借助口头交流的方式得以进行,它们的民间文化实质上就是民间口头文化,它们的文化遗产也基本上蕴含于民间口传文化之中(即使有自己民族语言文字的人口较少民

---

① 刘大先:《边缘的崛起——族裔批评、生态女性主义、口头诗学对于少数民族文学研究的意义》,《民族文学》2006年第4期。

族，其文化基本上靠口语文化传承）。例如，"东北三少民族"的捕鱼、狩猎技术，西南人口较少民族的采摘、耕作技术，西北人口较少民族的打猎、饲养技术等，都因为没有书面文本可以作为知识传授的载体而不得不以言传身教、口语交流的方式进行。或者说，人口较少民族口头传统本身蕴含着该民族整体的文化知识体系，并通过代际传承的"讲故事"方式延续下去，在节日、仪式的欢庆表演中，在男女青年的对歌、耍闹中，在夏末的草场、河流旁，在冬日的火塘、篝火边，在日常的耕作、放牧中，人口较少民族都可以通过生动且有规律可循的口头和肢体语言，凭借记忆为他人和邻里讲述本民族的迁徙历史、族群起源，解释地名的由来、人神一体的超自然现象，在娱神娱人的同时传承着民族风俗、道德禁忌、生产技能等民族文化知识，承担着寓教于乐的使命，从而在传统与现实、文化与生存、艺术与禁忌等之间建立起一体化联系，进而强化听众对其族群归属的认知和感情依附。在这一文化语境中孕育、成长及成熟起来的人口较少民族作家，都曾以不同方式表达了自己对民间口头传统的深情回眸，也使他们的文学创作在文类选取层面烙上了厚重的民间口语文化的痕迹。

　　裕固族作家铁穆尔一再强调自己的创作与民间口头传统的血脉相连，是民间口头传统中的童话、歌谣、传说故事造就了他的文学题材、叙事艺术、审美品格，是民间口头传统中潜隐着的精神气质、性格命运形塑了他的文学精神、价值取向、伦理观念，是民间口头传统的讲述方式或叙事方式孕育了他的文学类型，是民间口传文学如英雄史诗、民歌和故事中的草原精神孕育了他作品中的崇高与悲壮风格，是流传于裕固大地上的民谣让他的创作能够一直保持着对内心情感体验的忠诚，保持着比较内向和深邃的气质，从而使他的创作在文类选取层面只是听从于内心表达的需要，而不会遵守某种文类的固定教条。① 仫佬族作家鬼子、达斡尔族作家萨娜、毛南族作家孟学祥、锡伯族作家佟加·庆夫、独龙族作家罗荣芬等都持如此看法。源于民间口头资源的濡染或重释，当代人口较少民族文学总是以表面上看起来随意而恰当的方式穿插大量的民间歌谣、神话传说、民间故事、格言谚语、民族风情、宗教典籍、田野调

---

①　铁穆尔：《创作随笔》，《西藏文学》2005年第2期。

查等多种文学类型，凸显出典型的"跨文类"书写现象。特别是随着全球化语境中身份归属意愿的日渐强烈，当代人口较少民族文学的跨文类现象已不仅仅是一种呈现民族民间文化的方式，更成了一种文化认同的表现。

源于民间口语文化的深层浸染以及人口较少民族作家对"不同寻常的表现方式"的自觉需求，"跨文类"现象才成为当前人口较少民族文学的一种普遍性书写现象，彰显出独特的地方性知识特征和民族性审美品格，成为中华多民族文学值得汲取的审美文化资源。更值得注意的是，人口较少民族文学的跨文类写作并非完全出于他们作家的自觉选择或主动探索，很大程度上是传统文学资源与现代文学观念、民间文化继承与作家文学创新、民间叙事模式与现代艺术手法等的彼此纠结而使得他们的文学文类形态在根本上并不是真正成熟的文学类型，只是介于成熟的书面文学与民间口头文学之间或二者融合的"过渡性文类"。

2. 诗性思维与当代人口较少民族作家的文类意识

任何一种思维方式的形塑都不能脱离它的文化土壤。总体上来看，产生史诗、神话的时代或拥有诗性思维的时代已随着现代、后现代文化的强势介入而日渐消失，特别是在一些书面文化相对发达、科学理性化程度相对较高的民族。对于较早进入现代文明的群体而言，孕育神话的语境与神话思维可能已随风而逝，不着痕迹。但是，对于大多数在新中国成立之后才进入现代社会与现代生产生活方式的人口较少民族的人们来说，他们大多仍然生存生活于边缘或与世隔绝之地，高山峡谷、戈壁丘陵、沟壑纵横、山高林深等自然环境使得他们或多或少保存着传统的神性思维，他们的文化仍弥漫着一种浓厚的原始气息，天人合一的神性文化，沟通人鬼神的巫术文化，具有浓厚神秘氛围的禁忌仪式等仍存留在他们的日常生活中。尽管各边缘民族也都已或快或慢地进入了现代化发展阶段，社会组织和文明形态越来越具有现代性品质或正向现代性品质迁移，现代科学理性精神也越来越改变着人口较少民族群体的思维方式与言说传统，但神性思维仍以一种无意识形式留存在他们的心灵深处。

孕育在这一充满诗性思维或原始文化气息土壤基础上的人口较少民族文化，也总是洋溢着神性、诗性和通灵气息。以景颇族为例，景颇族一直保持着万物有灵观念，与现实社会相适应，景颇族认为鬼的世界与现世一样,有山官寨头、百姓、奴隶,人死之后在那里与在人世间一样生产生活。其他人口较少民族如达斡尔族、鄂温克族、赫哲族、门巴族、仫佬族、柯尔克孜族、裕固族、撒拉族、保安族等也都或显或隐地存在着诗性思维方式。由诗性思维方式形塑的边地民族的社会形态、宗教信仰、思维方式、生产生活方式、审美情趣等在很大程度上被当下人口较少民族作家保存下来并对他们的书面文学创作产生根本性影响,他们的美学思想和艺术表现方法在许多方面留下了诗性思维的深刻历史痕迹,甚至可以说他们的创作构思是诗性思维的自然延伸和发展,其作品折射出本民族较为原始的社会物质生产和生活形态,成为本民族原始思维记载的"活化石",成为人口较少民族作家的精神休憩地,影响到人口较少民族文学的文类形态。普米族诗人鲁若迪基就曾一再强调自己的创作是受普米族神话思维影响所致,"我还是个依然相信着月亮是嫦娥飞奔的月亮、太阳是夸父追逐的太阳的人。我甚至疑心我母亲是斯布炯山神的女儿,不忍心我父亲孤苦伶仃才下凡嫁给他"。[①]

  总体而论,当代人口较少民族书面文学普遍存在不注重情节的编织、结构的完整、人物的刻画等现象,而是在诗性思维影响下,依靠情绪的流动、内心的独白、发散性的结构、自由地表现自己的旨蕴意念,充满浓郁的抒情气息,凝聚丰蕴的哲理意味,让时间、空间、心理、情绪交融浑然,情节淡化而富有哲理性的诗意美。鄂伦春女作家空特乐的《鄂伦春风情》中的文章目录就呈现出强烈的主观选择性:"额勒敦""图腾之灵""月亮、空气、白桦""烟荷包·恩珠汗""南绰罗花",等等。这些直接用自然物命名的文字犹如一系列神秘的符号,引导读者进入莽莽的大兴安岭深处,进入一个保存原始部落文化的游猎民族内部。关于鬼神的传说,对于花鸟草树等自然万物的崇拜和先民的天堂观和幸福观,统统进入作家的视野,渗透到多重文类混杂的塑造之中。萨娜的《有关萨满的传说与纪实》不时穿插大量的萨满教义、萨满仪式,不断进入对萨满的历史考古和探究,不断抒发叙述者当下的感悟与体验,整个文本几乎没有什么情节和结构,没有什么人物和故事,只是历史与现实的对话,抒情与纪实的对话。在这样的文本中,叙述者并不在意叙述的规则

---

① 山梅:《一颗独一无二的心灵——谈鲁若迪基的诗歌》,《文艺报》2013年2月25日。

或逻辑，不遵从文学表述的习惯与标准，而是听从于内心情感表达的需求，听从意识流动和心理波动的召唤，让叙述、抒情、议论等多文类形式融为一体，典型表征了诗性思维对人口较少民族文学的影响。如怒族作家彭兆清的《最后的神井》、独龙族作家罗荣芬的《在路上》、裕固族作家铁穆尔的《哪里还有静静的草原》、鄂温克族作家杜梅的《木垛上的童话》、鄂伦春族作家空特乐的《自然之约》、柯尔克孜族作家阿曼吐尔·居苏夫阿洪的《阿佳尔大妈》、锡伯族作家觉罗康林的《狼髀石》等，都体现出一种在诗性思维影响下典型的跨文类特征。从这个意义上说，人口较少民文学的跨文类现象并不是作家刻意追求的叙事效果，而是生存环境的长期浸染使他们以诗性思维来"度"外在之物的结果，是民间口头文学传统对他们潜在影响的结果，是他们在文学创作与文化传承，审美建构与民族寓言之间相互融合的结果，"跨文类"书写现象只是这些综合因素的艺术升华和审美表征。

3. "跨文类"书写中的认同张力

文学的文类生成既有历史因袭的惯性，又与创作主体的现实创作价值取向有关。我们在本书第二章曾探讨过人口较少民族文学的"汉语写作"问题，作为有明确"读者预设"——为汉语或以汉语为工作语言的读者进行本民族文化传递的一种写作形式，怎样通过文学的形式更好地再现和维系自我民族文化，并使之得到其他民族读者的"同情之理解"成为这种写作方式的基本出发点。因此，当代人口较少民族文学创作往往不受现代文类规范的制约，而是听从作者内心表达的需要，依据文学所要传达的主题需要而突破现代学术体制规约下的既有文类观念，各种民间故事、神话传说、民族风情、宗教典籍、田野调查等民间文化资源共时态杂然共处于当代人口较少民族汉语文学的文本之中，鄂温克族作家杜梅的《飘逝的蘑菇圈》，裕固族作家铁穆尔的《北方女王》，乌热尔图的《丛林幽幽》等始终穿插着各自民族的民间歌谣或传说故事。独龙族作家罗荣芬的《孟恰》，赫哲族作家孙玉民的《月儿弯弯》，保安族作家马祖伟的《情满大河家》，裕固族作家玛尔简的《故乡谣》，京族何思源的《穿城》等都是在传说与现实、抒情与议论、叙事与纪实等多种文体的相互混杂中建构"跨文类"或"文类混杂"现象。

全球化和现代化的强势而快速推进，日甚一日地冲击着原本封闭、稳定、同质化（相对而言）的人口较少民族文化，强势文化对弱势文化的压倒性优势使得人口较少民族群体日益感到身份的模糊和文化认同的不确定。作为对全球化及多元文化或有意或无意的一种反拨，人口较少民族作家的文化寻根和民族忧患意识日益凸显，由此更加自觉地以回归民间口头传统作为建构族群身份和文化认同的依靠，同时又试图通过诸如抒情、议论、叙事、说明、民间艺术等多种文类的灵活运用，以更好地表述作者或叙述者的内在情感、理性思考或意识形态诉求。特别是"跨文类"书写因其可以尽可能拓展民族文化的再现空间，全方位观照民族文化的前世与今生，能够使本民族的历史与现实、本土与他者、回顾与希冀、发展与坚守等矛盾在不同时空对话中相互阐释、相互诘问，反思人口较少民族在全球化冲击下的身份认同意识以及浓重的寻根情结，并用以修复和重构已被多元文化所冲击的传统文化，人口较少民族文学的"跨文类"现象于是成为中华多民族一体文学场域内表述自身民族性的迫切需要，又何尝不是对本民族文化记忆的深情依恋和执着眷顾呢？当代人口较少民族文学的"跨文类"现象就不仅是对民间口头传统的现代转化问题，也不只是人口较少民族作家原始诗性思维的文本表征，更是人口较少民族作家试图摆脱文化边缘化和身份混杂性而建构出的文化策略。在这里，当代人口较少民族文学以其"自由"而不囿于传统文类制约的"跨文类"写作方式，积极参与了公共性审美空间的文学营构。也正是出于这种书写重负，人口较少民族作家在文类探索或"发明"层面已超越了对文学形式自身的需求，在一定程度上也使其成为后殖民时代的"民族寓言"。詹姆逊的"民族寓言"概念能否适用于人口较少民族文学，还有待商榷，但"民族寓言"概念蕴含的文学对公共性、介入性等公共价值的担当意识，在人口较少民族文学中却有着极为鲜明的表述，使之超越了纯粹的审美维度而具有了文化人类学、思想史和文学社会学意义。从这个意义上说，人口较少民族文学的"跨文类"现象就与"深度模式"削平后的后现代文学的"跨文类"写作有着本质性区别。

  出于对上述问题的清醒认识，我们对当代人口较少民族文学的"文类"考察就要返回到他们的文学创作现场，从他们的文学现象而非小说、散文、诗歌等固有文类概念出发，探讨那些在当前人口较少民族文学中普遍存在且独具民族特色和地域特点的文类现象，如"民族志写作"

"寓言写作""自传性写作""见证文学"等文类生成的知识谱系、文本形态、审美品质、价值观念等（上述文类的命名仍是笔者目前的一种思考，最终能否被学界所认可，还有待源自实践的检验与理论的提升），以此对人口较少民族文学的审美问题进行另一层面的阐释。

第一节 民族志写作与当代人口较少民族文学的身份叙事[*]

少数民族文学的民族志写作当然不能等同于民族学、人类学理论指导下的民族志文本，少数民族文学的民族志写作是在特定的文学理念、叙事立场和艺术规约等指导下的审美重构活动，是一种艺术生产。民族学或人类学理论指导下的民族志文本则是一种对民族民间文化的再解读、再发现、再记录，是通过一种"深描"手法来呈现边缘民族或地域民族民俗、风情、禁忌等的调查或研究报告。所以，有学者直接认为："民族志是民族学（文化人类学）家对于被研究的民族、部落、区域的人之生活（文化）的描述与解释。民族志是英文'Ethnography'的意译，词源出自希腊文'ethnos'（民族）和'graphein'（记述）。在古代，民族志曾经是各种身份和职业的人，根据自己的见闻，对其他地区、其他民族的一些记录。当民族学（文化人类学）作为一门学科建立以后，民族志就逐渐成为民族学家所作调查和研究报告的专称。"[①] 不过，民族文学的民族志写作与民族学、人类学意义上的民族志写作在文本表现方式上确实存在相似的书写规则，即二者都强调回归民间、书写民间、对民间加以"深描"。所以，当少数民族文学在以"扎根于民族文化与信仰……用心、用富有民族色彩的叙事来寻求根本性的个性文学表达"[②] 方式而对边缘民族民间日常生活场景加以深度描绘，对民族民俗风情予以艺术再现，对特定时空背景下特定生存空间内少数民族群体的情感体验、生

---

[*] 关于当代人口较少民族文学的民族志书写问题，请参阅笔者作为阶段性成果发表的论文《民族志书写与人口较少民族文学的身份叙事》，《社会科学家》2014年第2期。此处有改动。
[①] 杨圣敏、丁宏：《中国民族志》，中央民族大学出版社，2003，第1页。
[②] 冯艺：《民族文学的根本性写作》，《民族文学》2007年第6期。

命禁忌、交往规则以及方言土语与民间文化或艺术进行完整呈现时,作为能够最大限度彰显地方性知识和民族性特征的少数民族文学的民族志写作,成为少数民族文学研究界对少数民族文学的"期待视野"及其基本阐释框架。

有学者指出:"来自于第三世界大部分地区的大量当代小说和文学作品,也正在成为民族志与文学批评综合分析的对象。这些文学作品不仅提供了任何其他形式所无法替代的土著经验表达,而且也像我们自己社会中类似的文学作品那样,构成了本土评论的自传体民族志,对于本土的经验表述十分重要。"① 对于现代性冲击下文化自保压力持续加剧且民族文化认同意愿又相对强烈的人口较少民族作家来说,他们通过写作来维系或建构自我民族的身份认同时,所能依靠的资源是相当有限的。现代文学观念是他者的,文学创作技巧是他者的,语言是他者的,出版机构或媒体是他者的……在这种情况下,对本民族地方性知识场景的"深描"和地方性知识系统的建构或审美表述,就成了他们最为简捷而便利且能够用之不竭的书写资源,由此而形塑的他们的作品也更是呈现出典型的民族志书写特征。

1. 族群记忆中的民族志写作

一般来说,任何民族的民族志都应该由一直生存其间且作为本民族文化传承者、创造者的本民族成员来写作,一旦该民族的"文化持有者"无法记载自我民族的文化或历史时,即"声音"被"替代"或阐释权被"剥夺"(乌热尔图语)时,历史被改写,文化被误读等问题便不可避免地会发生。对于有语言而无文字的人口较少民族的人们来说,他们不掌握现代社会的文化资本(即使掌握,相较其他较大民族,特别是主流民族也远为薄弱),在这种情况下,他们的民族文化很显然存在被强势民族所书写,"声音"被强势民族所"代言"的风险,甚至会被不同的"有色眼镜"过滤而沦为强势民族的对立物或没有确切意蕴的能指。特别是当以文化一体化取代文化多样性、文化同质化取代文化多元化为典型特征的文化全球化步伐日益加速,那些文化创造意识不足、文化更

---

① 〔美〕乔治·E.马尔库斯、〔美〕米开尔·M.J.费彻尔:《作为文化批评的人类学》,王铭铭、蓝达居译,生活·读书·新知三联书店,1998,第110~111页。

新意识不强、文化保存能力薄弱、文化根基不扎实的人口较少民族，在全球化语境下更是存在着民族文化被强势文化所冲击，被他者文化取代或代言的可能。乌热尔图甚至把这一问题称之为"未经授权"的"替代"。他说："那具有自我意识的民族的声音，是在无任何委托未经允许的情境下的替代。"① 乌热尔图对弱小民族声音被"替代"的警觉与焦虑是真实且发自内心深处的，在当前人口较少民族作家中也是有代表性的。对人口较少民族的作家来说，文化的他者化其实是身份认同的他者化，是民族文化的他者化问题，危及的不只是物理意义上的"家园"存续，更是根基意义上的"归属"有无，精神上的漂泊与否，最终归结为族群能否存续的问题。从这个意义上说，对民族文化的他者化焦虑也就成了人口较少民族当前最为基本的焦虑症候。

当前，现代性是任何民族都难以规避的话语霸权的事实性存在，弱小民族文化与之竞争的能力与意愿尚处于一种极度不对称或隐而不彰状态。在这种情况下，如何保存或维系弱小民族文化的自身特性、如何通过书写方式在全球化语境中重塑小民族身份认同、如何在诸多他者文化的冲击下续接远古流传至今的文化历史记忆，并使之在与他者文化对抗或对话中抚慰渐趋受伤的心灵等问题，成为人口较少民族群体处理或审视自身所有问题时的基本视域及其文学表述的基本主题，并促使人口较少民族的民族意识渐趋觉醒和深化，人口较少民族作家开始从被他者所看转向了"看己"，以自己的眼光和思想来观照本民族的历史、现实与心理变化，"开掘自己本民族的优秀文化传统、剖析本民族文化心理、追寻民族文化之根等，还包括赞美性的描绘、审视式的反思和质疑，乃至探寻本民族在当下的心理走向等所有方面在内"②。上述问题反过来又促进了人口较少民族作家更以自觉的民族志写作来强化自身的族群记忆和历史想象，以标示出自我民族文化与他者的区别，呈现出鲜明的"地方性知识"特征。"民族志写作"于是成为当代人口较少民族文学最为凸显的文类症候。

尽管随着现代学术体制的逐渐引入、汉文字的逐渐普及、现代意

---

① 乌热尔图：《蒙古故地》，青岛出版社，2009，第176页。
② 刘俐俐：《走向人道精神的民族文学中的文化身份意识》，《民族研究》2002年第4期。

上文学创作成规及文学经验的逐渐掌握，人口较少民族作家也在不断汲取各种先进文化及文学资源的基础上，按照相对成熟的文类规范和书写范式来建构自我民族的文学样态，但在民间文化土壤中长期形成的"前文学"的思维方式、言说范式、叙事策略或书写经验等并没有完全退场，而是依然顽强地影响着他们的书面文学创作，人口较少民族共同的历史记忆、神话传说、祖先故事、风土人情等民间文化在不断传播中持续影响着他们族群成员的族群意识和族群认同感。这种族群认同感更加强化了人口较少民族作家对民间文化传统的自觉继承。诸多风俗仪式、禁忌规约、婚丧嫁娶、人情世故等频繁出现在人口较少民族文学书写之中，使之呈现出典型的"过渡性文类"特征，具有典型的民族志写作形态。这既是现代的，又是传统的；既是作家创作的，又受集体创作模式或显或隐的影响。裕固族作家达隆东智的《遥远的巴斯墩》以"我"对巴斯墩的有关回忆和历史、传说、故事的大量穿插，再现了"尧乎尔"的迁徙历史、种族起源。文本还特意让华洛老人等几位长者来轮流叙述裕固族的历史与现实，凸显出作者似乎有意追求历史真实性的叙事目的，让这些老者以当事人第一人称口吻讲述"尧乎尔"的过往兴衰、荣辱变迁并引领叙述者走向保存与弘扬民族文化之路，从而追溯属于他们自己的历史，建构族群。作为不断迁徙的民族，裕固族漫长而惨痛的迁徙历程、辉煌而英雄辈出的祖先故里给现实生活中存在诸多风险的裕固族群体以诗意的想象空间，现实的文化和生存焦虑自然转化为历史的重叙动力，以强化自我身份的归属意识，并蕴含抵制他者文化侵扰的可能。同为裕固族作家的铁穆尔的《苍狼大地》由五个小节构成，每个小节的开端都有一首尧熬尔古歌：古歌的重复性回响，表述着叙述者"寻找草原"的叙事冲动以及对建构民族历史和族群记忆的焦灼渴盼；《哪里还有静静的草原》的叙述者在详细讲述裕固族关于族名和人名的来源的文献展示的同时，再以给中日两国的孩子讲民族来源故事的方式，追溯了裕固族先民的迁徙历程与古老的民族文化传统，进而讲述了尧熬尔的族称来源。整个文本就是以民族志写作方式把裕固族的起源、迁徙、现实状况等展示出来，以达到文化认同的目的。《一个牧人写作者的记忆》以成年的"我"作为叙述者对本民族群体在"文革"期间遭受重大创伤的原因展开调查，甚至频繁引证政府文件来证实问题的存在。为了还原本民族的迁徙历程，叙述者甚至以"调查访谈"的方式以呈现大量的民间材料作为佐证，最后，再以叙述者"我"现在的观照视角作为阐释框架对造成部落创伤的原因展开调查。

由此看来，通过对人口较少民族的民间日常生活或生产方式的描述、对民间歌舞习俗或宗教禁忌的再现、对民间仪式节庆或婚丧嫁娶的吟唱、对古老生活场景及其现实嬗变的描摹等，建构出多元文化语境下的自我民族文化认同，共同承担起民族生命的诗意塑造，唤醒人口较少民族群体的文化记忆，成为当前人口较少民族文学民族志书写的基本价值规约。人口较少民族文学的民族志写作就成了格尔茨意义上的"文化展演"活动，不仅因其具有与民族日常生活的密切关系而建构出一种根基性的民族身份与文化民族性，而且为他民族读者如何看待人口较少民族文化提供了明确的意义边界与观照视域，为人口较少民族文学的价值阐释规约了相对有效的阐释符码与价值准则。同时，人口较少民族文学对民族文化的"深描"又何尝不是一种纾缓或抗争他者文化压力的隐喻化写作？

2. 民族志书写的诗学形态

一般而言，我国人口较少民族大多生活在独特的地理场域，其文化具有极为重要的地域性特征。当代人口较少民族文学出于一种重构身份认同的现实焦虑而以民族志写作来呈现其民族文化时，自然会主动而自觉地选择那些能够最大限度呈现其民族性的独特地域景观作为其认同对象，因此地域性空间建构就成为这一文体的基本特征。在这样的文本中，"我们必须同时看到一个特定的场所如何获得文化意义，以及文化又是如何利用这些场所实现其意义的"①。裕固族作家铁穆尔的《遥远的黑帐篷》《北望阿尔泰》《奔向草原腹地》《童年》《焦斯楞的呼唤》《北方女王》《苍狼大地》《星光下的乌拉金》《草原挽歌》等作品是作者对"祁连山北麓"草原生活的执着书写；鄂温克族作家乌热尔图的《敖鲁古雅祭》《萨满，我们的萨满》《老人与鹿》《玛鲁啊，玛鲁》《森林里的歌声》《丛林幽幽》《琥珀色的篝火》等作品也在努力建构着"敖鲁古雅"这一特定生存空间；达斡尔族作家萨娜的《有关萨满的传说与纪实》

---

① 〔英〕迈克·克朗：《文化地理学》，杨淑华、宋慧敏译，南京大学出版社，2000，第7页。

《白雪的故乡》《流失的家园》《金色牧场》等叙说着充满浓厚萨满气息的"达斡尔小镇";独龙族作家罗荣芬的《在路上》《我的故乡河》《泛滥河水》等作品也把目光投向了民族文化的根脉处"独龙山乡";仫佬族作家鬼子的《一根水做的绳子》《年夜饭》等无疑是对罗城"仫佬山乡"的再回首;等等。当代人口较少民族文学以民族志方式对本民族生存地域空间内文化景观的"深描"式书写,对民族日常生活或生活事项的具体展示,其实在很大程度上是对本民族文化的创造性保护和身份归属意义上的认同,同时也蕴含着对文学民族性的执着建构愿景。在他们看来,只有在这一融入了他们生命与呼吸的文化场域之内,他们才能获得心理的宁静与安逸,灵魂的归属与皈依。在这里,文本中的地域空间已不再是简单的地理空间场景,而是文化空间,是被人口较少民族作家意识形态投射后的价值空间,蕴含着他们的当代焦虑与"记忆痕迹"。当代人口较少民族文学选择民族志写作作为地域文化空间的诗意表征,并不是作家对创作技巧的着意雕琢或文学形式"陌生化"效果的追求,而是人口较少民族作家在共时态涌入的强势文化在强行收编边缘民族文化的压力面前,他们自觉而主动追求族群文化认同与文化宣示权的需求。

人类学认为,每一族群在长期的生活实践中都发明或创造了建构自身身份和言说自身身份的特有方式,并有用来指示或指明群体身份的地理空间或文化景观与之相适应。这些能够用来指明身份的景观被人类学称为"族群象征"或"族界标识",如民俗展演、民间歌舞、历史传说、神话故事、意象设置或神圣地域或事件记忆等。这些"族群象征物"在凝聚族群认同、建构族群共同体方面具有重要作用。所以,当代人口较少民族文学的民族志书写也总是致力于对"族群象征物"的艺术描述以彰显这一写作方式的基本特征。毛南族作家孟学祥的《迎春》《猴鼓舞》等对独具民族风情的歌舞的介绍就是民族志写作的典型文本,具有鲜明的地域空间的建构价值。布朗族作家陶玉明在《歇山窝铺》(《民族文学》2012年第2期)中以民族志写作方式对布朗族的民间建筑及传统仪式进行了审美呈现,他的《谁家的公鸡在打鸣》的叙述者对布朗族补选祭祀主持人"祭奄"的描述也具有典型的民族志特征。"祭奄"是布朗族特有的祭祀活动,叙述者对主持"祭奄"活动的主持人"昭色"的选举的民族志呈现,不正是在寻找民族文化之根及族群信仰的象征吗?从这个意义上说,"民族志写作"其实是当代人口较少民族作家建构多元文化语境下的族群象征体系,以维系自我民族的身份认同的需要。同时,也是保护与传承本民族文化传统的需要。达斡尔族作家映岚在《霍日里山啊,霍日里河》中的叙述者对定居前达斡尔族建房过程的民族志叙述就是对上述问题的典型表征。在《霍日里山啊,霍日里河》的叙述者看来,随着定居点的安置,达斡尔族人开始抛弃了传统的居住方式而搬迁到没有民族特色的住宅中去,他们再也住不上达斡尔族特有的房子了。叙述者认为,"居住方式"问题对于弱小族群来说并不仅是特定的生活习俗问题,更是它们的文化载体和文化命脉。叙述者之所以在文本后面对达斡尔民族特有的"盖房子"习俗加以民族志呈现,正是源于"子孙后代"再也住不上"这样的房子"的担忧,是将达斡尔族传统生活方式和文化传统"立此存照",或者是对达斡尔传统生活方式渐趋解体的某种警惕或警醒。在文本中,叙述者还故意让"老人"来讲述达斡尔"盖房子"的习俗,其用意就不证自明了,而"老人"叙述语气的无奈与无力又蕴含着一种夕阳西下意义上的感伤,"一辈子深根于土地的感觉,前所未有地动摇了。……一直不服气自己的桑榆暮景的心理,也升出没有远照的馁气了。我徒然成了无家可归无所凭依的流浪汉了"。[①] 文本所一再强化的"桑榆暮景的心理""没有远照的馁气""无家可归无所凭依"等,弥漫着一种强烈的文化衰败和夕阳西下式的感伤。出于对"无家可归无所凭依"的"无根"恐惧,映岚等叙述者才在作品中一再展示达斡尔族建造房子的过程和技巧,因为"造房子的过程和技巧"是达斡尔传统文化的表征,"仍然透着祖先的魂魄"。或者可以说,对"根"的追问与寻求,对身份的执着与眷恋,对文化传承的迫切与焦虑,才是当代人口较少民族文学致力于民族志写作的根本要义。在这里,即使表面上看起来繁琐、细碎、杂乱的"一地鸡毛"式的细节展示或场景再现(人口较少民族文学的民族志写作也不可避免地削弱或危及其文学审美价值问题,这需另拟专文探讨),如果我们以文学社会学视角去对这一现象加以触摸或观照,也很容易看到:这种细节展示背后其实是对本民族生存之"根"的追问,对民族身份或文化传统的再次确认。

---

① 映岚:《霍日里河啊,霍日里山》,《骏马》2006 年第 5 期。

全球化及现代性冲击的不断加剧，在以时间的共时性不断蚕食或渐趋消除各个边缘或偏远空间的异质性或独特性的同时，人口较少民族群体生存的物理空间与内在的文化之根（身份认同）不能不共时性地受到现代性的干预和破坏，这种"干预"或"破坏"又会危及整个民族的存续与否和身份确证问题。在这一突然且汹涌而至的剧烈冲击面前，人口较少民族文学不得不祭起民族志写作大旗，通过一种直接的、完整的、感性的与直观的方式呈现出民族文化的民族性特征并使之转化为民族认同的象征性资源或族群认同的显在标志（同时，也在一定程度上潜在规约了对人口较少民族文化阐释的限度与向度）。在这样的文本中，一个民族的历史传承、口述活动、文化景观、交往方式等无不是构建民族身份的寓言化行为，并承担着将当前的文化身份想象重新置入整个民族的文化记忆和种族历史的知识谱系之内的功能。这就不难发现，人口较少民族文学文本为何总是混杂着诸多风俗禁忌的艺术描述、民族性文化景观的真实再现、独具民族特色的服饰或神器的审美书写等问题了，这其实出于人口较少民族作家力图建构非规约性文化空间的价值需求，在这一空间之内，他们才能实现现代意义上的身份认同。

3. 民族志书写的景观再现及其现代性反思

文学的民族志写作，在根本上说是一种审美的日常生活化，或者说，是日常生活的审美化，文本中的一切民族志景观其实都是叠加着作者意识形态诉求的审美建构物，是作者依据特定文化语境内的道德准则、社会规范或意识形态规约而对日常生活场景过滤或筛选后的艺术转化。从这个意义上说，当代人口较少民族文学的民族志写作并不是对生活场域内的文化或生活场景的原生态再现，而是充斥着主观性、选择性、修辞策略、情感体验乃至虚构的"部分真实"文本。① 在这一"部分真实"的文本中，我们很容易看到当代人口较少民族文学民族志写作所蕴含的文化记忆，彰显出的身份认同愿景和试图重建多元文化混杂语境中族群诉说合法化的尝试。毛南族作家莫景春在《石头深处是故乡》（《民族文学》2012年第7期）中对毛南山乡关于石头的传说、故事以及毛南人对石头的加工及改造工艺进行了详尽的铺排和渲染，其叙事目的并不是出

---

① 彭兆荣：《民族志视野中"真实性"的多种样态》，《中国社会科学》2006年第2期。

于对民族独特习俗的再现和猎奇，而是试图从石头的坚韧、忠诚、守信这一习性中发现维系民族生存的精神源泉和生命的象征物。所以，《石头深入是故乡》一文中："再硬的石头也硬不过一个民族的灵魂"，"生命只不过是如此的来往轮回，谁又能像一块坚硬的石头那样让时间无奈？而坚韧的毛南人让坚硬的石头温顺，记录着自己的生活。在石头深处，我找到了故乡"。① 在这里，石头的品行与故乡的互喻或互文才是作者对毛南山乡之石加以民族志书写的根本目的。"东北三少民族"文学对猎熊禁忌、风葬习俗、生育传统民族志呈现；裕固族文学对游牧规则、狩猎禁忌民族志呈现；景颇族文学对仪式、采集民族志呈现；阿昌族文学对婚姻、生育民族志呈现；仫佬族文学对稻作文化的民族志呈现；等等。其意义概不出于此。当代人口较少民族文学的民族志写作对民间民俗事项及其日常景观的全方位、立体性呈现，对特定空间内地理景观及其文化寓意的多角度营造，对信仰仪式及其民间传统的多层面书写，对诸多禁忌规约及其文化场域的重复性再现等，其实就是人口较少民族作家出于各种现实焦虑而对民族生活所做的价值干预或道德重塑。或者说，他们的民族志写作其实是一种道德、禁忌的文本化行为，是一种为人口较少民族在多元文化语境下的生活价值和意义阐释"立法"的行为，其目的是为人口较少民族的历史记忆、现实生存与未来走向提供精神原动力。如有学者说："少数族群自传和自传体小说也许也可以成为探索20世纪晚期多元化的后工业社会的关键形式。"② 这一点，在乌热尔图的几乎所有文本中都得以集中体现。

乌热尔图在《萨满，我们的萨满》中对部族"最后一个萨满"达老非老人跳神仪式的再现，在《丛林幽幽》中对鄂温克族生育禁忌与风葬习俗的描述，在《七叉犄角的公鹿》中对鄂温克族狩猎场景的铺排等，都弥漫着感伤、哀婉气息，散发出"文化断裂"般极为沉重的忧思情结。也许正是出于对"文化断裂"的担忧和自觉传承民族文化的担当意识，《丛林幽幽》的叙述者才对鄂温克部落中的生育习俗做了民族志意

---

① 莫景春：《石头深处是故乡》，《民族文学》2012年第7期。
② 〔美〕迈克尔·M.J.费希尔：《族群与关于记忆的后现代艺术》。见〔美〕詹姆斯·克利福德、〔美〕乔治·E.马库斯编《写文化：民族志的诗学与政治学》，商务印书馆，2006，第241页。

义上的"深描"。"克波迪尔河畔的女人分娩前,按照部族的习惯要在居住的帐篷附近,搭盖一座新的小帐篷。……"① 在这里,叙述者叙事的最终目的并不是刻意呈现鄂温克人的生育习俗,而是为这一习俗渐趋消失引起的"文化断裂"而忧虑,而痛苦,并试图通过鄂温克族生育习俗及生育禁忌的民族志写作,重新建构出新形势下的族群认同。这一点与叙述者在文本中对鄂温克族风葬习俗解体所引发的思考如出一辙。作为鄂温克族文化"活化石"的"老人"的渐趋消失,传统生活习俗、各种规约禁忌以及整个鄂温克族文化在外来文化冲击下的烟消云散等,这些使得每一个鄂温克人都为此焦虑彷徨、心酸无奈。传统的精神实质是什么、传统在当前现代性语境下发生了哪些变异,这种变异又对鄂温克人的现实生存意味着什么、拿什么来拯救当前鄂温克人的精神困惑和生存危机?诸如此类的问题迫使乌热尔图作品中的叙述者不得不以民族志写作方式来思考本民族文化何去何从的问题。在《丛林幽幽》的叙述者看来,在外来文化冲击与本族群内部年青一代对民族文化的淡忘或拒绝的合谋,鄂温克族传统文化已不再是融入鄂温克人血脉深处的民族记忆和文化传统,而是成了外在于鄂温克人生活本相且以"博物馆"或"展览馆"方式被奇观化、鉴赏化的"死的知识",延续千百年的习俗"现在无人讲得清楚说得明白"。基于这一原因,《丛林幽幽》的叙述者在文本中才不断引用诸多的民族学、人类学著作等。在这里,叙述者对上述文献的引用并不是完全出于对上述著作的尊重或敬仰,而是通过对上述景观的民族志书写彰显鄂温克族文化的悠长历史和多姿多彩,以此缓解或弱化他们在文化传统消解后的无可奈何或茫然困惑心态,并表述着弱小民族文化传统在场的必要性、紧迫性。

乌热尔图在《丛林幽幽》后将写作兴趣转移到了文化散文、文化随笔等文体的创作上面,其原因就在于文化散文、文化随笔可以更充分且随心所欲地发挥,从而满足他致力于书写"鄂温克文化"的现实需要(对于乌热尔图创作的后期转型问题,许多学者都给予了极大关注并做出较有洞见的阐释)。这一现象无疑与乌热尔图在20世纪90年代一再强调的"自我阐释权"、唯恐"声音"被"替代"等问题有着内在逻辑上的

---

① 乌热尔图:《丛林幽幽》,《收获》1993年第6期。

一致性,也是在这里,乌热尔图的文本更凸显出强烈的文化代言意识。有学者甚至认为,《沉默的播种者》《述说鄂温克》《呼伦贝尔笔记》等文化随笔就是"乌热尔图吸收了后殖民理论的反抗性和质疑性的思想""捍卫本民族的自我阐释权""是极具民族自尊和敏感,极具民族自我保护意识的证明"。① 在乌热尔图运用人类学、生态学、考古学、历史地理学和哲学等多个层面、多种角度编著而成的《鄂温克史稿》中,乌热尔图具体谈到了为什么要通过民族志写作来勾勒鄂温克族的起源、迁徙和重要历史事件等的问题。在《鄂温克族历史词语》的"引言"中他继续强调:"由他人所代言的历史书写,难免存在疏漏、偏颇、误读,甚至有意的遮蔽。……编辑这部历史阅读参考书的目的,也是向关注边疆史学的读者们集中展示一个民族的历史视野,以及他们面对断裂的历史之所思与所为。"② 为了摆脱被他者代言的尴尬,为了修复已被他者所"疏漏、偏颇、误读,甚至有意的遮蔽"的历史,进而"复苏"鄂温克族的真实历史,还原鄂温克族在没有他者干预状态下的"生活真实",乌热尔图才以民族志写作方式承担起向他者证明自我的言说压力,以此达到彰显自我民族文化的目的,避免被他者所代言的命运。"以虔诚的态度敬重这片土地及古老的本土文化",表述他"历史的眼泪"和"现实的忧伤"。③ 乌热尔图也实现了由作家身份向群体代言人角色的转变。他在《蒙古故地》中再次强调作为民族文化代言人肩负的职责与代言的合法性。乌热尔图对"自我阐释权"的现实焦虑与他的文本诉求在这一问题上存在着紧密的互文性,共同表述着弱小民族文化在全球化背景下被强势文化挤压而引发的难以言说的痛苦。面对鄂温克族这一弱小民族文化的岌岌可危,乌热尔图急于要向他民族读者完整地呈现鄂温克族传统文化原貌,敞亮被强势文化遮蔽或蚕食的弱小民族文化真相,他不得不"借用人类学手法记下鄂温克族的现实与历史、部族神话、图腾信仰等,旨在阐释整个部族的精神世界,使其更具凝聚力与部族意识,以便同其他生存群体相区别"④。在这里,我们可以更清楚地看到他的民族志写作

---

① 刘俐俐:《隐秘的历史河流》,天津人民出版社,2002,第112页。
② 乌热尔图选编《鄂温克族历史词语》,内蒙古文化出版社,2005,第6~7页。
③ 田青:《痛苦的抉择和乌热尔图随笔创作》,《学术探索》2005年第3期。
④ 乌热尔图:《不可剥夺的自我阐释权》,《读书》1997年第2期。

背后的真实意图。有人甚至认为:"乌热尔图以代言人的身份,不断阐释本民族文化并全力保护这一阐释权。这在今天中国境域的少数民族作家中,几乎找不到第二例。"① 就此意义而言,人口较少民族文学的民族志写作是一种重塑身份或唤醒族群记忆的现代寓言或象征性文本,是人口较少民族作家在民族文化符码或族群象征物渐趋解体情况下的文化自救和身份救赎行为。

人口较少民族作家写作民族志的根本初衷,就是为了纾解民族文化解体这一日渐严重的在己性体验,为了重新建构民族文化传统,还原民族文化真相的迫切要求,民族志写作也就成了人口较少民族作家积极探索新形势下建构或想象族群身份、民族认同的方式或方法,重新凝聚本族群那些已被现代性语境下的他者文化冲击得七零八落的文化记忆"残片",再次唤起本民族群体对自我民族辉煌历史的认同与敬意等问题。就此意义而言,人口较少民族文学的民族志写作与其说是人口较少民族作家为他们的现实焦虑和生存需求设立的价值原点或生活准则,倒不如说是人口较少民族作家出于强烈的身份困惑或文化认同而为他们的民族存续问题设置的问题域或"有意味的形式"。

问题的吊诡是,当人口较少民族作家出于一种身份重塑的现代性焦虑而致力于民族志书写时,不期然走向了取材范围日渐狭窄、艺术境界日益浅薄的局面。特别是人口较少民族作家一旦将这一写作方式当作自己创作的终生追求目标,并以之为民族代言的基本价值规约时,既可能使这一写作文类出现题材越来越狭窄,思想境界和价值关怀越来越自觉疏离或隔绝于文学的当代发展轨迹的可能,又可能使之出现越来越模式化或套路化的创作倾向,甚至陷入自我重复的创作怪圈。目前,许多人口较少民族作家的民族志写作都沉溺于故土家园的审美言说,专注于单一的地域风情、民族风俗的场景展示,并且赋予这些地域景观、民间场景以诗意化、神圣化及浪漫化想象。尽管这一问题的出现与人口较少民族作家的生活阅历、审美视界以及生活的地域范围相对狭小相关,更与人口较少民族作家的创作立场、叙事伦理、文化认同、族群记忆等有关。单以东北"三少民族"女性文学为例,如苏华的散文及小说集《我是达

---

① 田青:《痛苦的抉择和乌热尔图随笔创作》,《学术探索》2005年第3期。

斡尔人》《民族服装》《金屋银屋不及老屋》《母牛莫库泌的故事》《牧歌》，敖蓉的散文集《禅树叶上的童话》，苏莉的散文集《草原深处》《牛的故事》《故乡的柳蒿芽》，敖文华的散文随笔集《嫩江我蓝色的故乡》，空特乐的代表作《自然之约》，敖荣凤的散文集《驶出白桦林的"船"》，杜梅的散文集《北方丢失的童话》、小说集《银白色的山带》，映岚的小说集《童年里的童话》《霍日里河啊，霍日里河》等作品几乎都集中于个人生活经历或地域景观的民族志呈现，难以将风景、观念或情感有效转化为审美价值生成，制约了人口较少民族文学现代审美品格生成。这一问题不解决，人口较少民族文学的民族志写作就很难说是一种成熟的文类探索。

尤为值得注意的是，当前一些人口较少民族作家的民族志写作并不是出于文学自身的审美目的，也不是出于对民族认同或族群记忆的需要，而是试图以此作为与众不同的"陌生化"资源而达到好发表、好获奖的功利目的，民族志写作在他们那里只是一种招呼他人阅读的"噱头"而使他们的民族民间风情得以展示、宗教禁忌规约得以描写、风俗仪式得以表演等，并不能真正融入文本而成为文本审美力量的源泉，反而使人口较少民族文学的民族志书写与文学之间存在极为鲜明的"两张皮"现象。或者说，他们的民族志书写往往停留在对"现象"展示的表层而使"现象"仅仅成为作品的题材或素材，并未能使"现象"升华为审美意象或审美内容，对"现象"的平面化叙述难以上升到文化和民族性意蕴层面，这一现象又普遍出现在当代人口较少民族文学的民族志书写之中。

就其一般要旨而言，人口较少民族文化之所以能够在"多元一体"文化中占据一定位置，不是因为人口较少民族文化的异质性、地方性，而是在于人口较少民族文化的异质性、地方性能否充实或完善中华民族"多元一体"的文化格局。因为，文化的异质性、地方性也有可能是落后性、非现代性的同义语，甚至有可能被用于以所谓的"异质性、地方性"为实质上的"落后性、非现代性"张目。文学不必然是对地方景观的真实再现，而是要能够使读者真实地感受到这种景观的文化意蕴；文学不必然是对地方性价值观的肆意张扬，而是要能够使读者体验到作者赋予文本价值的超越性想象；文学不必然是对民族性或现代性的或拥抱或排斥的二元式书写，而是要能够使读者理性审视民族的前世与今生、传统与发展问题。否则，就有可能使读者只强调文学的民族性、景观的奇异性、文化的差异性，而忽视了文学语言的韵味性、结构的审美性、意境的深邃性与思想的人类性，从而使得文学沦为人类学、民族学读本，而非文学或艺术文本。以此视之，当前人口较少民族书面文学的民族志写作尚有值得商榷之处。尽管这一写作方式确是人口较少民族作家文化自信、文化自觉的显在表征，也在一定程度上推动了人口较少民族群体的文化自信和文化自觉。不过，要真正实现文化自信、文化自觉，人口较少民族作家就不能局限于单一的民族文化观念，也不能满足于对民族文化现象本身表面化的直观，而是要真正认识和把握自身民族发展最终要纳入人类社会历史发展的轨迹，如此才能避免被社会或时代所抛弃的命运，要清楚地认识和把握自身民族文化在人类文化面前的地位与可能走向，更要认识和把握自身民族群体内部底层民众的现实需求和生活愿望，"其审视的尺度是，它是否适合时代实践的需要，是否有利于促进民族发展与历史进步"①。

第二节 "寓言"的民族化书写及其限度

在前现代社会里，生产生活方式相对单一、稳定，部族人员居住位置相对具体、固定，各种知识、观念变化相对缓慢、有条不紊，人们总是相信世界有一个终极性本质存在，如柏拉图的"理式"论、黑格尔的"理念"、马克思主义的"生产方式"与"上层建筑"等。即使到了工业化发展迅猛的现代性社会，由于受"进化论"思潮影响，人们对"目的论""本质论"有着宗教般的膜拜。在这一语境下，文学的任务就是要阐释或敞亮这一"深层结构"，如精神分析理论的"无意识"、结构主义的"深层结构"等都是从不同角度对这一问题的阐释。现代主义文学看起来支离破碎，在总体上仍可看出其中所表述的"本质"。如丹尼尔·贝尔所说："不管传统现代主义有多大胆，它不过是在想象中，在艺术世界内表现冲动，不管是关于魔鬼还是谋杀的幻想，仍然是通过有序的审美形式原则表达出来，因此即便是在颠覆社会，艺术仍然将自己放在有

---

① 林剑：《也论文化的自觉、自信与自立》，《学术研究》2013 年第 6 期。

序的世界里。"① 在这里,"有序的世界"无疑是对"本质"的概括。出于对文学创作的本质规定性强调,"寓言"问题才成为自古希腊以来文学理论一再探讨的问题。可以说,在寓言中,隐含义才是表达的重心所在。进入后现代社会以来,各种"后"学思潮风起云涌,文学的零散化、碎片化和无序化问题成一时之盛。特别是在文学的商品化、娱乐化趋势渐趋凸显之时,文学日益呈现出能指狂欢或詹姆逊意义上的"深度模式"被削平状态。

在这一整体文化语境之下,当代人口较少民族作家却以其背负的民族认同重任、自觉的文化身份建构意识以及对民族文化传统中的价值观念、生态伦理等的坚守意识等,使中国文坛呈现出"另一种风景",个体写作与民族代言、审美创造与价值重塑、形式选择与意识形态诉求等紧紧交织在一起,从而使人口较少民族的文学呈现出典型的"民族寓言"性质。特别是一旦将当代人口较少民族文学的"寓言化书写"置入人口较少民族群体现实生存状态之中时,这一文类存在的意义就愈加凸显。

当前,因全球化及多元文化的大交流、大碰撞而引发的民族文化传统的流失问题,因整个社会开放、经济发展及资源开发而引发的生态恶化和城市化进程带来的家园沦落问题,因现代生活方式(观念)和现代教育普及而引发的民族认同感弱化或淡化问题等,都使得人口较少民族群体产生一种强烈的创伤体验与身份焦虑。鄂温克族作家乌热尔图曾沉重地把鄂温克民族文化传统在现实境遇中的群体生活状态概述为"猎枪在颤抖"。在乌热尔图看来,尽管随着资源开发和定居点建设,猎人放下了猎枪走出森林,这是人口较少民族发展的必然历程和必要代价。但是,传统与现代的纠缠与交错却使鄂温克人表现出极其复杂而矛盾的心理纠结。因为传统已作为一种族群记忆如血液般融入本民族群体的心理或心灵深处,与传统的隔绝或断裂意味着要使自身发生脱骨换胎般的变异,这对人口较少民族群体来说无疑是一种痛彻心扉的两难。"叫我担心的是当我再一次端起不肯放下的猎枪的时候,它在我的手中也许会抖动、会

---

① 〔美〕丹尼尔·贝尔:《资本主义文化矛盾》,严蓓雯译,江苏人民出版社,2007,第52页。

尖叫，那将令我伤心，因为我承接的是一种文化，就我个人而言……变成一个做梦都在出猎的、出于两难心态的狩猎者。"① 坚守传统并试图将传统维系于原有的生活场景之中现在看来已变得遥不可及，主动迎纳或按照现代文明要求重塑自身却还没有做好充足准备，由此而生成的"两难心态"成为当前几乎所有人口较少民族群体的共同感受。出于对本民族群体在传统与现代猝然相遇中所产生的复杂心态和矛盾心理的反思，人口较少民族作家才以自觉的代言人意义上的主体意识，以致力于民族群体生存与否问题的审美言说作为他们文学书写的基本价值规约。这一预先设定的价值规约使得人口较少民族文学创作从一开始就不是个人或私人性的"小叙事"，而是与整个民族、整个族群"何去何从"问题捆绑在一起的"大叙事"，他们的文本普遍具有一种沉甸甸的分量，时常感受到他们文学书写时承担责任的沉重、讨论问题的严肃、为民族代言的自觉、价值言说的迫切，具有鲜明的民族寓言性质。这正如裕固族作家铁穆尔所说："（作为人口较少民族作家）更多地去为民众和社会负责，为人的生与死负责。"② 他的《腾格里达坂下》强调的就是这种写作主张："作为一个正在灭绝的种族的儿子，作为一个草原的写作者和一个边缘者，我们需要的是创造文学吗？不，我们首先要捍卫它——捍卫自然、捍卫大地上的苦难而无助的人民、捍卫他们的语言和文化、捍卫他们的灵魂和歌声……"③ 撒拉族诗人翼人甚至把诗歌创作看作"宗教和革命以外的第三种声音"。

出于为民族群体代言的自觉意识，以维系民族传统为己任的担当意识，以及建构族群文化记忆或文化身份的责任意识等，当代人口较少民族作家无论是对民族风俗仪式的艺术描述，对群体内部个体成员生活经验或生命体验的文学表达，对民间日常生活场景的文学再现，还是对民族性、地域性景观的诗意呈现等，都潜隐着对"民族"问题的执着思考，隐喻着典型的"民族寓言"意义上的"普遍性思想"，"寓言化书写"成为当前人口较少民族文学的基本文类之一。

---

① 乌热尔图：《沉默的播种者》，内蒙古文化出版社，1994，第117~119页。
② 铁穆尔：《创作随笔》，《西藏文学》2005年第2期。
③ 铁穆尔：《腾格里达坂下》，《西湖》2004年第11期。

1. 日常生活的寓言化建构

如果说历时性层面的族群记忆可以通过讲述诸如族群起源、重述民族历史/传统、缅怀祖先英雄业绩、回望祖先迁徙历程等方式得以实现，那么，空间层面的族群身份想象就只能蕴含在特定场域内的日常生活、世俗事项的共时态叙事之中。可以说，任何民族的文化其实都蕴藏在点点滴滴的日常生活细节之中，日常生活本身其实是文化的一种媒介、一种载体，日常生活与民族文化之间甚至是一体两面的问题。特定民族的日常生活所蕴藏的价值维度、精神向度与生活态度等一直在情感、思想或价值规约层面规定着该民族文化的行为准则和生活在这一文化语境中的民族群体对这一行为准则的认同边界。恰如列斐伏尔所说："日常生活与我们的所有活动深刻相连，并连同它们的差异和冲突一起包容着所有这些活动：它是它们的交汇处，它们的纽带和基地。正是在日常生活中，那些关系获得表达和完成，这些关系尽管在一定方式上也是部分的和不全面的，但是能够使得现实的总体性得以实现：友谊，同志，爱，交流的需要，游戏，等等。"① 我国人口较少民族普遍存在的诸如口语文化发达、书写传统相对薄弱、生产或生活方式富有流动性等问题，而使其文化更容易蕴藏在丰富发达的日常生活及民俗文化不是书面记载之中，诸如婚丧嫁娶、节日习俗、仪式信仰、禁忌规约等。从这个意义上说，当代人口较少民族文学对日常生活及民俗文化的描写本身就成为对民族文化认同和身份确证的方式，是源于作者内心深处的文化期待和现实需求而对融入了他们情感、生命与经验的日常生活的再加工或再赋义，不再仅仅是一种简单的题材性模仿或素材式再现。也正是基于对日常生活描述的"文化期待和现实需求"，当代人口较少民族的作家对日常生活的艺术描述就成了他们在经历诸多社会变故与文化变迁后采取的认同方式和价值担当的选择，是一种面对他者文化冲击后的自觉回应，也使其在一定程度上回到了对自我民族价值言说和触摸民族历史真相的文化场域。由此而论，当代人口较少民族文学对日常生活场景的艺术再现就具有了典型的寓言化特质，从而使之升华为某种文化镜像。这种文化镜像也因

---

① Henri Lefebvre, *Critiques of Everyday Life*, trans. John Moore (London: Verso, 1991), p. 97.

其是对日常生活的深入把握及现实焦虑的深度触摸而成为人口较少民族作家言说自我的内在动力,这是当前人口较少民族文学对日常生活加以文化叙事的内在规定性,上述文本的几乎所有叙述者都会在文本中明确指出这一问题的存在。特别是人口较少民族文学大多是汉语写作的文学,汉族读者的写作预设或"读者想象"更使其对日常生活的艺术表述具有了典型的对话意识和身份建构意义,形塑出极具地域性与民族性双重特质的"民族寓言"形态。乌热尔图在《你让我顺水漂流》的"自序"中就强调了这一点:"这里对智慧的读者更坦诚一些为好,应该像亲朋好友间的倾诉,谈谈你自己喜欢什么、不喜欢什么、曾经喜欢过什么,无疑,那会推进我终身渴求的人与人、陌生与隔阂的消解、精神上平等信任与亲密无间的达成。"①

就上述意义而言,人口较少民族文学对地域风情、民俗事项、规约禁忌等日常生活的民族志写作,不是为文学而文学,不是为陌生化而文学,不是为个人情绪宣泄而文学,不是为功利化或娱乐化而文学,而是与民族意识的重述、民族身份的维系、民族文化的传承、民族未来的沉思、族际关系的建构等问题存在二而一的勾连。当代人口较少民族文学与民族日常生活的内在勾连在本质意义上存在两个层面的考量:在技术层面上,作为能够彰显民族特性与地域特点的点点滴滴的日常生活,其本身就是人口较少民族群体身份认同的根基,当代人口较少民族文学对日常生活的艺术描述是其在中华多元一体文化语境和"中国文学"场域内彰显自身存在的文化/文学资本,恰是这种文化/文学资本能够促使其参与他民族文化/文学的交往对话过程,并确立自身的文化/文学位置。在精神层面上,人口较少民族文学对日常生活的审美再现是人口较少民族文化的表达和阐释,是人口较少民族作家对自我民族的现实境遇和未来走向理性审视后的生命叙事,是其窥探民族秘史以及从民族秘史中汲取精神滋养的灵魂言说,也是其他民族读者认知、理解、尊重并认同人口较少民族的基本途径。这一精神厚度是人口较少民族文学彰显"民族寓言"性质的基本规约。

---

① 乌热尔图:《你让我顺水漂流》"自序",作家出版社,1996年。

2. 寓言化书写的形式选择

在文学社会学看来，文学作品的任何构建都与阶级、种族、性别等意识形态相关，没有什么是纯粹的形式，形式是内容的形式，内容是形式的内容。以文学的叙述者选择来说，在大一统的集权文化时代，创作主体没有发表个体意识的自觉和言说语境而往往采取"全知叙述者"。在这样的文本中，"叙述者因处于故事之外而不参与文本，往往是某种权威话语的代言人、'传声筒'、或者'傀儡'"①。现代社会以来，随着大一统意识形态的消解，个体言说语境的渐次出现，"第一人称叙述者"也随之出现。以此视角来看，当代人口较少民族文学的"第一人称叙事"也就富有值得再阐释的话语空间。

人口较少民族尽管在新中国成立之初就随着我国社会主义现代化建设的洪流而开始了现代社会的构建进程，及至民族识别工作的胜利完成，人口较少民族作为独立民族开始成为中国55个少数民族中独立的成员，有了构建民族话语的相对自由的言说空间。但在长期的文学/文化实践中，因其自发或自觉听从国家主流政治话语询唤以及自身文字的缺失与书面文学资源的相对匮乏等原因，人口较少民族作家的民族意识并没有随着民族识别工作的完成而渐趋觉醒或深化，而多是以国家话语代言人身份从事他者言说，本民族地域风情、地方志知识书写只是为了论述国家话语的合理性、合法性而存在，如京族作家李英敏、锡伯族作家郭基南、赫哲族作家乌·白辛等人的创作。新时期之后，随着人口较少民族自我意识的彰显和国家话语由直接规范到间接引导的转变，当代人口较少民族文学渐趋开始民族性的自觉建构和文化身份的主动追索。特别是近年来，工业化、城镇化、商品化快速发展，既为人口较少民族人们带来了便利的生活条件和富裕的物质生活，又使他们处于严重的心理焦虑与情感困惑之中。生活水平的日益提高与心理焦虑的日益剧烈构成他们现阶段的主体矛盾，促使那种既能体现文学现代性，又能自由表达民族意识与创作主体个体意识的第一人称叙述开始成为当代人口较少民族文学的主导叙述模式，即使有的文本不是由第一人称叙述者承担叙述功能，作者也总是安排文中的人物以第一人称"讲故事"的方式承担讲述"民

---

① 李长中：《文学文本基本问题研究》，中央民族大学出版社，2012，第120页。

族寓言"的任务。

  裕固族作家铁穆尔的作品几乎都没有完整的结构，材料的组织、叙述的进程、结构的安排、情感的抒发等都没有清晰而明确的主线，所有的话语编织都是以叙述者"我"的经历及情感体验为主线连接起来的，这就使他的作品表面上看起来很凌乱、混杂，甚至很紊乱，随心所欲，不讲章法。如《哪里还有静静的草原》是以"我""给中日两国的孩子讲民族来源故事"的方式来叙述民族历史；《一个牧人写作者的记忆》中的"我""是一个渐渐消失的古老游牧民族的后裔，我现在想说的是那片支离破碎的群山草原，那个在游牧和农耕的交接处挣扎着的民族。"[1]；《夜路漫漫》中的叙述者"我"是骑马漫游的尧熬尔后裔；《蔚蓝色的山脉——祁连山笔记》居然是以"笔记"的形式来记载"我"的经历与感想。达斡尔族作家萨娜的《阿西卡》是以"我"来寻访姑母阿西卡为主线结构整个文本；《多布库尔河》以"我"的成长经历为主线对达斡尔族的生活方式、地域风情进行了详细书写。鄂温克族作家敖蓉的作品都是以"我"作为叙述者来呈现"一个家族的故事"。独龙族作家罗荣芬的《在路上》《我的故乡河》都是以"我"回故乡的不同经历建构文本，讲述的是独龙山乡的人与事。"第一人称"叙述者选择为读者提供"本土文化持有者"最"直接的"群体性经验，这种叙述方式承担起了集体认同的重要意义。为了强化或突出叙述的集体指向，人口较少民族文学的叙述者甚至在叙述之前就对读者明确了这一阐释规约，铁穆尔《腾格里达坂下》的叙述者"我"说，"多年来，我在说自己的故事之前，总是忍不住要说说我的那个多难的草原部族或是那片支离破碎的草原"[2]。在这里，叙述者"我"的个体言说最终是与"民族"集体性身份相勾连的；《北望阿尔泰》的叙述者也说："我的目的是采撷民歌、搜集故事，最重要的是去记录已濒失传的在裕固族中流传的关于阿尔泰的传奇故事"[3]；《焦斯楞的呼唤》的叙述者"我""寻找我们那神秘的尧熬尔部落的根源。我知道我们那个神秘部落的祖魂在召唤我"[4]。在上

---

[1] 铁穆尔：《一个牧人写作者的记忆》，《大家》2010年第13期。
[2] 铁穆尔：《腾格里达坂下》，《西湖》2004年第11期。
[3] 铁穆尔：《北望阿尔泰》，《飞天》1994年第7期。
[4] 铁穆尔：《星光下的乌拉金》，甘肃文化出版社，2006，第18页。

述文本中,叙述者并不承担话语的讲述任务;只是承担着倾听者、记录者、采访者或旅行者的身份,只是作为一个需要接受民族文化"洗礼"的后辈晚生去呈现民族文化原貌、追溯种族起源、缅怀祖先功绩。在这样的文本中,叙述者个体话语其实与民族性集体话语有着完全的契合,彰显出此类文本典型的"民族寓言"性质。

也就是说,上述文本中的叙述者都并不是个体性质的"我",而是作为民族文化代言人的集体性言说。叙述者"我"与"我们"相融为一的状态在根本上成为人口较少民族作家内在情感体验和外在认同的自觉建构的一种方式,也成为当代人口较少民族文学书写所设置的一条道德戒律和寓言化想象。《为了看那红色的宇宙》的叙述者在持续追问自己为何要不断地探访或记录裕固人的历史与传统之后,直接以一首尧熬尔古歌的再现表述了对民族传统的向往和皈依。萨娜在《阿西卡》中借助"老者"之口表达了叙述者"我"讲述故事的价值指向:"一位我敬重的长者对我说:'去寻找他们吧,找到了他们也就找到了你自己。'"①独龙族作家罗荣芬在《我的故乡河》的"后记"中明确强调:作为独龙族作家这一身份的自觉认同,自己的文学创作不能只是满足于个人的情感,而是要承担起让其他民族读者了解独龙族历史、现实与存在问题的任务。就此意义而言,当代人口较少民族文学的"第一人称叙述者"叙述的并不是叙述者的个体化或私人性认知,而是以本民族文化代言人身份的寓言性叙述,即叙述者"我"与民族集体"我们"之间有着内在的一致性、相洽性。

当代人口较少民族文学的这一叙述指向,在深层结构上又与弱小民族因其自身弱势而长期以来所凝聚成的群体意识/观念有关,使它们习惯于以"集体"而非"个体"身份来思考问题,并随着外来强势文化冲击的日益严重而使这一"集体性"思维方式渐成人口较少民族言说自身的基本规约。如鄂温克族的民间歌曲《我们是山林里的猎人》就具有代表性,歌中唱道:"我们是山林中猎人,/富饶的山林是我们理想的家园,/漫山遍野的猎物是我们的财产……"②苏联人类学家卢利亚在《认知发展的文

---

① 萨娜:《阿西卡》,《钟山》1995年第5期。
② http://blog.ifeng.com/article/15979535.html。

化和社会基础》中对苏联偏远的乌兹别克和吉尔吉斯的许多文盲做大量的田野调查时也发现了这一思维方式的存在。① 人口较少民族的这种集体性思维在当前多元文化语境下自觉表现为一种来自群体"内部"对外部世界的认知。这种"内部"的认知使弱小民族内部的个体与群体之间达成一种妙合无垠状态，个体化的叙述总是与集体言说相一致，个体化的生存焦虑也总是与族群共同体的生存焦虑相契合，共同表述着弱小民族对全球化及多元文化的担忧、疑虑或恐慌。这样，当代人口较少民族文学以个体性的第一人称叙述者来讲述故事或再现地方性知识特征的民风民俗，并不是为了刻画民族风情的"事实性"存在，而是涉及对本民族在现实语境下"何去何从"的思考和审视，"我们的民族""我们的祖先""我们"等这一复数形式的叙述旨归真实地表述了人口较少民族的"少数民族心态"，其文学书写所审视和建构的目标也并不是通常意义上的"民族性"，也不是致力于狭隘的"民族主义"再造，而是在空间错位感、社会疏离感和生存危机感彼此混杂语境下的灵魂言说或生命歌吟。

3. 寓言化书写的伦理指向

随着人口较少民族的人们日渐被纳入全球化及现代化的发展历程，文化的趋同化、身份的混杂化、生活方式的一体化等问题，导致他们在"自我"与"他者"之间越来越难以做出有效区分，这种"区分"恰是建构"想象的共同体"和凝聚族群意识的根本手段。加之人口较少民族在历史上普遍存在着频繁的族群迁徙及族群融合问题，如裕固族、达斡尔族、仫佬族、德昂族、基诺族、京族、怒族、保安族、阿昌族、布朗族、撒拉族、毛南族、锡伯族等。任何一个民族在族群迁徙、融合及族群确立过程中都会出现一系列本族群的英雄人物和英雄壮举，这些英雄祖先及英雄壮举在当前多元文化语境中是一种族群认同的宝贵资源。所以，当代人口较少民族文学愈加强化对民族象征物的书写，如本民族独特的日常事项、英雄传奇、迁徙历史、民间传说等，建构出独属"我们"这一话语主体的文化标本，使之成为只有"我们"才能体验到的感

---

① 〔美〕沃尔特·翁:《口语文化与书面文化》，何道宽译，北京大学出版社，2008，第41~42页。

情与记忆而达到"文化亲亲性"的目的。

布朗族作家陶玉明的《谁家的公鸡在打鸣》以"奈月腊边织布边给儿子讲布朗族的传说故事"的形式,把布朗族在迁徙历程中曾经表现出的勇猛、刚强、不屈不挠等精神呈现在读者面前①。达斡尔族作家萨娜在《阿西卡》中以一位家族历史探访者身份去探源家族中曾经存在的血性,文本始终以激扬、敬佩,甚至以强烈的自豪感在塑造"索伦"这一刚毅、伟岸、血性的"英雄"形象。不过,叙述者对索伦的英雄气概的塑造最终却是为了说明叙述者"我"对当前问题的思考,"索伦让我想起我的族人……由于寻求稳定的生活形态,他们以往彪悍的体魄逐渐变得衰弱,对付自然和敌手的智力以及勇猛也退化丧失"。正是在民族传统与当下现实的强烈对比中,叙述者不得不产生发自灵魂的追问:"然而从什么时候我的族人停止了歌唱?从什么时候他们开始听天由命听凭他人摆布了?"② 就是带着对民族精神为何中断这一问题的困惑,带着对重构民族魂魄的现实焦虑,《阿西卡》的叙述者才将目光回溯到达斡尔族的历史深处,力图从已经消失的英雄气概中挖掘精神资源。在人口较少民族作家看来,他们的祖先在漫长的迁徙与族群建构的历史中创造了惊天动地的丰功伟业。英雄的血性、祖先的坚毅、征战的勇猛、开垦的执着等,这些优秀的文化传统在现代性语境下已严重退化,这种退化恰是他们的现实焦虑和生存困惑产生的根源。所以,当前人口较少民族作家几乎是把缅怀或重构民族辉煌的历史或传统作为叙事重心,以从中汲取在新形势下重新出发的精神资源。一如萨娜在《有关萨满的传说与纪实》中的叙述者所言说的:"我用苍天赐予的生命和博大的平静来感念我的祖先和逝去的亲人。"③ 在这里,"祖先"成为叙述者现实焦虑状态下的心灵皈依,成为建构民族特性的一种主导性话语资源。作为本民族文化的代言人,萨娜试图从英雄的达斡尔祖先那里寻求使当前本族群受伤灵魂得以愈合的药方,这是她一再重述达斡尔族民间历史的根本原因。她在《流失的家园》中明确交代了作为一名达斡尔人担负的重构历史重任。④

---

① 陶玉明:《谁家的公鸡在打鸣》,《边疆文学》2010 年第 2 期。
② 萨娜:《阿西卡》,《钟山》1999 年第 5 期。
③ 萨娜:《有关萨满的传说与纪实》,《小说家》1997 年第 6 期。
④ 萨娜:《流失的家园》,《民族文学》2000 年第 9 期。

鄂温克族作家乌热尔图的《萨满，我们的萨满》中的萨满达老非，掌握和传唱着鄂温克部落的文化传统，当他喊出"我——是——一头——熊"并最终和熊完全融合为一体时，其实是在完成一个种族回归的"仪式"，具有典型的寓意化色彩。可以说，达老非萨满与熊合一的寓意化书写就是对民族传统回归的仪式。《丛林幽幽》中的奇勒查家族之所以遭受一系列的厄运，就是因为奇勒查家族失去了所有的"老人"，忘记了自己的族源和身份，忘记了家族保护神"玛鲁"等，才导致本部落群体与外界的一次次紧张对立。叙述者关于孕妇乌妮拉的肚子因被熊触摸而生出熊孩"额腾柯"，同样是对族源记忆的再次缅怀和对自我身份的再次确证。所以，叙述者一再对熊孩"额腾柯"的生命力做了隐喻化书写："他硬实的胳膊、胸脯，瞅他大腿中间与他小小年纪不相称的、又粗又大的男人的家伙儿"，"奔跑的动作如同出击的猎豹"，十一岁的额腾柯就对女人有一种"撩拨人心的吸引力"并使外家族女人怀孕等。叙述者对额腾柯的神性书写无疑是其对鄂温克人生命力、繁衍能力的强烈张扬和对这种生命力再次回归的寓言化想象。而作为鄂温克族图腾的那头棕色"巨熊""以坦然的气势和不可触犯的威严，横在人们面前。……目送它的每一个人，在心里记下了它无比高大的身腰……还有那威严、不可触犯的眼神"①。叙述者以不可遏止的言说冲动一再凸显"主人""不可触犯""不可抵挡""威严"等寓言性意象，强烈地表述着弱小民族文化的尊严与自信，也表述着弱小民族在强势文化冲击面前的倔强与不屈意识。其他如"锡伯族西迁"的历史始终是锡伯族文学书写的"深层结构"，仫佬族文学中的悲剧意识及悲剧情怀与仫佬族的迁徙历史也有着内在精神向度上的一致，撒拉族文学、保安族文学、独龙族文学等，无不是从民族民间历史中汲取创作资源并赋予这种历史"寓言"化色彩。

　　波澜壮阔的迁徙历程，英雄辈出的族群历史，坚毅勇猛的民族精神给现实生活中存在诸多不如意的人口较少民族群体以诗意的想象化空间。现实的身份焦虑和生存焦虑自然转化为人口较少民族群体的集体性焦虑并通过文学的手段加以重新叙述，使其蕴含着对自我文化的坚守和抵制

---

① 乌热尔图：《丛林幽幽》，《收获》1993年第6期。

他者文化侵扰的诸多价值考量。所以，当代人口较少民族文学中的叙述者总是作为本民族群体的代言人身份出现，对自我民族的自觉认同或向民族群体价值的主动靠拢，导致人口较少民族文学的叙述者时常以"调查者"身份或是"我们"的代言人身份出现，第一人称叙述者"我"因为承担着"我们"的叙述任务，所以，此类文本的叙述视角几乎都是"全知视角"。叙述者"我"无所不知，"洞悉"本民族历史的点点滴滴，清楚民族历史发展过程中的方方面面，可以清晰而充分地把握民族历史发展脉络并使之在文本中呈现出来以达到身份确证的现实需求。为了强化书写的寓言性，叙述者在讲述故事时甚至时常让隐含作者（作者）在故事进展中显身，暂时中断讲述逻辑和读者正常阅读而表述自己的观点、判断或感慨，这就使当代人口较少民族文学中的文化展示烙上浓厚的伦理化、寓言化色彩。

当代人口较少民族文学对民族民间文化的寓意化书写并不是一种题材的"猎奇化"处理，也不是人口较少民族作家的故意为之，而是他们在力图通过对民族民间文化的重新改造以唤起渐趋消失的民族历史/文化记忆，并使之干预（暂时）本民族当下处境的需求，是他们在力图通过民族志这一寓言化写作以实现民族性景观全景式呈现的同时，达到再现或反思当前多重矛盾冲突时的民族文化危机需求的目的。各种非文学形式如宗教、民俗、歌舞等频繁穿插在文本中，形成了典型的非文学因素的"持续干预"现象。所谓"持续干预"是"作为离题话、插入语、作者的干涉或言语失当而直接面向观众的，这无疑包括了对话语的干预"[①]。以现象学的视域来观照当前人口较少民族的文学创作，它们普遍氤氲着一种浓重的伦理化、寓言化的书写色彩，在总体形态上规定了当代人口较少民族文学的基本价值规约及其叙事策略，为人口较少民族如何处理传统与现实、自我与他者、文学与文化等关系设置了基本的文化镜像和价值依据，也决定了当代人口较少民族文学的美学形态及其阐释向度。

4. 寓言化书写的走向及限度

我们强调当代人口较少民族文学的"寓言化写作"并不是为了简化

---

① Paul de Man, *Allegories of Reading: Figural Language in Rousseau, Nietzsche, Rilke, and Proust*, New Haven, Conn: Yale University Press, 1979, p.300.

或纯化这一类型文学的产生及其文化意蕴的复杂性，也不是为了将人口较少民族文学放入一个相对简单而便利的阐释框架，更不是为了固化或僵化人口较少民族文学研究的视野或创新意识，而是以詹姆逊意义上的"总体性"概念把握其基本属性，剖析当代人口较少民族文学寓言化写作存在的问题并予以科学而理性的引导，进而使之走向良性健康的发展之路。可以说，深入探讨当代人口较少民族文学的寓言化写作如何艺术化地沟通感性和理性、现象与本质等问题，进而挖掘或阐释这一文类生成及其文学生产的"机制"才是研究者当前必须思考并能够给予引导的根本问题。

一方面，因叙事资源的相对单一和叙事传统的相对单薄，现实生活中面临的身份诉求和文化认同重负逼迫着人口较少民族作家来不及对文学创作加以精雕细刻式的锤炼，导致当代人口较少民族文学的寓言化写作存在若干值得注意的问题，理念的凸显与艺术的缺失是其基本症候。也就是说，当代人口较少民族文学的寓言化写作很难把丰富的艺术性与强烈的主题表述完美结合起来，艺术的文本构建难以承载起过于强烈而沉重的主题思想，存在着如马克思主义经典作家所批判的那种"为了观念的东西而忘掉现实主义的东西"[①]的现象。恩格斯的意思应该是：其一，文学可以表现出一定程度上的倾向性，只不过文学的倾向性是蕴含在文学的真实性之中的；其二，文学要遵循其内在的艺术规定性，人物的塑造、情节的安排、思想的融入、价值立场的表述等都要符合文学自身的逻辑发展，而不能使之超出文学真实性的许可程度。当前的人口较少民族文学出于强烈的"民族寓言"书写意图，来不及对文本的情节结构和场景描写进行精心的锤炼，来不及对文本的人物或故事的矛盾解决进行合乎艺术规律的描述和典型化塑造，来不及对文本的思想观念或价值立场进行适当且依据文学性需要的遮蔽和隐藏，甚至出现"主题先行""理念突出"等若干值得注意的弊端。当代人口较少民族文学在着意于主题思想表述的同时，有意无意间忽视了对文学艺术性的自觉叩问，强烈的主题宣泄与薄弱的艺术载体之间"两张皮"问题普遍存在。

同时，由于当代人口较少民族文学的寓言化书写在表达民族认同或

[①]《马克思恩格斯全集》（第29卷），人民出版社，1972，第585页。

身份确证意识之时，总是来不及在作品中对自我民族民间习俗、仪式、风情等给予审美过滤，来不及思考这些所谓的习俗、仪式等能否恰当表述身份等问题，而直接大量"展示"在文本之中并以之为身份认同的标志，特别是一些神秘虚幻场景的再现又影响到读者对文学真实性的质疑。萨娜的《野地》（《江南》1998年第3期）中的主人公托博坎和古珠呐交合的欢笑声，居然可以让全村所有的女人情欲放纵，十多个孩子一同在秋天出生。在她的《有关萨满的传说与纪实》《天光》《阿西卡》《金色的草屋顶》等一系列民族题材作品中，一再出现违背生活逻辑和人们接受习惯或理解能力的虚幻化场景和事件；空特乐的《额勒敦》《图腾之灵》《烟荷包·恩珠汗》《南绰罗花》等作品犹如一系列神秘符号，弥漫着鬼神的传说。另外，当代人口较少民族文学为了强化寓言化创作而在赋予意象以象征意味的同时，刻意追求复杂化的寓言式写作而拒绝文学对真实性、审美性和形象性的要求，故意营构一些神秘场景、奇幻故事或灵异现象，甚至以荒诞化手法使文本充斥着过多的怪异符号和晦涩难懂的荒诞意象，出现学界一再诟病的"伪俗"问题。作为"被发明的传统"，尽管"伪俗"一直是文学创作中的结构性存在，也是文学审美品质或审美意蕴生成与升华的必要因素。对当代人口较少民族文学来说，"伪俗"更有助于强化人口较少民族群体在全球化多元化认同语境下的身份叙事，彰显当代人口较少民族文学在全球化后殖民场域内在场的意义。不过，"伪俗"或奇幻场景的过多设置一旦逾越了文学的许可限度，超出了读者的接受或理解能力（程度），就在一定程度上妨碍了作者对题材或场景的内在美感的深入开掘，也阻碍了读者对文本的有效进入。

另一方面，单一的民族寓言书写也制约了当代人口较少民族文学的题材选取和文学境界的提升，最终使高高在上的文学精神陨落于现实问题的急切关注而使之成为"问题文学"，既失去了对人口较少民族群体在现代多元社会景观的真实观察，也失去了对文学的民族性或人性问题的执着探寻。同时，当前相当多的人口较少民族作家出于重构民族认同的需要，强行赋予人口较少民族在现代性语境下的一些平常行为或现象以超出这些行为或现象本身的寓意。例如，一些当代人口较少民族文学总是将民族服饰被汉装或现代衣着所取代、生活方式及风俗习惯被现代生活方式所取代、传统民居或饮食结构被现代居住方式和相对科学化的饮食结构所取代等问题与文化危机或身份危机相关联。"鹿铃声"一定不能与手机铃声和谐共鸣吗?现代化一定是人口较少民族及其文化身份的"掘墓人"吗?追求现代生活方式一定要与民族文化传统一刀两断吗?文化传统一定是人口较少民族继续前行的唯一动力和精神资源吗?……对人口较少民族的传统问题以及他们遭遇到的现代化问题的思考恐怕不能如此简单。如果一味为传统的失落或解体而哀悼、叹息,是远远不能够解决问题的,不仅不能引导人口较少民族传统走向健康的现代转型之路,也难以触摸人口较少民族群体当下语境中的生活真谛。

第三节 "见证文学":当代人口较少民族文学的创伤叙述

在类似于"冷社会"的很长时期内,我国人口较少民族形成了与其生产、生态环境相一致的生产(生计)方式、社会组织建构及其运行模式等,也形成了他们相对稳定且独特的诸多文化形态,如宗教文化、生态文化、禁忌文化等,这些诸多的文化形态反过来又强化了它们的群体意识或族群观念,再加上"人口较少"这一特殊情况,人口较少民族的自我保护意识和对外防范意识远较其他民族更为强烈,民族凝聚力较强,民族群体意识较为浓厚,由此导致他们在社会生活、经济活动、文化传承等方面与较大民族(主要指汉族)之间在漫长历史时期内都无法形成有效的交流和对话机制(当然,也与较大民族对弱小民族的强力排斥或拒绝有关,如"中心/边缘说""夷夏之辩"等)。即使偶有族际人员的流动和本民族频繁而漫长的迁徙历程,甚至也曾出现过多民族间的相互学习与借鉴的情况,但这些问题并不足以动摇或改变其传统生产生活方式及文化系统,特别是义字的不兼容,使人口较少民族的文化形态能够在相对稳定、独立的状态下生存、延续和传承,形成了人口较少民族文化典型的稳定性、连续性、单质性等特征(相对而言),以及在此基础上形成的典型的文化自保或文化守成意识。

新时期之后,随着现代性话语在整个国家场域内的快速推进,我国人口较少民族与其他少数民族更是同时被主流话语要求"跨越式发展"而开始被迫或主动纳入外源后发型现代性发展之中。在这一过程中,人口较少民族与其他民族，特别是与主流民族（汉族）间的交往日益频繁和深入，尤其表现在经济层面的工业现代化发展对人口较少民族地区的生态环境、居住方式、人员构成、交通通信方式等带来根本性影响，人口较少民族日渐失去了其相对独立且稳定的文化场域及文化生态环境，他们原本明晰且固定的族群边界被日趋模糊和淡忘，人口较少民族固有的思维方式、表达习惯和文化存在形态等在现代性文化全面进入情况下，也渐趋弱化或丢失。边界的模糊、认同的淡化、母语的退场、家园的消失、根基的瓦解、历史的陨落、传统的遗弃，人口较少民族群体日渐被上述问题所缠绕而表现出强烈的认同焦虑，以及由这种焦虑激发出的重建身份的重负。再加上随着人口较少民族地区城市化进程的加快，各种外来强势文化的介入等进一步弱化了人口较少民族对本民族特性的维系能力而发生了角色紧张，甚至角色失败的情况。"角色失败"是指某个人或群体在传统文化中形成的某种角色难以适应变化了的角色需要，而未能和无法成功地扮演变化了的世界所需要的某种角色的现象。总体来看，"角色失败"分为两种情况：一是角色承担者未能有效按照现实世界的期望进行表演，从而导致角色行为失败；二是原来的角色承担者无法再继续扮演原来的角色，或原有角色关系解体。[1] 正是因为在现代多重文化交织过程中的"角色失败"，人口较少民族人们才普遍体验到一种"流散"的现代性焦虑。裕固族作家铁穆尔曾经把人口较少民族群体的这种"流散"体验隐喻为"候鸟般"的"匆匆旅行"。[2] 在他看来："就以'众小民族'之——尧熬尔人来说，我最强烈的感受是：无论就他们的历史、文化、性格还是心态来说都是典型的流亡者。……我生活在不只是一种历史、一种群体、一种文化中。……这种经历使我……成为了一个局外人、边缘人。"[3] 他的《失我祁连山》（《延安文学》2004年第5期），其题目本身就是一种失去家园后"流散"体验的隐喻化呈现。普米族诗人曹翔则把这种体验概括为经典化的"在自己的家乡成为了过客"意象。全球化时期多重文化经历的相互叠加，强势文化对弱势文化冲击的日甚一日，传统意义上的家园意识、身份意识都已不再是不

---

[1] 王思斌：《社会学教程》，北京大学出版社，2013，第88~89页。
[2] 铁穆尔：《北方女王》，甘肃文化出版社，2008，第101页。
[3] 铁穆尔：《创作随笔》，《西藏文学》2005年第2期。

证自明的问题。"过客"意象的设置不正是家园丧失后的"流散"感受的另类表述吗?"汉语"这一非母语的被迫选择(当然,亦有主动接受成分)又强化了人口较少民族作家的"流散"意识。

即使有些人口较少民族愿意尽力学习主流民族或强势民族的语言、文化和生活方式,渴望与之展开平等对话,并在实践层面上也积极促动这一对话语境的生成;不过,由于强势文化与弱势文化之间在长期历史积淀过程中形成的隔膜或隔阂问题并不是短时期内就能够解决的,文化中心主义、文化保守主义或文化虚无主义等诸多思潮制约着强弱势文化间的平等融合与有效对接。弱势文化如何在维持原有身份基础上与强势文化展开对话,或者说,强势文化如何消除自身存在的文化中心主义意识形态而主动寻求与弱势文化的对等交谈与交流问题,目前看来仍然是待解之谜,这也从另一层面加剧了边缘群体的流散体验。鄂温克族作家乌热尔图的《琥珀色的篝火》通过主人公尼库的回忆形象化地揭示了这一问题的存在:"他想起……一群孩子无缘无故朝他撒来一块块石头。不少人用那样一种眼光盯着他,有的直躲。那种眼光他记得清清楚楚,好像他们在看一匹马,一头牛。"① "小镇"在当代人口较少民族文学中往往是汉民族或现代性生活的隐喻化书写,是他者的象征。作为强势话语的他者以"马""牛"等动物名称指代弱小民族群体,彰显出强势民族话语对边缘他者的妖魔化、污名化问题,也凸显出强势民族对弱势民族的傲慢或僵化意识形态,也无疑是族际不平等的佐证,这一问题同样加剧了弱小民族的流散体验。就此意义而言,人口较少民族群体的流散往往并不是因其人口的跨国、跨区域、跨族别流动所至,或主要不是由此所至,而是更多表现为人口较少民族群体的空间、时间、文化、语言和历史边界等在现代性背景下被其他民族不断冲击或挤压后而生成的一种尢所适从感、家园沦丧感。他们的"流散"体验更多意义上只是他们的族群身份难以确认的"无依无靠感",是一种心灵或精神的漂泊而非身体的流浪。如布朗族诗人罗彩惠在诗中所写:"如果我注定是一只被放逐天际的蓝鸟/你一定是我晨钟暮鼓的归巢/在天地的离合轮回中,我把牵

---

① 乌热尔图:《琥珀色的篝火》,百花文艺出版社,1984,第110页。

绊一生的吟咏/揣进你起伏欲动的峰尖。"① 家园已被摧毁，"被放逐的鸟"尽管时时刻刻都在期待"归巢"，只不过在现代性持续不断的强烈冲击面前，何处是他们的"归巢"？即使归去，"巢"还是记忆中给予他们温暖与拥抱的那个"巢"吗？从这个意义上说，"归巢"其实已成为人口较少民族群体在现代性语境中的梦想家园。既然"归巢"的希望已经虚无，"归巢"之路已难以寻觅，诗人就成了"被放逐的鸟"，他们也就不能不把无法安放灵魂的自己比喻为"一阵风""一朵漂泊的云"："我说过/我是一阵风/刚从失守的四季刮来/慰藉你的眼神/清洗我的忧伤/……我说过/我是一朵漂泊的云/歇落你的岸边/用你潮湿的思绪/清洗我一路的倦怠。"② 诗中所一再凸显的"失守""漂泊""放逐"等无不隐喻着无家可归或有家难归意义上的流散问题，构成了现代性语境下人口较少民族群体流散体验的经典书写。

1. 创伤记忆的见证书写及其文本症候

"流散"其实只是人口较少民族群体在当前现代性语境中文化创伤体验的他样表述。一般而言，人口较少民族的传统文化或文化传统是与其特定空间内传统的生产生活方式相适应或相融合的，是与传统社会的单纯性、稳定性、人与自然的和谐圆融性等相促动的，是与传统社会形态、社会组织、文化生态、交往规约、人际往来等相匹配的。在这种状况下，人口较少民族群体很少会感受到文化的调适或文化的适应等问题的危机（或处于可控状态），文化或身份的认同或认同的重要性问题没有彰显出来。当现代性话语在以一种猝不及防的方式与各边缘或弱势民族相遇时，改变的不只是人们穿什么衣服、住什么房子、吃什么东西的问题，而是原有的社会运行机制和社会结构，以及文化传统的问题，进而影响整个民族的存续问题。人们开始面临着一系列的矛盾或问题（诸如历史与现实、传统与当下、坚守与开放等），并且短时间内又难以看到这些矛盾和问题被解决的希望。人口较少民族具有象征意味的文化符码持续遭遇现代性建构的严重侵蚀，人们的流散体验被烙上价值失序、意

---

① 罗彩惠：《双乳峰》，《民族文学》2012年第2期。
② 罗彩惠：《左岸，没有风声》，新浪博客：http://blog.sina.com.cn/s/blog_5f7038bd0100r2pd.html。

义沦落、完整缺失的潜在症候，身份问题日益变得"模糊"或"不确定"，"流散"也就与身份认同构成了一体两面的问题，人口较少民族的身份或文化认同焦虑不过是人们对原有身份遭遇现代性冲击后的心理认知或情感反映。人口较少民族在现代性文化生态内历史连续性的中断和生活意义完整性的分裂，使得人口较少民族的作家普遍感受到沉重的文化/身份"创伤"，并一再表述着对如何修复创伤与如何维系身份统一等问题的探寻。

创伤（trauma）原本是指人的心理、生理或身体受到剧烈冲击后的延迟性的伤害，具有突然性、剧烈性、滞后性等特征。卡鲁斯在《沉默的经验》中首次将创伤定义为："一种突如其来的、灾难性的、无法回避的经历。人们对于这一事件的反应往往是延宕的、无法控制的，并且通过幻觉或其他闯入方式反复出现。"[1] 目前，学界有关创伤问题研究的重心已经从个人心理创伤的动因探寻与防治向文化研究层面、跨学科研究层面转移，涉及诸如心理学、文学、历史学和文化研究等多个领域，文化意义上的创伤也作为一种比喻用来塑造个人和民族的经验。依据Jeffrey C. Alexander 的界定："当个人和群体觉得他们经历了可怕的事件，在群体意识上留下难以磨灭的痕迹，成为永久的记忆，根本且无可逆转地改变了他们的未来，文化创伤（cultural trauma）就发生了。"[2] 或者说，"文化创伤"是一种受伤害的经验或经历事实，只不过这种经验或经历事实却在特定的文化系统中被特定文化系统塑造成了一种文化表征，这就使"文化创伤"实际上超越了个体的认同问题而涉及群体性维度，是一种群体性的受伤害体验，最终是一种群体性认同。离开群体，个体的任何创伤都不能成为创伤记忆。特别重要的是，"文化创伤"或"创伤记忆"并不是前现代或农业社会的产物，而是现代性的消极后果之一。普米族诗人曹翔直接以《受伤的村庄》、德昂族诗人艾傈木诺以《失语的村庄》等作为诗的题目，表达着弱小民族群体在现代性语境下所受的伤害体验。

---

[1] Cathy Caruth, *Unclaimed Experience: Trauma, Narrative, History*, Baltimore: Johns Hopkins University Press, 1996, p. 26。

[2] Jeffrey C. Alexander, "Towards A Theory of Cultural Trauma", Jeffrey C. Alexander (ed), *Cultural Trauma and Collective Identity*, University of California Press, 2004.

总体上来看，人口较少民族的文化及其传统因其传承人数较少而具有先天的脆弱性（脆弱性并非指落后或缺陷之意），这种脆弱性不能不强化人们对传统生存方式的维护、对传统生活习性的坚守、对传统人伦道德的认同意识。同时，这种脆弱性也形塑了人们对变化的犹疑、对外来文化的怀疑、对外来者的质疑等问题。甚至可以说，人口较少民族文化的脆弱性强化了人们对变化或变动的自觉抵制意识，宁静自守、固守传统意识反过来又强化着人口较少民族文化的脆弱性，二者间的持续循环导致人口较少民族在以线性发展与剧烈变动为特征的现代性语境下普遍体验到一种强烈的"创伤"体验。德昂族诗人艾傈木诺在"候机厅"这一最具现代性表征意味的空间，体验到的却是"心里掉进了一根针"似的恐惧，始终想到的是自己那张"20元的保单"。[1] 对现代文明的畏惧或抵制，对现代生活方式的隔膜或拒绝，就这样成了人口较少民族作家对现代性体验的经典性想象。由此，当代人口较少民族文学普遍弥漫着浓重的"创伤记忆"。在他们看来，现代性的发展犹如"潘多拉的盒子"（盒子里不一定皆是破坏者），一旦打开就再无关闭的可能，即使出现弱小民族文化被"蚕食"或被收编的现象也难以阻止现代性在各边缘地区的长驱直入。这一现代性的在身性体验，使普米族诗人曹翔把弱小民族的现代化进程看作是"更大的风暴"[2]，由现代性引发的多元文化间的剧烈冲突使得人口较少民族群体在心理、情感及精神诸多方面无不感到一种"连根拔去"的痛感，这种痛感是触及人口较少民族心灵深处的，是无法以其他方式予以抚慰或补偿的。

当然，也有一些经受现代文明洗礼的人口较少民族作家，当他们以现代性价值观念、生活伦理、行为准则等去观照仍处于相对落后与封闭的本民族地区时，本民族内部的贫瘠、贫穷、滞后等仍会给他们以强烈的震撼，他们以一种"置之死地而后生"或"凤凰涅槃"式的勇气和胆魄，奋然参与到与现代文明的对话过程中并积极探讨与之共处之道。然而，由于人口较少民族因其自身的弱势地位在短期内还难以取得与强势文化平等对话的资本，或者还缺乏与强势文化对话的充足准备，人口较

---

[1] 艾傈木诺：《以我命名》，云南民族出版社，2008。
[2] 曹翔：《家乡的泸沽湖》，作家出版社，2007。

少民族也就难以破解强弱势文化间对话和交流的"秘密","我想化为一朵白云飞去/但我无法破译船和桥的秘密/'逝者如斯夫'令我胆战心惊/风猛击我颤抖的脊梁/我呕出一颗心来,带着血滴"①。"呕出一颗心""带着血滴""伤痕累累"等一再出现在当代人口较少民族文学的创伤书写之中,从而使当代人口较少民族文学的创伤叙事呈现出另一种更为惨烈的面相。布朗族诗人罗彩惠在《贵州行吟》(《民族文学》2012年第2期)组诗中,以"一条河隔开了自我民族与他者对话的渠道"这一二元式对比,触目惊心地揭示了保守、封闭的民族文化在时代开放面前不得不自我蜕变的痛苦:"啊,这不是峡谷/这分明是一对被撕裂的心灵/累累伤痕/苍凉的胸口对彼岸/缓缓流水/是疼痛不已的泪/每一声叹息/都是静如止水的断章。"②"被撕裂的心灵""疼痛不已的泪""每一声叹息"等这些表述创伤体验的经典意象,无不隐喻着人口较少民族群体与现代性遭遇时的真实状态,同时也表述了诗人对本民族文化在现代社会进程中所持有的必须更新和变异的态度。在诗人看来,尽管纳入现代性进程会使自己伤痕累累、疼痛不已,但诗人别无选择,他要舔着自己的伤口迎接他者以及他者文化的进入。在诗人看来,能够疗伤的不是沉溺于传统的想象,当整个社会都已无选择地进入现代性进程之中时,任何民族都没有理由,也没有能力封存于传统之中。裕固族诗人贺继新在组诗《告别昨天的梦乡》(《民族文学》2012年第2期)中以一个"她时常放牧赶在夜幕以前/切断与世界的所有对话"的老人形象,寓言性地呈现出本民族长期的自我封闭和隔绝形象,"在一面无形的镜子中/我终于读懂了拯救灵魂上岸的方法"。在诗人看来,究其根本,在现代化发展进程中,任何民族或地区都不能"置身其外",都必须纳入这一进程才能取得与他者共存的机会和平台,裕固族也必须"告别昨天的梦乡",勇敢踏上追随他者的现代性步伐才是"拯救灵魂上岸的方法"。在这里,诗人义无反顾地对本民族的封闭和保守给予了虽充满惆怅却刮骨疗毒般的揭示,"故乡的梦中长满了思维的枝桠/走不出生活圈套的阿扎阿襄/紧握着坚贞不屈的拐杖/在不熄的故事里评点着往昔的忧伤"③。遭遇创伤是意识到

---

① 谭亚洲:《诗五首》,《民族文学》2000年第9期。
② 罗彩惠:《贵州行吟》,《民族文学》2012年第2期。
③ 贺继新:《告别昨天的梦乡》,《民族文学》2012年第2期。

开放自我的必要性，开放自我过程中必然遭遇难以避免的创伤。当代人口较少民族文学的创伤书写彰显了人口较少民族在与他者交往过程中尽管伤痕累累却无所畏惧的积极进取心态。尽管毛南族诗人谭亚洲在"遥望彼岸"时多么想"化为一朵白云飞去"，但是，由于弱小民族目前还没有储备好与"彼岸"对话的各种资本而使诗人感叹"无法破译船和桥的秘密"。"船"与"桥"不就是沟通自我与他者、此岸与彼岸的纽带吗！① 撒拉族诗人翼人在作品中总是以审慎反思和理性批判意识揭示撒拉族文化传统及其痼疾。在他看来，只有剔除传统中的糟粕和滞后因素才能使撒拉族走向新生和希望，尽管这一过程会给撒拉族带来刮骨疗毒般的阵痛。他在《荒魂：在时间的河流中穿梭》组诗中把与传统文化决裂的意志以一种"鲜血淋漓"的方式呈现出来，"追赶那条入川的船／如千吨熊熊铁浆从喉管进出／那种悲伤／纵然成灰／而他们不停叫痛的悲伤／缠肠绕肚／……／我当依然是我／岂能画地为牢／或许时间的结局／令人难以想象／一夜间／飞翔的翅膀鲜血淋漓"②。

无论对现代性加以抵制或是接纳，人口较少民族因其文化的先天不足和后天失调，在强势文化挤压面前都难免体验到一种在己性的创伤。"先天不足"是指人口较少民族的文化传承者少，文化传承链条脆弱，文化根基不扎实，在与他者文化冲突中很难规避消解或失落的命运；"后天失调"是指它们的现代化准备不够，主动参与意识不足，抗风险能力不强等，对他者的冲击往往持一种等待、观望，甚至是被动接受的态势。当人口较少民族作家试图以艺术形式来呈现本民族的这种创伤时，"创伤"就转化成了人口较少民族在现代性语境下受伤害的证据，从而使当代人口较少民族文学的创伤书写具有了"见证文学"的文体特征。当代人口较少民族文学对"行走"意象的一再书写，就典型表征着对"创伤记忆"的见证式叙述，在"行走"的过程中见证祖先踪迹、触摸历史真相、感悟民族传统、体验族群痛苦，成为当代人口较少民族文学的基本叙述构架。因为记忆是依靠集体之间共享的记忆资源存在的，任何记忆都具有社会性和集体性，个体记忆是凌乱而暂时的。在这个意义上说，

---

① 谭亚洲：《诗五首》，《民族文学》2000年第9期。
② 翼人：《荒魂：在时间的河流中穿梭》，《民族文学》2012年第2期。

当代人口较少民族的见证文学其实是以建构"想象的共同体"为叙事规约的。

　　裕固族作家铁穆尔的几乎所有文本在文类归属层面都可以称为是"见证文学"。他的《哪里还有静静的草原》(《飞天》2009 年第 21 期)中的叙述者"我",是一个一直在行走中的民族文化的见证者,见证了一个弱小民族文化的没落历程。他的《一个牧人写作者的记忆》(《大家》2010 年第 13 期)很明显也是一种"见证文学":叙述者先是以现在的"我"加以叙述,从"我出生于 1963 年春天,而我开始有比较清晰的记忆"开始,文本就以不断成长的"我"记录本民族游牧生活的点点滴滴,到了"后来我从档案资料中查到……",又以成年后的"我"作为叙述者,对本民族群体之所以在"文革"期间遭受重大创伤的原因展开调查。他的《北方女王》沿着图拉寻找"北方女王"的历程,再现尧敖尔民族的起源、迁徙与生存环境。他的《苍狼大地》也是通过叙述者"我"的不停行走去探寻裕固族的历史与文化根脉。之所以说上述文本在文体类型上是一种"见证文学",其原因还在于:在涉及尧敖尔民族族源的探寻与调查时,他的文本的叙述者只是倾听者、记录者或采访者,对民族文化传统的再现都是由那些熟知裕固族历史和传统的"他们"来讲述者的,文本的叙述者只是冷静、理智地见证"他们"所讲述的历史或传统,叙述者在文本中只是呈现民族文化传统的窗口,以一种见证方式呈现民族文化的过去与现实、前世与今生。《一个牧人写作者的记忆》中叙述者最后呼吁的"我不停地追忆着逝去的部落和好汉"①,既表达了作者(叙述者)作为民族文化见证者对自我民族的历史、传统、文化等心向往之、魂牵梦萦的执着情怀,又通过这种见证式书写使叙述接受者对弱小民族文化产生同情、理解和包容,进而为弱小民族文化存续创造一个相对宽松的氛围。

2. 创伤记忆的文学重述及其治疗

　　按照叙事心理学的说法,叙事有治疗的功能,创伤体验者可以借助文学叙事来建构一种与现实生活相反的情境,从而通过这种建构的主观体验帮助自身走出危机。在当代人口较少民族作家看来,他们的民族同

---

① 铁穆尔:《一个牧人写作者的记忆》,《大家》2010 年第 13 期。

一性是在传统中得以维持和坚守的，目前的创伤体验却是传统在当代社会遭受冲突和挤压的结果。全球化及多元文化的强势冲击使得长期以来能够在意义完整状态下发展的人口较少民族文化变得日益模糊起来。作为本民族文化代言人的知识分子不得不从传统中寻找本民族文化的当代价值，以建构属于"我们的"而区别于"他者"的文化身份，从而医治自身的文化创伤。人口较少民族作家对往昔经验的诗性记忆与其说是对过去的忠诚或依恋，不如说是对当前多元文化语境下往昔不再的感伤或哀怨，并试图通过对本民族日常生活的艺术描述以"超越日常的、物质性的、可以理性预期的世界"，寻找可能的精神慰藉①作为一种民族文化失守后的替代性叙事。从这个意义上说，当代人口较少民族文学的创伤叙事其实是作为人口较少民族文化代言人的人口较少民族作家在现代性场域内的"身份扮演"行为。

"身份扮演"（impersonation）是人的一种社会表演，指人在不同社会语境下扮演不同的身份。这个同质构建过程同时也是一个制造"他者"的过程，即一个民族的构建、团结和存在需要不断想象和制造"他者"。② 为了纾缓现代性剧烈冲击语境下的心理或记忆创伤，当代人口较少民族文学通常借助于本民族共享的英雄祖先、神话传说、历史/传统等"族裔象征丛"方式，来强化全球化时代的自我认同。例如，裕固族作家铁穆尔的《北方女王》《白马母亲》《裕固民族尧熬尔千年史》，撒拉族作家韩文德的《家园撒拉尔》《永远的家园》，鄂温克族作家杜梅的《那尼汗的后裔》，普米族作家和平的《阿妈的头帕》《父亲的马铃声》，毛南族作家谭亚洲的《血染侬索花》、谭征夫的《大山恋歌》，鄂伦春族作家空特乐的《绿色的回忆》，怒族作家彭兆清的《走进山林》，赫哲族作家晓寒的《在天鹅的故乡》、孙玉民的《迷恋的东方》，基诺族作家陶润珍的《我只是一个版纳姑娘》，等等。单从上述作品的标题就可以看出，他们都是试图通过回归到原生态的民族记忆之中来建构一种"文化亲近性"（cultural nepotism），以达到疗救或医治多元文化碰撞及融合背景下创伤体验的叙事目的。

---

① Richard Mathews, *Fantasy: The Liberation of Imagination*, London: Routledge, 2002, p. 1.
② 许双如：《"他者"的面具政治——亚裔美国文学中的身份扮演与族裔主体性建构》，《当代外国文学》2011年第3期。

从根本上说,"文化亲近性"的建构与特定族群的集体记忆其实是一体两面的关系。从记忆理论来看,集体记忆在本质上是立足于现在而对过去的一种重构,过去不是被保留而是在现在的基础上被重构出来的,最终是要达到巩固集体的主体同一性目的。任何传统的记忆都不是完全恢复到传统,而是对现实的一种干预,一个民族或一个社会的记忆是对过去的重构。以锡伯族文学为例,由于"西迁"是锡伯族的最重要历史事件,在长达一年多的"西迁"路上展现了锡伯人顽强的生存意志和强烈的民族自尊,涌现了一大批战天斗地的英雄人物。同时,"西迁"也是锡伯人在历史进程中最为惨痛的一段经历,正是在这一惨痛的经历中展示了锡伯人的内在精神气质和民族性格,当代锡伯族文学几乎都致力于对这一段历史的深情回忆,并通过这种族群记忆去建构新形势下的民族认同。在这里,当代人口较少民族文学无论是致力于重构民族历史故事、渲染民族英雄事迹,还是展示民族传统仪式等,都不再是个人—审美的写作,而是一种权力—民族寓言的创作,是一种道德—禁忌的创作。

从见证文学书写的一般特点来看,视觉性是创伤记忆书写的基本特点,用图画、景象或其他极具视觉冲击力的场景而非语言表达创伤是文学创伤叙事的基本叙事方法,"创伤经历不能在一个语言层面被组织起来,因此这种无法以词语和象征编码的记忆只能够形成于躯体感官或者视觉符号层面"[1]。为了医治因文化流散而带来的创伤记忆,当代人口较少民族文学往往以民族志、民俗志、地方志等特殊文体形式再现本民族"原生态"的社会生活及其背后的民族文化,并以此为基础再深入分析和探讨本民族社会象征体系、社会制度和民俗风情等,同构出当代人口较少民族文学的"族群认同"特征。有着流散体验和创伤记忆的英籍印度裔作家拉什迪把这种写作视为一种"恋物叙事"策略。德昂族诗人艾傈木诺的诗如《二古城》《谷娘》《红木树下》《芝麻和西瓜》《狂》《江东坡》《木瓜坝》《招魂曲》等都是在以民族志写作方式来建构民族想象,她的由近30首诗组成的《德昂山寨踏秋》组诗,甚至可看作是德宏州德昂族村寨寨名的民族志排列;乌热尔图的《萨满,我们的萨满》

---

[1] E. A. Brett and R. Osstroff, "Imagery and Post-Traumatic Stress Disorder: An Overview", *American Journal of Psychiatry*, 1985 (14.2), p. 172.

《丛林幽幽》等都大量引入文化学、民俗学文本,甚至是人类学著作等,即包含着丰富的民间传说和地方性知识;裕固族作家铁穆尔的文本多穿插着大量的民间传说、民间歌谣、民俗场景、地理知识、田野调查等多种文体形式,以求在现代性转型的复杂文化语境下重构一种价值立场。在这里,对民族性景观或风景的民族志再现就成了人口较少民族作家的"创伤转移",并潜在表征着人口较少民族作家对造成创伤记忆的现代性力量的隐性批判。

为了克服传统文化叙事的再现危机,当代人口较少民族文学的创伤叙事还一再回归民间口头传统的"空间化"叙事方式,通过多条情节重叠交缠,以"青睐过剩、无法估量、极限僭越、自我粉碎、无拘束或联想式的游戏"等形式,展示本民族原生态文化①,这就突破叙事的时间线性结构从而使历史与现实、本土与他者、回顾与希冀、发展与坚守等多重矛盾在不同时空对话中相互阐释、相互诘问,共同反思人口较少民族在经济全球化、文化多元化冲击日益严重、文化、种族、民间风俗、民族精神结构杂交日益凸显语境下的认同意识以及强烈的寻根情结。裕固族作家铁穆尔的《北方女王》《白马母亲》,达斡尔族作家萨娜的《阿西卡》《有关萨满的传说与纪实》《蛇》《伊克沙玛》等,乌热尔图的《萨满,我们的萨满》《丛林幽幽》等,都是在跨时空叙述中追溯民族历史,追溯民族文化的精神渊源,无不具有鲜明的多文体混杂现象。为了强化这种多文体混杂的叙事方式,当代人口较少民族文学还往往以所谓的"调查者""漫游者""采风者"等的"我"作为叙述者,这种叙述者选择因叙述者和视角人物同为一人而使文本最大程度上近似于自传性文本,增强文本的真实性和现场感。如铁穆尔的《北望阿尔泰》(《飞天》1994年第7期)的叙述者"我"叙事的"目的是采撷民歌、搜集故事,最重要的是去记录已濒失传的在裕固族中流传的关于阿尔泰的传奇故事"。《焦斯楞的呼唤》(《飞天》1997年第3期)则是以"怀着一种候鸟般的乡愁在匆匆旅行"的"我"加以叙事,"为的是去寻找永远的焦斯楞草原,寻找我们那神秘的尧熬尔部落的根源"。《狼啸苍天》(《延

---

① La Capra Dominick, Writing History, Writing Trauma, Baltimore: The Johns Hopkins University Press, 2001, p. 105.

安文学》2002年第12期）的叙述者"我"只是"见证者，是对一个在逆境中求生存的草原部族最后历史的守望"。《请把你的马拴在白桦树杆上》（《阳关》1995年第8期）是以一个不停地寻访民族文化的"我"来叙述。《失我祁连山》（《延安文学》2004年第10期）的叙事者是作为调查小组的"我们"。在这里，"第一人称叙事是有意识的美学选择的结果，而不是直抒胸臆，表白心曲的自传的标记"①。作为人口较少民族作家"有意识的美学选择"，这种叙述者选择更能够充分地把代表本民族文化的民族意象、地域风情、文化传统等呈现于文本，不但强化了本民族的创伤记忆，也使读者更容易认同或了解这一"文化创伤"。

当代人口较少民族文学的主题、题材、故事等渗透着一种该群体源自现代性经验的创伤记忆，在文本的叙述节奏、叙述声音、叙述视角等方面也同样渗透着他们强烈的创伤性记忆。乌热尔图的《雪》以"老人"告诉"孩子"这一经典结构完成了对"创伤记忆"的形式化呈现。

> 我讲到哪儿啦？……真要细说起来……
> 要讲打猎这事儿，你可耐着性子，静下心来听我唠。……
> 回过头，我再说说打鹿。……
> 我再说说公鹿的脾气，兴许你也愿听……
> 听我再往下说……②

正是通过故意阻断正常的叙事进程，延缓叙述速度，"老人"才能在空间化讲述中不断穿插大量的鄂温克族狩猎文化，再现鄂温克文化过去的辉煌与当前的窘况，揭示人口较少民族群体过去的泰然自若与当前的焦虑不安，从而达到为民族文化树碑立传，为民族生存出谋划策之目的。读者也可以在这种叙述节奏中真实触摸来自鄂温克族群体因狩猎文化的渐趋瓦解所生成的流散体验和创伤记忆，并能够以"同情之理解"的态度去看待鄂温克族及其他人口较少民族文化的在场意义。

---

① 〔法〕热拉尔·热奈特：《叙事话语 新叙事话语》，中国社会科学出版社，1990，第174页。
② 乌热尔图：《你让我顺水漂流》，作家出版社，1996，第22~23页。

3. 见证文学中的文化民族主义

表面上看来，文化民族主义是人口较少民族在多元文化冲击面前维护和发展本民族文化的必然与必要选择，是本族群与其他民族平等相处的身份资格。在这一问题上，人口较少民族作家似乎更具有思想、情感归属及生活经验上的独特优势。以本民族的文化精神作为"批判的武器"来回应快速而至的多元文化冲击，维系或捍卫本民族的文化身份特质，这就使当代人口较少民族的见证文学叙述隐含着文化民族主义与启蒙主义的双重属性；同时，这一文学叙述中的文化民族主义并非仅仅肯定传统文化的神圣和固守原有家园意识，在多元文化相互碰撞、交织和竞争的全球化语境下又含有现代社会中普遍存在的身份焦虑意识，并试图通过对这一"焦虑"的文学再现来审视人口较少民族如何与现代性自洽的问题。当代人口较少民族见证文学书写中的文化民族主义所坚守的本民族文化价值立场及倡导的民族主义精神，在全球化语境下对人口较少民族来说具有一定程度的历史合理性，并因其能够为本民族的生存和发展实践提供多重选择的可能性而具有特定意义上的启蒙功能。不过，当现代性以时间的线性发展来消解各民族空间的非规约性存在而导致人口较少民族空间组织的持续崩溃与不确定时，人们在先前空间内形成的自我认同意识难免会出现断裂和危机，并促使他们不断地返回过去或传统空间中去，试图以过去或传统空间内的语言、文化、历史和宗教信仰等为基本资源去建构"想象的共同体"，以弥补现时的心灵创伤。在这一过程中，囿于急切的主题表述而导致这一文学叙述的审美视角日益后撤而试图以传统文化的在场来拒斥现代性的挤压，并以本民族的文化属性与固有的文化标尺去评估和抵御他者的干扰，对本民族历史的重释，对本民族深层民族心理的探寻，对本民族衍生历程的缅怀，对本民族英雄人物的重述，日益成为反抗现代性的民族主义意识形态的主要方式和途径，形成一种值得重视的一再美化、神化本民族文化传统的文化民族主义现象，这就构成了一个不能不引起注意的问题。

美国学者针对"9·11"之后"创伤文学"复兴现象切中繁地指出，"（创伤文学）离事实太近，离文学太远"这一问题。纵观当前人口较少民族见证文学的创伤书写也依然存在此类困境。为了强化本民族群体的创伤记忆，当代人口较少民族的见证文学大都是以"民族代言人"

身份或"我们"的身份进行一种"主动写作",尽管这种写作可以介入民族现实问题的思考,只是因关涉"民族的利益"这一民族主义意识形态的价值取向,人口较少民族作家在这一过程体验中的焦虑、彷徨和抗争就不断被一种强烈的民族寓言书写所裹挟,时常打着原生态民族文化传统的旗号来假造和合成出本不属于该民族的文化景观,甚至出现以"怀旧"心态去虚构和幻化本民族传奇历史和文化传统的现象。在这一过程中,个人话语的表述被遮蔽在民族主义诉求阴影之下,对创伤记忆的一再回眸潜伏着一种新的民族主义政治诉求,过分强化自我民族的"受害者"形象、无限夸大自我民族的创伤程度、故意消弭不同民族文化间的可通约性成分、随意割裂民族认同与国家认同和人类认同的内在关联。或者说,受制于文化民族主义意识形态的价值规约,当代人口较少民族见证文学往往着力于自我民族传统的诗意书写以治愈现代性创伤,肆意夸大和张扬现代性创伤以维系或坚守自我民族的文化认同,二者间的双向循环既导致这一文学叙述缺少对本民族社会经济剧烈转型、文化多元混杂状态下族群心理阵痛的多维揭示,缺少对现代与传统、认同与建构、固守与开放等多重矛盾交织状态下本民族群体对"何去何从"问题的深刻思考,又制约了对全球化及多元文化语境中民族身份建构的全向度考量。

  在全球化后殖民语境下,弱势的文化不是靠弱势的心态和方式强大的,边缘的话语不是靠醉情于边缘而得以增殖的,也不是主动阻隔或拒绝与他者对话的借口,更不能把所有的他者都加以"妖魔化"编码而将其看作洪水猛兽,弱小的民族一味沉溺于自我优越感的想象之中并不能真正改变自身的弱势。

  当前,我国人口较少民族群体的生存处境正面临着一个剧烈动荡时期,诸多他者文化的共时性挤压,各种现代性话语对民族传统话语的阉割或干预,已经严重影响到人口较少民族文化的生死存亡问题,影响到人口较少民族群体的身份归属问题。在这种情况下,人口较少民族群体内心深处的彷徨、无奈与焦虑,甚至对他者文化产生的抵触或抗争等,都是可以了解的,也是可以为之辩解的。但是,如何重构一种对话而非对抗、协商而非独白、混杂而非纯粹的认同或身份,才是人口较少民族群体必须注意的,这一点,需要人口较少民族作家认真思考和审慎对待。

第四节 "自传性写作"与人口较少民族作家的文化自觉

尽管在多民族"大杂居,小聚居"的生存格局和"多元一体"政治构架的共同规约之下,很难说会有一种单一、纯粹的民族文化存在,多民族文化间的交往、对话和融合实为应有之意。只不过在漫长的历史时期,各民族文化间的交往要么没有彻底改变某一民族文化的整体结构,没有从根本上中断某一民族文化的传承或延续,要么是不同民族文化间的交往成为某一族群的自愿选择,在这种交往中他们的民族文化身份问题并没有成为民族群体的显性焦虑。只有在全球化及现代性渐趋强化的"风险社会"里,"文化身份"问题才日渐成为各少数民族群体的切身性体验,并深刻影响到少数民族文学的叙事模式和书写主题,特别是人口较少民族作家更因其对本民族群体现代性体验的切身触摸、回应现实际遇的地方性书写机制与建构审美世界的独特方式。在身份归属与社会整体化运作双向作用,文化均质化与文化异质化相互碰撞、融合的独特语境下,形塑出当代人口较少民族文学的"自传性写作"现象。

"自传性写作"不同于通常意义上的"自传文学"。关于"自传文学",法国自传研究专家勒热讷认为,"自传"是"一个真实的人在强调他的个人生活、尤其是他的个性历史时将其自身存在用散文体写成的回顾性叙事"。他认为,自传作者的目的不是寻求"简单的相似"或"真实的效果",而是对"真实本身的写照"。[①] 美国学者斯通在给自传的定义中也认为:"自传"是"对一个人的一生,或者一生中有意义的经历回顾性叙述",即"自传文学是一个真实的人以他自己的生活为媒介写成的回忆性散文"。[②] 笔者所谓的"自传性写作"不同于传统文类意义上的"自传"或回忆录,即不是以主人公自述自己的生平经历为主,不重在叙事的个体化和故事的真实性程度,而是叙述者自觉地以民族文化代

---

① Phillippe Lejeune, *On Autobiography*, Trans, Katherine Leary, Ed., Paul John Eakin, Minneapolis: University of Minnesota Press, 1989.
② Albert E., Stone, "Autobiography and American Culture", *American Study*, 1972 (12): 24.

言人身份，着重叙述本民族传统或历史的现代遭遇，并给予当下意义的情感回应或理性反思，乌热尔图先生曾表达的"在我身后，站着一个民族"① 就是这一写作文体的经典表征。他曾说，他的几乎所有作品都是在表达整个鄂温克族的情感与心声："《琥珀色的篝火》中袒露的鄂温克民族与人为善的诚意；在短篇小说《你让我顺水漂流》中述说的是对整个民族传统文化前景的忧虑；在中篇小说《雪》《丛林幽幽》中表现的是对大自然母体的敬畏……这些情感都是属于鄂温克民族整体，属于每一位有历史感的鄂温克人。"② 自觉为一个民族进行写作是当代人口较少民族作家共有的价值取向。达斡尔族作家苏华也曾把自己的写作看作是"我的背后同样站着一个民族"的集体性表述③。以第一人称"我"作为叙事主体，以民族文化传承作为叙事目的、以文化身份认同作为书写伦理、以民族集体性表述作为叙事规约的人口较少民族文学的这一文类特征，与通常意义上的"自传文学"判然有别，这是笔者将之称为"自传性写作"的基本依据。

也就是说，"自传性写作"并不是属于"自传"的写作，而是为民族代言的"民族寓言"意义上的写作，是以整个族群的声音讲述关于族群的故事，作为叙述者的个体是有着强烈族群归属意识的个体，他/她的代言是被整个族群所赋权并能够代表他们言说的现代话语的掌握者（即汉语言的运用能力、文学创作能力、现代技术传播能力等都超强的人）。或者说，"自传性写作"的叙述者具有强烈的民族代言意识或自我民族归属情结，背负着沉重的集体价值表述和民族文化构建重任，注重表达民族群体的价值建构与认同理想。"自传性写作"不仅是一种文学的体裁或文类，更是人口较少民族作家的一种自觉维系民族文化传统与建构民族文化身份的话语实践行为，是一种个体话语与群体话语融合后的意义生产行为。

1. "自传性写作"的历史生成

文学的叙述形式渗透着社会意识形态，社会意识形态往往借助于文

---

① 梁鸿鹰：《芬芳在北国——谈莫力达瓦女作家的创作》，《民族文学》2008 年第 3 期。
② 乌热尔图：《寻找鄂温克人的灵魂，表述民族的声音》。见乌热尔图编著《述说鄂温克》，远方出版社，1998，第 370 页。
③ 苏都热·华：《母鹿-苏娃》，作家出版社，2000，第 6 页。

第三章 当代人口较少民族文学的"跨文类"书写或文类探索

学的叙述形式而得以表述。或者说，社会主流意识形态话语总是会以各种不同方式对其体制内的文学加以规约和询唤。新中国成立后很长时期内（真正意义上的人口较少民族书面文学的发生的确是在新中国成立之后，尽管这一问题存在着复杂的阐释空间），作为历史上长期被压抑、被排挤的我国各人口较少民族，很难发出自己独立的声音而不得不处于失语的客体位置（或者无意于发出自身声音）。在主流意识形态询唤下的各弱小民族文学自然是"大一统"主流意识形态的地方性表述，是主流文学在政治意义上的补充或点缀，"民族作家自觉地以汉文化的价值立场、思想观念和审美视角来观照本民族历史、现状和未来，这种异己视角设置使少数民族作家即便是书写本民族话语，其审美指向、精神寄托和价值诉求也是民族国家话语，民族文学表现出一种居高临下的启蒙姿态。其基本立场无不是通过民族国家话语书写"[①]。在这一主流意识形态话语的强制规约之内（亦有少数民族作家主动听从主流意识形态话语询唤，自觉将之作为自己创作的基本价值标尺），即使在当代少数民族文学（包括人口较少民族书面文学）中亦曾出现过以"我"作为叙述主体的文本，但这类文本中的"我"并不是私语化、个体性的单一话语的表述者，而只是主流意识形态话语的见证者、阐释者、传承者、倾听者、接受者，甚至是"被教育者"，叙述主体的个体意识、民族心理和情感体验很难在此类文本中得以彰显或敞亮。乌热尔图早在20世纪90年代初一再强调"声音不能替代""阐释权被剥夺"的问题（"声音"能否替代、如何替代、被谁替代、为何替代等问题，是涉及诸多因素制约而又难以在纯粹学术层面探讨的问题，故一直延续至今），并引起学界的极大反响，其实这一问题的提出本身就是民族意识觉醒的产物。

新时期以来，随着民族政策的正确执行、文化教育的逐渐普及、全球化及现代化进程的不断加速、文化多元主义的渐次形成，人口较少民族作家被压抑的民族身份得以觉醒和深化，如何彰显本民族话语的在场？如何以作家个体的声音表达出民族话语的在场？成为当代人口较少民族作家的一致追问。"自传性写作"具有四大优势，即能够把民族文化与

[①] 李长中：《当代少数民族文学启蒙叙事的现代性迷思——从新时期到新世纪的一个考察》，《北方民族大学学报》2011年第2期。

多元文化相勾连，能够把创作主体的内在情感和理性思考与本民族的现实境遇相勾连，能够把叙述主体的个体性与本民族的群体性相勾连，能够把文学审美建构与意识形态诉求相勾连。这些优势使其作为人口较少民族作家实现民族意识觉醒和民族身份认同的方式和途径被接受、被倡导，以摆脱其他民族话语对人口较少民族形象的漫画化、妖魔化或者浪漫化，建构出自己的身份归属。其一，只有身为本民族群体的叙述者"我"才能更好地理解自身、更好地书写自我民族的历史与现实；其二，人口较少民族群体在现代性多元文化冲击背景下的群体焦虑其实也是群体内部每个个体的共有焦虑，现代性体验在整个民族群体心理上的共振是这一写作方式生成的精神依据。人口较少民族的人们几乎都生活在地理位置偏远、交通通信闭塞、文化生态脆弱的边缘区域，具备与自然万物和谐统一的生态意识和思维方式，他们对现代化更多持一种防范或恐惧心理，他们的现代化在一定程度上是被胁迫的现代化，或者说是在其还没有现代化意愿的情况下就被迫纳入现代化轨道，特别是人口较少民族的工业化几乎都是以自然资源为基础，以资源型产业为主体，资源的大规模开发和工业化的快速推进，必然会对原本脆弱的生态产生严重破坏。(这一问题其实早在新时期之前就已初露端倪。例如，1964年，我国决定正式开发中国最大的原始林区，来自祖国各地的林业和铁路战线的两万多名干部职工、科技人员，铁道兵三、六、九师八万名官兵汇集到祖国最北部的"高寒禁区"大兴安岭，他们在艰苦的环境中怀着报效祖国的伟大理想，发挥了聪明才智，创造了人间奇迹。① 就是这一"创造人间奇迹"的工业化进程却破坏了居住在大兴安岭林区各少数民族群体的传统生产生活方式，以及与此相适应的民族文化系统。乌热尔图曾沉痛地指出，这对于"一个没有来得及用文字记录下自己全部文化特性的"古老民族，意味着什么？"失去森林的猎人，在自己备受摧残的家园流浪，已无人体谅他们的痛苦！……对正失去草原的大兴安岭和呼伦贝尔，我剩下的只有难抑的叹息，还有绵绵的心痛。"②) 环境的破坏以及伴随工业大规模开发而涌入的大量外来人员，从根本上改变了人口较

---

① http://press.idoican.com.cn/detail/articles/20091122034146/.
② 乌热尔图：《在大兴安岭的怀抱里》，《中国民族》2001年第1期。

少民族的生存空间、文化生态及其传承系统。由这一改变而生成的焦虑体验恰好构成了"自传性写作"的心理基础。

进入20世纪90年代，特别是21世纪以来，人口较少民族地区的工业化进程更是以加速度方式向纵深处推进，在目前少数民族地区还难以做到使经济发展与文化保存取得有效平衡和良性协调前提下，工业化、城市化进程全面而深刻地影响到人口较少民族传统生活形态与生活方式，进而引发其对现代化的犹疑、恐惧和抵触情绪。这种现代性恐惧使当代人口较少民族文学一再致力于一些别有意味的审美意象的积极营构。如乌热尔图在《萨满，我们的萨满》中就把为森林工业开发而修建的公路隐喻为"蛇"，① 裕固族作家巴战龙的《关于一匹马的故事》同样是把表征着现代工业文明的一条柏油马路隐喻为"蛇"，② 在这里，"蛇"无疑意味着阴险、恶毒、贪婪、狡猾等。"蛇"这一意象的审美建构无疑是人口较少群体对现代化恐惧的象征化表述。外来文化的长驱直入，工业化开发的肆无忌惮，本民族传统的结构性流失所带来的沉重忧思，形塑出人口较少民族群体对现代性发展的恐慌、恐惧意识，"蛇"成为这种意识的经典概述。处于这种状态的人口较少民族作家不得不以自身方式思考本民族文化何去何从以及如何在现代化语境下重建家园的问题，"自传性写作"即人口较少民族以文学方式对这一问题的思考。

若从精神史的角度考察，人口较少民族因"人口较少"这一特殊情况，他们的文化调适能力相对不足，对外来他者文化的防范意识和畏惧情绪要远甚于人口较多民族群体。全球化尽管是各地方性或边缘文化兴起的推动力量，但它同时也是借助强势民族的政治、经济、军事等综合力量而试图将各地方性文化或边缘文化纳入一体化的同质化进程。在这一过程中，身为弱势的人口较少民族文化不能不受到强势文化的干扰而出现传统文化的失语或渐趋走向与强势文化同一化的状态，再加上汉语言（文字）的普及性教育和采用（特别是其中的知识分子），人口较少民族文化不得不处于与多元异质文化相互撕扯、碰撞、互渗的博弈之中，并因其自身文化调适能力的相对不足而在现代化语境下产生文化创伤心

---

① 乌热尔图：《你让我顺水漂流》，作家出版社，1996，第163页。
② 巴战龙：《关于一匹马的故事》，《延安文学》2003年第3期。

理。同时，人口较少民族的社会结构与社会运行机制与其他民族相比有相当的滞后性（尽管在社会形态层面与其他民族都进入社会主义市场经济时代），也有其内在的规律性与发展逻辑性。当现代性以一种自上而下方式被强力推动而迅速改变着人口较少民族传统的社会运行机制或文化延续传统之时，人们对现代性更多意义上是一种观望或怀疑心态而非积极拥抱或主动投入。在这一过程中，人们往往是被动承受而非主动迎合，消极应对而非积极融入。所以，当代人口较少民族文学时常将现代性在本民族内部的展开隐喻为一种经典性的"早产"行为。鄂温克族作家德柯丽的《小驯鹿的故事》以一只早产的"小驯鹿"隐喻着人口较少民族对这一"过急现代性"体验的痛楚心态，"小驯鹿在八月份出生是件少有的事，也许这违背自然规律的现象已经注定了这只小驯鹿的命运多舛。……小驯鹿在到家的最初几个小时里一直怯生生地警惕环顾着对于它来说还是很陌生的环境，一双纯净的深蓝色的大眼睛显得惊惧而机警。菱角似的四蹄显然不习惯地板的坚硬与光滑。稍一动作，就要摔倒，吓得不敢再动。……它愈来愈像个孩子，像一个依恋母亲的孩子整日跟着人。它总是紧紧地跟在我身边，大眼睛怯怯注视着，就像一个胆怯的孩子"①。在作者（或隐含作者）看来，"小驯鹿"这一艺术形象不就是根基脆弱、独立能力不足、需要他人照顾的人口较少民族自身的经典隐喻吗？"孩子"这一意象的再现也无疑是人口较少民族群体渴望被保护、被照顾心态的自然流露，而"早产"则是人口较少民族作家对自我民族在还没有做好充足准备情况下就匆忙地被纳入现代性进程的一种无奈心态的表征（"早产"与普米族诗人曹翔在诗中强化的"来得更猛"意象有着内在逻辑上的一致性）。任何一个人口较少民族在被裹挟着进入由较大民族所主导的现代性发展逻辑之中时，都难以做到以一种坦然自若、应付自如的心态去面对。所以，《小驯鹿的故事》刻意使用了一系列诸如"违背自然规律""不习惯""怯生生""惊惧""胆怯""孩子"等隐喻着脆弱性、创伤性内涵的词语，表述着现代性"一直是伤害的源头，正如在恶魔崇拜的情形下一样，它也可以是一个思考暴力，体验伤害和

---

① 德柯丽：《小驯鹿的故事》，《民族文学》2011年第3期。

反思文化伦理的有效工具"①。而《小驯鹿的故事》的叙述者对"小驯鹿"单薄、柔弱等体态的连续书写又强化了遭受现代性伤害的剧烈。从这个意义上说，人口较少民族被迫纳入"过急现代性"发展逻辑这一境遇促动了人口较少民族文学"自传性写作"的生成。或者说，人口较少民族文学的"自传性写作"是人口较少民族作家对个体意识的觉醒与民族性的自觉追寻，是作家对民族文化的渐趋消解与他者文化的日益进逼、个体身份归属与民族身份定位的双重迷失等状况的一种文学回应，同时也形成了"自传性写作"这一文类独特而复杂的文本症候。

2. "自传性写作"的文本症候

首先，由于"自传性写作"一开始就被赋予"民族寓言"的写作姿态，叙述者"我"作为本民族群体"我们"的代言人，与民族群体有着完全的融合及统一，个体与群体之间在身份认同或家园归属等问题上有着完全的契合，个体声音与群体声音的合流成为"自传性写作"的凸显症候。也就是说，在"自传性写作"中，作为叙述主体的"我"所发出的并不是个体化、个性化的叙述声音，而是本民族群体的"集体型叙述声音"，"自传性写作"的叙述行为也不是个体化或私人性的叙述行为，而是与民族文化身份密切关联的集体性叙述行为。叙事学研究者兰瑟认为，所谓的"集体型叙述声音"是与作者声音、个人声音不同的。"集体型叙述声音"是指，"在其叙述过程中某个具有一定规模的群体被赋予叙事权威；这种叙事权威通过多方位、相互赋权的叙述声音，也通过某个获得群体明显授权的个人的声音在文本中以文字的形式固定下来"，"集体型叙述看来基本上是边缘群体或受压制群体的叙述现象"，而且，这种声音"可能也是最权威最隐蔽最策略的虚构形式"。② 集体型叙述声音或者表达了某个群体的共同心声。在某种程度上可以说，"集体型叙述声音"是"自传性写作"这一文类的基本特征。或者说，当代人口较少民族文学"自传性写作"的叙述者基本上都是群体性指称。例如，裕固族作家铁穆尔《北望阿尔泰》中的叙述者是"我"，但是，却始终贯穿

---

① Farrell Kirby, *Post-traumatic Culture*, Baltimore: The Johns Hopkins University Press, 1998, p. 357.
② 〔美〕苏珊·S. 兰瑟：《虚构的权威》，黄必康译，北京大学出版社，2002，第23页。

着对"我们的祖先""我们的部落"的历史的回顾;《焦斯楞的呼唤》的叙述者"我"是"去寻找永远的焦斯楞草原,寻找我们那神秘的尧熬尔部落的根源",所以,叙述者说:"我从东到西从南到北,为部落和氏族寻根溯源。"①《失我祁连山》的叙述者"我"的叙述目的也是还原和呈现出裕固族自身被他者所遮蔽或压抑的历史。对裕固族历史或民间传统的诗性记忆,对民族起源或部落迁徙的回眸凝望,对民族现实生存命运或文化存续的感慨或悲叹,使当代裕固族文学呈现出典型的"自传性"特点。铁穆尔甚至把这种写作称为本民族觉醒的"自我拯救之声",② 锡伯族作家傅查·新昌的《父亲之死》的上部《我们的祖先》的叙述者说:"那天中午我突然想到我应该写我们的祖先"。叙述者甚至借父亲之口强调写民族历史的迫切性,"你必须遵守自己的诺言……你应该写我们的巴库……"③。叙述者一再用"我正在写咱们的祖先"来强调本民族历史并确证自己的民族归属。对"父亲"的仰慕实际上是对失落的传统与民族生存之根的留恋,是如何面对现代文明和异质文化的一个艰难抉择。锡伯族作家佟加·庆夫在《钟魂》中以"我爷爷的爷爷""爷爷的爷爷"等作为叙述者以强化叙述者的民族归属感或认同感。达斡尔族作家苏莉的《美丽江河》一再通过"我"来叙述"我们达斡尔人""我们的痛苦"等达斡尔民族群体的现代性体验。虽然乌热尔图《七叉犄角的公鹿》(《小说选刊》1983年第12期)的叙述者说,"这是我少年时代经历过的故事"。表面上看,这是一种个体化叙述行为,但从文本的叙述内容和叙述目的可以看出,给予叙述者"我"成长的精神动力的恰是作为鄂温克民族文化表征的"公鹿"。

出于对民族文化的寻根意识和民族历史的皈依心理,"自传性写作"往往以个体化叙述声音退场方式而将集体性的本民族群体的传统或历史转化为当前受伤的证据或文献,以此表述作为复数形式的"我们"在面临多重文化压力下的受伤体验(或者个体化叙述声音被遮蔽在集体性叙述声音之内)。这一叙述规约的显在意义为:其一,长期被他者代言的、

---

① 铁穆尔:《焦斯楞的呼唤》,《飞天》1997年第3期。
② 钟进文、巴战龙编《中国裕固族研究》(第一辑),中央民族大学出版社,2011,第488页。
③ 傅查·新昌:《父亲之死》,新疆人民出版社,1998。

作为"沉默的大多数"的人口较少民族群体只有通过本民族文化代言人的叙述者"我"的叙述,才能发出本民族群体的真实声音,才能呈现出弱小民族群体在现代性语境中的真实体验;其二,这种叙述形式也能够使读者触摸到个体言说背后人口较少民族群体的记忆和复述中去,最大限度地获得读者对人口较少民族现代性遭遇的同情并且打动读者的良知,以此重塑人口较少民族的真实身份(就此意义而言,"自传性写作"才一再以"老人"作为故事的叙述者或讲述者,并致力于"老人"这一极富阐释空间的形象描述)。人口较少民族文学作家只有将叙述主体嵌入民族群体的身份塑造中,才能更加强化人口较少民族群体在传统与当下剧烈冲突过程中的身份错位感或认同挫败感,才能更加凸显人口较少民族现代性体验的被动性、边缘性。从这个意义上说,"自传性写作"在本质上成了一种"集体言说"的话语实践和文化建构行为,话语背后潜隐着与民族认同直接相关的叙事伦理,在全球化语境下也更凸显出其存在价值。

其次,表面上看来,"自传性写作"是个体叙述者与群体身份的内在统一而不存在叙述的不可靠问题。但是,由于个体叙述与群体之间难以抹平的裂痕而使这一文类不可避免会出现事实上的"不可靠叙述"问题。如费伦所说:"无论何时,只要我们有一个人物——叙述者,不管这个人物是主人公、目击者,或与行动相隔甚远的转述者,可靠性的问题就不可避免。"[①]只不过,"自传性写作"的"不可靠叙述"问题表现得更为隐蔽,更为复杂而已。作为一种民族文化身份认同的实践性行为,"自传性写作"往往从本民族文化集体身份出发来再现自我,文本显性层面的自我往往皈依于文本隐性层面的"我们"这一集体身份,"自传性写作"的叙述者也总是有意识地通过文字来建构民族理想的"文化身份"。或者说,自传性写作对故事的叙述本身就是"身份的叙事建构"。在这一过程中,"自传性写作"很有可能受制于身份认同及理想身份建构的强烈愿望而形成"不可靠叙述"现象。里蒙-凯南认为:"不可靠的叙述者由于其道德价值规范与隐含作者的道德价值规范不相吻合,所以这

---

① 〔美〕詹姆斯·费伦:《作为修辞的叙事》,陈永国译,北京大学出版社,2002,第61页。

样的叙述者对作品所做的描述或评论使读者有理由感到怀疑。"① 在叙事性文本中,"不可靠叙述"是一种最为常见的现象,主要表现为"叙述者的叙事话语存在明显的矛盾及其他方面的不一致性"或"叙述者的自我描述与其他人物对他的描述有出入",即"事件的多重视角安排,以及同一事件不同版本之间的差异"。由于"自传性写作"的叙述者在隐性层面的集体性身份及强烈的文化身份认同诉求,使叙述者与作者、隐含作者存在高度一致性,叙述者的立场自然是作者、隐含作者的立场。或者说,自传性写作中的"不可靠叙述"不可能是叙述者与隐含作者的不一致,更多地表现为"叙述者的叙事话语存在明显的矛盾及其他方面的不一致性"或"叙述者的自我描述与其他人物对他的描述有出入",即"事件的多重视角安排,以及同一事件不同版本之间的差异"所形成的不可靠叙述现象。② 从这个意义上说,隐藏在"自传性写作"中的"不可靠叙述"问题才更富有值得阐释的空间和审美意味。

裕固族作家铁穆尔《北望阿尔泰》的叙述者通过老人之口强调对民族传统的向往与皈依,并对民族传统生活方式投以美好而温情的回忆与想象。《杜鹃飞渡——焦斯楞的记忆》中的叙述者则竭力讴歌美好、单纯、洁净的放牧生活,并成为"我在许多失眠的夜里回忆、思念和咀嚼的家,最甜蜜的家,是我一生中最骄傲的家——群山草原上的一座帐篷"③。甚至可以说,在铁穆尔的几乎所有作品中,本民族的传统或历史总是与"归属""甜蜜""舒适""浪漫"等乌托邦式想象相关联。他的叙述者想要告诉读者(其他民族)的是,如果不被纳入现代性进程,不进行工业化、城镇化建设,不进行资源开发和现代文明洗礼,裕固族人民会继续生活在温馨、惬意而和谐的理想状态之中,"现代性"成为裕固族游牧生活解体、生态环境遭破坏、传统生产生活方式消失、传统文化崩溃等诸多问题的"罪魁祸首",文明、富足、整洁、便利的城市化或现代化也就与本民族传统构成了一种二元式对立。《失我祁连山》的叙述者把城市化进程看作是"都市化的实质是反生态的,都市化是人类

---

① Shlomith Rimmon-Kenan, *Narrative Fiction: Contemporary Poetics*, New York: Methuen, 1983, p.101.
② Nuning, Ansgar, ed., *Unreliabie*, Narration Trier: WVT, 1998, pp.27-28.
③ 铁穆尔:《杜鹃飞渡——焦斯楞的记忆》,《飞天》2001年第11期。

在疏离大自然的道路上跨出的最大一步","让那些在草原上肆虐的城市、让那些人间地狱的制造者都见鬼去吧"。《北方女王》的叙述者也认为只有回到民族先民的发源之地,才能得到心灵的宁静与灵魂的栖居。然而,事实上,裕固族的传统、历史与现实是否如此美好而令人神往呢?《失我祁连山》中的叙述者对民族传统的生存状态却作了截然不同的描述,"……因为在几千年的历史中,他们(尧熬尔)很少看到歌舞升平的部落和人民。看见的就是牧人们在荒凉贫瘠的草原上忍饥挨饿、在冰天雪地中颠沛流离,鞭挞和嘲弄,凌辱和傲慢。他们心中的痛苦怎么能不变成一首首忧郁的歌呢"[1]。长期在这种残酷、恶劣、贫瘠状态中生存的裕固族群体,与上述文本所一再强化的"甜蜜""舒适"等存在明显的分裂或悖谬之处,形成了因"叙述者的叙事话语存在明显的矛盾及其他方面的不一致性"所造成的"不可靠叙述"现象。另外,"自传性写作"也可能会因"事件的多重视角安排,以及同一事件不同版本之间的差异"形成"不可靠叙述"现象。例如,铁穆尔的文本始终存在一种控诉和抵制现代性的叙述主线,一再强化现代性给裕固族人民造成的生存和身份危机。而在主流媒体刊发的一则《裕固族人过上幸福生活》的新闻稿中,裕固族的现代化却被认为是富裕、文明的同义语,"如今,逐渐走下马背的裕固族人,出门有摩托,生病进医院,冬冷夏热的帐篷变成了明亮宽敞的砖瓦房,品种优良的牛羊圈进了暖棚过冬。"[2] 记者还援引裕固族人在接受采访时所表达的自我感受用以验证书写内容的真实性。乌热尔图的诸多文本也存在着此种类型的"不可靠叙述"现象。《大兴安岭,猎人沉默》中的叙述者因为在自己的森林里成为"吉普赛人"的尴尬处境而痛苦[3],在主流意识形态话语的表述者看来,鄂温克民族的这一工业化进程则是创造"人间奇迹"的过程,"……1969年至1971年三年中,先后有七万多知识青年'上山下乡'来到大兴安岭,投身于开发建设会战大军的行列中。他们在艰苦的环境中怀着报效祖国的伟大理想,发挥了聪明才智,创造了人间奇迹"[4]。二者间的反差表述着典型的

---

[1] 铁穆尔:《失我祁连山》,《延安文学》2004年第5期。
[2] 《裕固族人过上幸福生活》,新华社兰州2002年12月15日电(记者肖敏)。
[3] 乌热尔图:《大兴安岭,猎人沉默》,《人文地理》1999年第1期。
[4] http://heilongjiang.dbw.cn/system/2009/09/09/052101226.shtml.

"不可靠叙述"问题。

综上所述,尽管"自传性写作"以"我"作为叙述者来叙述自身经历、缅怀传统、抒发情感等,能给读者以真实感、在场感,从而使得读者将这类文本看作是"真实的故事"而赢得了无限的认同和同情,甚至会把文本内容当作不需质疑的历史文献而完全采纳或支持叙述者在文本中所强化的立场或观点,进而导致"怀疑搁置"。"自传性写作"事实上可能存在的"不可靠叙述"问题却一再提醒读者,有必要关注"自传性写作"对本民族文化精神资源的过度张扬与强调,对现实人生和社会经济发展层面的着意忽视,以及在处理传统与现代、本土与全球、自我与他者关系时所存在的二元式思维及其潜在影响,也有必要关注"自传性写作"背后可能隐藏的文化民族主义或文化本质主义意识形态。

再次,作为对"文化创伤"或"身份危机"的见证或再现,"自传性写作"在借鉴民间口头文学表达方式的同时,又出于缓解由强弱势文化非对称性所引发的文化创伤需要而采取"文化展示"的艺术手法,在文本结构上往往违反传统的情节设置模式,采取非线性的叙述结构,以穿插大量民族生活场景、文化意象、民间口头文学等,尽可能呈现民族文化创伤生成的历史根源及其现实际遇。这一叙事现象类似于蒂莫·米切尔所说的"作为图像的世界"或"作为展示的世界"。读者通过对这一"作为展示的世界"的凝视,很可能会形成真实性和客观性意识,从而达到对文本场景或内容的认同和同情,以利于"修复"因现代性冲击而造成的创伤体验。① 更重要的是,"自传性写作"还往往以叙述空间化编码方式取代或遮蔽时间性的线性叙事。尽管这种写作可以呈现出本民族传统/历史在现代性语境下被迫中断或颠覆的沉痛感受,凸显出人口较少民族在现代性语境下的地方性体验,引发人们对人口较少民族现代性发展意愿的思考。但是,这种写作却往往因为要凸显人口较少民族在现代性语境下的受伤害症候,而试图通过空间性的文本构建以排斥或阻止民族历史的现代化进程。从这种意义上说,"自传性写作"的空间化叙述隐藏着更为深刻的叙述逻辑和叙述指向。铁穆尔的文本几乎都是以类

---

① Timothy Mitchell, *Colonizing Egypt*, Cambridge: Cambridge University Press, 1988, pp. 18–23.

似于"意识流"的手法,把历史与现实、故事与情感、理性思考与感性表达、叙述者与人物等同时混杂起来。《北望阿尔泰》中的老人演唱与叙述者的情感表达穿插混合;《焦斯楞的呼唤》的叙述者"我"在当前与童年、过去相互交织混杂的叙事中,容纳更多的地方性知识、历史、人文、风俗、饮食、服饰等民族文化;《狼啸苍天》的前两部分没有情节或线索,一切都是叙述者"我"对民族图腾"苍狼"的想象,第3~6部分是叙述者"我"追踪"尧熬尔人东迁逃亡的路",第7~8部分则是对尧熬尔民族来龙去脉的介绍;《北方女王》中图拉的寻根与叙述者"我"的情感穿插,共同架构了文本。乌热尔图的文本也几乎都是以这种空间化叙述结构,强化民族传统与现代的二元结构,以达到对民族文化身份的再次确证。如他的《敖鲁古雅祭》的第一部分叙述可以看作是叙述者对主流话语的反驳,第二部分则是对鄂温克族的传统生活方式——狩猎、习俗、面临的问题等的详细展示和思考,第三部分是具体的人物访谈。文本结构的这种空间化编码的目标就是为了让自身的创伤能最大限度地投射到公众或其他民族读者面前,以使那些即使没有此种经历或体验的人也能积极思考这种创伤,使那些对人口较少民族仍然存有误读或误判的读者能够设身处地思考他们在现实生活中的痛苦或哀伤。在这里,"自传性写作"通过"记忆/遗忘"这一叙述机制有效地将个体话语转化为民族的集体性叙述,使之成为整个民族声音的"代言者",其实是建构民族群体历史叙述的方式,以达成与民族认同的合谋。

3. "自传性写作"与认同的政治

"自传性写作"出于重构文化身份、民族认同、价值重建的需要,表现出如下症候。其一,对民族身份的关注超越了对本民族群体生活状态的关注,对本民族现实问题的关注超越了对其他民族及人类问题的思索,对文化问题的关注超越了对文学问题的锤炼,对民族文化的展示超越了对城乡互动背景下民族灵魂的探索,对历史的深情回望超越了对现代生活的理性触摸,在向民族文化母体的回归过程中,从民族文化的当下境遇转换到民族文化的自我张扬,并因刻意挖掘和弘扬本族文化优势而失去了对民族文化的必要省思。其二,"自传性写作"由于背负着沉重的民族认同和身份重塑的重任,叙述者"我"所要强化的是如何传达群体的认同取向,而不是叙述者自我意识的个体宣言,自传性写作时常淡化、掩饰叙述者灵魂深处的真正感受和创作的个体化色彩,叙述者不管是作为主体叙述者、见证者、转述者或记录者,都因主体声音的退场而无法有效表达关于个体与文学、个体与人类关系的深入阐释,也难以有效表述叙述个体对现实人生的在身性想象。也就是说,在"自传性写作"的创作过程中,作者并不是出自于叙述主体的个人感受,表达一种在场的真切而带有鲜明个人印迹的文化体认,并对之加以个体化审美重构,而是站在自我民族的民族文化的意识形态立场进行"民族寓言"性写作,整体性的或者集体性的认同压抑了个体在民族文学中的多维性、立体化的情感反应,甚至因其意识形态的强烈过滤而形成对自我与他者文化或人性审视和价值的偏颇。由此导致自传性写作在主题、题材、写作方式、意象选取、场景设置、思想内涵、精神意蕴等方面出现模式化、雷同化问题,最终成为一种"重复性"写作;同时,由于自传性写作不重视故事的有效编造、生活场景的细腻铺排、审美意象的精心营构、文本结构的严谨设置、文学语言的文学性过滤,导致出现自传性写作情感冲击力的强烈与艺术感染力的相对不足间的矛盾,在情感表述和价值取向、思想观念、意识形态立场传达等方面缺乏坚实而厚重的文本艺术支撑,自传性写作的审美创造难以担负起作者所赋予的强烈的思想内涵,也就存在一种"架空性"写作问题。

  正是受制于自我/他者间的二元式叙述模式,"自传性写作"文本充斥着纯粹、理想、单一、均质化的民族文化想象,甚至通过故意彰显自身的纯粹以强化外来文化冲击的残酷。所以,人口较少民族作家总是自觉地把所有非本民族群体都看作"他者"[①]。这一隐而不彰的民族认同意识无疑会影响对他者的书写和价值评判标准。所以,"自传性写作"的历史描述总是以"回头看"的写作姿态对自我民族传统和历史展开浪漫化、神圣化的审美编码,以建构一个静态的、未与他者混杂的理想的文化空间,只有在这个空间里人们才能够拥有梦想和想象,拥有安逸宁静的生活与心态。换句话说,被他们追忆的时间或空间始终都是静止不动的,是对过去场所和空间的原生态编织。只不过这种编码却因神圣化民

[①] 铁穆尔:《风把我的头发渐渐吹白了》,《山花》2008年第12期。

族历史和文化，以找回自我群体的归属感和"我们"的身份建构而异化为抵制他者、拒绝对话的口实，甚至成为民族情绪的替代品。也就是说，无论是对自我形象的建构，还是对他者形象的想象，都是以强烈的民族主义意识而在自我与他者间持对立或对抗姿态。这样，"自传性写作"的身份认同最终演化为一种文化民族主义的"认同的政治"。

"认同的政治"是笔者借自泰勒所提出的"承认的政治"概念。在泰勒看来，"我们的认同部分的是由他人承认构成的；同样地，如果得不到他人的承认，或者只是得到他人扭曲的承认，也会对我们的认同构成显著的影响。这就是说，得不到他人的承认或只是得到扭曲的承认能够对此造成伤害，成为一种压迫形式"①。当前，人口较少民族文学的"自传性写作"问题已不再局限于能否得到"承认"或"认同"的问题，而是在文化民族主义意识形态促动下，"承认"问题已变异为张扬、强化、维护自身文化的独特性或优越性问题。文本叙述总是流连于故土家园的记忆与想象，沉醉于民族风情习俗的诗意讴歌与宣扬。虽然人口较少民族文学有时也会关注本民族群体当下的现实生活状态，关注本民族群体在现代诸多矛盾混杂语境下的内在情感或灵魂的拷问，只不过这种关注也是以对当下的质疑或抵制为价值皈依的，这就成了一种基于"自我"承认的认同，即泰勒意义上的"本真性"承认。铁穆尔的叙述者总是以"无论在哪里，无论在何时，唯有那草地的游牧生活，是我一生中最美的和最幸福的记忆"②作为叙述的终极指向；乌热尔图的文本也总是以坚守"原生态"的、不受任何干扰的森林世界作为价值判断的标准；空特乐的作品一直致力于建构纯粹、静态的鄂伦春族传统家园；等等。"自传性写作"在以二元思维将本民族文化优势性凌驾于其他文化之上时，也就异化成了"后殖民性"写作，结果是肯定了一种自指性的和普遍化的历史主义，把仅仅为局部的、民族的、地域的经验投射到全球。③

人口较少民族因其文化先天的脆弱性、单质性而比其他民族文化更

---

① 〔加〕查尔斯·泰勒：《承认的政治》，董之林、陈燕谷译，汪晖、陈燕谷主编《文化与公共性》，生活·读书·新知三联书店，2005，第298、330页。
② 铁穆尔：《杜鹃飞渡——焦斯楞的记忆》，《飞天》2001年第11期。
③ Rosalind O'Hanlon and David Washbrook, "After Orietalism: Culture, Criticism, and Politics in the Third World", *Comparative Studies in Society and History*, 34 (Jan. 1992), p. 166.

易于受到多元文化的冲击和干扰,更难以抵制现代多元强势文化的冲击,强化了人口较少民族对外来文化的恐惧、担忧或抵制。一旦面对强势多元文化全面而深刻的碰撞与竞争,通过"自传性写作"以强化民族主义意义上的文化皈依心理和文化重构意识,很显然具有现实针对性和历史合理性。特别是在主流文学因受后现代修辞影响而集体性颠覆宏大叙事,消解主体在场,各种碎片化、零散化写作甚嚣尘上语境下,"自传性写作"以其沉重而鲜明的宏大叙事特征和主体积极介入的写作姿态,彰显出在场的当代意义。但是,当"自传性写作"以民族传统记忆神圣化来拯救民族文化精神的当代失落,以对抗性心态应对他者的冲击而维持所谓的原生态民族文化,甚至拒绝现代社会中普适性价值观念的引导时,就走向了一种值得重视的文化民族主义。尤其需要注意的是,当前一些人口较少民族作家在现代性挤压下,以民族代言人身份集体性书写与建构民族身份时,却忽视了本民族底层群众快速摆脱贫困落后状态的现实,他们仍然作为"沉默的大多数"而被本民族作家所代言,其真实声音并没有被本民族作家予以真实而完整叙述,结果导致当代人口较少民族文学的身份焦虑在一定程度上只是知识群体者的自我想象,距离本民族内部那些无法发出声音的群体甚远,这就在一定程度上解构了"自传性写作"的现实意义。例如,据畅江在陇川县阿昌族、德昂族的调查显示,该地区的这两个人口较少民族至今仍存在曾被取缔的"卖青度荒"、"养猪到老"和"抵押承包地"等在当今社会很难见到的事情。调查发现:那里的阿昌族、德昂族等人们几乎都是家徒四壁,一无所有,任何现代意义上的耕作能力和设施都没有,也没有谋生的其他手段,粮食不够吃,只能靠打零工维持最低限度的生活。其中户撒乡全乡的阿昌族人有45%的在青黄不接时吃不饱,温饱未解决,有一半左右的人因家庭困难子女上不了学。而芒棒村民小组多是德昂族,有90户304人,年人均纯收入才230元,人均有粮食200公斤左右。[①] 也许对他们来说,对于如何提高自己的物质生活水准、如何改善自己的现实生活状态、如何尽快实现脱贫致富愿望等问题的关注,可能要远远超过对重塑民族文化或文化身份等方面的关注。

[①] 畅江:《前进道路上的坎坷》,《今日民族》2003年第4期。

就此而言，当代人口较少民族文学的"自传性写作"在为民族代言的同时，如何强化写作的接地性，避免出现脱离本民族群体现实诉求的自命的"代言"现象，是人口较少民族作家必须思考的问题。当前，整个世界都在现代性语境中发生变化，这种变化是全方位的、整体性的，是全球性的，人口较少民族身处其中也不能不随之变化，试图使人口较少民族文化维系于某一特定空间而独善其身已不可能。例如，人口较少民族文化中出现的自私自利、冷漠、奢侈、追新逐异等与传统文化不相容的问题，就不能简单将之看作是单一的民族文化解体问题，也不能把问题的解决当作是本民族内部的事情而一味强调民族身份的维系问题。再比如，人口较少民族年青一代开始舍弃本民族的语言、服饰、礼俗以及其他传统文化等问题。诚然，这一问题影响到人口较少民族文化的存续问题，但是，这不也是整个社会在现代性语境下的共性问题吗？如何化解这些问题绝非以鼓吹民族文化身份、宣扬文化民族主义等价值诉求所能够成功的。在全球化及多元文化彼此交汇语境下，任何"民族"的身份都丧失了前在性、稳固性而处在动态变化和再生过程之中，"民族"文化越来越面临与多元文化共存及对话的现实。从这种意义上说，"自传性写作"就有必要转化成"中间状态"的写作。

一方面，在现代民族国家，多元文化彼此混杂与融合使"身份认同"不再仅仅局限于种族、民族、地域和宗教意义上的"初级性认同"，也不应该强化这种认同。任何意义上的作家作为"人类灵魂的工程师"，都应该能够超越"一己之私利"或超越专为某一特定群体服务的创作理念（"一己之私利"是强调他们的写作没能跳出为单一群体服务的创作模式），而应该以一种"公民性认同"作为观照世界的视角，作为创作取材的视角，作为作品表达思想境界的视角，这就要求作家必须具备超越于单一民族的心胸和情怀，或者能够将自我民族面临的当前问题置于人类整体社会的发展逻辑之中去思考。另一方面，文学是一种思考人类命运与各种终极命题的特殊形式，感应着人类整个社会的呼吸和呼唤，即使是个体生命或心理的浅吟低唱也不时回荡着源自人类集体的苦闷与焦虑，即使是表面上看起来是反人类、反群体的叛逆性、"荒诞性"的写作，其实在文学的精神底蕴与价值取向层面也渗透着对人类困惑与未来走向的共同思考，只不过是以另一种形式来思考而已，反叛是为了更好的认同，认同借助于反叛得以凸显。由此而论，对"自传性写作"来说，如何实现由"自传性写作"向"中间状态写作"的过渡，并在过渡中培养自己的"文化自觉"，开辟出"第三空间"，应是人口较少民族作家着力思考的问题。

第四章　当代人口较少民族文学的民间话语资源或"再民间化"

新时期以来，在文化全球化趋势加剧，本土/全球、传统/现代、边缘/中心等多元文化之间日益碰撞、竞争与融合之时，人口较少民族场域内的民俗传统、根骨观念、家园意识、身份认同等问题渐趋凸显，时代精神与民族意识的彼此碰撞，传统生产（生活）方式与现代生产（生活）方式短时期内的难以兼容，城市化进程与民族传统社会秩序的矛盾和冲突等，导致人口较少民族的文化处境比中国其他少数民族更为严峻，更为恶劣。有学者曾指出，人口较少民族因其本身社会发展的滞后性（即远离人类社会发展的主流），是在自身社会经济发展并无现代化要求、世界观尚处于蒙昧状态的情况下遭遇现代化的。他们只有在人数相对较多、发展相对较快的民族的推动下才能走上现代化道路。因此，在走向现代化的过程中，人口较少民族传统文化所受到的外来冲击远较其他民族更为强烈，他们的文化流失问题也更为严重。[1] 特别是商品消费逻辑和娱乐文化作为一种"宏大叙事"在人口较少民族地区的长驱直入和无孔不入，严重破坏了人口较少民族传统文化的生存语境与生态平衡，其原本根基或根源意义上的文化符号、族群象征符码及其文化功能持续遭受庸俗化、平面化与商业文化逻辑侵蚀而日趋与传统渐行渐远。由此，对民族文化现代转型的犹疑和民族身份的不确定，成为新时期至新世纪以来人口较少民族作家面对民族地区现代性发展的基本心态。受这一创作心态的影响，一种以民族身份建构为价值导向，以文化原乡为精神底蕴，以民间话语资源为叙事题材的文学的书写趋向日渐清晰，并日渐成为当前人口较少民族文学的书写常态，表述着一种典型的文化寻根或身份确证情结。

---

[1] 方铁：《关于西南少数民族传统文化的抢救、保护与开发》，中华孔子学会、云南民族学院：《经济全球化与民族文化多元发展》，社会科学文献出版社，2003。

从当前的情况来看,全球化和现代化对各人口较少民族来说,首先意味着社会经济结构的全面转型和调整,意味着社会运行机制的科学化和理性化,意味着民族文化的现代化、多元化。长期生活于诗性思维传统之中且已在该文化传统内形成相对稳定的价值观、生活观以及行为准则的人口较少民族群体,面临着如何调适传统文化与现代多元文化、经济发展与身份维系、城市化进程与传统生活方式等诸多矛盾或难题。而这些亟须解决的矛盾或难题直到目前仍存在不尽如人意之处,家园的破败与文化的减损是这些矛盾的外在显现,随之而来的自然是"文化乡愁"的冲动。乌热尔图在《雪》一文中对此做了隐喻化地揭示。"森林"本来是鄂温克人的生存家园,寄寓着他们的文化根脉,随着工业化进程加速和森林开采步伐加快,日甚一日地危及鄂温克人赖以生存的家园,他们的文化认同问题也日趋紧张,"我眼睁睁瞅见从神像的眼珠挤出了眼泪,还有股血水从神像的嘴里咕嘟咕嘟地冒出来。我一下傻了,觉得自己像一片树叶,没有了根基,失去了依靠,漂落在河面"①。短短几句就将鄂温克群体的文化乡愁展示得一览无遗。文本所一再强化的"自己像一片树叶""没有了根基""失去了依靠"等无不是因身份流散而引发的乡愁冲动的典型表征,"飘落在河面"也就成了失去根基或"母亲"般温暖的隐喻。撒拉族诗人撒玛尔罕在诗中以"不知道我是谁的黑头白羊"道出了小民族群体在现代化语境中的"乡愁":② 诗人以"不知道我是谁的黑头白羊"隐喻着对文化身份的困惑,对民族归属的忧虑,对生活无助的担心。也正是出于对外来他者文化的质疑或不信任,以及对自我民族文化寻根和民族精神张扬的需要,当前人口较少民族作家不得不以"向后撤"的书写姿态,试图从本民族文化传统中汲取身份认同的文化资本,以期在全球化时代的多元文化冲击面前维系原本明明白白、清清楚楚的民族特性(从很大程度上说,所谓的"明明白白的民族特性"也只是人口较少民族作家的想象性话语构建,纯粹、同质、单一的民族身份并不是也不可能是一种理想的存在状态,也不是他们族群身份的现实状态),以彰显"自我"与"他者"的明晰界限。在这一过程中,人

---

① 乌热尔图:《你让我顺水漂流》,作家出版社,1996,第39~40页。
② 撒玛尔罕:《我是谁的黑头白羊》,《雪莲》2013年第1期。

口较少民族作家普遍沉溺于对民间话语资源的再叙述或再建构之中。

尽管从表面上看，当代人口较少民族文学也时常表现人口较少民族在现代性进程中的彷徨、挣扎和苦闷，表现他们在城乡冲突状况下的无所适从感和无处为家感，表现他们对外来现代生活方式的欲拒还迎、欲说还休的矛盾心态，表现他们对生态环境破坏、空气污染等问题的痛心疾首，表现他们现实生活的艰辛与对未来发展的担忧，甚至也以"去族裔"方式关注个体的生存困惑或人类心理的现代性焦虑问题等。但是，对于人口较少民族地区的现代性及现代生活方式的质疑和防御姿态，对于民族文化传统的依恋和缅怀心态，对民间文化精神、伦理道德及价值观念的神圣化、图腾化，却是其文学叙述的基本主题。基于这一叙述逻辑，民间话语资源成为人口较少民族作家在建构自我认同和重塑民族形象时最为主要的文化资源，这样，民间话语资源如民间历史/传统（包括民间英雄传奇、族群起源、部落迁徙、民间禁忌、民间故事、民间历史、民间传说等）、民间宗教、民间神话等便作为一种"元叙述"参与到了人口较少民族文学的形象塑造和身份建构过程中，甚至成为人口较少民族文学精神言说和彰显群体价值维度的基本标尺。笔者也将这一书写现象称之为"再民间化"现象。

从某种意义上说，当代人口较少民族文学所竭力张扬的民族性特质和地域特色其实就是对民间话语资源的"再民间化"书写或改写。无论是对民间历史或迁徙历程的诗意描述，对历史/传统或英雄业绩的深情缅怀，还是对民间宗教禁忌或仪式的醉情展示，抑或对民间神话/传说的艺术再现等，都为当代人口较少民族文学的民族精神的自我表述和重塑提供了丰富的话语资源，并使之承载着人口较少民族深厚历史情结或身份归属意愿。或者说，怎样以传统文化的在场来纾缓现代性的挤压，释放本民族内在的精神焦虑或心理紧张，在"流散"中梦回想象的"家园"，以维护乃至凸显本民族的身份特征，成为当代人口较少民族文学对"民间话语"一再重述的基本出发点与意义原点。当代人口较少民族文学对民间话语资源的审美建构在其实质上是一种建构民族性与重塑民族形象的方法，是一种通过对传统的重新记忆来干预现实的方法。通过这一方法人口较少民族作家才能在现代性逻辑中加以文化寻根和身份重建，而不是仅仅局限于对文学叙事风格的塑造与文学通俗化的张扬。

总体来看，随着全球化语境下人口较少民族文化解体风险日趋严峻，民族形象遭遇误读或误解风险日益加剧，作为对民族身份认同与建构的一种表意策略，作为对全球化及多元文化的自觉反思及质疑的文化镜像，当代人口较少民族文学越来越重视对民间话语资源的再叙述，甚至对民间历史/传统、民间神话、民间宗教等加以神性"赋魅"或浪漫化想象，由此形塑出当代人口较少民族文学"再民间化"书写的文学形态，这一文学形态也潜匿着独特的审美特质及文化品格。

第一节 当代人口较少民族文学对民间历史/传统的审美构建

当我们对当前人口较少民族文学加以整体状况的把握和具体现象的分析时，可以发现它们普遍存在一种浓厚的怀旧意识以及对民间历史/传统执着构拟的书写现象。在一定程度上，当代人口较少民族文学关于民族性、文化认同的审美想象以及与之相关联的价值立场、道德规约、伦理关怀等的基本理解都是以对民间历史/传统的诗意建构为准则的，并以此作为人口较少民族理解自我与他者、传统与现代、本土与多元、人与自然之间关系的价值坐标和文化镜像，并使之成为人口较少民族作家反思与判断现代性遭际的一种精神背靠与价值依据。面对着现实生活中多元文化挤压以及由此而生成的现代性焦虑是人口较少民族作家对民间历史/传统加以诗性回眸的根本动力，在重回民间历史/传统的过程中实现对族群现实生活的想象性干预与缓解现代性焦虑是人口较少民族作家重述民间历史/传统的最终目的。在这里，当代人口较少民族文学对民间历史/传统的当下在场状况及其文化意义的一再阐释及其诗性赋魅，其实就成了人口较少民族作家在文化记忆与现实焦虑双重缠绕状态下的一种身份再造和精神救赎行为，这也从根本上决定了人口较少民族文学的精神向度和审美建构模式以及读者对这种书写现象进行阐释的基本框架。笔者亦曾将这一"追溯本民族种族起源、诉说本民族迁徙历史、再现本民族图腾崇拜、反映本民族宗教信仰的基本叙事主题或叙事现象，其文本蕴含着浓厚的历史意识和普遍性的家园皈依思潮"的文学书写现象命名为"重述历史"现象。①

1. 民间历史/传统的当代阐释

文字的匮乏或书写传统的薄弱，使源于并传承在人口较少民族群体中的"民间历史/传统"成了他们最完整的文化体系，成为他们最为"在兹念兹"的文化之根。在这里，所谓的"民间历史/传统"即为传承在人口较少民族群体中的民间英雄传奇、族群起源、部落迁徙、民间禁忌、民间故事、历史传说以及其他与之相关的仪式、规约或观念等，不仅为人口较少民族群体的现实生活秩序提供根基性、经验性的行为规范和心理规约，形塑且规范着人口较少民族群体的日常生活与行为向度，是人们处理共同体内、外部一切事务的基本价值参照，而且作为一种"深层结构"规定了人口较少民族文学的基本精神走向及审美叙事的价值尺度。或者说，一旦人口较少民族文化遭受外来他者文化的干预或"入侵"，"民间历史/传统"会作为一种天然屏障成为他们安身立命的基本精神背靠。由此可以看出，当代人口较少民族文学对民间历史/传统的表意实践，其实背后潜隐着一个不言而喻的话语症候——当由他者书写的"大历史"已危及人口较少民族的现实生存与文化身份、当现代性作为一种"宏大叙事"取得整个社会的合法性叙事且影响到人口较少民族文化的完整性之时，对于人口较少、文化存续能力较弱、现代化发展意愿尚不甚强烈的民族来说，因现代化、工业化快速发展而带来的生态恶化及环境破坏问题与因强弱势文化间的冲突所引发的民族文化解体问题的相互叠加，导致人口较少民族的身份流散问题在当前多元文化语境下可能更具典型意义。从这个意义上说，通过重述"民间历史/传统"的辉煌与梦想或哀悼"民间历史/传统"的解体与崩溃，并通过民间历史/传统的再次叙述以窥视民族现实生存的隐秘力量，成了当代人口较少民族文学在题材选择层面的主体症候。

鄂温克族作家乌热尔图的几乎所有文本都是以民间历史/传统的渐趋消解深刻表征着"身份流散"这一主题；裕固族作家铁穆尔的《童年》

---

① 关于当代人口较少民族文学"重述历史"现象问题的论述，请参阅李长中《"重述历史"现象论——以当代人口较少民族文学书写为例》，《民族文学研究》2011年第4期。原文在收入本书时有改动。

《遥远的黑帐篷》《北望阿尔泰》《焦斯楞的呼唤》《苍狼大地》《北方女王》《草原挽歌》《尧熬尔》，锡伯族作家傅查·新昌的《我们的父亲》《父亲之死》，土家族作家祁建青的《最后一盘石磨》，怒族作家彭兆清的《最后的神井》、妥清德的《最后的一个部落》等作品，其题目本身就是在彰显人口较少民族的流散体验。也正是源于"像一片树叶"（乌热尔图在作品《雪》中所设置的隐喻）这一强烈的流散体验和现代性生活经验，当代人口较少民族文学才一再诉说着向民间历史/传统回归的意图以及渴望以此为镜像重塑身份的可能。就此意义而论，当代人口较少民族文学对民间历史/传统的审美建构，其实是多元文化语境下唤醒族群记忆、凝聚族群合力、建构族群认同、重塑民族形象的一种方法。作为人口较少民族的作家，为了在现代多元文化冲击面前彰显和维护内在的族群情感和族群记忆，为了使本民族文化传统不至于因为自身的弱势或边缘而解体或退场，他们的文学创作便很自然地以追溯本民族种族起源、诉说本民族迁徙历史、再现本民族图腾崇拜、叙说本民族英雄传说、记述本民族独特而漫长的发展历程等范式或方法，建构出独属本民族的辉煌"过去"，标示出与他者的区别，从而在与他者相遇中取得与他者交谈的文化资本，并通过选择符合本族群心理情感的意象和故事叙述而将其象征化，进而建立起与本族群自我认同意识相勾连的复杂象征体系。萨娜在《阿西卡》中借人物之口强调："去寻找他们吧（'他们'即'祖先'——笔者注），找到了他们也就找到了你自己。"[1] 在这里，人口较少民族作家对民间历史/传统的执着建构，既不是着意于对民间历史/传统的真实再现，也不是偏执于民间历史/传统的后现代意义上的"戏说"，而是蕴藏着一种"民族寓言"性质上的价值诉求。但是借历史/传统记忆来医治身份流散意义上的现代性创伤，意味着一种文化寻根之举，是人口较少民族作家在本民族历史/传统渐趋解体之际而激发出的重建民族共同体的努力。一如敖蓉在《神奇部落》中借助尤日卡之口所说："一个民族怎么可以没有自己的史册呢？最起码我们也得知道自己是哪个民族的后裔啊。"[2] 在这里，"寻根"即为"寻找民族文化之根"，民族文

---

[1] 萨娜：《阿西卡》，《钟山》1999 年第 5 期。
[2] 敖蓉：《神奇部落》，《江南》2013 年第 5 期。

化之根无疑是本民族群体内部享有的共同文化、历史和祖先,它可以为一个民族提供稳定、连续的意义框架,可以把一种想象的一致性赋予殖民统治者所肢解的民族文化。① 当代人口较少民族文学在选择民间历史/传统作为一种话语表征之时,并不刻意于创作题材的"纯粹美"或康德意义上的"审美无功利性",而是强调其承载的文化意蕴和寓言化意义,是对本民族原本意义上的存在方式和历史文化的尊重与向往,以此作为观照现实和重新建构本民族文化身份的价值标尺。

当代人口较少民族文学对民间历史/传统的再阐释其实是在赋予阐释对象以新的生命。或者说,这一新的生命是在新的文化语境下通过对民间历史/传统的不断修正和补充来完成的。东北"三少民族"文学对"狩猎历史""萨满传说"等族群象征物的一再彰显,撒拉族文学中普遍存在的"迁徙母题"或"图腾情结",裕固族文学对尧熬尔历史的执着探寻和眷顾,西北边疆人口较少民族如塔吉克族、塔塔尔族、乌孜别克族文学等对游牧历史/传统的诗学建构,锡伯族文学对"锡伯西迁"的持续阐释,西南边地人口较少民族如景颇族、毛南族、德昂族、仫佬族、阿昌族文学对"创世传说"等的倾情描述,无疑都是在建构当前民族认同的形象化显现,并以此来强化现代性语境中自我民族的身份建构意识。在这种情况下,当代人口较少民族文学往往以民间历史/传统的象征符号作为建构身份与重塑族群记忆的方式。由此而论,在"民间历史/传统"中寻求精神救赎与灵魂归宿无疑是人口较少民族作家对本民族群体现实生活状况的一种话语重构及生活愿景的表达。当代人口较少民族文学执着于民间历史/传统的审美书写,在更深刻的意义上也是对民间历史/传统的一种"发明",即民间历史/传统的审美叙事是为人口较少民族的当下生存确立一种观照、评价标准,乃至设计现实的问题域。殷曼楟认为,民族认同的建构与"时间性"密切相关,"过去"往往成为精英知识分子从中寻找合法性的基本资源。② 现实生存越是焦虑不安,当前面临的问题越是困惑不解,"过去"就越成为安逸宁静的隐喻,回望"过去"就越能给人以安全感与归属感。这一点,也许是当代人口较少民族文学

---

① 张立波:《后殖民理论视域中的东方民族文化身份》,《广东社会科学》2004 年第 5 期。
② 殷曼楟:《认同建构中的时间取向》,《南京大学学报》2006 年第 5 期。

对民间历史/传统一再回眸和诗意建构的意义原点。换言之，当代人口较少民族文学不仅因为与民间历史/传统的深刻关联而在叙事层面呈现出一种厚重的历史意识和寻根情怀，更因其对人口较少民族现实生存状态的焦灼思考而具有一种强烈的"以血书写"或灵魂书写行为，是人口较少民族作家出于对关涉本族群历史存续与未来发展问题而进行的祭出整个生命的书写行为。在这里，"民间历史/传统"作为当代人口较少民族文学的"凝聚性结构"，为人口较少民族如何面对他者提供了一种基本的阐释框架和观照视角。

当代人口较少民族文学对民间历史/传统的叙事建构不仅是出于对民间历史/传统的尊重与敬畏，更是人口较少民族作家在由历史与现代的剧烈变迁所引发的文化、情感、心理等种种遭际后采取的一种防御性或反思性的文化认同方式和价值担当的审美选择，是他们在面对强势文化挤压状态下采取的一种被动却积极的叙述立场和价值导向，旨在通过对民间历史/传统的执着叙事或记忆来消解现实状态下的族群焦虑。从这个意义上说，人口较少民族作家借助于民间历史/传统的再叙述是为了让民间历史/传统变成具有改变现状之潜力的"文化酵母"，使之成为化解他们现实语境下日益严重的认同危机的精神资源。对于文化危机意识日趋严重的人口较少民族作家来说，只有在民间历史/传统的诗意想象中，他们才能重新恢复先前和谐、圆融的生活记忆，才能在辉煌的过去中安放焦虑不安的灵魂，才能从民族不断迁徙的历程中探寻支撑族群生存的文化密码。

2. 民间历史/传统的诗学想象及其重构

作为有语言而无文字的人口较少民族（即使是有本民族文字的人口较少民族，也都拥有大量鲜活的民间口头传统），民间历史/传统往往是以口头文化的形式来记载、传承和延续的，民间历史/传统就成了一种需要不断阐释、不断重述并能够不断增殖、不断丰富和深化的产物。同时，由于民间历史/传统始终是溶解在人们的日常生活或生产生活过程之中的，是他们生活中的有机构件，这就必然导致他们的民间历史/传统参与着"想象的共同体"的建构，发挥着凝聚族群意识的基本功能。一旦人口较少民族作家面临他者文化的强烈冲击或身份定位受到威胁而试图寻求缓解心理或精神压力，以及重新建构新的身份话语的时候，自我民族的民间历史/传统便会作为一种根基性的精神资源或他们赖以支撑的力量，而影响到他们文学书写的审美格调、言说方式、讨论的问题域，并影响到当代人口较少民族文学的题材设置，"有意味的形式"建构，以及母题、语言、文体的选择或技巧的运用等，构成了当代人口较少民族文学的地方性知识特征和极富民族特色的艺术风貌，使之成为中华多民族文学格局中一种重要的文学类型。各种极具地域风情和民族特色的神话传说、英雄传奇、波澜壮阔的迁徙历程、浓郁多彩的历史事相、生产生活惯习等，既是读者审视和阐释当代人口较少民族文学民族性的基本视角和关键词，也是读者触摸人口较少民族文化根基最直接、最丰富的民族性知识景观。其实，对于以汉语写作或以汉语写作为主的人口较少民族作家来说，他们的读者预设往往是那些能够读懂这些文本的群体，这一群体在一定程度上可以说是以汉族读者为主体的其他较大民族成员。当代人口较少民族文学以独具特色的民间历史/传统作为表意对象，同时也是为了使他民族读者能够以"同情之理解"态度来面对人口较少民族的民间历史/传统，这无疑是一种"想象的共同体"的建构策略。例如，撒拉族民族共同体的形成是东迁的结果，当代撒拉族文学经常对"东迁历史"中的"骆驼泉"传说加以回溯，以此去触摸族源，建构认同，"注定魂魄附在驼峰/血肉融入驼蹄/苦难与驼队同行"[①]。而在当前的锡伯族文学中总是集体无意识地书写本民族的西迁历史，如郭基南的《流芳》，佟加·庆夫的《大山辙路》《马背上的琴声》《锡伯井》，傅查·新昌的"锡伯族西迁系列小说"如《大迁徙》《父亲之死》《我们的父亲》，佘吐肯的《察布查尔畅想曲》等，都是以锡伯西迁历史为叙事背景，再现西迁路上苦难但更多的是民族精神的历史画卷。那些对锡伯族传统或历史不了解的他民族读者则可通过这一叙事题材来建构对锡伯族的认知和认同，二者间的视域融合无疑是一种理想状况的期盼。也是在此意义上，达斡尔族作家自20世纪90年代以来就一直致力于民间历史或历史人物的文学书写，如额尔敦扎布的《凌升》、胡格金合的《达斡尔故事》、凌申的《达斡尔酋长》、吴玉的《骁郎与岱夫》、赵国安的《没有墓碑的墓》、孟晖的《孟兰变》、孟和博彦的《达米家族的毁灭》、

[①] 撒玛尔罕：《家园撒拉尔》，《民族文学》1998年第11期。

赵国安的《东迁》、萨娜的《多布库尔河》、达拉的《白手帕红了》、晶达的《青刺》等。民间历史/传统通过文学叙事的方式而升华为多民族国家文学结构中具有独特文化韵味的审美景观,这种审美景观又因附着于具体的民间历史/传统而理想化为人口较少民族认同的身份镜像,二者在知识谱系内的逻辑勾连使得当代人口较少民族文学在进行诸如民族迁徙历程展示、祖先创业功绩书写、种族起源故事回眸等时实际上是在为其他民族读者提供一种规训或阐释框架。

由此而论,当代人口较少民族文学由"老人"这一极富阐释空间及象征意义的人物担任叙述者或文本的故事讲述者问题,就不能不引起我们的深思。"老人"是人口较少民族文化或民间历史/传统的创造者、参与者、维系者和传承者,以"老人"来讲述故事隐含着人口较少民族作家对往昔历史/传统的神性缅怀,也表述着人口较少民族作家在现代性语境下的"根源"寻找意识。裕固族作家安玉玲的《我永远的萨满外公》一文,通过"一个熟谙尧熬尔民族社会历史、民族风俗、天文地理、宗教信仰等多方面知识的民间学者;一个熟悉尧熬尔民族文学各种体裁诸如神话传说、史诗、叙事诗、歌谣、民间故事、民间谚语的民族游吟诗人"①的"外公"杜曼·艾勒迟来讲述故事,完整而真实地再现了裕固族的历史与现实、荣耀与忧思。毛南族作家莫景春的《石头深处是故乡》(《民族文学》2012年第7期)以"这是流传于每个上年纪的老人嘴里的故事"开头,讲述了"先辈们"是如何创建毛南山乡的历史,并以"爷爷"讲故事的方式呈现出毛南山乡的变迁历程。《石头深处是故乡》的叙述者对民间故事的诗意言说其实是在建构和书写本民族的"小历史",这种"小历史"才是当代人口较少民族文学一再重述民间历史/传统的根源。乌热尔图的《丛林幽幽》《你让我顺水漂流》等作品大量穿插诸如传说、神话、歌谣、民间故事、民间习俗,甚至出现民族志、民俗志以及人类学文本,其实也是以此种方式来达到缅怀"老人"及其所代表的传统。达斡尔族作家萨娜的《阿西卡》《有关萨满的传说与纪实》《蛇》《伊克沙玛》等也是在"老人"的跨时空叙述中穿插大量的民间历

---

① 肃南裕固族自治县《裕固文艺作品选》编委会:《裕固族文艺作品选》(散文卷),甘肃文化出版社,2007,第71页。

史/传统书写来思考民族当下生存的精神资源,追溯以萨满为标志的民族灵魂。裕固族作家铁穆尔的《北望阿尔泰》的叙述者是"记录者"、《苍狼大地》的叙述者是"采风者"、《失我祁连山》的叙述者是"调查小组"成员。铁穆尔文本叙述者的上述身份选取有助于通过寻访、记录、聆听等诸多方式较为完整地呈现"老人"及其讲述的故事,从而达到追寻民族迁徙历程,回顾民族英雄的丰功伟绩,缅怀祖先豪气冲天、拓疆开土壮举的目的,达到使他民族读者能够清晰而理性地认知和同情小民族历史进而给予小民族历史以平等、对话和理解的目的,达到通过"老人"讲述来追溯本民族的文化传统与重建身份认同的目的。也正是因为民间历史/传统作为人口较少民族的共同历史经验和共有文化形态,在多元文化语境下可以为人口较少民族提供稳定、连续和整体性的意义框架而成为一种文化资本参与到作家的文学书写之中,并成了重构人口较少民族族群记忆或集体记忆的主要资源,成了重建民族民间历史/传统的意象化展演行为。

另外,当代人口较少民族文学把民间历史/传统作为一种文化景观加以诗意表征和美学呈现,也是人口较少民族作家对本民族的传统与现实加以互文性思考后的必然选择。从根本上说,任何民族的历史/传统只有适应现实的需求并能在现实中寻求创新的动力才能得以存留、发展及壮大。同样,任何民族的现实只有在能够保障民间历史/传统拥有足够的发展空间的情况下才是合理的。所以,当代人口较少民族文学选择民间历史/传统作为文化景观给予反复叙述主要出于如下考虑:一方面,对民间历史/传统的诗意表征或重构是人口较少民族在现代性语境下重新确立自我身份,从而在与他者的差异性比较中实现本民族自由言说权力的文化资本,也是在现代性语境中重新建构认同的基本资源;另一方面,民间历史/传统作为对现实的干预性话语,当代人口较少民族文学对民间历史/传统的一再缅怀、追寻与回眸,其实暗含着一种强烈的"去往何处"的现实焦虑以及可能被他者所误读的深切忧思,所以,人口较少民族作家急切地要从民间历史/传统中发现那些能够支撑他们继续生存下去的精神力量和文化资源。一如撒拉族作家马丁所说:"撒拉族就其从东迁时的几十人发展成为现今的九万多人的民族,凭借了什么样的精神力量而没被周围的众多民族同化?我想答案不言而喻:就是凭借了在迁徙的路上形成的一种坚忍不拔、不屈不挠的民族精神。"① 蕴藏在民族精神中的"坚忍不拔""不屈不挠"等优秀传统遗产，不正可以为撒拉族人们解决现代性语境下的精神困惑、身份焦虑、心理迷茫等提供直接的参考答案吗？出于担心民族精神被误读，民族文化被肢解等问题的焦虑，普米族作家和建全的《梦幻家园》的叙述者一再通过对民间历史/传统的重述或再现而试图在传统书写中窥探本民族现实生存的隐秘力量，以保障本民族群体能够在与他者竞争或对话中维护自我民族的认同界线与边界空间，而不至于被他者所误读。

3. 民间历史/传统的道德化与道德化的民间历史/传统

当我们在知识考古学意义上窥探当前人口较少民族文学致力于书写民间历史/传统的诸多原因时，可以很明显发现与民族民间历史/传统格格不入的现代性决定了当代人口较少民族文学书写民间历史/传统的价值取向、道德指向与精神走向。传统与现代性之间的内在张力使传统与现代共时性被一种道德化的情绪所过滤，对民间历史/传统的文学书写异化为以一种极致的"怀旧"心态去建构的"审美乌托邦"，与之相对的"现代"则成为一种使人看不到前途的"绝望"化的生活前景，并对之加以质疑、抵制，甚至是反抗。也就是说，"现代性"作为一种隐性结构始终是人口较少民族文学对民间历史/传统执着构拟的必要在场，与"现代"相悖的"民间历史/传统"也就不断被这一隐性结构所规训而赋予"根"的意义。

任何民族的民间历史/传统都蕴藏在特定的生存地域，正是有了特定地域的界限才使得一个民族的文化和传统得以传承或延续，即使是"想象"中的地域也给人们以"根"的安慰和灵魂的皈依，这是王明珂意义上"根基历史"形成的基本条件。② 作为人口数量相对较少、生存地域相对狭小、生活生产方式相对单一的人口较少民族，他们的文化存续能力的先天脆弱性更使其一方面对维系或守护过去的语言、文化、历史、宗教、礼仪、禁忌等的意识更为自觉，也更为有可能使之直接参与到"想象的共同体"的建构过程；另一方面，当现代性以时间的同质性与

---

① 马朝霞：《歌颂精神家园的撒拉族文学》，《中国民族》2004 年第 6 期。
② 王明珂：《反思性研究与当代中国民族认同》，《南京大学学报》2008 年第 1 期。

共时性渐趋同化或消解各个边缘空间的差异性与地方性而导致空间内的文化解体、传统失落、规则瓦解,甚至空间本身也在瓦解时,人口较少民族作家往往会以对民间历史/传统的再叙述来维系本民族的文化属性和空间的意义完整性,甚至以这一空间内的文化属性及其蕴含的价值标尺去评估和抵御外在他者的干扰。这样,对民间历史/传统的文学书写有时也就可能变相成为反抗现代性的方式和途径。在这一问题的书写规约面前,人口较少民族的现实境遇与其文学书写之间构成什么样的知识序列,作家的审美言说是处在什么样的知识谱系之内,最终又形塑了什么样的知识话语及美学形态等问题,构成了对人口较少民族文学的民间历史/传统书写加以完整认识和窥视其背后复杂关系及语境的基本前提。

在文化人类学看来,特定地域内的自然环境与文化生态往往以最潜在的力量作用于特定地域内民族群体的精神生活,并使之形成一定的观念习俗及特殊的思维方式和行为准则等,这些因自然因素而引起的原生基质会以十分顽强的力量影响到这一区域内族群共同体内在的心理结构。对我国各人口较少民族来说,他们普遍生活于地理位置偏远、交通环境闭塞、人员往来稀少等地域,再加上他们的"人口较少"这一特别重要的问题,他们适应周围世界变动,特别是剧烈变革的能力相对不足,改造自然和征服环境的能力也远较其他较大民族脆弱(当然,也有他们固有的文化传统规约着它们与环境内在的一体性的原因),再加上长期以来存在的中心/边缘意识作祟,由此导致他们大都生存于环境非常恶劣,甚至不适宜人类居住的地方,温饱问题至今没有得以彻底解决(这是人口较少民族普遍存在的困境,如德昂族、独龙族、撒拉族、土族等)。但是,人口较少民族地区却普遍拥有较为丰富的、独特的地域自然资源,如水资源、森林资源、矿业资源等(也包括文化资源)。这些资源无一不是现代化发展所急需并首先要开采的资源。一旦人口较少民族被纳入现代性发展逻辑之中,他们的现代化就首先表现在资源开发和传统工业化的实施层面如森林砍伐、矿业开采、水电开发等。近年来,随着国家话语的"新农村建设"或"美好乡村建设"等工程的陆续实施,人口较少民族也被迫改变着他们传统的居住方式、生活习惯、生产方式等。尽管主流话语推进人口较少民族现代性发展的根本目的也是改善人们的生活条件,提高人们的生活水准、增加人们的经济收入等,但是由于这种

"自上而下"式的现代性推进有时超出了人口较少民族人们的承受能力,甚至从根本上导致他们与血脉相连的传统之间发生"断裂"(乌热尔图语)。这就出现了笔者所谓的"过急现代性"问题,许多与现代性初衷相违背的现象层出不穷。例如①:

表 4 – 1

主流话语	少数民族话语
"国家对大兴安岭地区的开发、发展和振兴高度重视。1964 年,第三次开发大兴安岭取得胜利(前两次开发皆因条件恶劣而被迫中途下马),并成立了大兴安岭特区。" ——《2007 年工作动态》,振兴东北网,2007 年 9 月 13 日	"我这颗鄂温克人的心,为历史流泪;如今又为现实流泪。" ——乌热尔图:《在大兴安岭的怀抱里》,《中国民族》2001 年第 1 期
"从 1964 年 2 月开发到现在,大兴安岭累计向全国贡献的商品木材近 11 亿立方米。不仅如此,生活在东北三省的人们或许还不知道,森林覆盖率高达 78.6% 的大兴安岭,每年创造的生态效益高达 1100 多亿元。" ——刘长杰:《大兴安岭的艰难时光》,《经济观察报》2008 年 1 月 28 日	"那些伐木人最大的炫耀是他们的采伐量,加上从失去控制的 20 世纪 60 年代开始,几乎在一夜之间,大兴安岭东侧涌聚了数十万盲目自流民,他们对自然环境的践踏,对森林边缘地带的灌木林地的灭绝,从未得到有效遏制。到了 20 世纪 80 年代,由于农产品的提价,破土开荒成了时髦的话题,也变为一些人寻求一夜之间暴富的疯狂行为。" ——乌热尔图:《在大兴安岭的怀抱里》,《中国民族》2001 年第 1 期

  从两套话语系统的并置来看,二者对同一现象的叙述语气及评价差异,彰显出不同民族面对现代性时的迥异心态,也透视出人口较少民族因生存空间的破坏而产生的惴惴不安却又无可奈何的焦灼心理,以及面对现代复杂社会无所适从而想要回归传统却不可得的迷惘意识,由此造成当代人口较少民族文学时常会以完全回归历史/传统的"向后看"方式刻意建构一种理想中的"乌托邦"。也就是说,若人口较少民族受到他者的文化干预或影响,他们在情感上的第一反应就是去想象一个没有他者的世界,或者渴望直接消除来自他者的压迫而维系纯净的自我,这种对现代性自觉或不自觉的防卫心态无疑会阻止人口较少民族融入并参

---

① 表 4 – 1 中的材料由浙江大学博士研究生陈珏博士提供,特表致谢!

与现代化的进程。有学人在评价基诺族文学时甚至认为,(基诺族文学一再表述着)"一切都在祖先定下的模式中行动,踏着祖先的脚印走,不仅使思想变成一块板结的化石,同时也是抵制外来文化影响的无形高墙"①的主题;达斡尔族文学重复叙说着远古先人的丰功伟绩;鄂温克族文学不断回响着那片纯洁、宁静、人与自然和谐相处的森林的声音;裕固族文学总是将未曾被工业文明污染的祁连山作为梦想生成的地方;毛南族文学也时常缅怀曾经"世外桃源"般的超越;等等。就此意义而言,当前人口较少民族的作家在建构民间历史/传统时很少能够克服书写时时常表现出的那种排他性的文化保守意识或文化中心主义意识,这一问题的显在表现就是:他们总是试图把本民族历史/传统予以非历史化或超历史化,试图把民间历史/传统理想化并以此作为他们能够安身立命的根基,试图把与民间历史/传统不相一致的现代性的所有一切都加以对立性看待并给予现代性以"污名化"处理。这些问题无不"反映了一种认为本民族文化和历史传统精神高于优于别人的居高临下的态度"②。从这个意义上说,当代人口较少民族文学所念念不忘的所谓民族"民间历史/传统"也是人口较少民族作家在多元文化冲击下为了重塑身份而建构的霍布斯鲍姆意义上的"被发明出来的传统"。但是,这一"被发明出来的传统"在安放了人口较少民族的漂泊灵魂和缓解着他们的现实焦虑的同时,却不期然在自己织的茧中"安于此茧中世界"③而忽视了外部"世界"正在从纵深处走来并向未来快速奔跑的现实。这些问题在当前人口较少民族文学中是非常严重的,短时间内难以看到能有所改观的前景。

民间历史/传统的道德化或道德化的民间历史/传统对当前人口较少民族文学而言其实是一体两面的关系。民间历史/传统与现代因为被一种"好"与"坏"的二元式思维所裹挟,当代人口较少民族文学的道德意向呈现出"一边倒"的美化、纯化民族民间历史/传统的现象,并出现以下症候:弱化或阻止人口较少民族作家个体想象力的升华和对生活的

---

① 陈平:《基诺族文学发展的独特道路》,《云南民族学院学报》1988年第1期。
② 王逸舟:《当代国际政治析论》,上海人民出版社,1995,第117页。
③ 以上是王明珂在"21世纪社会科学前沿理论与方法"国际研讨会上的发言,2013年3月30日于中央民族大学。

整体性观照，对生活复杂性的过滤，对矛盾解决方式的一厢情愿，对民族传统道德的一往情深或恋恋不舍，对现代生活方式或文化景观的犹疑痛楚或自觉抵制，对现代多重矛盾交织中形成的民族心理及情感复杂性的提纯过滤或刻意净化，对多重矛盾混杂中民族社会生活样态的抽象简化或肆意阉割，对本民族现实状况与未来发展的单向度思考或简单构拟，对当前民族地区各种矛盾问题解决得过于理想化及随意性，导致当代人口较少民族文学的民间历史/传统书写失去对生活的细腻感触与整体性体验，失去了对当前民族群体情感体验的理性审视，浮在现象表面或者浮在作家的主观臆想之中而缺乏深入而完整的生活挖掘与把握，文学写作犹如以民族题材填充作者预先设定的写作大纲。这就使当代人口较少民族文学对民间历史/传统的审美书写存在一个值得关注的现象：文本中的人物越是不停地对民间历史/传统加以寻找和认同，他们的身份离散或漂泊不定问题越是严重，越是渴望把重建民族身份的希望根植于对民间历史/传统的重新阐释之上，民间历史/传统的解体或陨落风险越是令人担忧。

一方面，对于人口较少的民族群体来说，问题的复杂性在于，由于人口较少民族在民间历史/传统基础上形成的思维惯性，缺乏进取与创新意识，对现代性发展无论是心理还是物质条件等方面都准备不足，文化自信不够，在传统或历史因袭的重担下形成的各种观念、心态、准则与规约并不能轻易改变自身的惯性而使之顺利走向现代化之路，并使他们容易满足于已有的生产及生活方式，而对外来文化却产生本能的惶恐、焦虑或反抗。因此，他们的文学叙事往往以追溯族裔的文化本源来建构并肯定各自族群文化的特殊性作为其一贯立场及叙述策略，并通过挖掘或阐释自己的民间历史/文化传统如失传的仪式、消失的语言、淹没的民俗、流失的族谱等，作为反对文化同化与重新连接自己文化源头、向历史/传统回归的基本依据。乌热尔图《清晨点起一堆火》中的给力克家族的巴莎老奶奶居然杀死了具有"未知的外来人的血统"的孙女特杰娜的孩子，而作者以巴莎老奶奶作为叙述者这一修辞手法的运用又为巴莎老奶奶的行为披上了某种合理性的外衣，暗喻着作者（或隐含作者）对这一行为的认可或谅解。这样，人口较少民族作家对民间历史/传统的二元式道德化过滤也就忽视了人口较少民族对现代性的创造性改造意义。

现代性在根本上并不是一种同质的现代性，而是传统与现代能够相互交融，继承与创新交流对话的现代性，同时也是多元性的现代性，不同民族、不同地域内的族群都有资格去探索适合自身特性的现代性模式，这样才能维系全球化多民族文化共存、多种发展模式互动的现代性景观。从这种意义上说，我国人口较少民族能否与如何根据自身的独特条件去探索适合自身的独特的现代性模式，使传统与现代、全球与地方、自我与他者间维系良性互动和多元共存等问题，变得越来越重要了。普米族诗人鲁若迪基在《萨雅寺》（《滇池》2007年第5期）组诗中对这一问题进行了较为深刻的阐释与揭示："每次把来人目送出办公室/萨雅寺就呈现在眼前/然而，我从来没有注意过它/似乎它的存在与我无关/今天，当我认真地在雨中看萨雅寺/那塔顶那风铃那袅袅的香火/还有连绵的远山……/我的目光被一点点吸了过去/我感到一只无形的手/在掏我的心/我不寒而栗/急忙收回目光/拿起一张报纸。"① 在本来的意义上，"萨雅寺"是普米族民间历史/传统力量在场的表征，是普米族存在的精神根基。诗人在现代性生活语境中却忽视了这一根基的存在，"从来没注意它"。然而，根基或传统并不是如身外之物可以"挥一挥衣袖，不带走一片云彩"般轻盈地随时拿起又随时放下的东西，而是作为一种"深层结构"或潜或隐地规约着现代性背景下人们的思想或行为。尽管诗人已生活在现代性社会里，享受着现代文明成果，面对传统即将或已然消失的命运，诗人还是感到如"一只无形的手"掏自己的心般的痛苦。诗人也偶尔想以"办公室""报纸"等这些现代性或现代人的生活方式来化解这种感觉。"拿起一张报纸"是否可以完全遮蔽民间历史/传统的在场，现代文明能否成为人口较少民族与传统决绝的基本资源并能够促使他们走向光明的未来？这是诗人的困惑，也是当前几乎所有人口较少民族都在面临和必须思考的困惑。

另一方面，一般来说，身份的定位源于过去的记忆，从民间历史/传统中寻求根源意义上的民族认同，是获得身份确立和群体记忆的基本资源。安德森认为，为民族立传一定是"溯时间之流而上"的方式。② 所以，民间历史/传统作为当代人口较少民族作家身份记忆的有效载体，其

---

① 鲁若迪基：《萨雅寺》，《滇池》2007年第5期。
② 〔美〕本尼迪克特·安德森：《想象的共同体：民族主义的起源与散布（增订版）》，吴叡人译，上海世纪出版集团，2011，第200页。

实是他们在现代性的时间体验和空间记忆中所建构出的"纪念碑",民间历史/传统中的人神共在、稳定的身份界限、人与自然和谐共处的原生态场景,以及在这一场景下形成的宗教观念、文化心态、宇宙意识等作为固定的价值原点成为当代人口较少民族作家讲述民间历史/传统的逻辑起点。在这种情况下,民间历史/传统就成了他们安身立命的根本,是他们融入内在灵魂的血脉。这样,缅怀民间历史/传统并力图从中汲取消解现实压力的叙事资源对当代人口较少民族文学来说,是具有一定的历史合理性与社会责任担当意识的,但作为一种基本的价值规约并以之作为指导民族未来发展走向的必由路径则是值得警惕的。事实上,在现代性快速推进背景下,任何民族都很难再回到一成不变的历史/传统之中,试图还原或复制单一、同质化的历史/传统原型的观念或想法,都是难以想象的。当代人口较少民族文学对民间历史/传统的集中书写并以此作为重建某种意识形态话语的文化资源之时,如何打破民间历史/传统对当代人口较少民族文学价值观念、书写立场、选材范围、审美意境等的规约或限制,使之走向真正意义上的现代性转型,也是必须思考的问题。这一问题不解决,当代人口较少民族文学要想真正成为中华多民族文学整体格局中的重要文学类型,真正进入中国文学史书写恐怕也是镜花水月。这样看来,如何重构一种基于民族记忆基础上的全球性视野,对人口较少民族作家来说显得尤为重要。

　　从根本上说,现代性在带给人们一种强势文化的挤压感之外,实质是民族精神在文化意义上的一种解放,带来的是文化的多样性和丰富性,其他弱势文化只有在这一多元文化语境中才能构建自身的文化经历,这本身就是对强势文化的一种解构或抗争。就此而言,当代人口较少民族文学对民间历史/传统的执着营构与美学再现,从表面上看,既是人口较少民族文学现代化转型的必然结果,是人口较少民族文化现代化转型的重要标志,是人口较少民族文学彰显自身独特书写优势和地方性知识特征的重要方式,也是人口较少民族作家民族意识觉醒和深化的一种典型表征。只不过,当代人口较少民族文学对民间历史/传统诗意表征的最终目的并不是从中汲取更好生存下去的精神力量,而是普遍表现出一种重新回到传统之中的意愿,是以传统来反对现代的书写倾向,这就必须引起我们的注意了。从这个意义上说,当代人口较少民族文学对民间历史/

传统的审美建构想避免出现对民间历史/传统与现代的双重道德化，实现由身份政治走向人道政治的过渡，无疑要有这种既能够立足本土又能够胸怀全球的全球性视野。以一种反思性、批判性视野来观照本民族传统，才能够积极参与现代性对话并使其身份建构永远在对话、谈判和协商之中。这一问题的解决才是人口较少民族群体的文化认同问题、身份建构问题等最终能够得以解决的根本之所在。

第二节　当代人口较少民族文学对民间神话的审美构建

在特定的政治生态或历史时期（如新中国成立至"文革"之前的漫长历史时间段），我国各少数民族文学也曾被遮蔽在政治话语或其他宏大历史话语的叙事之下，失去自我言说或言说自我的空间与机缘，或者被遮蔽与拒绝在他者话语的规约（准则）之外。即便在这种情况下，少数民族文学还是以其独特的地域文化、民族民俗风情、民族特色文化等地方性叙事资源，以一种"无意识"方式建构着不同于其他族群的身份特征，并使之以一种隐而不彰的方式潜存于中国文学的历史现场。新时期至新世纪以来，出于一种后发现代性焦虑，以"经济建设为中心"的现代性规划方案开始在中国整体社会生活中迅速展开，由经济现代性发展所引发的文化现代性也迅速推展到各边缘或少数民族地区，使他们的文化持续遭受着各种外来力量的挤压，人们的文化身份问题渐趋凸显，特别是全球化及多元文化浪潮的强力推进，对于各人口较少民族来说，更是存在着文化存续与否的切身体验。如何处理新形势下人口较少民族的传统维系与经济发展问题，如何重构一种适应新形势的文化身份认同或"想象的共同体"问题就显得尤为突出和急迫，特别是对人口较少、文化承载能力较弱的人口较少民族来说，在全球化及多元文化冲击日渐向纵深处展开的形势下言说由本民族"何去何从"问题所衍生出的"身份"及其身份叙事问题，也成了人口较少民族作家很难逃遁的"抗争宿命之路"。

也就是说，在现代性或全球化已被当今中国整个社会确立为基本的价值规约与行为准则，并已从整体上将中国纳入了全球化进程而再难以走回头路之时,任何一个民族(即使那些所谓的"主流民族")都很难真正规避或隐或显地表述民族认同或身份建构这一"再现的重负",都很难完全脱离现代性的言说逻辑或被现代性言说逻辑所裹挟的轨迹。在此类问题的基本规定性面前,人口较少民族作家在自己的文学书写中表述了什么样的民族身份,他们为何要致力于对民间神话的审美建构,这种建构形成了什么样的文本形态,塑造了什么样的审美品质,蕴含着什么样的阐释症候等问题,就成了我们必须思考的问题。

1. "文明冲突"中的神话赋魅

在文化社会学看来,每一个民族都有自身相对稳定的民族特性以及基于这种民族特性的对发展问题的独特理解,人们对幸福的感受或对发展的要求在不同民族那里表现出不一样的观点或看法。因此人们也有权利和理由选择及信奉自己认为合理的生活方式和发展模式,并以此来制定自己的生活规划或方案。对我国 28 个地处偏远、闭塞、传统力量强大且现代性发展意愿不强烈的人口较少民族来说,他们的社会发展意愿及其面对经济社会发展的态度及感受无疑不同于那些人口较多、发展意愿强烈的民族。从这个意义上说,人口较少民族,特别是其中只有几千人或上万人的民族的现代化进程应该有别于其他较大民族,其他人口较多族群要对这些弱小民族的发展问题、传统问题、现实困境问题等持一种包容、理解的平等态度,能够允许他们过一种不同于自身的生活。但是,当源于主流民族的现代性方案在借助于强大的经济、政治及文化支撑向各边缘民族地区扩散的同时却很难充分顾及或注意到人口较少民族生态环境脆弱、文化承载能力薄弱这一独特情况(实际上也可能是无意识的),进而仍然沿袭着资源开发、工业化、城镇化等诸如主流民族的单一性现代化发展思路,正如一位经济学家所说,甚至在"'九五'期间,民族地区各省区仍然提出以资源开发为主的发展战略,发展思路的重点仍然是实施发展能源和原材料工业为主的资源导向型工业化战略,但是却没有一个省区将少数民族自身发展问题作为发展战略的重要因素加以考虑,制定发展战略的基本出发点仍然主要考虑的是单一的经济发展因素"①。经济学家的语言不同于文学语言的夸张或修辞,而是对当前现实状况的一种科学描述和客观评介。由此可以看出,源于主流民族话语的这种现代性方案就没有充分照顾到人口较少民族地区经济发展与文化保存之间本应存在的内在的互动性、协调性问题,也没有充分考虑到作为人口较少的民族对现代性的承受能力,以及他们的现代性发展应该具有的殊异性问题。甚至可以说,人口较少民族的现代性其实是一种被强势话语裹挟着、强迫着的现代性。或者说,现代性话语在国家话语层面取得合法性的同时,却没有充分考虑到各边缘区域或少数民族群体对现代性发展的情感态度及接受程度,忽视了这些区域或民族对自身独特发展道路选择的"合法性",结果造成若干现代性的消极后果。他们的话语得不到彰显,他们的文化得不到维系,他们的权力得不到尊重,他们的身份得不到认同,在与蜂拥而至的强势文化冲撞中出现了难以规避的"文明的冲突"。

当代人口较少民族遭遇到的"文明冲突",并不是一种被笔者所建构的话语,而是源于对当前人口较少民族现实焦虑的深刻概括。"文明的冲突",一方面源于"全球化文化的趋同性"与"民族文化的地方性"之间的矛盾在人口较少民族地区的展开尤为剧烈这一现实。全球化既是经济、政治、社会形态的全球化,也是生产方式、生活方式、言说方式的全球化,同时亦是文化、文明的全球化。"要把必须超越的一切当做起点,由于要打破一个一直延续到当下的传统,因此,现代精神必然就要贬低直接相关的前历史,并与之保持一定距离,以便自己为自己提供规范性基础。"② 或者说,现代性最为根本的特征就是它的剧烈运动、变动不安的过程性、历史性,是以其强大的文化趋同能力在动态更迭中不断同化或者按照自身话语规则编码着其他边缘文明或异质文明过程,这是以静态自守、自我规约为基本特征的人口较少民族文化不愿面对却又难以抗拒的文化发展趋势。在这种情况下,全球化的话语掌控者在借助其强大的经济、文化与宣传能力而对其他弱势民族文化加以收编或趋同时,

---

① 胡鞍钢、蒙军:《我国民族地区现代化追赶:特征、效应、成因及其后果》,《广西民族学院学报》2003年第1期。
② 〔德〕尤尔根·哈贝马斯:《后民族结构》,曹卫东译,上海人民出版社,2002,第178页。

尽管会遇到各边缘文化或与之不同的其他文化的抵制或拒绝，甚至在某个时期会遭到边缘文化的强硬反驳，但是，长时间来看，在强势文化的持续性、剧烈变动性的逻辑进化过程中，各边缘民族文化因其诸多相关力量的弱小而很难有能力、有手段免遭强势文化的收编或改写命运。因此，小民族地方性文化纳入单一的强势文化逻辑之中的问题，目前看起来仍是难以完全避免的，这一问题在短时期内还看不到解决的办法。

尽管学界一直强调，全球化可以带来不同文化间的互动与交流，为各个不同民族共同体提供了区别于他者、界定自我的文化参照，并且全球化也可以刺激人口较少民族的民族意识觉醒，在被他者文化冲击过程中人口较少民族话语也可以借助于他者文化话语资源而能够对自我民族的文化加以现代性改造，并能够对全球化加以反叛或反动，从而形成一种"文化杂糅"状态。这其实是一种愿望或理想中的状态，在事实层面上却忽视了强弱势文化间因其双方话语权力的不平等而存在的交流阻塞或文化倾斜现象。也就是说，问题的复杂性在于，人口较少的民族由于他们的文化生成环境相对狭小，文化承载人口相对较少，文化创新能力相对不足，加之书面记载传统的匮乏等因素，在族群观念、社会制度、生活秩序等方面都有着自身相对稳定的法则和传统，并因其生存环境的偏远、闭塞、有语言而无文字等特殊情况使其文化能够一直维系着内在的连续性和自足性，使得他们的文化不会也不愿轻易地随着时间与历史的演进而主动接纳和吸收他者异质文化，特别是强势民族文化对他们的文化身份会产生根本性动摇之时，"自然环境决定着一个民族最初的也是最基本的审美习惯，这种习惯一旦养成，就像人的皮肤一样，长久地保持下来并渗透到人们精神的各个领域"①。这种与其生存环境息息相关的习惯使人口较少民族能够一直保持着民族文化的传承与发展，民族身份的稳定与统一。若然一旦面临"全球化文化的趋同性"与"民族文化的地方性"之间不可避免的冲突，无疑会导致人口较少民族文化对全球化与多元文化的反制并不是一种互动或对等过程，而是往往处于消极应对、茫然失措或被动防御姿态。而且，"文明的冲突"对弱小民族的影响还不止于此，例如，剧烈变动的社会结构、迅疾恶化的生态环境、快速解

---

① 朱伯雄：《世界美术史》（第一卷），山东美术出版社，1987，第 256 页。

体的文明形态、日益严重的生存困惑等。

另一方面,人口较少民族的"文明的冲突"还源于现代工业文明与传统乡土文明的冲突(对人口较少民族来说并不存在真正意义上的"乡土文明"。他们的文明形态基本上是以游牧文明、渔猎文明、耕作文明等为主,在此以"乡土文明"加以整体状况的概括,意在强调人口较少民族文明形态相较现代工业文明所表现出的另类特征)。美国学者赫克特在探讨多民族国家内经济较发达的多民族聚居区和较不发达的少数民族聚居区之间的关系时,提出了具有广泛影响的两种不同的发展模式:内部殖民主义模式与扩散模式。内部殖民主义模式强调核心地区对边缘地区的政治统治和经济剥削。扩散模式通过核心地区向边缘地区的现代化扩散,边缘地区最终会走向现代化。① 我国各民族发展问题虽然不能套用赫克特的上述理念,但是,当国家意志层面所倡导的现代化、工业化开发在带给各人口较少民族经济的发展和物质文明的历史性飞跃,使他们的社会历史形态大踏步迈入现代性阶段的同时,与之相伴随的,则是人口较少民族地区因其生态本身的脆弱性而普遍存在生态恶化、环境污染、人与世界和谐不再以及传统文明形态解体的风险或焦虑。这也是当前几乎所有人口较少民族文学都渗透着强烈生态忧患意识的根源所在。裕固族作家铁穆尔在《失我祁连山》中的叙述者甚至把自己称为"一个正在灭绝的种族的儿子";《失我祁连山》一再强化"几千年的游牧文明终于到了最后一夜",作为尧熬尔传统文化继承者的"黑衣歌手死了"等悲剧性氛围,就连《失我祁连山》的题目本身也弥漫着强烈的悲剧性意味。"正在灭绝的""失去的""最后的"等现代性体验其实是人口较少民族群体对生态环境退化的哀叹,是对工业文明与传统文明冲突的质疑或痛楚,更是对现代性发展过程中本民族文化将难以为继的忧虑。在传统文明形态基础上形成的极富民族特色的空间景观、风俗习惯、宗教仪式等民族性知识景观自然会在工业文明持续蔓延和播撒日益加速的语境下出现"最后的""失去的"等文化解体的问题,由这种风险形成的文明冲突也就成了人口较少民族群体当前最真实、最主导的现代性焦虑。裕固族文学、达斡尔族文学、鄂温克族文学、毛南族文学、独龙族文学、

---

① 王村河:《宗教与西部少数民族现代化》,兰州大学博士学位论文,2008。

德昂族文学、撒拉族文学、保安族文学、土族文学等，无不表现出对传统文明的向往和对现代工业文明的拒绝意识。工业文明与传统文明的冲突就这样在人口较少民族文学中成了此是彼非的二元对立式存在，由此人口较少民族作家普遍存在身份困惑或认同焦虑。对现实的困惑，对未来的不确定，对自我的怀疑，对他者的不信任，成为他们有关现代性想象的价值原点，也是他们有关现代性体验的基本症候，进而成为当前几乎所有的小民族文学都在刻意强化着"最后一个"或其他与此类似意象营构的根源之一。

　　总体而论，当前人口较少民族作家与全球化和现代性不期然相遇时的犹疑、不解、困惑、惶恐或挣扎，对日渐式微的传统生活场景和生活习俗的留恋、愧惜与不舍，对民族文化传统或族群历史渐趋解体的怀疑、抗争与救赎，对传统家园维系的意义完整感、身份连续感和民族归属感日渐解体的忧虑、茫然与不知所措，最终使"民间神话"成为当前人口较少民族文学一再叙说的话语资源，并使之成为人口较少民族群体的一种心理归属力量和身份确证资源，纳入了他们有关现代性与民族性想象的审美言说。或者说，当前人口较少民族作家对民间神话的审美言说其实是他们依据自身文化独特的知识谱系、运行规约、发展逻辑与现代性在他们的现实生活层面展开的复杂性特征，以及与其他民族文化之间存在多重关系相互缠绕情况下的一种身份确证。由此而论，如何重构一种精神和文化归属感意义上的"家园"或"根基"，如何通过重述那些留存在本民族群体心理深处且最能够彰显民族精神和民族性格的文化资源，以抵制或消解现代性力量对民族传统文化、生存空间、精神家园的全方位压力，才是当前人口较少民族作家对民间神话加以重述的根本。也就是说，对民间神话的一再重述就成了人口较少民族作家唤起民族记忆与族群归属情结的载体或符号并给予他们家园般的抚慰。

　　由于独特的生存生活环境、相对传统的生产生活方式、文化成熟期相对较晚以及本民族书写传统及文字的匮乏，几乎每一个人口较少民族都有他们的神话体系或神话系统，这些神话体系或神话系统借助于族群内部的巫术文化、宗教文化等而形成了独特的神性文化并一直存留在族群的心灵深处，这些神话文化或神性文化因其蕴含着族群共享的价值准则，记录着族群共同的生活经历，规范着族群共同体共有的生活惯习和行为禁忌，一旦当族群共同体遭遇到与其传统规约不相一致的诸多问题时，这些神话或神话文化会以一种集体无意识方式作用于人们对当前问题的判断或思考标准。从这个意义上说，当代人口较少民族文学通过民间神话的重述或书写可以标示出本民族种族起源的高贵、民族历史的漫长、民族精神的崇高、民族道德的纯净、民族力量的强大等，并通过这种言语方式或言语内容以标示出与他者的区别，从而在凝聚族群共识的同时建构出统一的族群身份认同。在这里，"民间神话"对人口较少民族作家之所以重要，就在于他们的种族起源、文化记忆、历史想象、宗教禁忌等都与他们的民间神话存在着或隐或显的内在勾连，"民间神话"作为一种根基性认同资源成为全球化背景下人口较少民族群体纾缓日益严重的精神焦虑的精神源泉。当前人口较少民族作家对民间神话的再重述无疑可以弥补他们现实生活中诸多的不如意或缺失的一切，例如，民间神话的尚德精神与当前传统道德的解体、神话世界中和谐的生态环境与当前严重的生态危机、神话人物的血性与胆识与当前族群的创造力匮乏或血性不足等，在上述这些日趋严重的矛盾冲突面前，他们无疑可以通过民间神话再叙述而达到对现实的想象性校正或补充。

就上述意义而言，当代人口较少民族文学的神话书写以其强烈的现实关怀、沉重的叙事伦理以及内在情感的真挚而彰显这一叙事形态的必要性及其对现实干预的可能性（从表面上看，当代人口较少民族文学的神话重述在现代性语境下越来越表现出一种游离于现实生活逻辑规约之外的叙事形态，显得不够"现实"）。隐喻着当前人口较少民族作家对"文明冲突"的焦虑和紧张，以及试图在对民间神话的文学重构中去追溯族群起源，确证族群归属，建构族群认同，探寻族群秘史并从而消除焦虑和紧张的知识愿景。

2. 神话的文学重述及其身份言说

人口较少民族由于长期与河流纵横、崇山峻岭、大漠戈壁、荒山密林等原生态环境为伍，普遍存在"万物有灵"观念以及建构在这一基础上的各神话体系或神话形态如创世神话、起源神话、洪水神话、诠释和征服自然神话等，这些神话都活生生地存活在人口较少民族的日常生活及民间口传文化之中。据王宪昭在《中国各民族人类起源神话母题概览》中统计，中国神话现在共搜集到1831篇，其中少数民族神话占到

91.09%。在这些神话中,光是人类始祖神话就有202种之多。① 多姿多彩的民间神话较为完整地保持了各民族早期的思想意识、社会风貌以及整个社会的日常生活形态,描绘了本民族先民在处理人与周围世界关系时的思维方式、价值立场、禁忌规约等,诸多的人类起源神话、洪水神话、竹生人神话、迁徙神话、动物神话(或神话体系)等,构成了各族群真正意义上的"百科全书"。尽管这些神话形态各异,但是,其所暗喻着的精神品质、道德原则、人格情操等不仅形塑了人口较少民族群体的基本禁忌和价值观念,而且作为一种价值准则和思维方式成为人口较少民族处理人与世界关系的基本依据,甚至作为一种原始法律指导或规范着人们的行为习惯、言说方式和人际关系,并因其对种族起源及迁徙历程的重复性建构,对民族心理和民族精神的执着叩问,对民族秘史和民族生存密码的一再揭示等,无疑可以为现实世界中存在诸多困境的人口较少民族群体提供生存需要的几乎所有资源。或者说,"神话"作为族群认同的相对稳定的象征符码或小民族认同的"象征物",不仅凝结着该民族的文化基本构件,建构着该民族的文化血脉,而且以"原型"方式影响着民族的社会生活、宗教信仰、哲学及习俗信仰等。

民间神话的道德规约、知识体系及其所具有的导向功能,对于当前亟须解决生存焦虑并力图寻找重新建构身份认同的精神资源的人口较少民族来说,存在着二者间的"视域融合",使民间神话成为当前人口较少民族作家一再自觉加以重述的根本动因。鄂伦春作家敖长福《嘎仙遐想》(《骏马》2011年第5期)的叙述者之所以说"作为鄂伦春人,多少年了,我梦想去完成一部阿娇儒神话",就在于"阿娇儒"是鄂伦春族的"祖母神",是她带领鄂伦春人不断迁徙,克服种种难以想象的艰难而最终生存下来且创造了伟大物质文明及文化传统,对于我们今天"研究民族文化史和人类文明史都具有重要意义"。然而,随着游牧生活的退场及鄂伦春人传统生产生活方式的改变,"先人创造的物质文化成果绝大部分已消失在历史发展的长河之中",鄂伦春文化传统至今处于被误读境遇,没能受到人们的重视。即使鄂伦春民族自身也有许多人不愿去了解他们的这段历史,特别是年轻人,"很少有人论述森林民族在我国历

---

① 王宪昭:《中国各民族人类起源神话母题概览》,民族出版社,2009,第1~10页。

史上的作用,因而人们都认为拓跋鲜卑只是一个游牧民族,并不了解其初原为森林游猎民族"[①]。出于还原民族历史真相的目的,《嘎仙遐想》的叙述者一再以时空交错的叙述方式对鄂伦春民族的族源形成、迁徙历程、文明创造等加以展现,目的就是从族群的保护神"阿娇儒"及其传统中寻找族群如何面对当下问题的答案并以之为现实生存的精神源泉。从这个意义上说,当代人口较少民族文学对民间神话的再叙述,其实是试图以民间神话所张扬的生命意识、伦理道德、生存法则等来消解或纾缓现代性语境下人口较少民族群体现实生活中诸如精神贫乏、心胸萎缩、创造力羸弱、族群认同感降低等各种问题。在傅查·新昌看来,锡伯族民间神话中蕴含着强烈的爱国精神、祖先崇拜精神、献身精神以及族群认同精神,是他创作时一直在考虑的如何通过自己作品向读者传达的精神。或者说,傅查·新昌对民间神话的审美重构在根本上是对神话隐含的上述精神的缅怀和向往,以及这种精神在当代社会存在的必要,这也是当代人口较少民族文学之所以一再重述神话的根本目的。

一方面,一旦面临着外在的身份压力,人口较少民族作家会不自觉地将民间神话重述作为缓解或消解现代性焦虑的基本负载物,这就是民间神话之所以成为人口较少民族作家言说对象的心理动机和题材选择的现实依据。另一方面,全球化多元文化冲击所带来的现代性焦虑又迫使人口较少民族作家无法停留和满足于对民间神话的民族志呈现和题材本身的简单陈述,而是试图通过对神话所隐含的道德观念、价值立场的重述或建构来矫正和评判现代性与民族性冲突所造成的多重价值混杂与重组、民族文化身份的转型或坚守,以及如何对全球化及现代性做出回应或抗衡的一种文化策略,以弥补神性退场后的身份困惑。达斡尔族作家萨娜在《有关萨满的传说与纪实》《野地》《天光》《阿西卡》《金色的草屋顶》等一系列关涉民族题材的作品中的神奇细节和情节几乎都是源于达斡尔族的民间神话故事。一些批评者认为她的这种奇幻的、神秘的写作是一种猎奇,是一种试图以陌生化题材来吸引读者眼球的猎奇。她解释说:"我在引用这些随手拈来的素材时,并不单纯为了增强故事的可读性,更重要的是想揭示人物潜意识深处的民族精神和尊严,以及善恶

[①] 敖长福:《嘎仙遐想》,《骏马》2011年第5期。

是非的传统观念。"①对萨娜来说,她之所以看中民间神话对自己创作的重要作用并不是因为题材本身的奇幻、神秘,而是出于对题材蕴藏的精神因素的重视。也就是说,对民间神话所蕴含的精神的挖掘或再阐释并以之作为本民族现实生存的精神或心理背靠,才是当前人口较少民族作家执着民间神话书写的集体呼声。敖长福的《嘎仙遐想》开头就回应了萨娜的创作主张:"如果你能和我们一起走进萨满神圣的祭坛,一起去遨游嘎仙洞这瑰丽的神话世界,就会通过扑朔迷离的宗教云雾,感悟到我们的先人在大自然威力下不屈的灵魂、顽强的生存意识、勇于开拓的内在原因。"②裕固族作家铁穆尔的《北方女王》中的叙述者在重述"北方女王"的神话时,直接吁请"北方女王"再次降临。乌热尔图的《丛林幽幽》也在张扬"人熊同族"的返祖意识。

　　面对现代多维文化对本民族文化传统日益严峻的同化和收编姿态,人口较少民族作家表现出对这一问题日益强烈的认同焦虑,他们不得不试图在文学的审美叙事中积极寻求自我建构的可能途径,并力争通过民间话语的到场作为在文化混杂语境中直面现实生存与历史游移的价值坐标,从而使完整、稳定的民族身份得以"想象的完成"。在这里,选择族群共享的神话叙事作为现代身份问题解决的积极性替代,成了人口较少民族作家以本土文化经验和地方性知识来治愈自身创伤的主要精神资源。并且,作为族群的智慧性叙事文本,民间神话对人口较少民族来说,"可以被理解为一种记忆形式,或者一种纪念形式,用来认识过去或者体现过去——或者可以被理解为对已逝者的敬意"③。就此意义而言,民间神话对人口较少民族作家来说又并不是一种知识形态的话语,而是以此作为"信念以及价值、规范、信仰和情感决定着对知识的筛选、过滤、传译、扩散和行为表达"④。鄂温克族作家乌热尔图的《丛林幽幽》(《收获》1993年第6期)之所以以"人熊同族"这一萨满神话作为重述文本,就是试图以猎人阿那金之子"额腾柯"这一熊神的再生来弥补当前

---

① 萨娜:《进入当代文明的边缘化写作》,《山花》2004年第8期。
② 敖长福:《嘎仙遐想》,《骏马》2011年第5期。
③ 〔美〕唐纳德·R. 凯利:《多面的历史:从希罗多德到赫尔德的历史探询》,陈恒等译,生活·读书·新知三联书店,2003,第25页。
④ 王曙光等:《神话叙事:灾难心理重述的本土经验》,《社会》2013年第6期。

鄂温克民族中存在的生命力萎缩和退化问题。"额腾柯""半截树桩似的，露着一身野气，结结实实杵在那儿"，"奔跑的动作如同出击的猎豹"。当他触犯禁忌与同族女孩同居而被族人惩罚时，"他憋足一口气，猛地大吼一声。这一声不同凡响，是地道的熊嚎，随着这声嚎叫，他头上的乱发、手臂、脊背的长毛一下子挓挲起来，如同一头被激怒的雄狮"。更为重要的是，十一岁的额腾柯居然可以"使一个脸上卧着皱纹的女人怀上了孩子"①。对有着自觉民族意识且在新时期初就率先感受和体验到现代性发展所带来的一系列与民族传统相背离的"消极后果"的人口较少民族作家来说，若以"向后撤"姿态退回到自己民族的文化传统中去，退回到未经他者影响而自成一体的原始意义上的文明形态中去，并以此作为他们反抗现代性的"批判的武器"，是他们在理智（理性）上难以认同的；若以"向前看"的开放包容姿态去主动而自觉地参与他者对话，积极参与现代性话语在本族群内部的播撒和推进，又是他们在情感（感性）上难以接受的。乌热尔图就是在这些短时间内很难调和的对立或矛盾中徘徊着、痛苦着并在痛苦中寻觅着、探索着。所以，他的作品就不是"单纯为了描述自己的独特的生活经历，表露个人没有实现的愿望和向往"②，而是通过对人口较少民族自身旺盛生命力与繁殖力的肆意张扬来透视民族生存的隐秘力量，"人熊同族"的寓言化书写也成了叙述者对民族根源的再次认同。毛南族作家孟学祥的《石殇》以八岁孩子——石头因被父亲打了一巴掌就成了"神"这一神话书写来思考资源匮乏、气候恶劣环境下自我民族的生存与发展问题。八岁的石头既通晓历史，又能预测未来。在石头为石山村人找到了水源、指明了生存之处后，"石山上的人家又在石旮旯中改造部分田出来，并在改造田的基础上修起了水窖，在水窖中蓄水灌田，从此再没有人家说要搬出去住，石山上的日子又开始鲜活和兴旺起来"③。《石殇》以积极的主体言说姿态，呼唤着新形势下民族"神"的再次降生并期盼着民族"神"能够为本民族现实生存的焦虑提供某种解决的"方案"，同时也隐喻着人口较少民族群体试图在对民族民间神话的不断阐释或建构中寻求自我民族参与

---

① 乌热尔图：《丛林幽幽》，《收获》1993年第6期。
② 乌热尔图：《乌热尔图小说选》"自序"，内蒙古人民出版社，1986。
③ 孟学祥：《山路不到头》，贵州人民出版社，2004，第14页。

"多元现代性"的话语资源问题，探讨人口较少民族地区的经济发展与文化存续如何协调并进的问题，并以此作为他们关于参与源于主流话语倡导的现代性对话的可能及其参与方式的思考。

就此意义而言，当代人口较少民族文学对民间神话的审美重述，无疑可以看作是在不同民族文化相互涵化问题越发凸显的现代性语境下民族文化身份再造与重生的问题。卢克·拉斯特认为，所谓"涵化""是指由两个或两个以上不同文化体系间持续接触、影响而造成的一方或双方发生大规模文化变异"①。由此看来，"涵化"其实是双方力量的较量和竞争，存在着一种在平衡中动荡，在动荡中重新寻求平衡的充满张力的持续性过程。就当前人口较少民族文化与现代性他者文化的存在现状而言，弱小民族文化被强势的他者文化涵化的压力正日益加剧，弱小民族文化能够与现代性他者发生双向"调适"并维系双向各自特性的文化涵化愿景却还遥遥无期。在这一特定历史时期，人口较少民族群体在全球化及多元文化语境下的困惑、焦虑、恐惧与忧心忡忡心态，使人口较少民族文学的民间神话重述成为人口较少民族作家对建构民族性或民族身份的"第三条道路"的探索，也使这一写作形式具有典型的寓言化特征。

3. 神话重述及其相关问题的思考

当代人口较少民族文学对民间神话的审美建构与其民族身份重塑的合谋，使之彰显出典型的地方性知识特征和民族性的话语形态，而他们的地方性知识特征和民族性话语形态又作为一种"文化亲密性"形塑着人口较少民族作家的民族意识和文化认同，"文化亲密性"对于我们认识当代人口较少民族文学对民间神话的再重述的意义在于：①当代人口较少民族文学的"神话"重述其实是在表述某种特定的文化身份；②"文化亲密性"揭示出人口较少民族作家对民间神话的再叙述是他们经历着现实挤压后的被动选择，是"大传统"与"小传统"之间发生剧烈冲撞而在文学中的审美再现；③当代人口较少民族文学在现代性多重矛盾中的自我呈现和社会展演过程暗含着一整套文化书写和历史表述的策略和修辞手段。以这种分析角度视之，当代人口较少民族文学的神话

---

① 〔美〕卢克·拉斯特：《人类学的邀请》，北京大学出版社，2008，第 74~75 页。

重述并不是针对某个单一群体的诗性言说,而是在"全球化"迅速播撒语境下对民族存续与身份确证这一"价值秩序"的建构和创造行为。

当代人口较少民族文学基于"文明的冲突"所造成的现代性压力及认同焦虑这一显在症候,对民间神话的审美重述不再执着于追求民间神话自身的真实性,不再强调民间神话来源的可靠性,而是以一种对比性立场来建构重振人口较少民族往昔辉煌与梦想的精神资源与价值系统(在一定程度上说,也是人口较少民族作家主观臆想的"辉煌与梦想")。撒拉族作家闻采在《街子三题》中重述了沉重而不屈的撒拉族神性历史,蕴含着对圣祖带着族人历经艰难跋涉寻找净土的敬仰,对"没有倾轧、没有凌辱,没有饥寒,没有祸端,能心安理得地打发光阴,能无所顾忌地朝拜真主……"神性世界的心向往之。同时又对当前一些"老年人"以宗教自由为幌子,热衷于教派纷争问题;对个别中年人抛弃传统生活法则和道德伦理,为了追求所谓的"幸福"不惜铤而走险,吸毒贩毒问题;对一些年轻人贪恋世俗的享乐,沉溺于酒色、女色之中不能自拔问题等,表达着无比的痛惜。所以,闻采在作品中一再对撒拉族民间神话加以审美重构,就是"为了挽回民族的颜面,强迫自己去想那些值得民族骄傲的另一面:迁徙撒马尔罕,血战桦林峰,板筏黄河浪尖,筑路唐古拉山……。"① 乌热尔图的《丛林幽幽》《萨满,我们的萨满》,萨娜的《野地》《骚扰》,铁穆尔的《北方女王》《尧熬尔之谜》等作品对民间原始本能的神性书写,对神性退场后民族精神缺失的痛苦呈现,皆是源于叙述者对民族特性消解风险的担忧,对最能支撑民族未来走向的能量缺席的隐痛。在这种情况下,从"民间神话"这一民间精神的传承载体中寻求符合当下急需的文化精神资源,以疗救人口较少民族现实的身份焦虑与生存困惑,无疑成为现代性语境下人口较少民族作家对民间神话加以审美建构的根本目的。

问题的复杂性也正在于此,当人口较少民族作家在以一种独白而非对话、倾诉而非交谈的自我民族视点和自我民族立场去观照本民族所遭遇的强势文化冲击与现代性挤压时,他们时常是将民间神话作为一个观照现代性的有效镜框,在民间神话的价值立场与道德标准与现代性话语

---

① http://www.chinawriter.com.cn,2003 年 07 月 29 日。

之间设置一个二元对立的评判模式来评判现代性带来的后果，这样，与民间神话的价值立场和道德标准不相符合的所有现代性后果都成了被批判的对象，进而成为质疑、抗争、拒绝现代性的口实或理由。在这一过程中，当代人口较少民族文学有关民间神话书写的民族立场就被置换为文化守成或保守主义立场，民间神话重述也就成了民族身份的塑造与建构的另类隐喻，并以此为标准作为他们质疑或反抗现代性的意义原点，进而成为他们在现实生活中面临诸多困惑或困境时所期许的社会生活愿景，所值得信仰的文化规约。由此，人口较少民族作家对民间神话的审美建构其实也是他们对民间神话及其族群象征物加以神圣化、诗性化，甚至图腾化的结果，是以与现代性截然不同的身份意识来重新塑造民间神话所蕴藏着的文化理想。在这里，民间神话所寄寓的本民族传统生活景观及文化镜像成了人口较少民族群体精神流浪后的诗意家园；而对人口较少民族的作家来说，对民间神话的文学重述也就具有了其他象征物难以取代的精神抚慰与道德矫正作用。

　　进而论之，当对民间神话的审美重述是以想象性的家园重构来抚慰因精神缺失和身份危机而处于痛苦困惑中的人口较少民族群体的精神缺失或身份困惑时，很有可能使人口较少民族作家在这种审美表述中呈现出一种在民族身份与公民身份、精神性与世俗性等之间设置一条泾渭分明的"楚河汉界"现象，阻碍人口较少民族作家在民族性、现代性、世俗性三者之间建构一种能够相互协商与对话的动态机制和平台，也难以建构出顺应全球化及多元文化语境下的族群身份认同模式及意义表达方式，这就出现了如拉达克里希南在研究印度少数族群的当下状态时所发现的现象。依据拉达克里希南的理论言之：当少数族群对现代性冲击下的民族文化处境不满时，通常会以一种文化原乡意识、以一种不加批判和反思的情绪对自己的族群展开诗意想象和无限认同，这样往往会产生几种结果：①对自我族群文化持一种文化本质主义意义的坚守态度，忽视了族群文化在现代性语境中的动态性、混杂性，将之永远本质化、纯粹化、非历史的"在那里"，甚至以文化民族主义心态极力建构一种族群文化的"博物馆"；②以本族群文化为镜像，对其他民族文化持二元对立的批判态度，认为本族群所有的灾难（"灾难"也有可能是他们所认定的"灾难"）都是由他民族造成的，对他民族无论在文化、社会等方面的文明形态都予以"污名化",无论从情感上还是从行动上都以反抗其他民族的"入侵"为前提,他们的文学自然以追溯本族群起源地,以消解由强势文化强加于自身的文化失忆症。① 一旦人口较少民族作家把凝聚传统文化记忆和民族精神的民间神话加以本质化、绝对化或本体化的赋魅与建构,其实就在时间和空间两方面同时拒绝或割裂了与其他民族文化在横向层面的指涉性关系及纵向层面的谱系性关系。

现代性的外发型与民族性的自守型、全球化时代的文化开放性与民族文化自足性构成了二者间的文化悖反。在这一内在逻辑的规定性面前,当代人口较少民族文学在民间神话书写中对于民族立场的坚持其实并没有什么值得大惊小怪的问题,问题只是在于,当代人口较少民族文学在坚持对神话的民族性叙事的同时,却遮蔽了现代性语境下复杂而多元的他者身份对自我民族身份的规约及形塑意义。目前,尽管一些人口较少民族作家已经能够理性地意识到应该以包容和接纳的方式来应对多元文化的冲击问题,但他们还很难真正从文学实践和文化想象层面去主动而积极构建现代性所必需的开放立场和多元文化心态,结果使他们既难以在传统文化根基处发现真正能够引领本族群良性发展的文化动因,又无法构建起合理性的现代性生活愿景。正是在这种彷徨、犹疑和挣扎中导致当代人口较少民族文学的神话书写往往沉溺于民族立场的表达与重大社会问题的关切,却无法将之与社会急剧转型背景下人口较少民族群体生命体验的深入开掘和人性深度的诗意呈现相勾连,文本氤氲着浓厚的情绪化、宣泄性的气息,很难创造出真正触动读者心灵的审美言说。一方面,当代人口较少民族作家对民间神话的审美书写是他们作为对他者文化强行收编或同化本民族文化的一种被动回应,是他们在现代性语境下民族身份/认同发生深刻危机时的一种文化救赎行为。在这一过程中,人口较少民族作家便将民间神话生成的原初语境以及这一语境内的文化规约转换为了评判当前现代性后果的价值标准或言说依据,将民间神话所蕴藏着的神性文化精神用来作为维系或坚守民族传统的基本参照,并以此来质疑或抵制他们现实生活中所遭遇到的与其传统生活不相一致的

---

① 〔印〕R. 拉达克里希南:《离散时代的种族特征》,徐颖果主编《离散族裔文学批评读本》,南开大学出版社,2012。

一切，甚至对整个现代性生产生活方式以及与此相伴生的道德观和价值观都以民间神话为标准加以拒绝，结果导致他们的神话重述缺少对民间神话的辩证分析和理性批判，而存在对之加以完全拥抱式的认同现象。基于这一叙事规约，当代人口较少民族文学对民间神话的审美建构越来越明显地在精神性与世俗性之间采取一种截然对立的、对抗性的书写姿态。另一方面，文化全球化的最根本特征其实是文化的多元化和多样化问题（尽管表面上看起来是文化的同质化现象），最终能够给予边缘群体以文化自觉或文化自信。不过，对于人口较少民族的民众来说，当全球化以一种难以阻挡的强势力量冲击到他们生活的一切方面时，他们在获得精神或身份启蒙的同时，却因担心自我民族文化会在现代性语境下面临被同质化风险而试图将民族文化传统封闭于多元文化的竞争与融合格局之外并渴望在这一自我封闭的空间内维系本民族的一切传统，或者以文化多元化作为本民族文化免受他者冲击的口实。这就忽视了边缘民族可以通过自身主体能动性来对现代性加以地方化、民族化改造的可能性。从根本上说，现代性应该是多源与多元的现代性，每个民族（区域）都有可能也有义务对现代性加以适用于本民族（地域）的地方性改造，从而使现代性成为多元现代性。当代人口较少民族文学的神话书写对这一语境规定性的忽视或拒绝，在徜徉于纯粹神话世界的民族性建构时，遮蔽了人口较少民族的主体言说姿态，很可能不期然之间走向了文化民族主义的寓言化书写的审美期待。

也就是说，任何民族都必然或早或迟地要遭遇现代性与世俗化，并最终达至与整体社会的趋同。按照社会趋同理论，现代性作为人类社会的普遍境遇，任何民族或群体都不能也不应对之采取非理性的拒绝、回避或抵制的态度。尽管在这一过程中各边缘民族的现代性会表现出不同的形式或方式，但他们都会经历同样的阶段，并形成大体相同的社会特征，即经济上的工业化，政治上的民主化，组织管理上的科层化、城市化和文化的世俗化，否则，只能使自己族群的文化走向封闭和更加边缘。[①] 所以说，在当前现代性的发展已渗透到各个边缘区域和各少数族群，任何民族都不可能逃脱现代性的进逼和全球化的冲击之时，人口较

---

① 王思斌主编《社会学教程》，北京大学出版社，2013，第314页。

少民族作家在对当前自我民族的文化生态进行考察时必须将之与现代性话语相参照,才能避免他们的未来是与现代性相脱离的未来(这样的"未来"真正能够实现吗?这个问题同样是值得思考的),才能实现他们对另类现代性探索的可能。或言之,当代人口较少民族文学对民间神话的审美建构应该是一种立足于本民族视野且具现代意识的现代性话语建构。这种现代性话语要求作家不能只囿于单一民族的传统价值立场和道德伦理观念来言说身份或被身份言说,更不能是作家的个人情绪或私密性的欲望化话语表述,而是应该审美地或艺术地呈现出本民族群体与其他民族群体在现代性语境中情感体验的复杂性和生活经验的丰富性,应该使之彰显出本民族群体在与他者交往过程中的心理活动、情绪波动和生命冲动,应该全方位、立体性地写出全球化与现代化快速播撒状态下本民族群体在城与乡冲突、传统与现代冲突、自守与开放冲突等多重矛盾交织中的心理体验、情感体验和生活体验。

第三节　当代人口较少民族文学对民间宗教的审美构建

如果我们试图为形态复杂、题材丰富、数量众多、风格迥异的当前人口较少民族文学加以总体意义上的梳理或概括,会很容易发现人口较少民族文学与其民间宗教之间存在着一种清晰、明确且相互缠绕的共谋性关联。甚至可以说,对民间宗教的审美书写是当前人口较少民族文学的主导性症候之一。这一现象不能不使我们产生如下的思考:当代人口较少民族文学对民间宗教的审美建构已不仅仅是单一的文学现象,更作为一种复杂的社会现象存在着广阔的阐释空间。也就是说,当代人口较少民族文学的宗教书写如果仅仅从社会学、历史学、哲学、美学等角度去研究是远远不够的,而是有着极为广阔而复杂的思想容量和艺术特质。不过,就当代人口较少民族文学与民间宗教的关系而言,当前学界由于缺乏必要的比较性研究意识及"多民族文学史观"而时常倾向于仅仅立足于主流文学的研究视野和观点来考察这一现象的源起、文本形态及其问题域,从而认为这是"作家有意识地唤醒内心深处的宗教情怀,就会以一种敬畏、神圣的心情和肃穆、虔诚的态度去重新思考社会、人生中的精神价值问题,去追问自然和生命的本质,去谛听未来文明传来的振幅"①。这是当前国内学界对文学与宗教关系研究的基本阐释框架。尽管这一研究视域及阐释向度在一定程度上确实能够切入当前中国文学与宗教问题关联的诸多因素(因为"人口较少民族文学"仍是在"中国文学"这一整体语境中存在的,它们的宗教书写与中国文学的宗教书写最起码有着表面的契合性),至少能够促使人们深入思考:为什么后现代文化语境下中国文学要对宗教问题一再书写,这种书写现象的社会、文化与政治语境是什么,与文学的表征意义存在什么关联性等问题。不过,上述研究视域是在"中国文学"等同于"汉族文学"这一基本预设前提之下的,并没有将中国多民族文学纳入表述的有效问题域。如果将文学与宗教关系延展到对多民族文学书写加以较深层次的考察与分析,上述研究就很难触及问题的复杂性特征和意味的丰富性了。或者说,如果我们仍然执着于对中国多民族文学与宗教关系问题予以某种过滤式简化,很有可能会形成某种研究的盲点,进而制约或阻碍对当代文学与宗教关系问题研究的持续拓展和深化,也将遮蔽人口较少民族文学与宗教关系的另类特征。

作为"多民族一体"国家,当代中国人口较少民族文学的宗教书写当然既具有一般意义上宗教与文学关系的共有特点,如宗教与世俗的问题、灵魂与生存的问题、精神与物质的问题等;同时,又因为人口较少民族作家独特的知识谱系、文化传统、心理结构以及他们的现代性体验等,使他们的宗教书写不可避免地具有典型的民族特质和地域文化精神。因此,对当代人口较少民族文学对民间宗教的审美建构问题的研究,也应该立足于这一书写现象形成的历史文化语境,这一历史文化语境之内人口较少民族作家的情感体验、生活经验,以及与现代性在这一历史文化语境中展开的独特形态之间所形成的某种互涉性关系。这样看来,当代人口较少民族文学的宗教书写是人口较少民族作家有关历史传承、现实生存及未来走向等多重复杂问题的矛盾纠结在文学场域内的艺术呈现或审美转化,在一定程度上甚至可以称为是人口较少民族作家对"族群问题"的艺术化审视。萨娜曾经说,她的作品就是"试图以小说的方式

---

① 贺绍俊:《从宗教情怀看当代长篇小说的精神内涵》,《文艺研究》2004 年第 4 期。

来追溯民族历史，追溯以'萨满'为标志的精神渊源"①。有学人对乌热尔图的作品做过如此表述："仔细分析乌热尔图的小说，从内容到形式、从主题到表现技巧，无不处处传播着萨满教的声音，其叙事策略的原始仪式化、图腾的隐喻式象征，都诠释着民族独特的历史文化内涵。"② 通过民间宗教书写去触摸族源，以族源认同去反思本民族现代性遭际并建构新形势下的身份意识，以新形势下的身份建构去反思和汲取民间宗教的精神资源，成了当代人口较少民族文学对民间宗教执着书写的深层动因。在此意义上可以说，当代人口较少民族文学对民间宗教的审美建构其实就是一种德勒兹意义上的"政治化的文学"。

1. 重述宗教的文化场域及价值取向

当全球化借助现代性的强大推动力来持续性推动各边缘民族社会、经济、文化等诸多方面的一体化、同质化时，尽管作为中华多民族一体国家内社会生活不可或缺的有机部分，人口较少民族也不得不或不能不与其他民族一道依据现代性话语规范要求来相应地调整或改变自身的价值观念、生产方式与言说习惯，从而使人口较少民族的现代性表面上看起来具有与其他民族现代性的诸多共性特征（如社会结构或社会组织的理性化、经济发展模式的市场化、生存及生活方式的科学化等）。但是，人口较少民族因其传统社会发展模式的滞缓性、文化系统的稳定性、生活方式的单一性与现代性文化的突变性、内涵的包容性等存在着明显的错位或对立，从而导致人口较少民族在现代性发展中往往产生传统文化体系快速解体及人文精神脱序等若干现代性消极后果，他们在强弱势文化不对称状态下的文化自守压力更为严重。甚至可以说，当一种迅速、强烈、全方位的现代性文化以"突变"性方式强行改变或收编着人口较少民族文化之时，人口较少民族文化的存续问题就无可避免地岌岌可危了。

土族作家东永学的《随风远逝的记忆》（《中国土族》2011年第1期）以哀婉的笔调再现了这一问题。在土族传统的婚嫁仪式中，有一系

---

① 萨娜:《没有回音的诉说》,《作家》2002年第3期。
② 师海英:《叙事模式：图腾神话与原始仪式——试论宗教意识对乌热尔图创作的影响》,《白城师范学院学报》2007年第4期。

列特定的、蕴含着民族特性的宗教礼仪并已作为一种文化记忆渗透在他们的日常行为与心理结构之中。但是,作者回乡看到的现象却是:"土族古老的圈圈席没有了,取而代之的是汉族的桌席";"新媳妇进门了,此时应该有个属相相合的妇女拉一条白毡引新媳妇进门,今早没有了";"到了院子里,应该是媒人一手拿柏枝,一手端牛奶主持婚礼,开始应该有长长的一段祝福词……土族婚礼应该是一部完整的歌舞剧,今天这一切全没有了";"老规矩丢掉好几年了"。① 作者在"应该"与"今天"这一经典化的比较性叙述模式中忧虑地看到民族文化丢失的结局(这也可以更充分而多向度理解:为什么在当代人口较少民族文学中始终出现诸如传统/现实、老人/孩子、过去/现在等这一经典性叙述结构的原因了)。"丢失"又何尝不是当前人口较少民族传统文化的共有命运?何尝不是人口较少民族群体身份认同困惑的隐喻?裕固族学者安建军也谈到了裕固族传统文化的解体问题。他说:"当我再次回到生养我的地方,却突然感觉到了某种变异。在亲切中有了一种从未有过的陌生,而这种陌生来自某个深层的地方,许多天人合一的优美东西成为遥远的回忆。文化的融合以及生活方式的改变是艰难的,也许我们要付出沉重的牺牲,甚至会将我们推到一种无所适从的边缘地带。"② (在这里,依然出现了我们前文曾强调的"无所适从"一词)在这短短几句的里,"变异""陌生""牺牲""无所适从"等词语暗示着作者强烈的哀婉意识和感伤情怀。现实已经"陌生",传统已经"变异",人们在新生活面前已经"无所适从"。人口较少民族不能不去思考本民族群体该何去何从的问题。从这个意义上说,人口较少民族作家对民间宗教的文学书写其实是对民族文化的坚守、对民族身份的捍卫,而非单纯的文学题材或艺术技巧使然。③

工业化、城市化进程步伐的渐趋加快在带给人口较少民族快速致富机会的同时,已经在事实层面上危及或压缩了人口较少民族传统的乡村生活空间,随之而来引发了人口较少民族的社会结构变迁、传统价值伦

---

① 东永学:《随风远逝的记忆》,《中国土族》2011年第1期。
② 安建军:《俯瞰亚北草原》,肃南裕固族自治县《裕固文艺作品选》编委会:《裕固文艺作品选》(散文卷),甘肃文化出版社,2007,第12、37页。
③ 铁穆尔:《失我祁连山》,《延安文学》2004年第5期。

理观念解体、族群认同符码消散等问题。特别是时尚文化、消费文化，乃至欲望文化为主导的现代化、后现代化的日益喧嚣，人口较少民族年青一代越来越趋向于认同源于主体民族的文化并沉溺其中，本民族传统的道德规约与行为规范对他们的约束力越来越小。他们不仅不懂得自己族群的历史与文化，也不懂得自己族群的语言与习俗，甚至不屑谈论自己族群的文化及其他相关话题。流传久远的传统的道德约束力和行为规范在光怪陆离、欲望横行的现代化生活面前显得软弱无力、不堪一击。这种对于本民族母文化的疏离不能不影响到人口较少民族文化的传承和族群存续问题。"对于古老的祖先，一点概念也没有。""民族身份重要，还是生活好了重要。""生活水平提高了，什么民族都无所谓。""有功夫挣钱比空谈民族未来来得更实惠。"诸如此类论调普遍存在于人口较少民族地区（尽管人口较少民族内部的精英阶层或知识分子群体对此忧心忡忡，只不过他们的"忧心忡忡"并不能完全表述群体内部底层民众的声音。这也可以从另一个侧面证实，人口较少民族作家的审美言说与本民族群体要求之间并非完全吻合，他们的"代言"在某种程度上仍然是一种书写者自身的"独白"，或者说是底层民众的"声音的被替代"），由此导致人口较少民族群体与母体文化之间的联系纽带大有断裂之风险。这也是裕固族作家铁穆尔为什么将弱小民族看作是"正在灭绝的种族"的根本原因。也正是基于"正在灭绝的种族"的身份焦虑与生存困惑，人口较少民族作家才不得不借助于民间宗教的力量以从中寻求抵制和消解现代性风险的精神资源。

另一方面，现代性的深层心理动机其实是一个对感性欲望解放和世俗精神张扬的赋魅过程，同时也是科学主义、理性主义对神秘主义、万物有灵观念的祛魅过程。现代性对上述问题的"赋魅"和"祛魅"与人口较少民族根深蒂固的宗教性文化明显处于对立或难以兼容状态。当前，我国的人口较少民族几乎都存在宗教信仰问题，由宗教信仰铸就的相对稳定的心理结构和极富凝聚力的民族意识形塑了他们灿烂而悠久的心理和情感模式及文化系统，并以强大的隐性力量制约着人口较少民族群体的民族性格、风俗习惯、思维特点、社会伦理、道德价值、审美情趣等，形成了浓厚的宗教文化。特别是基于宗教信仰而形成的宗教文化还可以通过把宗教教义、教规和礼仪以祈祷、禁忌和节庆等形式溶解到族群共同体人员的丧葬、服饰、饮食和娱乐等日常生活中去，进而把人们的宗教生活和日常生活融合在一起，形成一种特有的宗教民俗文化。从一定意义上说，宗教文化构成了人口较少民族人们的日常生活，形成了他们特有的"和谐"的生态观、"节制"的生活观及"超越"的生命观。就此意义而言，宗教本身所具有的超越世俗层面的形而上学精神价值与宗教信仰的精神合法性就与现代性所张扬的物质消费、感官享乐和科学理性精神等理念相抵牾。这种"抵牾"的结果更加强化了人口较少民族作家对民间宗教的执着书写。如敖蓉《古娜杰》的叙述者说："喧嚣的大都市和充满变数的时代令古娜杰无所适从，尤其她那驯鹿一样敏感、内向、羞涩的民族性格，与这复杂多变的人与社会格格不入。"[①] 对"充满变数"的现代性生活的隔膜或"无所适从"（"无所适从"一词在我们上文分析的裕固族作家安建军的文章中也曾出现，这个词语在人口较少民族作家笔下的频繁出现，不是更值得思考吗），与城市社会中消费文化的"格格不入"，在"复杂多变"的现代生活场景中的迷茫、恐慌，人口较少民族作家在面对世俗化生活场景侵扰的时候不得不反观自照。与世俗化相对立的宗教文化很自然就成了他们借以化解现代性压力的文化资源，这才是当代人口较少民族文学致力于宗教书写的根本动力。

　　面对全球化及现代性的巨大冲击，人口较少民族传统生活方式渐趋瓦解，传统生存空间日渐逼仄，民族文化传统流失日益凸显，由此导致人口较少民族作家不得不力图从最为直接、最为丰富的民间宗教中寻求建构或表达现代性焦虑的策略或方法，以此纾缓价值主体内在的文化困境、精神困惑和生存困难。或者说，以作为整个群体共享价值系统的民间宗教作为平衡现代性与民族性之间的内在紧张，以此寻求建构两者对话的可能与契机，成为人口较少民族作家探讨民间宗教信仰与族属文化命运生存图景的集体认知。拉扎罗斯和弗克曼在心理学领域论述了"压力—应对模式"概念。"应对"即为当个体在面对压力时，不仅仅是防御或消极的适应，而是会以一种有意识的积极主动的活动方式来消除压力源引起的紧张状态，以达到内心平衡和内外部协调。在上述"压力—

---

① 敖蓉：《古娜杰》，《青年文学》2009年第16期。

应对"模式中"宗教应对"①则是主要的应对模式。具体而论,一旦族群共同体内部的个体或群体的基本信念、价值观、信仰、禁忌等面临来自外在世俗社会的破坏性影响或冲击,他/她们便很自然地会从自己生活中的宗教信仰中汲取应对这种破坏性影响的精神资源,在一个丧失信念和失去规范的社会里重新建构起新的信念、新的规范,这种反应模式即为"宗教应对"。当前,人口较少民族群体用来凝聚族群认同感的文化符码和承载着族群记忆痕迹的空间景观正在遭遇现代性的持续冲刷,他们基于传统生产生活方式而形成的心理归属感与精神依恋感被现代性话语渐趋解构。在这种情况下,民间宗教成为他们实现身份认同和文化寻根的文化镜像,他们有关民间宗教的文学书写所表现出的言说立场、表述方式以及由此所提出的现代性方案等问题,就更加值得关注了。

2. 宗教的审美救赎与族群身份记忆

物质文明的现代化作为现代性的衍生物现已把整个社会纳入同质化的发展逻辑之中,对现代物质文明的梦想、生活水平提高的渴望、现代生活方式的占有等也已成为当今各个民族和地区都面对的时代主题。或者说,在"世俗化"已然成为当前整个社会文化的基本症候这一严肃而紧迫的现代性压力面前,当代人口较少民族也被迫加入物质文明现代化发展的进程之中。不过,在人口较少民族追求物质文明现代化发展的过程中,不仅出现了与其在宗教文化氛围中形成的传统道德伦理相背离的唯利是图、急功近利、狭隘自私等精神滑坡、道德沦丧现象,原本懂得节制、互助的族群变得越来越贪婪、无所顾忌、肆无忌惮。而且,更因其生存地域内生态环境的自我修复能力脆弱,不可持续性发展等原因,他们在当前大规模的工业化开发、资源开采及传统生产生活方式现代转型过程中遭遇到文化生态和生存环境等全方位的空前破坏等若干现代性消极后果。普米族诗人鲁若迪基在《神话》中对环境污染、雪山融化、干旱少雨的现实进行了激烈批判,并把人类的"那滴——泪"看作是世界的"最后一滴雨"。②在这里,我们很明显可以看出,现代性话语所宣

---

① R. S. Lazarus, S. Folkan, "Coping Theory and Research: Past, Present, and Future", *Psychosomatic Medicine*, 1993, 55 (3): 234 – 247.
② 鲁若迪基:《神话》,《民族文学》2011 年第 5 期。

扬或鼓吹的物质文明的现代化和社会"进化论"的价值观等与人口较少民族建立在"万物有灵"基础上的宗教信仰之间存在根本性的对立或矛盾。在这种情况下，人口较少民族经常会在现代性发展中"迷失方向，下雨和下雪的时候"，"找不回自己的家"①。在这种情况下，身为人口较少民族生活引领者的人口较少民族作家不能不以文学的方式来思考"回家"的问题并为此提出观念性的解决方案。或者说，当人口较少民族作家依据其原有价值根基对现代性在自己民族内部展开的力度等诸多问题进行考量时，很自然地会以对民间宗教的审美言说作为"找到回家的路"的明灯，并以对民间宗教的再次书写唤醒人口较少民族内心深处的敬畏与神性、信仰与礼仪，试图以此来干预现代性语境下本民族群体传统道德解体和生态环境持续恶化的现象。

就此意义而论，当代人口较少民族文学对民间宗教的再叙述其实也可以看作是一种"根源"意义上的寻找或想象。民间宗教所宣扬和展示的人类原初世界内和谐共处的至美至纯境界，克己静守无私无欲的生命姿态以及一种源自灵魂的、张弛自如的生活方式，成为当代人口较少民族文学一再向民间宗教回眸远望的价值依赖和精神诉求，更因其呈现出对族群身份的再次确认和对传统场域内群体生命体验的深度理解而彰显出此类文学的精神厚度。在当代鄂温克族文学、鄂伦春族文学、达斡尔族文学、赫哲族文学、裕固族文学中，我们经常能够感受到萨满教基因弥漫在文本内外，挥之不去。作品中的主人公无不能够辨认猎物的足迹、追寻河流的方向、聆听风声雨声与鸟的歌唱，能够在恶劣的条件下获得生存的一切。他们觉得自己就是大自然中某个神树、某一块巨石、某一只棕熊的儿子，无时无刻不在得到各自保护神的护佑，他们对大自然有一种触及灵魂的信仰与爱护。在当代乌孜别克族文学、塔塔尔族文学、塔吉克族文学中，也总能体验到人与自然和谐相处的伊斯兰教的神性在场。在当代门巴族，珞巴族，西南地区的普米族、毛南族、布朗族等的文学中，很容易触摸到藏传佛教的幽灵弥漫在文本深处。从这个意义上说，人口较少民族文学对民间宗教的念兹在兹，无疑与人口较少民族作家对现代性语境下诸多社会问题的共时性介入所引发的宗教缺席焦虑存

---

① 阿拉旦·淖尔：《走在天边》，《萨日朗》，人民文学出版社，2006，第158页。

在内在关联。

当前,一些人口较少民族作家在立足于维护自身传统生活的纯洁性与民族意识的同时,往往以一种"梦回过去"的文化守成姿态徜徉在未被现代性裹挟的民间宗教氛围的诗意想象之中,或者故意剔除现代性对民间宗教信仰的或隐或显的影响,使其对民间宗教的审美书写在文本深处实质上回荡着对现代性及工业化生活隔膜或抗争的呼声。普米族作家和建全在《梦幻家园》中一再叙说要回到"梦幻家园"中去的迫切,一再张扬着"天在湖中,湖却在天上,水与天浑然一体,分不清哪是天哪是湖"[①] 的原始宗教情感,原始宗教的母性崇拜也使他的作品一直以书写女性为旨归。"东北三少民族文学"在文本中宣扬那种在面对大自然时总是满怀虔诚和敬畏的、与大自然血脉相连的萨满教教义。文本中的主人公从不涸泽而渔、不赶尽杀绝、不会肆无忌惮地向大自然索取,他们与生态的关系始终保持一种动态而合理的平衡,不为利欲所驱使,不为贪婪所左右。他们与周围环境之间这种和谐圆融的生活状态、行为准则和生态意识无疑是由萨满教文化形塑出的。鄂伦春族作家空特乐的《鄂伦春人与自然之约》(《骏马》2008年第3期)其实就是一个萨满宗教的布道篇。以"万物有灵"作为心理基础的萨满教规约了鄂伦春人与周围世界的互为主体关系,塑造了鄂伦春族与环境的和谐一体的关系。随着作为他者异质话语的现代性力量的强势进入,严重破坏了鄂伦春的生态环境以及在这一环境之内形塑的价值规约,环境的破坏与文化的解体构成了一体两面的问题。空特乐的叙述者之所以对鄂伦春民族的这种生态观如此眷恋,只是因为现实中的故乡已失去了以前的模样而使叙述者的"心隐隐作痛"。在这里,《鄂伦春人与自然之约》的叙述者仍然以"传统/现在"这一二元式结构再现了鄂伦春族的现代性创伤(当各人口较少民族作家几乎普遍采用这一叙述模式时,很难说是他们主动借鉴他人的结果,而是他们在现代性语境下共同经历家园飘零、文化解体等现代性体验所形塑的一种集体无意识行为,从而使得这一叙述结构在当代人口较少民族文学中更具标本意义,更值得评论者阐释)。由此而论,当代人口较少民族文学之所以如此深情缅怀和一再重述传统民间宗教,其

[①] 和建全:《梦幻家园》,《民族文学》2011年第2期。

目的就是试图以此来抚慰全球化及现代性所带给他们的心理创伤和认同焦虑,并试图在民间宗教氤氲的文化记忆和群体共享的价值体系的重新书写中,建构一种有别于现代性话语的、彰显本民族独特存在的族群身份认同。

除却揭示出民间宗教遭遇现代性冲击而渐趋失落后人口较少民族群体在文化形态、生态环境、行为规约、风俗禁忌等方面的结构性破坏或解体之外,当代人口较少民族文学还致力于建构以传统民间宗教信仰为精神支柱的本民族的主体形象。这些主体形象又往往被作者所利用而成为他们对现代性话语加以质疑或抵制的代言人,建构出人口较少民族文学对现代性话语的一种独特的表征策略及其叙述方式。基于这一叙事规约,当代人口较少民族文学往往以"老人"这一民族文化"活化石"的主体形象校正或纠偏当前人口较少民族群体的某些缺失,以此反衬出民间宗教文化在场的必要性。达斡尔族作家安菁葸的《莫力达瓦的原野》(《草原》2011年第11期)的叙述者说,如果有年轻人不懂得达斡尔族的文化传统,不遵守达斡尔宗教文化规约而损坏了树木、破坏了生态,总会有"老人"出现加以训斥,对之进行再次的传统文化教育。在这里,"老人"无疑就是民间宗教在场的另类表征。鄂伦春族作家空特乐在《鄂伦春人与自然之约》中对"老萨满"形象的审美描述也彰显了这一叙事伦理。在这样的文本中,我们很容易看到,人口较少民族作家在以民间宗教作为建构现代性语境下身份主体的基本资源时,他们所建构的身份主体其实已渐次取代了人口较少民族群体的公民主体而使其成了唯一或主要的主体标识。从这个意义上说,人口较少民族作家的民族性身份诉求比其他民族作家的民族身份诉求更能体现出命名的在地性和文学书写的"民族寓言"性质,同时彰显出人口较少民族群体在现代性语境下身份转换的艰难和言说现代性的艰难,恰如鄂伦春族作家敖荣凤、敖长福所说:"背负土地的农民,他们想出去,不再做昔日的井底之蛙。然而,当他们一旦从井中爬出来之后,月亮就成为他们另一个洞口。"[①]老的传统既已逝去,消失在我们再也难以寻觅的他方;新的惯习的形成还遥遥无期,值得期许的未来愿景还难以确定。对老传统的依依不舍与

---

① 敖荣凤、敖长福:《走进鄂伦春》,《骏马》2006年第1期。

对新的未来的焦灼守候导致鄂伦春族人们在现代性语境下的无所适从感尤为强烈,虽然他们不得不放弃了漫长岁月中形成的生产方式、生活习性、文化传统,但却不能完全融入现代性话语要求的一切。对他们来说,何处与如何安放他们漂泊不定的灵魂,就成了一个严峻的问题,蕴含着人口较少民族群体对自身究竟走向"何处"的痛苦思考与情感纠结。

总体来看,当前人口较少民族面临的所有冲突几乎都可归结为"宗教与世俗的冲突"。这一冲突不仅使人口较少民族作家在重塑族群共同体的精神家园和灵魂归宿时很自然地会将民间宗教作为基本的文化资源和价值坐标,反过来,民间宗教也在一定程度上影响着或决定了人口较少民族作家对身份重塑和家园重构的表达策略或方法。同时,也使人口较少民族作家以"民间宗教"为阐释框架重新对现代性语境下的群体情感、价值取向及认同意识等进行了再解读和再评判,从而试图将现代性语境中已遭到破坏的人口较少民族群体的社会秩序、生活秩序和文化秩序转换到一个更有序的宗教文化系统之中,转换到一个生活有所规范、行为有所禁忌、灵魂有所皈依的文化传统之中。另外,这样的叙事也使得人口较少民族群体以自己的方式表达了"我"与"他者"的不同,建构了"我"之所以区别于"他者"的文化根基。拉帕珀特认为:"作为社会结构的种族以'我们'和'他们'之间的区分为基本,在原先根据生理特点来对种族进行划分的论点上发展了另一种观念,即思想和精神界限的重要性。"对于这一区分的生成机制,他解释说:"理解的过程中总是采纳诸如符号和象征等具体形式,这一过程以牢牢扎根在文化中的信仰体系为基础。"① 对于人口较少且不掌握现代性话语所要求的文化资本、经济资本、技术资本等诸多生存资本的民族来说,民间宗教成为他们当下最为便捷且时常能够回眸的"精神家园"。在这一"精神家园"之内,他们的身份才得以在现代与传统、世俗与欲望的矛盾纠结中,在其族群身份日益被排挤的边缘处凸显或塑造出来,也是在民间宗教营构的"精神家园"之内,人口较少民族群体才能够暂时(可能是暂时的)缓解他们的现代性焦虑。如果我们将人口较少民族文学对民间宗教的审

---

① Lynn Rapaprot, "Jews in Germany after the Holocaust", *Memory, Identity and Jewish-German Relations*, Cambridge, 1997, p.16.

美建构问题置放于这一诠释框架，也许更容易理解：当代人口较少民族文学为何一再被民间宗教所塑造，现代性为何刺激民间宗教书写的复兴这一时代主题了。

3. 宗教书写的问题域及其言说范式

面对全球化及多元文化对边缘少数民族文化渐趋严峻的文化同化或兼并姿态，人口较少民族作家表现出一种极为强烈的对本民族文化存续与否的心理焦虑与情感困惑，这种焦虑与困惑很可能促使他们试图通过单一而纯粹的民族性叙事来消解或弱化他们在现代性场域内的诸多压力，并以此寻求作为自我民族身份重构的可能方式。所以，在他们有关民间宗教的文学书写的文本中，他们时常沉溺于自我民族文化日渐解体的感伤或哀悼之中，时常将民间宗教作为他们探索自我民族文化在多元文化语境中更新和突围的一种基本资源。出于身份重塑这一显在"民族寓言"意义上的叙事伦理，当代人口较少民族文学的民间宗教书写其实是在按照自身的文化记忆和族群意识来建构单一而纯粹的身份叙事。以这种叙事伦理来建构的身份叙事自然呈现出一种与现代性叙事伦理相抵牾或对立的叙事模式：只关注自我民族群体在内外部冲突面前的创伤或焦虑体验，对本民族群体在现代性语境中的复杂情感体验和生活经验却缺乏有效观察和深入揭示，对本民族群体在多元文化面前信仰的失守、心理的矛盾与走向的彷徨缺乏深刻剖析和艺术化呈现，对民间宗教的文学书写总是将民间宗教意义上的生活作为唯一值得追寻的生活，这就难以把自我民族的文化身份定位于公民身份与民族身份、国族身份相衔接，自我民族独特的文化身份与人类社会普遍性的文化意识相结合的层面。由此而论，当代人口较少民族作家的民间宗教书写只是试图用民间宗教的伦理观、价值观、行为观、生活观等来为当前的社会生活提供某种规范，本民族传统文化的方方面面及其氤氲着的民间宗教氛围几成他们精神飘零后的诗意家园。只有在这充满民间宗教气息的故土家园之内，他们才能获得心灵的宁静和稳定的身份感。民间宗教的这种叙事伦理导致他们很难以一种理性、辩证的态度来思考宗教文化与现代文化间的良性互动关系，很难在民族文化传统与现代工业文明之间建构起一种价值共享的知识谱系。

从根本上说，人口较少民族作家普遍且长期浸润在民间宗教的文化氛围之中，对民间宗教文化有一种源自灵魂深处的、感同身受的触摸和濡染，这一点是极不同于汉民族作家的，也使他们对民间宗教的文学书写相较汉族作家来说更具有精神的、题材的、文化的优越性和根基性。"由于中国本土文化对作为异质文化的宗教在接受根基上的缺失，更由于特定的历史时代境遇的限制，对于多数中国现代作家来说，宗教的影响不可能像在西方那样成为一种感同身受的东西，这样，中国现代作家在遭遇某一宗教后，他们的宗教体验在作品中的呈现难免会发生某种变异。"① 从这一角度来看，当代人口较少民族文学对民间宗教的审美建构理应具备宗教性的超越精神或形而上意味，理应彰显出与汉族作家文学的非规约性特征。但是，对于这一问题的分析我们必须了解和把握人口较少民族作家的现代性体验的另类特征，以及他们为何要书写民间宗教的问题，才能避免使问题的分析陷入"自上而下"式的偏见之中。一般来说，人口较少民族的文化承载人口较少，文化根基脆弱，文化创新能力不足，这就可能使这些民族的现代性创伤远较其他较大民族（特别是汉族群体）更为严重，也更难以弥合。在此情况下，人口较少民族作家对民间宗教的审美言说就不能不受到这种现代性创伤的影响或制约，由此而导致当前人口较少民族文学因强烈的现实关怀和沉溺于强烈的民族寓言叙事而使其民间宗教书写失去了本来应有的形而上精神或超越精神。在他们试图呼唤民间宗教精神到场且不断将本民族生存困境诸如生活中的物质苦难、生态危机、生存窘境、生活艰辛等予以淡化甚至美化的情况下，很难对本民族群体现代性生活中那些深层次、具复杂性与多维性的矛盾或问题（例如，他们在现代性语境下的家园归属问题、身份如何建构问题、族群如何存续问题等）给予深刻描述和有指导意义的剖析。"尤其在全球化浪潮的裹挟下，民族文化及其地域文化，已经无法保持前现代时期的静止形态。在这种境遇下，民族群体心理对物质现代化的向往、对改变乡村的夙愿就与民族作家对诗意乡村、守望乡村的精神姿态形成了沟通悖反，最终使作家丧失直面现实巨变的勇气，更无法提供关于乡村发展的明晰认知。"② 这样看来，当前人口较少民族作家的宗教体

---

① 张桃洲：《宗教与中国现代文学的浪漫品格》，《江海学刊》2003 年第 5 期。
② 金春平：《文化游弋中的自我救赎》，《民族文学研究》2012 年第 3 期。

验其实就成了一种被现代性话语逻辑所强行改变了的宗教体验,他们对民间宗教的审美书写因其被一种强烈的现实关怀所左右而成了对民间宗教的一种再加工、再赋义;或者说,他们是将民间宗教作为一面观察现实的镜子而对之进行了功利性的再利用,把民间宗教作为了维系民族文化传统的一种方式和他们释放现代性压力或焦虑的一处出口。所以说,当代人口较少民族文学中的宗教其实是被现实焦虑"过滤"或重新阐释了的宗教,是在民族身份失去根基并日益混杂、外来现代性文化冲击日趋激烈情况下的精神救赎。

  对于当前充满现代性焦虑的人口较少民族作家而言,他们身处的现代性发展历史和多元文化冲击造成的紧张制约着他们对超越精神的追求,各种世俗经验和实际利害的被迫选取和现实世界中的诸多规约使得他们的精神性投射最终不得不重新返回到现实问题的大地上来,本应具有的"超验"精神或形而上维度不能承受当前现实世界各种压力之重而导致当代人口较少民族文学的宗教书写难以挣脱与现实文化语境相互纠结的紧密关联,从而无法将他们心灵世界的精神高度推向形而上层面进而以文学的形式去思考"人"或世界的问题,而是让自由自在的精神不得不退回到关涉民族生存与否、身份如何重构、家园如何建构等问题的思考。这其中潜隐着的一种排他性思维也使其民间宗教书写因受制于急切的现实问题考量,导致他们的民间宗教书写最终难以允诺作家个体想象力的升华,他们的文学书写所关注的民族问题也难以扩展为整个社会的问题。这一病症的显在症候就是人口较少民族文学的民间宗教书写时常成为人口较少民族作家宣扬自我民族传统文化精神的工具,成为他们用以质疑或抵制他者的参照物,而不是把宗教性因素(如终极关怀意识、苦难意识、悲悯情怀等)与人的精神内容的丰富性有机地升华为文学独特的审美品质,也不是以宗教情怀去拓展文学的审美意蕴或艺术品质,而是以民间宗教作为一种质疑或抵制外来文化干预的一道屏障、一个面具,结果是以民间宗教的在场去言说民族文化存在的合理性与他者影响的非法性。

  当前,人口较少民族作家在以对民间宗教的审美重构作为重新思考现代性语境下的民族性叙事或民族身份叙事和以宗教性叙事作为重塑多元文化语境下的文化认同时,无疑应该以宗教应有的普适性或人类性价值观来克制那种过度张扬民族本位的单向度价值诉求；克服宗教价值观念被单一民族性所裹挟而沦为被民族主义叙事所绑架的文学书写现象。在以民族宗教文化传统作为叙事资源建构独具民族特点的民族性意象或建构独具地域特色的地域空间景观彰显文学的民族身份时，人口较少民族的作家更需要通过对民间宗教的地方性知识景观的审美言说来抵达"人学"的共有价值和思考人类共同的当下命题，将"人学"这一文学的普适性价值作为宗教书写的基本价值规约或"元话语"，使人口较少民族文学通过民间宗教的审美书写所建构而成的地方性审美品格融入"中国文学"或"世界文学"的公共话语空间之中。或言之，以一种允许对话的、开放的民族主义意识形态致力于普适性价值建构的宗教书写，才能成为一种成熟的文学现象和有益的文化行为。任谁也不能否认，全球化语境中的任何民族的身份在事实层面上都是多元异质混杂而成的，都需要积极而主动地吸收他者元素才能不断建构自我，不能以所谓静态的、传统的身份为基准对与之不同的他者统统加以抵制或排斥，亦不能把所有与己不同的东西都看作他者而与之格格不入，所有的他者都应该看作是"你"，应该相互对话和协商。唯其如此，才能使当代人口较少民族文学的宗教书写既真实呈现出当前语境下多民族文化间在"差异"中的冲突，又能够主动思考在这一冲突中本民族身份建构的多重可能性。

第五章　当代人口较少民族文学的空间书写与风景的修辞

一般来说，我国各人口较少民族大多处于地理位置偏远、交通通信闭塞的边缘空间区域，特定的生存空间塑造了他们对周围环境的感知方式、认知方式和思维方式。按照文化人类学的观点，"个体生活在历史中，首要的就是对他所属的那个群体传统上手与手传下来的那些模式和准则的适应，落地伊始，社群的习俗便开始塑造他的经验和行为，到咿呀学语时，他已是所属文化的造物，而到他长大成人并能参加该文化的活动时，社群的习惯便已是他的习惯，社群的信仰便已是他的信仰，社群的戒律亦是他的戒律"①。人口较少民族长期与其生存空间内的自然生态水乳交融、存亡与共，形成与其生存空间相协调的生产及生活方式、生态伦理与生态道德，以及在此基础上形成的生命体验及生存智慧，并能使之内潜于群体生命深处而成为他们的"血液记忆"及维系人与自然和谐一体的内在规约和生命禁忌，形塑着人口较少民族与生俱有的自然生态价值观。这"是指既包括少数民族传统生产方式和生活方式中的价值观念，又包括作为他们评价和选择决策方案依据的价值准则"②。人口较少民族独具特色的与其生态环境血脉相通的地域文化，以"万物有灵"为核心内容的宗教文化，丰富复杂的口头传说、神话、民谣、民间风俗、规约及禁忌等民族民间文化等无一不烙上这种典型的、源自他们自身生命体验的生态意识，并能够使这种生态意识升华为一种类似宗教情感的力量，建构着他们在特定空间内处理人与自然、人与人、自然与自然关系时所秉持的价值取向、生命准则、言说方式及集体文化记忆等，而这种生态意识又维系着他们生存空间的同质性与完整性，从而使之产生一种明确的"身份感"与"地方感"。据达斡尔族作家达子介绍，鄂

---

① 〔美〕露丝·本尼迪克特：《文化模式》，王炜等译，上海三联书店，1998，第5页。
② 张玉玲：《少数民族生态伦理研究》，中央民族大学硕士学位论文，2007。

伦春族作家空特乐居然可以以吹口哨的方式跟鸟说话,"她吹一句,鸟叫一句","她在跟鸟儿对话。我顿悟,她是森林女儿呀!也只有鄂伦春人才能解开森林密码!"① 正是人神共在的生存环境塑造了他们对空间的体验方式,对空间的理解方式以及对空间的交往方式,并在此基础上形成了他们与其生存空间相适应的民族文化体系。或者说,对于人口较少民族群体来说,他们的文化、根脉、灵魂,乃至他们的整个族群正是由其生存空间来支撑或建构的,周围空间内所有的景观都是他们的传统或历史记忆的载体。一草一木、一山一水、一鸟一兽、一词一语,无不与他们的文化传统、他们的身份认同相关联,一如铁穆尔在《蓝色翅膀的游隼》② 中借人物之口说:"如果我们把这一切叫做'文化'的话,我们游牧人的文化就是人和苍天大地,人和一草一木,人和无数灵性的动物……都要像对待父母、兄弟姐妹或手足一样以一颗温柔的心来相处……"

也正是因为人口较少民族的生命记忆及其文化传统与特定空间的息息相关,一草一树的枯萎,一鸟一兽的死亡,一山一水的破坏,一词一语的更新,在汉民族群体及其作家心中可能是无关紧要的,是不会关涉民族文化存续与否的深忧隐痛的。在人口较少民族群体看来,却是恐慌性、灾难性的,可能隐喻着一种文化的消亡、传统社会秩序的瓦解、文化根基的毁灭等。当代人口较少民族文学几乎都表达着对这一问题的担忧。也就是说,空间的稍许改变对人口较少民族来说就不止于是物理或地理层面的自然环境的破坏、生存空间的瓦解,而可能成为危及人口较少民族文化,乃至人口较少民族自身生死存亡的至关重要的问题。所以说,"人口较少民族多为原住民族,原住民族的最大特点是其传统文化与自然生态资源密不可分。其生态资源不仅是民族文化的基础,而且也是民族文化权利的物质基础,民族权利又是人口较少民族主体性的基础。没有资源就没有文化权利的保证,没有权利保证就没有主体性。这是中国人口较少民族文化保护面临的最大困境"③。正是基于空间与文化的一

---

① 达子:《密林深处有人家》,http://www.chinawriter.com.cn,2012年8月6日。
② 铁穆尔:《蓝色翅膀的游隼》,《民族文字》2014年第4期。
③ 王建民、张海洋等:《中国人口较少民族文化发展与保护调研报告》,http://www.docin.com/p-728278003.html。

体两面关系，空间的改变或迁移与生命的灾难、文化的灾难对人口较少民族来说就成了相互勾连的问题。这是人口较少民族与其他民族对空间体验的根本不同。例如，鄂伦春族的林地、赫哲族的江河渔场和山林猎场、塔塔尔族的墓地以及京族的哈亭等，都是各自民族的自然资源和文化遗产，同时也是民族传统文化的根基。如果这些生态环境或民族文化景观遭到破坏，他们的文化也将不复存在。就此而言，空间问题对人口较少民族而言，不仅仅是纯粹的地理现象或物理场景，而是与他们的文化存续、身份认同等问题相勾连的。

当现代性话语在中国当代社会进行整体推进且日益加速时，由于现代化话语的阐释者及执行者没有充分考虑到我国那些边缘民族生态环境的承受能力及其传统生态文明与现代化大生产之间的矛盾冲突，尤其是以工业化、城镇化、市场化为标志的现代生产体制在各人口较少民族地区的快速推进，以及诸多预防监督机制既不健全也没能从根本上得以真正贯彻执行等问题，以时间的同质性来收编和改造边缘民族空间差异性的现代性方案在事实层面上不能不持续挤压或蚕食各边缘或少数群体的文化，结果导致这些弱小民族地区的现代化既在显在层面表现为生态环境的破坏、传统社会人与自然和谐一体的圆融状态被摧毁的局面，又在隐性层面表现为由上述问题产生的精神焦虑、情感困惑等。马戎先生对西部民族地区的现代化做如是阐释："在实施'西部大开发'战略的进程中，由于历史原因造成的发展基础薄弱，语言障碍和教育差距，西部一些群体在现代化进程的强烈冲击下处于'边缘化'处境，在激烈的实业和劳动力就业市场竞争中处于劣势。"[①] 在这一过程中，"空间"丧失与身份错位成为人口较少民族群体现代性经验的最显性症候（"家园"对人口较少民族而言，远非物理或空间意义上的生存之所，而是其身份认同、文化传统、族群记忆等的另类表述）。普米族诗人曹翔的《雨悄悄来临》（《诗刊》2007年3月下半月刊）一诗真实揭示了现代旅游开发和城市化进程带给人口较少民族自然及人文生态的双重摧残："湖岸百年古树披上了闹市灯光/散发不容察觉的忧伤/在灯火的升腾中/在黑夜的喧

---

① 马戎：《如何进一步思考我国现实中的民族问题》，《中央民族大学学报》2013年第4期。

器中/来得很猛。"① 现代化发展的日渐加速,城市化进程的不断推进,城乡间的矛盾和冲突在危及人口较少民族生态环境的同时,必然会对其空间内的文化传承系统造成损伤。"来得很猛"无疑是对人口较少民族难以承受现代性冲击这一问题的艺术化概括,以及对这一冲击所造成的生态破坏和文化消解的"忧伤"。在毛南族作家孟学祥《永恒的寄托》中的主人公看来,早年"故乡的山永远都是一眼望不到头的绿地"。四十多年后,主人公再一次回到故乡却发现"远看如大山上一道又一道的伤疤"②。农业文明的强势入侵、现代生产方式的被迫选择、对经济利益的无节制索取等严重侵蚀了原本人与自然和谐相处的毛南山乡文化。传统生态意识的渐趋淡漠和现代商品社会价值观的入侵,使毛南族山乡的生存空间及人文价值系统均遭到严重破坏。撒拉族诗人撒玛尔罕的《这片草原缺少一种生机》以"不能缺少"这一祈使句式再现了人口较少民族地区在现代性进程中的空间流散问题。"一片草原缺少一群白羊就缺少了美的阵痛/缺少的越多寂寞就越能击碎你的内心/一片草原缺少一群白羊/我又将怎样铭记你的美?"③ 事实上的"缺少"与诗人情感上的"不能缺少"恰好构成了一种反讽的张力。"不能缺少"不就是对原本和谐生存空间遭受破坏后的一种抗争,一种对试图恢复传统空间景观的执着吁请吗?

正是因为生存空间与其民族文化的一体两面关系,人口较少民族的现代化过程或空间改变过程其实也是一种"文化经历"过程。作为一种外源性现代化的被动承担者,我国人口较少民族的现代化无疑是依靠外力推动、自上而下展开的,是在人们还没有自觉现代化发展意识前提下被迫纳入现代性进程之中的。他们的传统文化在现代化过程中遭遇外来强势文化撞击而发生的"文化经历"问题可能更为惨烈,更为悲壮。这种"文化经历"过程的特点是,"对变化着的世界的哀悼,这种哀悼是由生活在如下这样一个新时代带来的痛苦所激起的,这个新时代被都市

---

① 曹翔:《雨悄悄来临》,《诗刊》2007年第3期。
② 孟学祥:《永恒的寄托》,选自《山路不到头》,贵州人民出版社,2003,第111~115页。
③ 转引自撒玛尔罕的博客:http://blog.sina.com.cn/main_v5/ria/private.html? uid = 15788 74777。

的种种现实和技术化的环境所主宰"。① 在这一过程中,无论是积极迎合还是消极退避,人口较少民族的传统空间都不得不与他者空间展开全方位、多层次的相互叠合与频繁的互融,特别是经济的贫困、生活的艰难和文化的闭塞导致群体内部的年青一代甚至对本民族文化都产生怀疑、拒绝、抵制等各种不信任态度。诸多压力的频繁而持续冲击使得人口较少民族,尤其是其中的知识分子群体因其传统空间的改变或解体而产生严重的精神困惑和茫然,由此而产生的身份意识导致他们产生一种"何去何从"的无根意识。就这样,人口较少民族心理上的"无根"意识与生存空间的生态灾害问题便很自然地扭结在一起。乌热尔图曾指出,当前,在主流文化"摧枯拉朽"式的剧烈冲击下,弱小的民族的人们因为人口少,居住分散,他们的传统生活发生了根本性改变。随着文化接触频率的加快和接触面的扩大,他们的语言、历史、习俗和传统等都很难经受住他者文化的剧烈冲击,面临着即将解体的危险。为此,他在《丛林幽幽》中借叙述者之口对现代性冲击下鄂温克人现在不知"山神"为何物,对规约人们狩猎行为的《母鹿之歌》早已淡忘等现象进行了猛烈批判②。《萨满,我们的萨满》中的叙述者"我"小时候,到处都是密密丛丛、郁郁葱葱的林子,但是,仅仅过了不到十年的时间,作为民族文化的代言人的达老非萨满就预言"不久的那一天,林子里的树断了根,风吹干了它的枝,太阳晒黄了它的叶……不久的那一天,鸟儿要离开林子,像秋天的松果甩开枯枝"③。《你让我顺水漂流》中那个"脑袋里装的东西,比你一辈子啃过的骨头还多"的卡道布老爹,因担心死后找不到可以风葬的树而甘愿死在叙述者"我"的枪口之下!④ 出于对空间解体以及由此引发的传统文化流散这一显在现实焦虑的在身性体验,当代人口较少民族作家的文学创作便往往以传统空间的诗意回望作为判断当前问题的参照坐标,并使之承担起文化再造的重负。鄂温克族作家乌热尔图坚持以"虔诚的态度敬重脚下的土地及古老的本土文化,以平等的

---

① 〔美〕托尼亚·贝伦森:《全球化与文化是文化帝国主义还是现代性批评》,连小丽、李雅静译,《国外理论动态》2007年第9期。
② 乌热尔图:《丛林幽幽》,《收获》1993年第6期。
③ 乌热尔图:《你让我顺水漂流》,作家出版社,1996,第122页。
④ 乌热尔图:《你让我顺水漂流》,作家出版社,1996,第136页。

姿态探寻历史的真实"作为他"前行的动力"①。他的后期作品几乎都是通过"从前/现在""老人/孩子"这一叙事模式来呈现鄂温克族在现代性发展中的遭遇问题。从1998年至2004年几年间，乌热尔图发表的《有关大水的话题》《猎者的迷惘》《生态人的梦想》《阅读〈白鲸〉札记》《依偎在大自然怀抱的新人》等作品一再表述着他对鄂温克现今生存空间濒临解体状态的哀婉与伤痛。鲁若迪基、曹翔、和建全、陶玉明、彭兆清、高文明、罗荣芬、孙宝廷、林华等人口较少民族作家的作品都是以对传统生态场景的执着呼唤和诗意建构作为基本叙述主题及叙述结构的。然而，从前的记忆只能作为记忆留存，现实的无力感却是他们难以承受的生命之重。在上述作家的文本中，叙述者所流露出的源自内心深处的难掩悲痛就生动具体地揭示出这一问题。

及至21世纪以来，随着现代性不断向纵深处快速推进，人口较少民族生存空间内自然生态的持续恶化不但发生在北方的森林、草原地区，而且不同形式、不同程度的生态灾害问题在西南边疆人口较少民族传统的农业区、采集区也连年发生着。由此导致了人口较少民族的生活贫困问题在现代化发展进程中不仅没有得到根本性改变，反而还陷入灾害—返贫这一线性链条之中。为了凸显边缘弱小民族现代性后果的严重性，当代人口较少民族作家重新拾起"过去—现在"这一经典性叙事模式，以强化他们对本民族传统生活空间解体的痛苦以及由此而引发的文化流散问题的担忧。

敖鲁古雅鄂温克族当代诗人维佳在以《我记得》②为名的诗集中，以"'我记得'/'那时'"这一"现在—过去"的连续性、对比性叙述表达了对本民族游牧文化、狩猎文化与驯鹿文化日渐式微的哀伤，以及对现代性语境下人们生活日益贫困的忧虑："记得"其实是诗人对往昔岁月的留恋或缅怀，以此表述对当下状态的不满或焦虑。布朗族作家陶玉明的《江边山》③的叙述者也是以"过去/现在"的对比性叙述模式来再现环境污染问题的严重性。作者再次以"过去—现在"这一对比性场景的设置呈现出人口较少民族地区生态恶化的现实及其所引发的生存焦

---

① 乌热尔图：《呼伦贝尔笔记·后记》，内蒙古文化出版社，2004。
② 摘自维佳的诗集《我记得》的CD，特向诗人表示感谢！
③ 陶玉明：《江边山》，《民族文学》2012年第8期。

虑。普米族诗人曹翔看到家乡精神的象征物——"格姆神山"因超规模开发和过量人员涌入而引起环境的急剧恶化，天空不再如从前那样湛蓝，山上的皑皑白雪不再如从前那样厚实，污染在不断加剧，旅游和商业资源过度开发，诗人心中原生态意义上的泸沽湖湖水已经变质，水体资源已被污染，植被不再葱郁，人心不再宁静。由现代性所激发出的索取欲望已迅速而彻底地改变着"高原女儿国"原生态的空间家园及溶解在其中的传统文化，最终使诗人体验到"在自己的家乡成为了过客""失去了故乡"等现代性体验，呈现出全球化进程中人口较少民族群体在生态危机背景下的切肤之痛。诗人"熟悉得一塌糊涂"的故乡在现代性语境下却"刻骨铭心地陌生起来"，诗人仍然在"过去—现在"这一常用的叙事模式中痛苦地感到"神性"退场、家园不再的空间之殇①；同为普米族诗人的鲁若迪基甚至将人口较少民族地区的现代化看作是一种"受伤"体验："一条河/经过一座城的时候/受伤了/它捂着伤口/急切逃离/却被阻挡在/一个个工厂/……看不到向海的路/……"② 在城市化进程日益加速背景下，人口较少民族的生存空间及其空间内的环境"受伤了"，这种"受伤"的严重性还在于：在整个社会都处于均质化、同一化的现代性语境下，人们却找不到问题解决的方案，"看不到向海的路"，由此生成的空间焦虑不能不成为一道难以弥合的伤口。"看不到向海的路"也就成了难以"回家"的隐喻。撒玛尔罕的组诗《四月》（《青海湖》2012年第5期）认为，随着连接自己与祖先命脉的"祖父"离世，诗人感到"我的世界崩溃"并意识到"永远切断了回家的路途"。"祖父"即为传统，"传统"已失，"世界"已崩溃，何处为"家"？如土族作家祁建青在《三河流域》中所说："三河流域天上家园。……然而已有多久我们都没有去了。……走出历史的新三河，还将继续为现代、后现代生活浪潮充斥覆盖，那时的我们，也会一下子找不到回家的路？"③（在这里，我们再一次看到，人口较少民族群体对"回家的路"的执着探寻）

如何重构人与社会的良性关系、如何为人类生存重新建构"诗意栖

---

① 曹翔：《家乡的泸沽湖》，作家出版社，2010，第12页。
② 鲁若迪基：《神话》，《民族文学》2011年第5期。
③ 祁建青：《三河流域》，《民族文学》2013年第12期。

居"的空间等问题,直接促成了人口较少民族文学对空间问题的执着探索。在这里,人口较少民族作家的空间焦虑更是家园沦落与文化身份迷失后的双重隐痛。"家园"无法维系却又情感牵依,建构新的存在之根却又仅能获取表面的零碎的记忆片断,随后可能陷入更深的精神失落之中。于是,对原本和谐的生存空间的执着守护及对其被损坏后的哀怨叹息,对造成空间解体的诸多因素及其后果的质疑或抗争,对空间解体背景下民族文化传统的想象性建构与诗意忧思,就成了文化流散状态下人口较少民族作家重构民族身份的必要在场及其文本的最凸显症候,深刻影响着这一文学类型的美学风格、价值关切、主题选择、故事营造及叙事模式等,诠释且实践着人口较少民族文学独特的审美价值与文化认同的内在诉求。当代人口较少民族文学也总是以一种忧虑、感伤与苦闷情调致力于"最后一个"形象的建构。

裕固族诗人妥清德在《一年中的最后一天》中以"想起"来结构文本,叙说着诗人对往昔人与草原和谐一体的向往,"夜里,几次醒来/想起草原和四个姑娘……想起草原……想起草原……",通过"过去—现在"时空转换的几次"想起",再现了裕固族独特的生态环境及裕固族人自然而然的生态意识。岁月已逝,生态不再,随着最后一匹"孤零零的马"离开草原,裕固族传统游牧生活便已成随风而逝的记忆。诗人不能不在留恋、惋惜与感伤中看到"孤零零的马鞍/离开奔跑已经很远/风吹进村庄/一年,一晃就过去了/除了尘土,还有炊烟"[①]。于是,传统生态场域的破坏或消解不能不使人口较少民族作家体验到一种源自大地的"疼"。蕴含着广阔阐释空间的"最后一个"式的意象营构无疑是这种"疼"的典型表征:"风是这个季节的顽童/吹醒沙海黄色的眼睛/牧人抹一把/睫毛上的土/却抹不去落在草尖上的黄尘/羊群开始集合/马蹄踏着大地的疼!"[②] 草原对牧人来说,不仅是一种安身立命的生存与生活的地理空间,更是他们维系身份和传统的精神家园和心灵住所。随着生态环境不断恶化,代代传承的草原文化亦面临解体风险,"一个人的部落"还有存续或发展的可能吗?杜曼·扎斯达尔在《一个人的部落》中对这

---

① 妥清德:《一年中的最后一天》,《诗刊》2011年第3期。
② 杜曼·扎斯达尔:《自由的风》电子版。

一问题更是进行了触目惊心的描述：亚拉格部落犹如一头喘息的牦牛在无望而艰难地与周围现代文明抗争，在抗争中挣扎。所以，他不得不痛苦地发问："失去了精神家园的牧人，牧歌还会那样嘹亮、习俗还会那样纯正质朴、文化还会那样独具魅力吗？"①《一个人的部落》，其题目本身就是民族解体、文化不再的隐喻。裕固族诗人贺中面对民族故土与传统的日益消失而无能为力，只有把写诗当作"最后的挣扎"。锡伯族作家郭晓亮在《风季》中甚至把风中那棵因生态恶化而仅存的"树"看作是"象征世界的最后哭泣"，以再现西部边缘地区环境不断恶化、土地不断沙化的残酷现实："那里没有边界。没有/半透明的沙地向内陆集结，回流/强烈的阳光，穿透所有云层/大阪上的冰变薄/气候变暖的警讯一个接一个/成片的土壤，像易怒的岁月，高烧，起伏/河道内聚满风声。"② 在这样的环境下，一旦起风就会引发持久的干旱和人类生存的艰难，最终使人感到"尊严消失殆尽"③。乌热尔图几乎所有文本都在哀悼鄂温克族"最后一位萨满"、"最后一位猎人"或"最后一头熊"的死亡。他的《林中猎手的剪影》中的三位猎手相继死去，他的《玛鲁呀，玛鲁》中出走的努杰因为失去了狩猎空间而走入精神崩溃和死亡的边缘，他的《灰色驯鹿皮的夜晚》中的巴莎老奶奶最后死于漫天风雪的大地之上，他的《萨满，我们的萨满》中的达老非萨满总是与"破碎的落日"、"血色的余晖"、"遍地涂抹着血色的黄昏"或者"落日之后"、"昏黄的片刻"等一起出现，隐喻着一种无可挽回的悲凉或凄苦意味。铁穆尔的文本总是深情缅怀部落里"最后一个唱古歌的人""最后一个尧熬尔""最后一个老人"等。彭兆清、孟学祥的文本也分别是对"最后一个仪式""最后一段历史""最后一个神井"等的沉痛悲悼。"最后"意味着难以为继，意味着往昔温情的缺席，意味着曾经独属于本民族的传统空间与文化已飘零他方，由此所引发的源于心灵深处的哀伤与苦楚是难以言表的，也是触及灵魂的。裕固族作家阿拉旦·淖尔、鄂伦春族作家空特乐、

---

① 杜曼·扎斯达尔：《一个人的部落》，散文网：http：//www.sanwen.net/subject/505511/。
② 郭晓亮：《风季》，《西部》2011年第5期。
③ 如果我们对人口较少民族书面文学作品进行仔细观察，会发现作品本身就蕴含着浓厚的生态意识，普遍具有典型的隐喻意义。如裕固族诗人妥德清的《一年中的最后一天》、杜曼·扎斯达尔《一个人的部落》、鄂温克族诗人维佳的《我记得》、撒拉族诗人撒玛尔罕的《这片草原缺少一种生机》、普米族诗人曹翔的《揪心喜欢》等。

达斡尔族作家萨娜、撒拉族作家韩文德、布朗族作家陶玉明、景颇族作家玛波、独龙族作家罗荣芬等的作品在题材选取、主题设置与价值取向等方面，都莫不如此。

由于传统与现代之间不可化约性的紧张和对立（当然可能是暂时的，或者是人口较少民族作家的有关现代性想象），现代性（现代化）发展对人口较少民族地区的影响，无论是显在层面上生存家园的恶化或破坏，还是隐性层面上文化传统的渐趋解体或消亡，或是城乡冲突背景下人性的异化、族群关系的恶化以及社会秩序的退化等，都可以与人口较少民族的生存空间问题相纠缠，最终成为人口较少民族文化流散的外在表征。① 人口较少民族文学关于"空间闯入者"形象的美学建构、"空间景观"的诗意想象恰是对上述问题的回应或挑战，而不仅仅是寻求诗意栖居空间这一显在诉求。在当前中国文学创作越发呈现出"去域化"趋势下，人口较少民族文学对空间问题的美学重构为我们提供了地方性知识和边缘性叙述策略，丰富了中国文学的多元及多源化特征，并使之成为/可能成为中国文学史极富地域特色和民族特色的重要文学现象。

第一节　当代人口较少民族文学对"空间闯入者"形象的美学建构

由于地域的相对偏远和文化流通的相对隔绝，人口较少民族长期以来难以与其他民族形成有效的交流和对话机制。正是这一机制的缺失，人口较少民族与其他民族间基本处于"老死不相往来"的状态（当然是相对而言），即使偶有族际的商业流通、人员往来、民族迁移现象等，也不足以或并没能威胁到人口较少民族族性的自我同一性，其文化传统也能够保持相对完整和同质状态，再加上人口较少族群几乎都有自身的神话及宗教信仰传统，文化凝聚力相对较强，人口较少民族空间内的族群关系总是洋溢着温情与和谐色调。如普米族诗人曹翔所说："泸沽湖是个神奇美丽的人间仙境，是一片能净化心灵的神仙乐园。这里曾经是那样

---

① 笔者在《空间的伦理化与风景的修辞——以当代人口较少民族文学为中心的考察》（《中南民族大学学报》2013年第6期）一文中，亦曾对此类问题做过分析。

的宁静、安详,民风淳朴,各民族融洽相处。"①(请注意:诗人在这里对"曾经"一词的不经意使用,其实已暗含着对传统家园和谐不再的感伤,对当下生存环境恶化的抗议)在传统人与自然和谐共处的空间之内形构出人口较少民族群体典型的"熟人社会"特征,而这一"熟人社会"又促进了"有肉大家吃,有酒大家喝,有事大家帮"这一和谐族群关系的运转与巩固。毛南族作家孟学祥在《印象故乡》中再现了这一经典"熟人社会"形态。《印象故乡》的叙述者说,从前的毛南山乡家家户户夜间不关门,白天不落锁,无论谁家的门,只需轻轻一推就可打开,里面有什么就可以吃什么、用什么。在"熟人社会"这一独特的社会形态之内,人与人之间亲密合作,与邻为善;人与世界之间和谐共存;人与自我之间精神有根,灵魂安宁。

20世纪80年代以来,随着改革开放过程中社会、政治、经济体制的全面调整、相对宽松自由的文化发展环境、迅速拓展的社会生活领域以及在现代性发展规约中人口较少民族地区封闭或半封闭的传统文明逐渐走向工业化、城镇化与开放性的现代文明,由此形成频繁的人员流动与边界移动,"流动"成了现代性语境系人们生活的一种常态,"这样的流动,不仅仅是城市化导致的人口流动,而是一种将生态、心态都搅动起来的复杂的流动现象","民族地区的发展之所以具有复杂性,正是因为民族社会的转型是由市场经济的制度和结构,同民族社会的结构域发展逻辑共同作用的结果"。②作为"流动"这一现代性景象的衍生物,外空间的"闯入者"及其所携带的外来文化观念开始冲击(即使曾经生活在故乡但在经历过现代文明洗礼现已不在故乡居住的人,在人口较少民族看来也难以与故乡血脉相通而成为另一种意义上的"闯入者"),甚至已危及人口较少民族传统意义上的生存空间及其在这一空间基础上形成的价值观念、社会秩序或族群关系等("族群关系"即包括人口较少民族群体内部成员之间的关系,亦包括人口较少民族与其他民族间的关系。其中一个层面上的族群关系若发生变化,另一层面上的族群关系也难以保持原有的维系能力与规则而会随之发生改变。故此,所谓"族群关系

---

① 王婧姝:《三位少数民族作家的十年》,《中国民族报》2010年1月29日。
② 麻国庆:《生产方式及其衔接:西方马克思主义民族学评析与启示》,《民族研究》2014年第1期。

变迁"其实是这两类族群关系变迁相互缠绕的概括)。毛南族作家孟学祥的《印象故乡》对这一问题进行了经典描述。作为接受过现代高等教育且已在城市生活多年的人,《印象故乡》的叙述者在一次回乡时发现,原本淳朴的同乡现在已被经济利益诱惑着而不断砍伐山上已不多的树,人和人之间的友谊也已被经济利益所置换。① 在人口较少民族群体看来,正是这些携带着现代文明样本的"闯入者"才是民族地区生态环境的破坏者、价值观念的解构者及空间秩序的冲击者。"空间闯入者"形象于是作为现代性的隐喻而受到人口较少民族作家普遍青睐,使之作为传统空间的解构者或破坏者成为他们有关现代性想象的经典形象。人口较少民族文学表意的空间之维与"闯入者"书写合谋就成了"现代性"语境下身份言说的表征,呈现出不同于汉族文学"闯入者"书写的另类面相。

当然,若"闯入者"对人口较少民族的传统生存空间尚没有造成根本性改变或没有危及其传统生产生活方式的转换及其族群关系时,人口较少民族与"闯入者"能够达成暂时的"和解"。乌热尔图在事隔 30 多年后而写成的《大兴安岭,猎人的沉默》中说:"我至今仍然清楚地记得,鄂温克猎人面对突然涌入的伐木大军时的神态。……而面对众多的人群,鄂温克猎人且惊且喜,他们来不及思考自身的处境,来不及思索部族的未来,展开双臂,以纯朴、无私、互助的天性,迎接进山来的客人。"② (我们也应该注意:乌热尔图之所以对 30 多年前的这一段往事"至今仍清楚地记得"并予以温情追忆,其实已隐喻着他对当前语境下如何重构"和解"族群关系的思考,以及对外来"闯入者"的潜在不满或焦虑)即使到了新时期之初,乌热尔图仍在强调对空间"闯入者"的"和解"问题。他的早期作品如《琥珀色的篝火》《森林里的歌声》等都是对这种"和解"的艺术化阐释。例如,他的《森林里的歌声》(《人民文学》1978 年第 10 期)是以"老人"叙述强调民族间的"和解"问题:是妻子的一句话使尼库克服了狭隘的心胸,摒弃前嫌,决定帮助那几个迷路的人。当几个汉人获救后,文本的叙述者连续用了诸如"恭

---

① 孟学祥:《印象故乡》,http://blog.sina.com.cn/s/blog_5d444d110100f4iy.html。
② 乌热尔图:《大兴安岭,猎人的沉默》,《人文地理》1999 年第 1 期。

敬""尊贵""难得""满意""痛快""高兴"等一系列描写人物心理感受的形容词以强调尼库对该事情的感受，凸显出族群间矛盾最终的"和解"，互信互助的族群关系得以建立。尽管乌热尔图对"闯入者"的这一处理方式是新时期"伤痕文学"在人口较少民族文学中的回声，或者是对"伤痕文学"的某种模仿。不过，与"闯入者"的和解却是人口较少民族作家在现代性冲击还不足以威胁到自身生存空间及其民族身份时的真实愿望。

　　人口较少民族大多处于地理位置偏远的边缘区域，自然资源异常丰富，地域面积广阔。所以，他们的现代化发展大多是以大规模的资源开发为基本表现形态，随之而来的则是大量外来"闯入者"进驻（"闯进"）人口较少民族生存空间。特别是新时期之后，受"现代/先进—传统/落后"二元思维方式的潜在制约，现代性更是被烙上先进价值观或现代文明成分而愈加得到主流意识形态话语的支持而使之不断向各边缘区域或人口较少民族地区纵深处推进。这一点可以从一则官方资料中看出端倪。鄂伦春自治旗志编纂委员会编纂的《鄂伦春自治旗志》有这样一段对现代性的表述："传统的自然经济和旧的思想观念，束缚着生产力的发展，束缚着广大猎民致富奔小康的手脚；只有改变旧的思想观念，树立与社会主义市场经济相适应的新观念，才是促进自治旗经济建设快速发展的关键。……"① 在主流政治话语看来，"传统的""旧的"等都是社会经济发展或先进生产力的"束缚""阻碍"，只有将其"改变""新的""更新"，才是解决人口较少民族地区所有问题的"关键"。上述话语的论述基础无疑是"现代—传统"这一二元思维的典型表征，由这一思维方式所产生的对现代化规划方案的乐观表述其实并没有充分考虑到人口较少民族的生态承载能力，同时凸显出人口较少民族现代性的"被动性"这一普遍问题。也正是由于"被动"地纳入现代性发展逻辑之中，人口较少民族的传统空间难以承受现代性发展的程度与规模而引发了严重的空间焦虑，原本相对静态而纯粹的生存空间渐趋松动或解体，各类外空间"闯入者"开始持续闯入他们的生存空间且数量逐年递增。

---

① 鄂伦春自治旗志编纂委员会：《鄂伦春自治旗志》，内蒙古人民出版社，1991，第10页。

一旦"闯入者"及其观念、行为等超出了他们传统空间的承受能力,必然会对其生命本体与价值观念产生或显或隐的威胁,并危及他们原初人与自然关系、族群或族际关系的维系,由此而生成的空间焦虑或认同困惑问题成为当前人口较少民族群体在现代性语境下表现出的基本症候。所以,当代人口较少民族文学的空间书写往往将笔墨集中于那些破坏生态环境的外来"开发者"。

乌热尔图新时期之初的作品几乎都是以清新、单纯、乐观的基调再现着鄂温克地区在没有"闯入者"干扰的情况下人与其生存空间完美融合的生态现实(许多学人对此已有洞见),文本犹如清晨的阳光,傍晚的薄雾,鸟的歌唱或天空如洗的云。但是,到了20世纪80年代末期后,随着接近100万"闯入者"以及数不清的偷猎人的涌入,光秃秃的山岭和稀疏透亮的林子使鄂温克人体验到家园被摧残的痛苦。乌热尔图的作品开始以"老人"或"成人"作为文本叙述者或主人公,以老人作为叙述者或故事讲述者是为了在"回顾性"叙述中表述着对往昔生活方式和传统生存家园的哀悼或寻找行为,力图在这种回顾性言说中保留原生态的民族记忆和族群意识,并在历时性叙述中蕴含着对和谐生态不再的缅怀,对良好族群关系破坏的抵制,对现代生产(生活)方式的质疑。他的《玛鲁呀,玛鲁》《在哪儿签上我的名》《你让我顺水漂流》《雪》等作品一再把"闯入者"称为掠夺者、破坏者,是欲望的象征,是病态人生的隐喻。如有学人所说:"如果说乌热尔图前期的小说突出了人与自然的和谐,表现本族人的道德品质和人性之美,那么他后期的作品则突出了人与自然的对立,用震撼心灵的场面和鲜明的人物形象深化其美学意义。"[①] 人与自然之间由"和谐"到"对立"关系的变迁,是人口较少民族地区原初空间解体的外在显现,是文本叙述者对"现代性之殇"的审美言说。这一点同样也是其他人口较少民族如裕固族、毛南族、仫佬族、赫哲族、鄂伦春族、达斡尔族文学的共有主题。在人口较少民族群体看来,是"闯入者"使得他们无处为家:灵魂得不到安放,山神得不到敬畏,牛羊得不到喂养,空间得不到维系,家园得不到安居。裕固族作家杜曼·扎斯达尔《游牧黑河》的叙述者甚至把人口较少民族在现代性语

---

① 王静:《人与自然:乌热尔图小说的生态冲突》,《民族文学研究》2005年第3期。

境下的生存状态称为"病入膏肓"。他说，随着外来移民的增加和其他采药的、拾菜的、垦田的、开矿的等各类"闯入者"的涌入，原本水流充沛、草场肥沃的祁连山"就像一位病入膏肓的牧人，深褐色的褶皱犹如苦难的皱纹，一些鸟飞走了，一些珍奇野生动物搬家了，祁连山里还有什么？我想有的还是那顶顶牧炊孤直的帐房和饥瘦的牛羊，一些干涸已久的河道，退化的草滩，几只苍穹里盘旋的饥饿雄鹰……"[①]。丰腴的草原已退化为荒原一片，清澈的河水已干枯为草滩一条，珍稀的鸟兽已作鸟兽散，"病入膏肓"这一意象的设置多么令人触目惊心、不寒而栗！达斡尔族作家萨娜在《达勒玛的神树》中则把这些"闯入者"称为"不懂规矩的人"。"不懂规矩"不就是不了解人口较少民族传统生活生产方式、不熟悉人口较少民族社会经济秩序、不知道人口较少民族文化发展规律的另类表述吗？所以，正是这些"不懂规矩"的"闯入者"使林子消失了，破坏者无所顾忌，萨娜将他们形容为一群"嗷嗷乱叫的外地人"。在这里，"嗷嗷乱叫"一词把"外地人"的贪婪和欲望之火揭示得一览无余。[②] 同时，所谓"不懂规矩"的"闯入者"也是那些不了解达斡尔人在长期与自然和谐相处过程中形成的具有图腾禁忌意味的、渗透着"神性"意识的生态伦理、生态意识和生态文化等的人。"无所顾忌"地对人口较少民族资源过度开采的结果，必然是传统生存空间的改变和传统文化的解体。萨娜的《多布库尔河》也是以各罗布等人的非正常死亡作为对外来"闯入者"进入多布库尔河而对被族人视为有灵魂的树木大肆砍伐而导致传统生存方式遭遇现代性危机的隐性书写。主人公古迪娅的"爸爸"缺失不就是鄂伦春族的族群记忆、宗教信仰与生存法则在现代性语境下缺席的隐喻吗？所以，萨娜甚至认为："现代文明并不比原始文明更具有进步性，现代文明的残酷性即对人类的残害，并不比任何一次世界大战危害更轻。"[③] 裕固族作家铁穆尔则把这些"闯入者"称为"侵略者"，是"人间地狱的制造者"，"让那些在草原上肆虐的城市、让那些人间地狱的制造者都见鬼去吧"。[④]

---

① 杜曼·扎斯达尔：《游牧黑河》，《六盘山》2011年第4期。
② 萨娜：《达勒玛的神树》，《当代》2007年第2期。
③ 萨娜：《进入当代文明的边缘化写作》，《山花》2004年第8期。
④ 铁穆尔：《失我祁连山》，《延安文学》2004年第5期。

第五章 当代人口较少民族文学的空间书写与风景的修辞

人口较少民族尽管人口基数相对较少，生存空间却异常多元且复杂，多元化的宗教信仰、图腾崇拜、伦理禁忌等规范着人们的日常生活及行为举止。随着民族间人员流动的频繁和工业化开采向纵深处推进，那些不断增加的外来"闯入者"因不了解人口较少民族的生态观念和生态意识而肆意破坏人口较少民族空间内的生态环境，特别受市场经济利诱，一些"闯入者"开始无所顾忌地猎杀、偷盗、贩卖人口较少民族地区独有的生灵，严重破坏了人口较少民族的生态禁忌以及在此基础上形成的与动物世界长期形成的人神共处关系。裕固族作家达隆东智的《猎人巴伯尔》《苍鬃母狼》《哈日凯勒》等作品都是对所谓的"偷猎者"的批判性描写。鄂伦春族作家空特乐的《鄂伦春人与自然之约》的叙述者"老猎人"说，从前，鄂伦春族就生活在林子中，和林子比起来人就无比渺小，和林子的手足情深使他们生活得"有滋有味"。但是，随着资源开发和现代化发展，外来"闯入者"开始大规模猎杀林子里的动物，砍伐在鄂伦春人看起来有神灵保佑、有灵魂附体的森林，甚至连他们最基本的交通和生活工具——驯鹿都未能幸免，"如今的森林愈来愈稀落了，犹如我愈来愈稀少的头发"①（在这里，我们再一次看到人口较少民族文学中的"过去—如今"这一对比性叙述模式）。鄂温克族作家敖蓉在《古娜杰》中为了强化对"偷猎者"的排斥或痛恨心理，特意采取了双重文本叠加式的叙述模式，即在文本表面的叙述者"我"讲古娜杰的故事的同时，也让人物古娜杰讲述她或她的民族的故事。双重文本的共时性叙述把鄂温克地区因"偷猎者"的无节制、无顾忌打猎所带来的环境破坏问题呈现在读者面前，触目惊心。"狩猎已不再，驯鹿又前途未卜，驯鹿可是我们民族的象征啊！驯鹿没有了，我们这个民族还能存在吗？这是在保护多元文化还是取缔传统文化？难道我们的传统文化远离现代文明吗？"②"徘徊在死亡谷里""民族不能存在"等无不表述着对传统生存空间解体、文化惯习破坏和族群关系不再的沉重忧虑，以及对这一切的无声抗议。古娜杰最后对叙述者的沉重诘问无疑也是对那些破坏鄂温克传统空间的"闯入者"的诘问。撒拉族作家韩文德《家园撒拉

---

① 空特乐：《鄂伦春人与自然之约》，《民族文学》2007年第2期。
② 敖蓉：《古娜杰》，《青年文学》2009年第16期。

尔》《永远的家园》《永恒的河岸》，闻采《街子——撒拉民族之圣地》，鄂温克族作家杜梅《那尼汗的后裔》，鄂伦春族作家空特乐《绿色的回忆》、白石《老人的歌》，裕固族作家铁穆尔的《童年》《遥远的黑帐篷》《奔向草原腹地》《北望阿尔泰》《请把你的马拴在白桦树杆上》《焦斯楞的呼唤》《苍狼大地》《北方女王》《草原挽歌》《尧熬尔》等，这些作品的寓言性题目本身就是对导致传统生存空间及族群关系破坏的各种"闯入者"的控诉。就这样，"闯入者"书写与人口较少民族的生态恶化、族群关系破坏与传统空间解体就构成了一体两面的关系。由此而言，当代人口较少民族文学对"闯入者"的抵制无疑源于对传统空间不再的忧思以及对传统空间再造的执着探索，对族群关系破坏后的哀怨以及对造成这一结果的现代性抗争，同时也是对民族文化沦落的担忧以及对重塑民族文化的思考。在这里，对他者的形象书写成为人口较少民族作家知识与想象相互运作的产物，成为话语与权力媾和后的运作，是以他者形象书写来追问本民族形象如何建构，又如何维系的问题。从这一意义上说，当代人口较少民族文学对"闯入者"的情绪化抗争也就具有了一定程度的合理性。

　　出于纾缓"闯入者"对本民族生存空间造成的"痛苦忧伤"，当代人口较少民族文学的空间书写往往把"闯入者"叙事转化为一种古老民族文化景观被损害或人物死亡的症候，并以先行预设某种传统"复归"或"修复"作为叙述的最终指向。如大卫·哈维所说："每个社会形构都建构客观的空间与时间概念，以符合物质与社会再生产的需求和目的，并且根据这些概念来组织物质实践（material practice），但是社会会变化与成长，它们由内部转变，并且适应外来的压力和影响。"① 萨娜在《卡克，卡克》中以叙述者"我"死于外来人枪口之下和小熊卡克被外来人困于铁笼之内而最终自杀隐喻着人口较少民族与"闯入者"的对抗或对立。她的另一部作品《多布库尔河》② 的叙述者仍然表述着对外来"他者"的敌意。正是外来"闯入者"的强势冲击，使得作为一种具有宗教情感的神圣化空间以及空间内的生态环境已遭遇解体和死亡的命运。在

---

① 〔美〕大卫·哈维：《时空之间——关于地理学想象的反思》。包亚明主编《现代性与空间的生产》，上海教育出版社，2003，第377页。
② 《卡克，卡克》和《多布库尔河》是萨娜通过电子邮件发给笔者的未刊稿，特此致谢！

此类文本中,"死亡"(又往往表现为耐人寻味的"老人"死亡)成为一个时常出现的经典意象。《多布库尔河》从第二节开始就向隐含读者讲述死亡的故事:"我生下来就没有爸爸",以及后来包括乌恰奶奶等族群人员的离奇死亡等就具有了深刻的隐喻功能;《流失的家园》中的娅娅,尽管从幼年时起就一直在"寻父",但"父亲"却始终缺席。作为萨满的乌恰奶奶或"爸爸"的缺失,不就隐喻着传统生存法则和宗教信仰的解体吗?鄂温克族作家乌热尔图的《萨满,我们的萨满》《丛林幽幽》《老人与鹿》等,达斡尔族作家萨娜的《多布库尔河》,裕固族作家铁穆尔的《哪里还有静静的草原》《北方女王》《苍狼大地》等,柯尔克孜族作家艾斯别克·奥汗的《大象的眼泪》、吐尔逊·朱玛勒的《猎人》、阿依别尔地·阿克骄勒的《三条腿的野山羊》等都是以"老人"或"父亲"的死亡隐喻着空间解体以及他们在这一遭际中的惶恐或焦虑。肇嘉从历史、心理和文化角度考察西方文学中"父亲"缺席问题时指出,"父亲"缺席是人类文明发展的产物,特别自人类工业文明发展以来,"父亲作为一种意象,已经缺席了,甚至比作为一个个体更加缺席。缺席的父亲本身就是今天父亲的意象"①。作为信仰、力量和秩序的"父亲"缺席,无疑是"闯入者"对人口较少民族传统生存空间直接"入侵"的结果。当代人口较少民族文学对"父亲"缺席的"执着"言说也就具有了悲悼文化流散与再次确证民族身份的寓言化意味。

  在叙述策略层面,当代人口较少民族文学对"空间闯入者"的审美建构大多采用第一人称叙述者介入或以人物讲述的叙述方式,以便使其能够更深入、更深切地体验现代性发展对本民族的生存、生命所带来的威胁或影响。因为叙述作为一种话语实践,是建构、限制、表述或压制表述的权力,由"谁"讲述与讲述"谁"及"谁的故事"是权力话语争夺的表征。当人口较少民族文学对"空间闯入者"的审美言说以本民族人物作为叙述者或叙述视角来讲述时,其实是在建构一种属于自我民族的文化镜像。在这样的文本中,叙述者总是与人物水乳交融、身份重合,从而将空间危机的发生与"闯入者""入侵"及叙述者或人物的生存危

---

① 〔意〕肇嘉:《父性:历史、心理与文化的视野》,张敏等译,上海译文出版社,2006,第382页。

机相勾连，将族裔文化与主流文化、多元文化相勾连。这种处理方式既能够表达创作主体的内在情感和理性思考，又能够实现文本的个体性与群体性的结合，更能够使意识形态与文学审美实现内在统一。目的是让本民族的文化和历史能够集中于文本之中，既有立此"存照之意"，又具一种历史纵深的比较意识，并在空间场景的前后比较中使叙述者所坚守的价值立场和伦理取向得以显现，以维系自我民族传统生活空间中的生活习俗、社会秩序、宗教信仰、民族历史等。也就是说，当前人口较少民族文学的"闯入者"书写事实上蕴含着对本民族文化认同与对外来文化抵制的双重想象。这样，当代人口较少民族文学关于各类"空间闯入者"的叙述在一定意义上就是文化认同的合法性叙述的另类想象。或者说，当代人口较少民族文学对自我身份的执着建构其实是在对"闯入者"抵制的基础上建构或确立起来的，二者间的意义交换使当代人口较少民族文学在内在价值取向上超越了一般生态文学的叙述模式，与全球化语境下的民族认同这一合法性话语有了潜在关联。当代人口较少民族文学对"空间闯入者"的审美建构也就成了人口较少民族群体对现代性的一种"抵抗的形式"或"抗争的形式"。

就其要旨而言，民族认同归根结底是民族文化认同，是以一定界域范围内民族群体内部共同的历史记忆、宗教信仰、规约仪式等文化因素为基础的。一旦该民族生存的地理空间或生态环境发生变化，在此基础上形成的文化构件自然也会发生相应改变，从而在根本上改变着该民族的认同问题。也就是说，族群认同与历史记忆等文化因素是与特定的地域空间存在互动关系的。在空间地理学看来，某一群体的文化系统及思维方式与特定的地理区域有天然关联。任何主体其实都生存于经过仪式化赋魅后的特定空间，处于一个相对稳定、封闭、复杂且具有共同言说系统的文化结构之中，这是"想象共同体"建构的基本条件。在这一空间内自我主体能够维系一种相对完整而稳定的认同意识和身份确证。人口较少民族地区的空间环境因其封闭性、脆弱性和不可再生性而具有先天性免疫力弱化问题，这种免疫力弱化反过来又强化了人口较少民族作家的空间保护意识，而这种的空间保护意识自然又强化了人口较少民族作家对"空间闯入者"的质疑、不满乃至敌对，二者间的持续循环导致当代人口较少民族文学的空间书写普遍性弥漫着哀婉情绪或感伤意味。

或者说，当代人口较少民族文学的空间书写对人口较少民族作家而言既是一种地理学意义上的生存地域或生存环境的形构，又与身份诉求和文化认同问题相勾连而成了身份的隐喻。他们所形塑的空间就成了列斐伏尔意义上的"表征的空间"，"是体现个体文化经验的空间，包括组成这一空间所有的符号、意象、形式和象征等"。[①] 鄂伦春族作家空特乐《鄂伦春人与自然之约》的叙述者说，仅仅定居50年的时间，鄂伦春的生态环境就到了濒临灭绝的境地，森林减少，水土流失严重，让老人们曾经生活得"有滋有味"的林子所剩不多了，鄂伦春的传统文化也随之失落。这不是一种失去还可重新回来意义上的"失落"，而是再也无处寻觅的只能留存在老人记忆中的"失落"。鄂温克族作家德柯丽的《我那北方忧伤的森林》[②] 以一种痛彻心扉的笔触书写了随着原初人与自然和谐一体的森林破坏，鄂温克族文化也渐趋解体这一现代性创伤。文化失落与空间解体在这里就成了互为隐喻的客体。出于对空间问题与族群认同融合后问题的自觉认识，人口较少民族文学对"空间闯入者"形象的美学构建实质上成了对已逝或即将逝去的传统社会秩序一再凭吊的隐性书写，成了对"瞬息万变"的现代文化警惕与抵制（传统空间内的民族文化则意味着稳定、宁静与单一）的另类表述，"闯入者"只是这一文化心态的隐喻化建构。所以，"以界域地点为基础的认同，尤其在种族、族裔、性别、宗教和阶级差异相结合时，无论对主动的政治动员还是反应性的排他政治来说，都是最普遍的基础之一"[③]。

也就是说，外空间的"闯入者"是开发者也好，盗猎者也罢，他们都还只是限于对人口较少民族文化或其生态环境的影响或破坏，还不能根本上消除人口较少民族传统的居住方式及生存空间。或者说，对于人口较少的民族主体来说，无论是资源开发或"掠夺性"的动物捕杀，还是外来文化冲击，都还不能使他们彻底放逐于其先前的生存空间，他们的主体或民族主体危机感尚不能从根本上危及他们固有的身份意识。但

---

① Henri Lefebvre, *The Production of Space*, Trans, Donald Nicholson-Smith, Massachusetts: Blackwell, 1991, p.39.
② 德柯丽：《我那北方忧伤的森林》，《草原》2012年第9期。
③ G. Benko and U. Sturohmayer, *Space and Social Theory: Interpreting Modernity and Postmodiery*, Oxford: Basil Blakwell Publishers, 2007, p.117.

是，以"变化、运动、发展、消费"等著称的城市化进程的日益加速以及在各边缘民族地区的快速推进，却从根本上加剧了人口较少民族传统空间解体的风险。有学者把城市所具有的与农村社区不同的特征概括为"城市性"，如人口密度大，社会分工发达，异质性高，社会流动大以及人际接触的匿名性等。① 随着主流话语倡导的城市化进程的不断加速，人口较少民族不得不在这一进程中渐趋放弃原有生存空间（不可否认，作为一种复杂的经济社会文化变迁过程，城市化也为人口较少民族重塑了一种全新的现代生产生活方式、价值观念与文化形态），空间改变或解体将导致他们"主体性被剥夺的状态"。毛南族作家孟学祥以一棵移栽在城市里的"树"为喻，再现了城市化进程给予乡村生态致命一击后而遭遇"累累伤痕"的残酷景象，"城市制造出来的残酷却又无处不在。虽然没有刀光剑影，但却有着让人心中滴血的累累伤痕"②。

也就是说，在城市化这一"巨型寓言"所形塑的空间结构中蕴含着与人口较少民族传统空间绝不相同的族群关系、价值观念、交往准则及意识形态质素。两种不同空间其实展示了两种不同的身份意识与文化立场，城市作为"他者"空间与人口较少民族传统空间也就存在着不同文化间的对立。例如，新时期以来，鄂温克族、赫哲族、鄂伦春族等遵照国家有关要求，宣布全面禁猎并逐步迁出森林，实行定居点安置，结果导致裕固族的文化传统以及在此基础上形成的族群关系面临着全面解体的濒危处境。裕固族作家铁穆尔在《失我祁连山》中再现了随着工业化的超规模开发，各种工厂肆无忌惮地蚕食着裕固族群体的土地和家园，城市化进程的加速又将裕固族群体赖以生存的草原肢解为荒芜而残缺不全的盐碱地。同时，随着人口和需求的不断增加，裕固族群体也不断在原先为荒地或草原的地方开垦出新的土地，这就挤压了草原的面积，侵占了草原需要的水源。诸多因素的作用导致裕固族的牛羊无法放养，以放牧为生的牧人不得不退出历史的舞台，成为荒野上的流浪者，新生活的逃避者。马戎先生对西部民族地区城市化问题做过如此分析："他们在日常生活中最切身的感受就是就业难和生存难。这样，他们很容易把自

---

① 王思斌：《社会学教程》，北京大学出版社，2013，第182页。
② 孟学祥：《移栽在城市里的树》，http://blog.sina.com.cn/s/blog_5d444d110100bxf9.html。

己的生存困境与族际差异联系起来，这就使西部地区少数民族的民生问题与民族隔阂叠加在一起，从而使西部地区的民族关系更加复杂化。"[①] 就这样，民族问题与城乡问题、东西部问题、社会阶层问题等相互叠加，使"城/乡（草原、牧场、森林等）"的关系成了验证传统空间存在与否的显在表征。所以，当代人口较少民族文学往往将"城市空间"看作是与其传统家园截然对立的场域，并通过对"城市空间—出逃"与"传统空间—返回"这一行为的隐喻化书写缅怀或回眸曾经和谐而温馨的传统空间，表征着人口较少民族对城市空间内环境恶化、信仰缺失、价值失范的质疑、抵制与抗争。由此，"城市化"问题成为当代人口较少民族文学空间书写中的另类"闯入者"，并作为破坏人口较少民族族群关系的另类"闯入者"日益受到关注。对"城市化"的抵制、拒绝与民族地区生态环境的恶化、人口较少民族传统空间解体就这样形成了一种内在的声援性关系，成为当代人口较少民族文学空间书写的共有主题。

只不过，由于人口较少民族文学对城市这一巨型"闯入者"的书写只是为了表述对本民族传统空间内价值观念、社会秩序、族群关系及交往原则等的诗意想象，人口较少民族作家在城市空间内的迷惘、痛楚及"在而不属于"的现代性体验就成了他们城市空间书写的基本隐喻。从这个意义上说，当代人口较少民族文学对城市这一"闯入者"书写的重心就不在于如何写城市，写了什么样的城市（或者说，目的并不在于写城市，城市只不过是他们对他者族群的另类想象而已），而是通过对城市空间的抽象或提纯以呈现其虚伪、世俗、废墟、无序等意以此达到抵制或消解城市空间"入侵"的叙事目的。就此意义而言，人口较少民族作家对城市空间的疏远、抵制或拒绝无疑潜隐着对本民族传统空间的诗意想象与深情缅怀，城市空间内的信仰缺失、价值失范、道德沦丧等恰好构成了对传统空间内温情、和谐、宁静等特质的"入侵"。或者说，人口较少民族文学对城市这一现代性"闯入者"的书写其实是人口较少民族作家对自身身份追索的外在表征，这才是人口较少民族文学空间书写反对城市的根本缘由。在人口较少民族作家看来，城市化进程的日渐加速不仅消解着人口较少民族的传统生活区域及和谐生态环境，而且冲击

[①] 马戎：《21世纪的中国是否存在国家分裂的风险（上）》，《领导者》2011年第4期。

着人口较少民族传统空间谱系内的族群关系。正是在"城市"空间的强烈"入侵"之下，人口较少民族传统空间内的优秀品质遭遇退化，族群关系遭遇破坏，传统空间遭遇解体。就这样，城市/乡村成了二元对立的结构性存在。

  基于这一叙事立场，当代人口较少民族作家一再表达了自身对现代性及其城市化的犹疑或困惑。如萨娜在《感情理想主义者》中所隐喻的那样："她像一棵细弱的草木植物，在钢筋混凝土垒筑的城市里能长存下去吗？"[①] 刻意夸大城市化的风险与威胁，一再张扬人口较少民族传统空间的神性与诗意并以此作为修复、重构和捍卫传统意义上的文化生态，是当前人口较少民族文学空间书写的基本叙事模式及书写心态。杜梅的《木垛上的童话》《那尼汗的后裔》等揭示了原始狩猎经济输给了商品经济后，传统和谐互助族群关系遭到彻底破坏，最后只能使鄂温克人陷入深深的矛盾与痛苦之中这一惨痛现实。裕固族诗人贺中的《我与世界的争斗如此漫长》《多么喧闹啊，可又是多么寂寥》《无法言明自己的感受》《我的伙伴你又醉倒在哪个山岗》等作品以典型的城/乡空间的二元式立场，将人口较少民族群体面对城市这一"闯入者"时的两难心态展示得如此清晰！

  尽管当代人口较少民族文学也时常关注本民族群体进入城市这一"他者"空间的问题。只不过囿于城/乡空间的二元式立场，当代人口较少民族文学的城市书写总是表述着人口较少民族群体与城市这一"他者"空间的格格不入，以达到重回传统生存空间的叙事冲动。撒玛尔罕的《山那边的世界》为此做了很好的注脚："山那边的世界""没有欲望，所有的灵魂一贫如洗/甚至没有一行美丽的诗句/无尽的黑夜是最真实的世界/罪恶和虚伪呈现原本的面目无法遮掩"[②]。把传统空间与城市空间之间的关系隐喻为"山这边/山那边"，其实是人口较少民族作家醉情于"山这边"世界的另类表述，言下之意则是对"那边"世界的质疑、拒绝或排斥。萨娜《阿西卡》中的叙述者尽管生活于城市，并一直在享受着城市带来的便利，却始终与城市格格不入，源于记忆深处的、

[①] 萨娜：《感情理想主义者》，《大家》2002年第2期。
[②] 撒玛尔罕：《山那边的世界》，《西部》2012年第2期。

最能够代表着达斡尔民间力量和尊严的篝火一直在叙述者的心中燃烧。在叙述者看来，聆听源自旷野的呼唤，触摸源自民间的力量，感悟源自族群内心深处的激情成为她生活的支撑，并使之成为叙述者"灵魂的选择和认同"①。萨娜的《流失的家园》《额尔古纳河的夏季》等，无论在书写模式、文本结构及价值取向层面都是以城/乡间的对立作为基本叙述方式。正是与城市这一他者空间的格格不入，人口较少民族群体在城市空间中才总是产生"迷路"或"逃跑"的冲动，反衬出人口较少民族群体对传统空间的诗意想象与皈依的迫切意愿。鄂温克族作家敖蓉的《古娜杰》（《青年文学》2009年第16期）甚至把人口较少民族进入城市看作是"一种一只驯鹿误闯老虎洞的感觉"。裕固族作家玛尔简将城市化进程中的人口较少民族群体称为"迷路的孩子"。② 作为对这一生活境遇的抵制，"我"产生一种"逃跑"的冲动。③ 这一典型的"逃跑"意象在其他人口较少民族作家作品中也不时涌现。裕固族作家阿勒坦托娅《风中的叹息》中的叙述者"我"中学毕业后离开草原到城市求学，但总感到生活在他处，随着城市体验的深入，"我"最终成了"一个真正迷失的女儿"。撒玛尔罕在"山那边的世界"成了一只"迷途的羔羊"："我是你那只迷途的羔羊：我恐惧，寂寞，失落/只等你出现！带我走向回家的路。"④ "隔膜""误入老虎洞""迷路的孩子""迷失的女儿""迷途的羔羊"等这些极富阐释意味的现代性体验，一再表征着人口较少民族群体在传统生存空间解体后的焦虑不安或无处为家的焦灼以及他们对"城市空间"强烈的"出逃"意识，以及重新向传统空间"返回"的强烈愿望。对城市空间风险的肆意夸大与对传统生存空间的留恋缅怀就这样成了一体两面的问题，"逃出"城市空间根本上诠释的是对传统空间的诗意向往与归属情结。所以，当代人口较少民族文学空间书写中一再重述着如何"返回"的现代性焦虑。

萨义德在考察欧洲小说对他者形象书写原因时指出，这是为了"想象的地理和历史有助于把附近和遥远地区之间的差异加以戏剧化而强化

---

① 萨娜：《你脸上有把刀》，大众文艺出版社，2003，第106页。
② 玛尔简：《故乡谣》，《民族文学》2012年第2期。
③ 玛尔简：《我的家园》，民族出版社，2008，第38页。
④ 撒玛尔罕：《山那边的世界》，《西部》2012年第2期。

对自身的感觉","它也成为殖民地人民用来确认自己的身份和自己历史存在的方式"。① 对人口较少民族群体而言,城市空间与其生存空间之间不仅仅只是价值观或文化层面的区别。人口较少民族群体因其在经济资本与文化资本等方面的弱势而使他们在城市空间的就业难和生存难问题相当突出,再加上城市空间内或有意或无意的民族不平等意识作祟,"他们在与内地来的汉族农民工和汉族大学生竞争时常常受到歧视和排斥"。这样,"他们很容易把自己的生存困境与族际差异联系起来,这就使西部地区少数民族的民生问题与民族隔阂叠加在一起,从而使西部地区的民族关系更加复杂化"②。对人口较少民族群体来说,他们所面对的城/乡空间问题往往是与文化身份问题、民族认同问题、社会阶层问题等叠加在一起的。基于这一叙事伦理,人口较少民族试图从城市中逃离而返回"故乡",并以此作为建构民族身份、回归原初诗意空间的基本依托,"回家"也就成了当代人口较少民族文学关于空间书写的基本主题或美学形态。普米族诗人鲁若迪基甚至以《回家》作为诗歌的题目,强调要从有着"柏油路"和"钢筋水泥的楼房"的城市,回到"果流"这个诗人一生都在牵挂的"家":"从柏油路回到山路/从钢筋混凝土的楼房回到木屋/从熟悉而又陌生的人群回到父老乡亲身旁/从汉语回到母语/告诉斯布炯神山和每一个果流人/阿金米义色(普米语,即'我回来了'之意——笔者注)"③。萨娜的《额尔古纳河的夏季》(《作家》2004年第7期)中被都市生活折磨得身心疲惫、伤痕累累的北奇,只有走进北方广阔的草原才能找到真爱和自己;《流失的家园》(《民族文学》2000年第9期)中的娅娅,在看透了城市文化中的虚伪、冷漠和苍白之后,只有到"故乡"去"寻父"才恢复生机和活力,并认为这才是"自己不能拒绝的沉重的使命"。也是在这个意义上,"返回"才成为人口较少民族群体在现代性生活场域中"主动后撤"的主体症候。"我紧扣衣领/独自穿越长安街/我应该在哪儿栖息/某个城市牵挂人心/某个人无声无息/某个

---

① 〔美〕爱德华·萨义德:《文化与帝国主义》,李琨译,生活·读书·新知三联书店,2003,第1、25页。
② 马戎:《21世纪的中国是否存在国家分裂的风险(上)》,《领导者》2011年第4期。
③ 鲁若迪基:《回家》,转引自叶梅《也说诗人鲁若迪基》,中国作家网:http://www.chinawriter.com.cn/bk/2011-06-13/53887.html。

字逐步丧失/你说：返回吧/你说：你自由了/从此以后，你到哪儿/这间房子真大/它被陌生的月光包围/道路消失，兄弟/我无论怎样/总要穿过长安街，因为/你说：返回吧/因为你说：你自由了。"① 虽然城市里的房子"真大"、城市里的生活"自由"、城市里的"道路"宽广，但是，城市里的人群"陌生"、人际关系冷漠，城市里找不到可以"栖息"的空间。诗人正是在"城市/乡土（草原、牧场、森林等）"这一对立场景的设置中看到了城市空间内族群关系的症候而一再强调"返回"。然而，当整个社会都已然被纳入现代性话语逻辑之中时，哪里能够找到置身于现代性之外的"故乡"呢？人口较少民族群体还能够回到梦中的家园吗？土族作家东永学对此做了否定性回答："从城市中回到梦牵魂绕的故乡，你就能找回曾经拥有的所有吗？不可能。我在土汉混杂的这个小山村里几乎找不到本民族的多少痕迹。"② 叙述者在"从前—现在"这一对比性叙事结构中，通过描述"拜天地""编辫子""服饰"等最能体现土族民俗风情的景观在当前语境下的消解，看到了在城市化裹挟下这些民俗、民风以及其他民族传统消亡的危机，并一再表达着"这种乡村景观消失了，一种景观消失的背后潜藏着某种危险"的痛楚忧思。鄂温克族女作家德纯燕以《异乡人》为题已然表述着"在自己的故乡却成了陌生人"式的尴尬与荒诞，尽管身份证上标注着自己是"鄂温克族"，她也渴望回到鄂温克族的怀抱。但是，一旦到了故乡却发现"要去的地方已经陌生至极。我的户籍在草原，可是我一直却固执地认为漠河是故乡。现在又突然意识到，漠河也不是故乡"③。布朗族青年诗人郭应国甚至以《我的故乡丢了》为题表述了"返回"已难以成行的哀痛。在诗人看来，在城市化和工业化浪潮的不断进逼中，他的"故乡丢了"，曾经在城市接受的现代文化教育如今却像"一支/冰冷的猎枪，疼醒/荒原的狼/故乡确实丢了/寄不出的思念"。在"故乡丢了"与城市"冰冷"的双重打击下，诗人感到"负债累累"。对"故乡"的愧疚，对城市的拒绝，最终使诗人下定决心："请不要说我贪婪/流星划过，我的愿望依然是透支一

---

① 贺中：《世纪末记事——最后的挣扎》，《西藏文学》1994年第5期。
② 东永学：《随风远去的记忆》，《中国土族》2011年第1期。
③ 德纯燕：《异乡人》，《新中国成立60周年少数民族文学作品选·散文卷》，作家出版社，2009，第1244页。

辈子/而后整整齐齐地还给故乡"①。

城市空间意味着光鲜、整洁与现代，但不能给人口较少民族群体以归属感；家园空间意味着自由、舒心与归属，但往往意味着贫穷、滞后与转型中的焦虑。如何才能回到梦想中的"故乡"（"故乡"一词本身就是人口较少民族群体身在他乡而对家乡的一种"想象"或"眺望"）？"故乡"是建构的还是本质的？是想象的还是事实存在的？在整个社会都已被纳入现代性文化逻辑之中而人口较少民族文化也无法或无力不被纳入时，作为边缘小民族群体的生命个体还能否"整整齐齐地还给故乡"？即使"还给故乡"是否还能被故乡所接纳？这是人口较少民族作家思考空间"闯入者"问题时不得不面对的问题。本想在城市收获快乐的打工者陈智力和张秋明夫妇遭遇到一连串的人身侮辱和被抢劫等事件后终究没能回到故乡。毛南族作家孟学祥的《城市很近家很远》（《延安文学》2014年第3期）的故事结局和题目本身就是对这一问题的隐喻化回应。萨娜的《流失的家园》中的娅娅尽管在故乡找到了爱和温暖，但是最后还是要义无反顾地走出故乡。贺中的《世纪末记事——最后的挣扎》的主人公尽管要"返回"故乡并把这种返回看作是"最后的挣扎"，但是他的返回之途依然惦记着城市里的"自由"和"房子"。郭应国的《我的故乡丢了》尽管表示"愿意"把自己完完整整地交给"故乡"，但这只是他在城里时的一种想象，其实依然在享受着城市空间的文明。或者说，身处在由传统文化记忆与现代性话语相互冲突所引发的多重矛盾之中，只有尽快探索出双方能够对话的途径或方式，才能消除边缘民族群体对他者以及对他者主导的城市的恐慌或畏惧，进而重新建构新形势下良性健康族群关系与社会秩序。全球化背景下，各民族文化渐趋走向"交往与对话"，不同空间及其"闯入者"相互缠绕或交织现已成为全球化背景下的一种常态。在这一过程中，任何民族的生存空间都需要借助或融入他者空间才能不断发展自身、创新自身或完善自身。以自我民族空间的纯粹性、同质性来抵制他者介入并试图在这种封闭状态下走向自我民族的健康良性发展，是不可想象的，也是难以完成的。不了解这一点，人口较少民族群体即使一直在"流散"中奔波和寻找，也难以"找

---

① 郭应国：《我的故乡丢了》，《民族文学》2013年第5期。

到回家的路"。

第二节 当代人口较少民族文学对"空间景观"的诗意想象

一般来说，特定的空间与特定民族的文化是血脉相通的，空间是文化的寄寓体，文化是空间的表征者。文化的空间性与空间的文化性就像一枚硬币的两面。或言之，任何民族的文化都蕴藏在特定的空间景观之中，空间景观其实是文化的承载者、维系者，空间景观不能被当作"所见的"外在客体，而是"见的方式"，是人类的一种文化实践和劳动的产物。景观从名词转变为动词，景观如何运作及其与隐含的意识形态和权力关系的问题成为研究核心。[①] 从这个意义上说，所谓的"空间景观"其实就是"文化景观"。或者说，这种景观充满隐喻性与意识形态性，是各种意识形态话语交织的文本。对人口较少民族来说，因其长期与自然生态圆融为一的生产生活方式、以万物有灵为根基的宗教信仰，加之环境的偏远闭塞，使人口较少民族既形成了一种能够自我约束、自我调节、自我维系的社会秩序，又形成了能够适应生存环境且能与生存环境相促动的文化根性。虽经历频繁的族群迁徙、人员流动或族群融合，这种文化根性依然能够保持相对的稳定性及其民族特性，维系着人们的民族身份，建构着他们的"想象的共同体"的凝聚力。在法国社会学家埃米尔·迪尔凯姆看来，文化根性是靠社会成员的共同信仰和价值观念结合在一起的，特别是当这种信仰和价值观念以宗教信仰和宗教仪式的形式表现出来时，社会的组合就更加牢固。特别是人口较少民族因其生产方式的相对单一，以血缘、家族、部落为纽带而形成的以集体主义为核心的社会团结机制，更加维系了民族文化传统的稳定或统一。社会团结是"一种建立在共同情感、道德、信仰或价值观基础上的个体与个体、个体与群体、群体与群体之间的协调、一致、结合的联系状态"[②]。新时

---

① D. Mitchell, *Cultural Geography: A Critical Introduction*, UK: Blackwell Publishers Ltd., 2000, p.17.
② 〔法〕埃米尔·迪尔凯姆：《社会分工论》，生活·读书·新知三联书店，2000，第13页。

期以来，国家政治话语和中东部地区现代化和都市化进程等"外迫性"力量，共同构成了对边地人口较少民族生存空间及文化传统的挤压与冲击，并在事实层面一直试图将各人口较少民族文化纳入主导民族的文化统治范畴而予以"同化"。尽管族际政治一直强调，多民族国家中的各民族应被看作平等的权利义务主体，各民族无论大小、强弱，都具有平等的权利和尊严，作为"多元一体"国家的国家意识形态话语也一直强调这一点。从"文化洼地"效应来看，人口较少民族文化在强势文化冲击下渐趋式微，甚至消解的风险却日甚一日，这已是不争的事实。"文化齿轮"理论认为，尽管各民族文化共处于一个大的齿轮箱内，合成一台灵活运转的机器。它们之间相互协调，相互影响。[①] 但是在实践层面，由于不同民族强弱势文化间的极度非对称性，弱势文化在与其他民族文化交往中往往因其处于弱势而有渐趋被强势文化所解构的风险，很难使之与强势文化"灵活运转"。这就形成了现代性与民族性之间的内在冲突，造成"建设现代性与抵制现代性的两难处境"[②]。所以，笔者把多元文化混杂语境下人口较少民族文化的"同化"称为"事实上"的"同化"，而非主流民族出于某种霸权意识而有意为之。基于强弱势文化间不对称冲突的日渐加剧，作为弱势民族的人口较少民族传统空间内族群关系、社会秩序等渐趋面临解体的风险，与之相关的民族信仰、风俗习惯、生活方式、语言艺术等也在加速消失或越来越被年青一代所遗忘。这一问题的显在表现就是少数群体原初空间景观的流散或破坏，如族群象征物的解体、民俗事项的消失、空间景观的陨落等。与此同时，一种建立在个人主义、利己主义、利益至上原则基础上的现代经济文化及其观念日益成为霸权话语，打破了人口较少民族传统的社会结构和经济利益再分配体系。现代市场经济条件下新的市场经济体系或经济结构日益成为现代社会背景下族群秩序和利益关系的基本规约，这就越来越消解着人口较少民族群体对本民族空间景观的传统认同意识，空间景观甚至成为人们获取经济利益的工具而非民族文化的象征，从而改变及摧毁着人口较少民族在原初空间基础上形成的相对稳定且明确的身份意识。

---

① 关于"文化齿轮"理论，请参阅朱炳祥《构建人类学中国体系》，《百色学院学报》2007年第4期。
② 杨春时：《现代性与中国文学思潮》，生活·读书·新知三联书店，2009。

特别是当人口较少民族地区的生态问题与社会问题共时态出现之时，更是给他们传统生存空间内的景观带来严重破坏（尽管主流话语也强调并在政策上考虑到少数民族聚居区经济的绿色 GDP 问题、可持续发展问题等，在事实层面上这一问题的解决还有很长的路要走）。以东北"三少民族"为例，随着现代化快速向纵深发展，大兴安岭地区已经面临无森林可砍伐、无植物可采摘、无动物可狩猎的局面。"皮之不附，毛之焉存"？空间景观的流散或解体必然影响到人口较少民族的文化存续问题、身份认同问题。面对这一现代性风险，作为本民族文化代言人的人口较少民族作家不能不感到"惘惘的威胁"："冬季已经来临/我的海子湖畔的草原/我的家园，我将什么留给你/我的心灵故土？"（玛尔简：《牧歌深处燃烧的篝火》，《甘肃日报》2010 年 12 月 6 日）诗人以"冬季已经来临"隐喻着先前圆融、和谐的空间景观现已遭遇到摧残和破坏。自然生态与人文生态的双重陨落无疑会引起人口较少民族文化的阵痛和不适，而这种阵痛和不适又是无法在短时间内加以解决的。有学者甚至以"一个即将消失的民族"概括鄂温克生存现状，因为鄂温克"自身传承的传统生产方式与外界提供的现代生活方式之间的矛盾至今尚未得到有效解决"①。空间场景的转换就这样与人口较少民族的身份错位、文化解体构成了逻辑勾连，成为其"创伤"的根源。这种现代性"创伤"也是人口较少民族文学普遍弥漫着死亡、毁灭、崩溃、解体等挽歌气息的根源，并且是人口较少民族作家一再建构着空间解体、景观萎缩、行为失范等意象的根本原因。

进而论之，当代人口较少民族作家对现代性"脱域"状态下空间景观解体的塑造本身，其实是为了再生产一种能够使他们"诗意栖居"的空间及其景观，即重新建构一种适合于他们生存的、有利于维系他们族群认同的、给他们以归属感意义的空间。裕固族作家铁穆尔曾"怀着一种候鸟般的乡愁在匆匆旅行……为部落和氏族寻根溯源，为寻找美丽的焦斯楞草原"②。所以，他一再强调回到"北方女王"的世界。东北"三少民族"文学一再张扬一种"图腾精神"的回归：乌热尔图的文本几乎

---

① 廖杰华：《一个即将消失的民族》，《视野》2009 年第 3 期。
② 铁穆尔：《焦斯楞的呼唤》，《飞天》1997 年第 4 期。

都是致力于对图腾精神与萨满的神性描述,萨娜在《阿西卡》《有关萨满的传说与纪实》中对祖先勇猛、坚强、睿智的深情回忆。西南人口较少民族文学对"火塘精神"的诗意回眸等,无不阐释着人口较少民族群体面对现实生存境遇风险时的一种族群重构意识。或者可以说,当代人口较少民族文学对原初空间景观的书写并不是为了省思不同族群关系如何相关问题,也不是为了审视本民族群体在现代性发展逻辑中如何良性、健康地融入的问题,而是成为人口较少民族群体对传统家园的理想愿景的投射,没有或者故意摒弃传统与现代生活能否对接的理性沉思,而醉情书写着本民族的前现代"记忆"与族群关系的诗意想象。就这样,当代人口较少民族文学的空间景观书写就是试图通过独具民族及地域特色的景观书写或建构来彰显民族文化存在的合法性及先前社会秩序的优越性,并试图以此去抵制或瓦解现代性或殖民化文化对本民族生存空间的侵袭。无论对民族民间历史或传统的深情回眸、对原生态场景的民族志再现,还是对民间原始风俗景观的一再重述,其实都是以"梦想家园"的回归作为重建社会秩序的努力而成为一种身份的政治。萨义德指出,空间意识比事实存在更具有诗学价值,"事实的存在远没有在诗学意义上被赋予的空间重要,后者通常是一种我们能够说得出来、感觉得到的具有想象或具有虚构价值的品质……空间通过一种诗学的过程获得了情感甚至理智。这样,本来中性的或空白的空间就对我们产生了意义"①。既然如此,文学中的空间景观无疑就渗透着创作主体的价值立场或意识形态质素,而不可能是一种自然主义意义上的完全再现。或者说:文学中的生态景观不是一种"原生态"的景观展示,而是创作主体依据特定的价值立场或意识形态加工后的"人化自然"或萨特意义上的"创造物"。从这一意义上去看待当代人口较少民族作家空间景观建构的最终意义,其实就是他们对传统文化建构的另类表述。在这种情况下,人口较少民族作家的传统空间景观重建意识便转化为试图在强弱势文化非对称语境下寻求身份认同的问题,人口较少民族文学在营构独特空间生态景观或人文景观(其实二者是一体两面的关系)的同时也总是为这些景观烙上强烈的现代性反思、质疑,乃至抵制等色彩。如克朗所说:"文学中的景

---

① 〔美〕萨义德:《东方学》,王宇根译,生活·读书·新知三联书店,1999,第68页。

第五章 当代人口较少民族文学的空间书写与风景的修辞

观的形成反映并强化了某一社会群体的构成——谁被包括在内、谁被排除在外、它们能告诉我们有关某个民族的观念信仰和民族特征。景观的形成体现了社会意识,而社会意识也会通过景观得以巩固和再生产。"①就此意义而言,当代人口较少民族文学之所以一再对本民族空间内的原生态景观加以审美再现,根本原因就在于这些生态景观在一定程度上满足了创作主体"内心最深处"的"传统文化重建"要求,是人口较少民族作家寻求自我身份和重建社会规约的基本方式。他们对空间景观的诗意表征也就使生态景观问题与族群内部有关现代性想象的几乎所有问题都有了紧密的勾连。他们心中与笔下的所有景观都成为民族文化的象征与民族文化的媒介,成为他们的意识形态与意识形态的载体。如裕固族诗人玛尔简在诗中所说:"遥远的西至哈志与就要消失了的海子湖/那如经幡般神秘的预言/是我们灵魂深处的故事/是民族必须珍视的生命尊严。"既然传统空间内的景观在其本质上是"灵魂深处的故事",是"民族必须珍视的生命尊严",它自然成了诗人族群的文化记忆,"它是一部泪水与欢乐交融的史诗/是一座佛铃奏响的城堡/我的民族的未来之路/是与牧歌深处的灯光永世不弃的相守/那是梦乡中出现的绿色海洋奏响的乐章"②。既然景观已成为"梦乡"中出现的"乐章",这种书写本身就已蕴含着对"永世相守"的空间景观解体的哀伤。

由此而论,当代人口较少民族文学的空间景观书写其实是人口较少民族作家在文化进退失据情况下试图通过空间景观的诗意想象来生产或重建人口较少民族群体的传统文化记忆,是他们探寻"民族的未来之路"的资源或方法。文本中的空间景观无论是遭遇现代性冲击时的破烂不堪、扭曲变形,还是原初空间景观的光彩夺目、神奇诱人,其实都是人口较少民族作家基于空间重构与身份重塑这一价值立场而对空间景观过滤后的艺术结晶,是他们依据自身的现代性创伤与修复创伤的文化想象而对生活场景"筛选"后的审美再现。所以,在他们有关空间景观的文学书写中,景观要么如人间仙境、美不胜收,要么是家园破败、荒芜不堪。这一极端化书写现象在人口较少民族作家那里目的其实是一样的,

---

① 〔英〕迈克·克朗:《文化地理学》,杨淑华、宋惠敏译,南京大学出版社,2003,第19页。
② 玛尔简:《牧歌深处燃烧的篝火》,《甘肃日报》2010年12月6日。

都是通过民族身份的再建构、再阐释而对空间景观的重新塑造。如何呈现景观或景观如何建构并不是问题的关键所在，如何让景观塑造达到作家们寻求"民族的未来之路"的目的，才是他们景观营构最需考虑的问题。从这个意义上说，当代人口较少民族文学的空间景观建构其实是一种道德、禁忌的寓言化写作行为，是为人口较少民族当下生存和文化规约重新确立价值坐标的"立法"行为，在精神实质上其实也是一种生命与灵魂写作，一种权利与义务写作，一种命运与归属写作。这一沉重的价值重负形构了当代人口较少民族文学在空间景观建构中强烈的"倾诉性"特征，营造出一种深具民族性特征的"抒情性氛围"。

"倾诉性特征"的生成，一方面源于当前人口较少民族作家对外来强势文化造成传统家园不再、景观消失、身份错位这一现代性创伤的心理体验和情感倾诉；另一方面，则是人口较少民族作家对现代性及其附属产物的心理拒斥或抵制的一种隐喻化写作，只不过他们对"现代性及其附属产物的心理拒斥或抵制"更多意义上是一种情绪化、情感性的拒斥或抵制，而非一种理性与审慎态度。这些因素的综合性作用导致当代人口较少民族文学对空间景观的诗意建构普遍渗透着一种"焦虑"式的回忆情调和怀旧氛围，这是当前人口较少民族文学空间景观书写的总体性审美特质。不论是达斡尔族文学、鄂伦春族文学、鄂温克族文学、撒拉族文学、保安族文学、裕固族文学、塔塔尔族文学、塔吉克族文学、乌孜别克族文学、柯尔克孜族文学，还是景颇族文学、仫佬族文学、德昂族文学、阿昌族文学等，都弥漫着一种由景观消失和文化解体引发的哀痛情绪，一种传统社会价值迷失后的彷徨心态。这种文学书写的风格显得厚重而深刻，甚至沉重而悲凉。基于这一叙述逻辑，在当代人口较少民族文学的空间景观书写中，对空间景观解体的感伤或哀悼与对外来空间的抵制或拒绝就构成了一体两面的问题，对外来空间的抵制或拒绝与对民族传统空间的追忆或回望自然构成了相互阐释的关系。达斡尔族作家萨娜在《伊克沙玛》中对此做了很好诠释："家园不复存在了。往昔宁静而丰饶的小城，往昔飘着袅袅炊烟和奶茶香味儿的居住地，往昔河水清澈、山林茂密的自然全都变了。……无论她愿不愿意，她和她的族人都会被他们困惑的、外来的文明同化掉。"①"家园"丧失后的身份困惑、文明解体后的无所适从、秩序失范后的皈依无着、景观消失后的认同匮乏,使当代人口较少民族文学的空间景观建构背后总是弥漫着过多的悲情与哀婉,渗透着难以名状的焦虑与苦闷,这种焦虑与苦闷又在一定程度上源于他们对"往昔"的执着眷恋,对"往昔"的心向往之,对"往昔"的深情凝望。"现实"与"往昔"之间的反差越是强烈,对比越是鲜明,人口较少民族作家由此引发的焦虑与苦闷就越是令人不堪回首、难以忍受。德昂族诗人艾傈木诺以《失语的村庄》为题表述着人口较少民族群体内心深处的这种焦虑与苦闷。靠口头传承的文化随着语言的失去而解体,随着传承人的离开而消散,他们的灵魂或归属感也随着文化流散而漂泊,诗人于是把那种现代性语境中失去文化、失去传统、失去根基的人概括为"没有故乡的人,魂很饿"。"没有故乡"的灵魂只能是飘浮无根的状态,只能是困惑不已的状态,"没有故乡"反而促进这些小民族群体更加贪婪地寻觅安放灵魂的沃土。"村庄"已经"失语",他们体验到的只能是更为强烈的"焦虑"意识。②

由此看来,这种"焦虑"体验源于人口较少民族作家的经验不足以应对目前强势文化的冲击。或者说,他们在强势文明冲击面前难以调整自己惯有的经验而生成传统文化流散的痛苦感觉,进而想通过诗意家园的审美营构来达到一种身份重构意识与认同归属目的。这是因为,特定民族文化系统中的族群成员在长期的生产与生活方面必定形成特定且独特的经验,如生活经验、处理族群与周围世界关系的经验、处理人际关系的经验、如何对待外来影响的经验等,这种经验是稳定且不可取代的。由于各种原因不能置身于这种文化系统中的人,那些不能了解也不能用灵魂拥抱这种文化的人,是难以窥视这种文化的内在精髓和运行规则的,或者只能获取对这种文化的表面的、不完整的或抽象的理解。这种在特定民族文化系统中形成的共有经验,也被威廉斯称为"感觉结构"③。一旦人口较少民族群体的共有经验遭遇现代性发展所引发的生态环境恶化

---

① 萨娜:《伊克沙玛》,《钟山》2005年第1期。
② 艾傈木诺:《失语的村庄》,《民族文学》2007年第10期。
③ 〔美〕斯图亚特·霍尔:《文化身份与族裔散居》,《文化研究读本》,罗钢、刘象愚译,中国社会科学出版社,2005,第405页。

或空间解体（或崩溃），从而在现代性面前难以应付自如时，他们就会生成一种情感或精神上的"无家可归"意识，就会使其个体的归属投向以血缘与空间景观为基础的"想象的共同体"，并通过某种特定的"空间景观"建构来保障其在这种"想象的共同体"中的情感维系、生命延续。对他们来说，故土家园中的一水一草、一山一石、一人一物、一鸟一兽都记录着他们的历史和命运，都是他们民族文化认同的根基与对象，任何景观的失落或损坏都可能造成民族文化传承的断裂和生活方式的改换。孟学祥的叙述者在《寂寞村道》中认为：村子的萧条恰是由"公路"这一现代化最为经典的表征形式在人口较少民族地区的修建而引起。先前充满泥土气息、寄寓乡村人情感记忆的小路日渐荒芜，整个村子已毫无生活氛围。最后，叙述者竟然"彷徨在动物粪便"的梦乡放声大哭。[1] 就这样，人口较少民族文学的空间景观书写在题材选取上往往集中于"原生态"空间场景再现，以此作为一种心理预防机制来抵制现代性的持续干预。从根本上言说着现代性摧毁他们的传统景观及其引发的灾难以及由这种灾难所形塑的焦虑与彷徨，表述着作家对现代化中断传统之链时忧心忡忡却又难以解决的两难心态，只不过这是一种艺术化的、想象性的抗争形式。

当代人口较少民族文学空间景观书写中的"焦虑"意识又不仅仅是人口较少民族作家对社会失序或文化解体后的一种直接性、应激性的"刺激—反应"模式书写。人口较少民族作家作为本民族文化的代言人，大部分都有走出本民族聚居区而进入汉族文化区域的经历，并多少接受过汉语言文化教育（或其他各种形式的现代教育），如锡伯族作家郭基南、京族作家李英敏、赫哲族作家乌·白辛、鄂温克族作家乌热尔图，特别是年青一代的人口较少民族作家还在汉文化区接受过高等教育，这种多重或多维度空间的生活经验使他们能够以多重视角去观照或审视强势文化持续冲击下的民族文化传统问题。民族文化传统在现代性语境下的弱化或解体是他们不愿意看到却又无可奈何的，主动接纳或迎合现代性多元文化是他们难以承受却又不得不为之的，从而使他们产生一种强

---

[1] 孟学祥：《寂寞村道》，中国作家网：http://www.chinawriter.com.cn/？2014年09月05日10:24。

烈的"散居"体验。裕固族作家铁穆尔在《腾格里达坂下》一文中把这种"散居"意识形象化隐喻为"鸽群中的乌鸦":"我曾像那个传说中的乌鸦,它把自己的羽毛漂白后来到鸽子群中,但是鸽子们认出了它后赶走了它,它又回到乌鸦群中时,乌鸦们又嫌它不够黑而赶走了它。"① 正是出于这种精神上的"无家可归"的现代性创伤体验,人口较少民族作家才能够深入思考本民族何去何从的问题。就此意义而言,人口较少民族文学的空间景观建构中的"焦虑"意识隐含着人口较少民族群体对故土家园的一种乡愁性重构,并将这种情感升华为对民族认同的再度确认。锡伯族诗人阿苏的诗歌意象始终是锡伯族特有的民族景观,比如萨满、黄昏的落日、喇嘛庙等。傅查·新昌一再致力于"巴库镇"这一锡伯族经典景观的文学书写。苏莉在《故乡的柳蒿芽》中的叙述者说:"只要在家请客,我必得意地上一道这个柳蒿芽鱼汤,以此显示我的与众不同。不知不觉我竟成了一个热衷于传播自己民族饮食文化的人。每当这个时候,我又感觉我是与我的民族在一起的。"② 就这样,当代人口较少民族文学对民族原生态空间景观的诗意想象与社会秩序重构、个体情感经验与民族身份认同、现实生存焦虑与民族文化记忆、个体话语与民族集体话语等之间取得了内在统一,使其文本彰显出典型的民族寓言性质,并在根本上与主流文学中的风景书写存在着表面契合而实质偏离的叙述旨向,最终使人口较少民族文学对空间景观的美学建构演化为生态环境的修辞。在这里,叙述就成了"召唤"——"召唤"身份的到场,"召唤"愿望的完成。

或者说,人口较少民族文学对民族性空间景观的文学再现其实承担着生态危机、文化危机背景下人口较少民族作家传统文化建构的重负,为人口较少民族群体重新建构了一个身份"明确"的位置或空间场域,"每个人都在里面,而且每个人都占据了一个——而且只有一个——极端清楚的位置"③。裕固族作家玛尔简的作品一再出现"无论我走到哪里,都不会忘记那片虽然还很贫瘠却养育了我的地方——海子湖草原"。据钟

---

① 铁穆尔:《腾格里达坂下》,《西湖》2004 年第 11 期。
② 苏莉:《故乡的柳蒿芽》,《民族文学》2003 年第 8 期。
③ 〔美〕本尼迪克特·安德森:《想象的共同体:民族主义的起源与散布》,吴叡人译,上海世纪出版集团,2005,第 156 页。

进文先生粗略统计，在玛尔简的56篇作品中，"海子湖"竟出现104次之多。现实生活中的社会失范、文化解体和生存焦虑很自然地转化为玛尔简作品的叙述动力，并通过对社会失序状态的一再回眸而试图给现实生活中存在诸多风险的裕固族群体以诗意的想象空间，同时也潜隐着以此达到消解或抵制他者文化侵扰的可能。同为裕固族作家的达隆东智在《遥远的巴斯墩》中以"我"对巴斯墩的有关回忆和历史、传说、故事的大量穿插，再现了"尧乎尔"的迁徙历史、风土人情。叙述者还特意安排华洛老人等长者以"第一人称"口吻讲述"尧乎尔"漫长而惨痛的迁徙历程、辉煌而英雄辈出的祖先故里，并引领接受者追溯属于他们自己的族群历史。土族作家祁建青曾经说，他很少写人、写故事，因为萦绕在他周围的是震撼人心的景物，这些景物如青稞、油菜花等，都具有旺盛的生命力，具有高贵、纯洁的精神；还有他们做梦都在思念的黄河源头，那咆哮奔腾的黄河水，不仅是他们的生命源头，也是他们灵魂的归属。所以，他要把笔触投向这些景物并挖掘这些景物所蕴含着的精神和气魄及其象征意义。在他看来，在当前民族生存出现危机，文化、心理、情感等方面都出现了令人难以平静的矛盾和冲突时，只有回到这些蕴含着独特象征意义的景物之间，回到魂牵梦萦的景物之间，才能寻找到生存的勇气、胆魄和胸怀。①

　　也就是说，当代人口较少民族文学之所以不遗余力地描写原初空间中那些未被现代化冲击的民风民俗、地理景观、历史/传统等文化景观，其实是在塑造一种身份认同，重构一种族群记忆。撒玛尔罕的《巴颜喀拉的融雪》《青海湖》等始终致力于撒拉族民族精神象征物的"青海湖"和"黄河"等审美建构；裕固族作家铁穆尔的《遥远的黑帐篷》《北望阿尔泰》《奔向草原腹地》《焦斯楞的呼唤》《北方女王》《草原挽歌》《星光下的乌拉金》《苍狼大地》等作品一再表征着对"祁连山北麓"草原生活的执着书写；乌热尔图的《萨满，我们的萨满》《七叉犄角的公鹿》《丛林幽幽》等反复诉说着狩猎鄂温克人与河流、森林、驯鹿的心灵感应。在这里，当代人口较少民族文学对本民族"风景之发现"其实

---

① 杨春等：《写出民族骨子里的性格》，中国作家网：http://www.chinawriter.com.cn，2013年7月5日。

已消弭了对题材的陌生或对炫异心理的考量,也不再执着于对文学叙事技巧的纯粹美学意义上的精雕细刻,而是内蕴着作家们对"重回传统"的价值预设以及他们如何在当下生存的现实焦虑,同时也是他们对如何重新建构现代性语境下的族群社会秩序的主动思考。所以说,"地理景观是人们通过自己的能力和实践塑造出来,以符合自己文化特征的产物"①。据此而言,当代人口较少民族文学中的空间景观建构也就成了具有特定价值观念和文化意义的符号象征。

在这种最能够彰显出地域特点及民族性景观的文学营构中,表述着人口较少民族群体在传统空间与城市化进程、生态意识与资源开发、世俗观念与神性价值间的徘徊、无奈与感伤,表征着全球化及多元文化语境下人口较少民族作家面对传统生存空间解体或景观消失时力图重构身份或认同的空间意识,并以此作为人口较少民族群体在多元文化碰撞或融合过程中出现心理错位感和身份迷失感的替代物,文本中的空间景观建构如仪式的再现、景物的描述、禁忌的书写、历史事件的叙述等都以一种价值认同意义上的艺术建构而不断被赋魅为人口较少民族群体的"种族记忆"。毛南族作家孟学祥《印象故乡》中的叙述者说,与社会进步相随而生的是山村失去了曾经美好的景致,即使是人际关系也不似以前那么和谐,"现在除了年节,一般日子里大家都很少串门,更不会像前些年那样,吃完饭后一大群人跑来寨子中间学校操场上吹牛聊天"②。在这里,"过去/现在"界限分明的景观书写成为人口较少民族作家在传统社会秩序碎片化、民族身份分裂化、价值观念流散化语境下的一种痛心疾首却又无能为力的复杂心态的表征。而对"过去"这一时间规约内空间景观的再叙述,其实潜隐着叙述者力图重新构筑一处"希腊小庙"的迫切愿望。乌热尔图在《琥珀色的篝火》的序言中一再重复着对童年生活的向往和渴望。因为,"童年"是他记忆中传统空间能够安然存在的时期,是他的民族还没有经历现代性强烈冲击而未生成身份认同困惑的时期,是他能够像鸟一样歌唱、像风一样自由、像鹰一样搏击长空的时期。他说:"当我拿起笔,学习写作,脑海中时常闪现童年的图景,那在

---

① Crang, *Mik Cultural Geography*, London: Routledge, 1998, p.27.
② 孟学祥:《印象故乡》, http://blog.sina.com.cn/s/blog_5d444d110100f4iy.html。

半空中飞翔的小鹰仍然清晰可见,渴望得到一双小鹰翅膀的童年幻想并没有在我的心中消失。在洁净的白雪上留下自己足迹时的美好心境,还在撞击我的心,以至使我感到,童年的幻影也可能就这样陪伴人的短暂一生。"① 在这里,乌热尔图对"童年"生活场景的深情缅怀,其实是对本民族现实生活中社会秩序及文化身份消失后的担忧或焦虑,由此促使他们以更为自觉的地方性景观书写或文化景观建构来强化本民族的族群记忆和历史想象。于是,富于地域及民族特点且作为文化符号的生态"风景"便作为"想象的共同体"的基本构件起着维护民族尊严、确证身份、确定族群归属的凝固剂作用,成为当代人口较少民族文学一再致力于空间景观书写的集体无意识。

人口较少民族作家出于一种重构身份认同的现实焦虑而以"风景之发现"来建构族群社会秩序时,自然会主动而自觉地选择那些能够最大限度地呈现其民族特性的独特空间景观作为其认同对象。在这样的文本中,"我们必须同时看到一个特定的场所如何获得文化意义,以及文化又是如何利用这些场所实现其意义的"② 鄂温克族作家乌热尔图的《老人与鹿》《森林里的歌声》《琥珀色的篝火》《敖鲁古雅祭》《玛鲁啊,玛鲁》《萨满,我们的萨满》《丛林幽幽》等,始终建构着"敖鲁古雅"这一狭小的空间地域景观,而且为读者如何看待鄂温克族文化提供了意义边界与提问方式,为研究者对当代人口较少民族文学的这一写作方式的阐释提供了有效的阐释符码与价值准则。所以说,发出自我民族的声音,避免被他者误读或污名化,从而被"他们"所了解或认同,是人口较少民族作家致力于建构空间景观的"力量的源泉"。达斡尔族作家萨娜则在一次以"文学与风景"为主题的会议发言中强调,她的写作目的就是要通过景观书写把三个少数民族(鄂温克族、达斡尔族、鄂伦春族)目前的生活状态和民族发展的历程表达出来,把曾经在北方辽阔草原上驰骋且自由奔放的"三少民族"的血性、雄性与令人震撼的力量展示出来,让那些自以为文明优势、种族高贵、文化发达且以此作为资本轻视或无视人口较少民族的他者看一看人口较少民族的历史和文化真相。

---

① 乌热尔图:《琥珀色的篝火》"序",百花文艺出版社,1984。
② 〔英〕迈克·克朗:《文化地理学》,杨淑华、宋慧敏译,南京大学出版社,2000,第7页。

在萨娜看来,"无论他们怎么艰难,无论他们的生命怎样短暂,在他们身上有一种我走在城市的时候已经看不到的令人震撼的东西,那就是他们身上的神性和诗性,他们永远保持着一种孩子般的人类最本质的东西,这个才是我之所以能够再继续写小说的内在的一种力量"①。这里的"城市"不就是典型的他者表征吗?她的《流失的家园》《天光》《白雪的故乡》《金色牧场》《有关萨满的传说与纪实》等,一再叙说着达斡尔族独特的空间景观以及这种景观所承载的民间风俗、生活意蕴、规约禁忌等;独龙族作家罗荣芬的《在路上》《泛滥河水》《我的故乡河》等,也把笔触投向民族文化的根脉"独龙山乡";仫佬族作家鬼子尽管不承认自己的少数民族作家身份及其创作的民族性特征,但他的《年夜饭》《一根水做的绳子》等,也蕴藏着对罗城"仫佬山乡"的深情回望。

出于对民族文化现代性遭际的情绪化想象和对多元文化语境中的族群身份确证的现实焦虑,当代人口较少民族文学的空间景观建构也就落入了由文化、社会、政治等所交织而成的"意义之网",成为经过人口较少民族作家意识形态过滤后的审美建构。正如英国学者克朗在《文学景观》中所说,文学是一种社会产品——它的观念流通过程,委实也是一种社会的指意过程。②当代人口较少民族文学对民族性空间景观的执着营构、对民族传统风景的再发现及其重复叙述,其实蕴含着"对民族文化特征的强调,对民族成员的民族自我意识(以血统意识和先祖意识为核心)的强调",也是彰显民族文化、弘扬民族价值的应有之义。③日本学者柄谷行人在考察日本现代文学起源时,也倡导要以"颠倒"的方法看待风景何以成为现代文学的主题,要把现代文学看作一种制度性建构问题。在他看来,现代文学所塑造的"风景"是现代制度的产物,所谓"风景的发现"不应在人本主义的立场上认为这是人觉醒的必然结果,不是主体发现了"风景",而是民族国家政治在对国民主体创制的同时创制了外在的"风景"。④当我们以这一"颠倒"的视角去观照当

---

① 萨娜:《萨娜在"文学与风景"研讨会发言纪要上的发言》,《西部》2011 年第 10 期。
② 转引自陆扬《空间理论与文学空间》,《外国文学研究》2004 年第 4 期。
③ 纳日碧力戈:《民族与民族概念辨正》,《民族研究》1990 年第 5 期。
④ 〔日〕柄谷行人:《日本现代文学的起源》,赵京华译,生活·读书·新知三联书店,2003,第 195 页。

代人口较少民族文学的景观书写时，亦很容易看到其中的修辞功能，景观与身份确证、文化传统、精神家园的同一是这一修辞行为的核心。或者说，文学中的"风景"并不是一个个毫无生命或僵死的地理及自然物象，而是被各种不同的意识形态所裹挟或者被创作主体加以价值过滤与重塑的文化表征。从这个意义上说，对于民族（包括民族成员个体）意识在新时期借助新启蒙主义思潮作用渐趋觉醒却旋即被纳入现代性话语逻辑之中，对于民族文化存续与否问题在现代性逼迫下愈演愈烈，对于因他者空间强行介入而导致弱小民族空间解体焦虑问题渐趋凸显的人口较少民族作家来说，以民族志或人类学方式沉溺于民族原生态空间景观的审美想象问题，其实是基于他们相对稳定的族群经验和共有的文化心理结构与现实生存中空间焦虑"视域融合"后的必然选择。

　　从上述意义上说，当代人口较少民族文学对民族性及地域性空间景观的诗意想象与审美表征并非完全出于外在原因，如他者文化"入侵"、外来闯入者的干扰与破坏、资源的大规模开发等，更与人口较少民族作家传统文化记忆和传统身份认同在场并持续作用于他们的现实选择有关，同时也融入了人口较少民族作家对自我民族地区如何存续、如何发展等现实问题的深层思考。在这里，人口较少民族文学的空间景观就蕴含着身份重述及社会秩序重构的重任，人口较少民族作家通过对本民族空间内日常生活场景的诗意描述、族群内部独具民族特质的生产方式或生活习俗的艺术再现、独特居住方式或仪式节庆的"浅吟低唱"、英雄祖先或古老禁忌的浪漫化想象等的空间景观建构，其实成了他们寻求多元文化语境下身份建构或文化认同的途径或方式，共同承担起对自我民族生命的诗意讴歌。这种源自生命内在的梦想及追问与外在诸多冲击的持续性张力，就成了人口较少民族作家在现代性境遇中主动建构原生态空间景观，在原生态空间景观建构中质疑、反思，甚至拒绝现代性这一反复性书写的显性表征。或者说，当代人口较少民族文学的空间景观建构中的生态描绘、民族风情书写、地域特性展示等，更大程度上是在表达人口较少民族那种因空间破坏而生成的深入骨髓的民族意识和民族情感，从根本上触及的是他们在传统景观破坏后的心理伤痛感、心灵挫败感、身份流亡感，他们对景观问题的关注其实是对文化危机的情绪化反应，是一种身份认同意识。一如撒拉族诗人撒玛尔罕所说,当意识到自己应该写"民族的、血缘的、信仰的、人性的"问题时,就开始"关注黄河,给黄河融入撒拉尔民族历史的元素,把撒拉尔民族的命运和黄河的涛声、浪花、岸上的炊烟按照自己的方式揉碎、发酵并调制成一行行文字"①。裕固族作家铁穆尔在《为了看那红色宇宙》中面对"那个'马逐水草、人仰潼酪'的时代,那个人人都穿着羊毛长袍或皮袍坐在篝火旁边讲述英雄史诗的时代都已离我们远去,先辈们的生活和寂静的群山草原都在迅速成为传说,甚至连传说都没有一个人知道"这一自然生态与文化生态的双重解体,而不得不通过回忆去建构梦想的"故乡"。在这里,"故乡"就成了叙述者心中的"文化符号",成了他们生有所养、死有所葬,以及情感灵魂有所托的"梦想故乡"。铁穆尔说:"故乡或者说是原乡,在这个边缘小族群的老辈人中代表着自己的已经失去的游牧文化,代表着过去的一切或失去的一切。它不同于一般意义上的故乡,它是一个文化符号。"② 维护和坚守从祖先那里传下来的生存空间或栖居的家园,并以此为镜像去哀悼被现代性所淹没的族群文化传统,才是当代人口较少民族作家关注空间景观问题的价值取向。公路、铁路如何与驯鹿相安为伴,机械耕作、定居点安置如何与采摘、狩猎等生活方式良性共存,大众文化、新媒体信息技术如何与口头传统以及在口头传统基础上形成的民间文化取长补短、协调发展,传统社会中的文明形态、文化观念如何与现代文明、现代观念和谐联姻,一个没有文字的民族如何铭记本民族的历史或传统等问题,不仅是当前人口较少民族作家在反复思考的问题,也是各人口较少民族群体都应思考的问题,他们对传统空间景观的执着书写也就内蕴着强烈的身份确证意识。

也正是出于对空间问题与文化认同问题同一性的深切体认,当代人口较少民族文学的空间景观书写在伦理取向、价值预设等方面最终与重塑民族记忆、重构文化身份等成为一面两体的问题,空间景观也就成了身份、性别、民族、文化等多重因素的"复杂关联域"。就这样,当代人口较少民族文学的空间景观书写也往往被民族寓言所置换,对空间景

---

① 撒玛尔罕:《刻入骨子里的民族记忆密码》,《青海湖》2012年第5期。
② 铁穆尔:《为了看那红色宇宙》,《西藏文学》2011年第2期。

观的伦理化过滤也就使景观背后蕴含着值得阐释的复杂"装置"。当代人口较少民族作家出于对自我民族传统诗意生存空间的执着建构,执意于在这一空间内达到身份建构与界限划分的目的而不得不试图刻意回避他者的缠绕和干预。在如此沉重的现实困惑及其叙事伦理面前,人口较少民族作家对空间景观的审美建构便被一种"何去何从"意义上的"民族寓言"所置换而试图通过对本民族现实生存问题的思考来替代景观书写的价值规约。这样,他们笔下的空间景观其实就失去了对景观的理性审视与科学评判。或者说,当代人口较少民族文学空间景观书写的根本初衷就是为了重建原生态的诗意生存空间,从而在这一空间内拥有相对完整的、明确的且持续的身份记忆,并以此作为抵制或拒绝现代性的口实。由此,就很容易出现如下问题:为了通过空间景观书写实现民族身份的重构与认同,当代人口较少民族文学对本民族的风物民俗往往过于浪漫化、神性化。普米族文学一再讴歌纯净如水、单纯如雪的天边女儿国。东北"三少民族"文学一直把对冰天雪地、原始密林中的空间家园的回顾与缅怀作为魂牵梦绕的"家"。乌热尔图在《雪》中甚至对伦布列猎场进行了性别化、欲望化、肉身化的叙述:"那片桦树也挺美,抖着花白的树干,远看就像姑娘们的一张张嫩脸。说来说去,弄得你脑袋发晕,撩得你心头发痒……这真叫你发呆、叫你发傻,还让你胡思乱想。这也难怪,不论哪个猎手,走到什么地方,只要想起伦布列猎场,都觉得心里头火烧火燎的。"① 对这一原生态景观的性别化、欲望化、肉身化书写,无疑是作为人物的叙述者对本民族原生态场景发自本能层面的留恋与缅怀。裕固族文学总是以回到民族发源地或回归"风吹草低见牛羊"式的传统游牧生活作为对抗现代生活的坐标。在现代性侵蚀日趋严重的情况下,人口较少民族的心理调适与情感修复只有在这种原生态的空间景观建构中才能得以想象的完成。但是,在这种根源意识的寻找与确证中,"原本意义上应是个人在现代性生态灾害境遇中的挣扎、苦闷或彷徨的文学书写,几被集体、民族、历史等所替代"②。这一叙事伦理或价值重负不能不加剧着人口较少民族文学对创作主体

---

① 乌热尔图:《雪》,载于《你让我顺水漂流》,作家出版社,1996,第26页。
② 李长中:《生态写作的不同面相——以人口较少民族文学的生态书写为例》,《中南民族大学学报》2011年第6期。

的心理感受和个体言说空间的遮蔽或忽略,本应作为创作者个体的精神遭遇与情感体验在场资本的人口较少民族文学也几近被族群记忆、共同体建构、种族起源、文化重构等宏大叙事所取代,个体的呢喃与细语、私密的低吟与轻诉在这种宏大叙事中失去了言说的可能与空间,他们的空间景观写作也总是充满着过多的挽歌情调和诗意想象,沉溺于"童话般的气氛和歌谣般的感伤色彩"之中。这一如《红楼梦》中的"太虚幻境"。"幻境"虽美,若然放置于现代性快速推进的现实生活之中,这样的"空间"又该何处安放?那种原始的、纯净的、单一的文化又何以可能?这一二元式书写本身很难以一种现代性意识来审视民族现代化发展的合理性与身份合法性,对民族文化历史、现状及未来走向的考量也难以做出"立足当下,面向全球"的超越性判断而促进民族历史与现代的有效对接,阻止或延迟了人口较少民族的现代性转型历程。

在这一问题的基本规定性面前,当代人口较少民族文学对空间景观的书写中心(或者说叙事重心)很显然就不可能是注重主人公或人物形象的艺术塑造,或故事及情节编排,或讲述的精心打磨层面,也不会执着于文本结构的巧妙设计或因果关系的锤炼或推敲层面,而是沉溺于能够彰显"大我"的民族性、地域性空间景观或风景的勾描和铺张,醉情于"民族"这一集体身份的积极建构与审美重塑,"风景往往超越了背景设置的需要而具有人物和情节的功能,作为背景部分的风景甚至成为一种主导性的因素,移动到前景的位置"[①]。由此,当代人口较少民族文学在建构民族性空间景观的同时,不期然走向了把本民族空间景观浪漫化至至美至纯境界,以此凸显对他者的抵制或抗争。这样,当代人口较少民族文学的景观书写就存在着两大问题:其一,在空间景观书写与民族认同的意识形态之间缺乏必要的审美或叙事张力,空间景观设置成为意识形态的直接表述而使之承受了不可能承受之重,空间景观的文学再现没能升华为审美意义上的文学意象,其象征意义超越了景观本身所能承载的价值负荷,这样的文学书写成为某种意义的布道篇而非审美创造。其二,对空间景观问题的关注失去了对空间景观的艺术之过滤,难以将

[①] 张箭飞:《风景与民族性的建构》,《外国文学研究》2004年第4期。

现实的空间解体及相关问题融入文学的审美表达。不注重景观书写的情节编织和结构锤炼，不注重"空间故事"的营构和文学语言的雕琢，不注重文学叙事方式的多元融合和想象力的挥洒，不注重由素材到意象的审美升华和审美境界的提升。这样的文本在价值观宣扬背后缺乏一种有深度的人性阐释，缺乏一种普遍意义上的人文关怀，也缺乏结构严谨、情节合理和故事精彩的作品。

另外一个值得注意的现象是，人口较少民族普遍生存于"环境优美、交通闭塞、生活贫困"的地区。一面是"世外桃源""人类最后一片净土"，一面是"贫穷、落后，甚至连基本的生活必需品都没有"的现实。在这一现实语境下，若一味把维系本民族原始空间景观、回归民族传统当作解决人口较少民族地区因现代化发展所引发的生存空间解体问题的根本，无疑是"隔靴搔痒"。因为，任何民族的任何传统在全球化多元文化时期都已不可能再存在于不受冲击的单一文化语境之中。时代在变，文化的生态环境同样在变，这种"变"是本民族走向现代化的一种必要进程（自然也蕴含着若干消极的问题），是民族地区实现物质文明与精神文明双重诉求的必要动力，故不能把现代性本身所存在的若干负面或消极问题当作反对、抵制现代性的口实。例如，基诺族、景颇族、德昂族、独龙族等的传统生活方式是火塘，生产方式是刀耕火种。尽管这一生活方式及生产方式"是人类对森林生态环境的一种适应方式，它体现了人类对生态环境的高度的适应能力和生存的智慧"。即便如此，在当前整个社会都已或快或慢地走向现代化的情况下，还能渴望他们维系好传统生产、生活方式而以不要现代性生活为代价吗？对于他们而言，最基本的问题应该还是吃饭问题，如基诺族民众所说："我们并不是要刀耕火种万岁，但是我们也需要生存，需要发展！"① 另据郗春嫒在云南施甸布朗族地区调查，在调查者问到"宁愿经济不发展，也要保护传统文化"时，当地几位教育界人士一致反驳道："就如现在我们这里摆着一盆兰花（民族传统文化），你们是已经解决温饱了，可以来想着如何欣赏它最有美感，我们（本民族）还在饿着肚子呢，要紧的是想着咋个尽快把肚子

---

① 尹绍亭：《"我们并不是要刀耕火种万岁"——对基诺族文化生态变迁的思考》，《今日民族》2002年第6期。

填饱，那（哪）个还有心常（土语，心思之意）来慢慢培育它以供观赏？——我觉得有点不现实！目前只有任它自生自灭啦……"①从这个意义上说，当经济发展与改善生活条件已成为各人口较少民族群体内部的共同呼声之时，如果人口较少民族作家不是思考如何处理现代化发展与传统保护良好互动的问题，而是一味为传统流失而哀悼或感伤，为现代性发展而抵制或抗争，是难以符合当代社会发展逻辑的，也是难以反映本民族群体真实意愿的。特别是人口较少民族地区目前还普遍存在着各种形式的贫穷问题，这一书写姿态在一定程度上将会阻碍他们尽快融入现代社会的进程。

纵观当前人口较少民族文学的空间景观书写，在将"身份认同"或"传统文化重建"作为唯一叙事规约并以之作为无须纠正的成规，否则则认为不足以体现自身特性时，总是很难以一种辩证的、理性的或科学的价值观念或书写立场来对传统与现代的问题加以综合性考量，总是难以避免在本土与全球、传统与现代、自我与他者之间设置一种好与坏的价值判断标准。非此即彼的价值观设置、过于狭窄的景观设置、意象的重复性营构、主题的直接且简单化的寓言表达等，使人口较少民族文学在执着于空间景观书写时忽视了对文学境界的提升和审美品格的升华，对生存空间危机的情绪化抗争和激烈的情感表达制约了对空间景观的审美建构，这是当代人口较少民族文学在空间景观书写时面临的根本困境之所在。从这个意义上说，当代人口较少民族文学艺术价值的提高或审美品质的跃升，不能仅仅局限于对前沿文学理论的吸收、对他者创作手法的借鉴、对外来文学思潮的濡染（当然，这对人口较少民族文学创作水平的提高是必不可少的），更重要的是，当前人口较少民族作家必须思考："经济发展"与"空间保护"之间如何共存的问题；"经济现代化"与"文化现代化"之间如何相融自洽的问题；本民族空间如何与他者空间"携手共进"的问题。而不能沉溺于单一的民族身份想象及相关问题的思考，不能在本民族空间周围筑起一道坚固的用以抵制他者空间影响的堤坝。否则，受伤害的不只是他们的文学，更是民族的未来。

---

① 郗春嫒：《人口较少民族社会文化变迁研究——以云南布朗族为例》，中央民族大学博士学位论文，2011。

结语　当代人口较少民族文学的审美观照：一个必要的视角

在以上各章内容的探讨中，"现代性"始终作为一种"元话语"成为观照当代人口较少民族文学审美生成的基本视域。尽管多元文化混杂境遇下的各个民族都面临着生产生活方式现代转型、现代化发展意识迫切、文化身份认同意识强烈、族群意识彰显等问题，并深刻影响着它们自身的文学创作。不过，对于存在人口较少、文化核心区域狭小而分散、文化承载能力脆弱、文化造血功能不足等问题的人口较少民族的人们来说，他们在现代性语境中由生产生活方式现代转型引发的心理震动更为剧烈、文化创伤更为严重、身份意识更为彰显、边缘体验更为强烈、族群观念更为突出，由此所产生的传统维系、文化寻根、身份认同等问题也表现得更为典型。这是当前人口较少民族所面临的最为根本的文化共性，各人口较少民族的民间口语文化都相对发达而书面文学资源都相对匮乏。在这一文化共性基础上孕育而成的人口较少民族文学才具有典型的地域特点、民族特色和地方性知识特征，成为中华多民族文学整体格局中的重要组成部分，并以其"典型的地域特点、民族特色和地方性知识特征"为其他民族文学及文化提供多方面的滋养：尚未被他者文化完全濡化的民族风情展示与现代情感表述，在文化传承与审美言说、民族代言与个体创作、传统文学观念与现代叙事伦理等诸多关系相互勾连之间建构而成的文化精神与文学审美风格，在远古神话或其他口头传统基础上孕育而成的现代艺术书写技巧等。特别是在后现代知识语境下，当对历史性、民族性及地方性知识的尊重与重视已成为整个世界的共识之时，当代人口较少民族文学的重要意义亦将愈发凸显。

之所以对"人口较少民族文学"加以"审美"研究，基于以下问题的考虑：其一，"人口较少民族文学"就其文学与文化价值而言，理应作为一种独立的研究对象引起学界的应有重视。其二，这种研究其实蕴含着一个潜在的话语症候，即"人口较少民族文学"在本体意义上仍属于"文学",是文学的民族化及地方化书写,应将之作为审美或美学客体加以研究(并非否定对之加以文化研究的价值);同时,"人口较少民族文学"因其是"人口较少民族"的文学,在审美层面如艺术形式、叙事策略、文体类型、语言修辞、文本形态等方面应具有典型的地方性知识特征,在文学现象或美学形态方面会出现一些非规约性现象。在经济全球化及多元文化快速向各边缘区域推进与深化的语境下,对这一极具地方性知识特征的文学类型加以实践剖析与理论总结更具有文学及文化的双重价值,在最终的意义上能够给予其他民族文学以有益启示和丰富营养,并能够促进中华多民族文学的共同发展。其三,尽管对人口较少民族文学加以审美观照是对当前文学研究"泛文化"现象的一种反驳,但是,这种研究又并不是一种纯粹的形式主义或技巧至上意义上的研究,而是探究其审美生成的综合性研究。因为,文学作为"审美的意识形态","是指与现实社会生活密切缠绕的审美表现领域","一方面被看作意识形态中的富于审美特性的种类,但另一方面又渗透着社会生活以及其他意识形态的因子,与它们复杂地交织在一起。因此,审美意识形态不是审美与意识形态的简单相加,而是指在审美表现过程中审美与社会生活状况相互浸染、彼此渗透的状况"。① 就此意义而论,从审美层面切入当代人口较少民族的文学研究,其实是在探究文学审美与特定民族文化及多元文化之间存在何种共谋性关联,二者间的互动机制是什么等问题。这种综合性或整体性研究方式或方法既是由这一类型文学的本体性质决定的,也是深入探究当代人口较少民族文学内在机理的必要方式。

一方面,现代性语境下各人口较少民族文化存在的基本通约性是,"人口较少民族文学""类"特征形成的土壤或基本规约。尽管我国政府出于民族政策的调整和经济发展的需要将人口在30万人以下的民族界定为"人口较少民族"。不过,这些人口较少民族之间在文化传统、部族起源、宗教信仰、生存地域、生产生活方式等方面均呈现出极大的差异性。单以生活方式而论,既有游牧民族、游猎民族、渔猎民族,亦有农耕民族、稻作民族,或者有几种生活方式兼而有之的民族;在宗教信仰方面,有萨满教、藏传佛教、小乘佛教、伊斯兰教,或者原始宗教信仰

---

① 童庆炳主编《文学理论教程》,高等教育出版社,2004,第58页。

等；在民族构成方面，有的是中国特有民族，有的是跨境民族等。上述诸多方面的差异使其文化存在明显的非规约性特征，由此形成人口较少民族族别文学间的较大差异，如赫尔德所说："各民族文学的独创性来自各民族自身的社会历史环境，是各民族的特征、情感在文学中的反映。"[1] 这是学界至今仍难以将"人口较少民族文学"加以类型研究的根本原因之所在。但是，随着现代性话语在中国整个社会层面的渐次展开，人口较少民族不得不共时性面临着民族文化传统的现代转型、生产生活方式的现代化变革、居住场所及生存环境的现代迁移等问题。在这一整体现代性语境面前，各人口较少民族都面临着诸如如何维系传统、如何面对族源、如何重塑身份、如何理解和参与现代性等一系列共同问题，这是新时期之后，特别是新世纪以来人口较少民族文化的共性特征。在这一共有文化语境之内，人口较少民族作家以其深厚的民族情感，借助融入骨髓的丰赡的民族文化，汲取或融合诸多外来文学及文化资源，以其对民族历史的追忆与缅怀、对族群身份的忧患与关切、对民族现实生存与未来走向的思考与探索等，形塑着当代人口较少民族文学在主题选择、价值取向、审美品格、艺术特质等方面总体特征的基本一致性，并使之明显区别于其他民族文学，这是对当代人口较少民族文学加以类型研究的基本规定性或合法性。尤其是我国各人口较少民族几乎都拥有极为发达的口头文化传统，民间原始思维及民间口语文化作为一种"深层结构"始终是其书面文学创作的重要"基因"，影响到当代人口较少民族文学在主题、体裁、叙事结构、书写方式等方面的基本一致性。在文化层面，当代人口较少民族文学以其对种族起源、族群迁徙、民间话语的执着重述而建构出现代性语境下的"族群认同"，以其对民族民俗风情、民族文化传统、民族群体心理活动的持续书写而彰显出地方性的文化精神；在价值取向层面，当代人口较少民族文学以其对工业化进程中生态问题的严重关切，对多元文化混杂语境下人口较少民族文化身份的一再叩问，对现代化冲击背景下人口较少民族群体生存境况的深忧隐痛，对祖先历史功绩和现代化背景下群体内部生活状态的一再书写等，成为当下人口较少民族群体判断传统与现代、自我与他者、本土与全球等一

---

[1] 伍蠡甫：《西方文论选》（上卷），上海译文出版社，1979，第 147 页。

系列问题时的基本价值准则；在审美价值层面，当代人口较少民族文学对民间口头传统的文学建构，对外来文学观念和创作手法的民族化改造，对独具民族及地域风情的神性意象的民族志写作，对全球化多元文化资源的艺术转化等，形成了典型的地方性知识特征的审美品质或艺术风格，也成为当代中国文学的重要收获。

另一方面，从根本上说，任何意义上的文学都不能完全依靠诸多神异或陌生化的人物、题材、风物、景观、习俗等地方性知识的建构来永久地赢得读者，任何意义上的文学史也不能单纯按照文学的文化意义来组织或结构丰富而复杂的文学现象，文学的价值或文学史的书写最为基本的是要依靠文学的文学性、超越性或人类性才能走向世界。就其总体情况而言，人口较少民族文学在其本体意义上只是"文学"的民族化表述（其实，所有的文学都是"民族"的文学），最终要汇入"文学"这一公共平台之上才能彰显出"人口较少民族文学"的价值或意义。或者说，人口较少民族文学对中华多民族文学、世界文学的意义最终也要以其独特的文学或审美价值得以实现。尤其是近年来，人口较少民族作家的审美趣味、文学观念、艺术追求越来越呈现出传统、现代、后现代等杂然并置于融会贯通的态势。各种各样的言说方式、语言惯习、文体类型、叙述艺术、艺术技巧等不断被他们加以摸索或者说是探索与实验。"在题材选取和价值取向方面，越来越注重民族性与现代性的互动互融。在艺术风格与美学形态方面，也渐次显现出本土化与他者化的交流对话趋向。现代意识的不断注入，又强化了他们对阻碍本民族群体前进的落后、消极民族文化的勇敢剖析；对潜藏在民族文化深处的历史记忆在转型期面临的种种撕裂和错位的诗意表征；对生态危机与救赎的文学思考；对城乡冲突中身份迷失后的执着叩问；对民族历史和传统的一再凭吊；对公共空间的积极参与或营构"[①] 等，凸显出当代人口较少民族文学所具有的独特审美品质或文学性，恰是这种独特的审美品质或文学性才是其参与他者对话的基本资格，或者说，才是其公共性特征最为彰显之处。从这个意义上说，对极富民族性与地域性知识特征的人口较少民族文学

---

① 李长中：《批评的"接地性"与多民族文学史观的践行路径》，《中央民族大学学报》2013年第1期。

加以审美观照，不是旨在阐释或挖掘人口较少民族文学审美价值的民族性特征，不是为了在"人口较少民族文学"与其他民族文学之间树立一个泾渭分明、截然对立的文学样态，而是重在探讨人口较少民族文学的地方性审美特质或审美创造能否为其他民族文学带来审美启示和艺术观念的更新、拓展和深化，重在探讨人口较少民族文学能否促进中华多民族文学的共同发展，能否参与与世界文学对话及其以何对话的问题。一如马克思所说："凡是民族作为民族所做的事情，都是他们为人类社会而做的事情，他们的全部价值仅仅在于：每个民族都为其他民族完成了人类从中经历了自己发展的一个主要的使命（主要的方面）。"①

也就是说，在"中华多民族一体"的国家构架之内，当代人口较少民族文学地方性审美特征无疑是充实和完善中华多民族文学史书写和促进中华多民族文学共同发展、以其地方性审美文化资本参与公共性话语建构的边缘性话语资源。究其实质，当代人口较少民族文学不能仅存活于本民族的文学与文化土壤，他们的文学在全球化的当下也在面临着如何"走出去"的问题。如何更好地参与与中国其他民族文学，甚至与世界其他民族文学的对话与交往，是当代人口较少民族作家必须思考的问题。这不仅关乎当代人口较少民族文学价值的历史定位、能否真正进入中国文学史的问题，更关乎人口较少民族文化能否走出去，能否真正建构出被其他民族所承认的文化身份/认同问题。就此意义而论，对当代人口较少民族文学地方性审美特征的探讨其实是在探讨其能否以及如何参与由各民族文学共同构成的文学公共空间交往问题，如阿伦特所说，公共性的重要特点是差异和共在的统一。因为，共在于这个世界的人，他们看待世界的方式、立场和视野是千差万别的，并不需要完全变得千篇一律才能共处于公共世界。阿伦特认为："公共领域的实在性要取决于共同世界借以呈现自身的无数视点和方面的同时在场，而对于这些视点和方面，人们是不可能设计出一套共同的测量方法或评判标准的。"② 其实，对当代人口较少民族文学审美价值的挖掘或阐释也是在强调它们介入多民族一体文学中的普适性文学资本及其对其他民族文学的完善或补

---

① 《马克思恩格斯全集》（第42卷），人民出版社，1979，第257页。
② 转引自陶东风《中国当代文学的自主性与公共性的关系》，《中国社会科学院报》2009年4月23日。

充意义。"越是民族的,越是世界的"应该与"只有是世界的,才能是民族的"相结合,才能完整阐释文学的审美价值所具有的地方性与公共性的关联问题。

既然文学是文化的审美表达,文学的审美观照并不是对文学的文化意义的否定或割裂,而是一种文化诗学意义上的研究。特别是对缺少文字记载的人口较少民族来说,其书面文学更承担着保护、传承及创新民族文化的重任。20世纪90年代以来,随着现代化的快速推进,人口较少民族文化的保存及传承压力愈发凸显,人口较少民族作家以更为强烈的文化自觉和文化自信意识注重本民族文学的文化书写,强化文学的文化内涵,以此承担着本民族的历史记忆,建构出新形势下的族群认同。这样,当代人口较少民族文学的文化功能也日渐突出,文学的文化意义更亟须也更值得探讨。如土族作家鲍义志所说,"文学创作对土族这样人数较少的民族来说,具有特殊的意义;我们不仅是土族精神家园的守望者,更在维系着我们的根和本"[①]。正是出于对文学的文化意义的重视,随着文学研究的"文化转向"及我国少数民族文学研究也渐次转向了影响深远的"文化研究"这一总体语境下,当前人口较少民族文学所蕴含的各具地域风情的独特地域文化、异彩纷呈的地方性民族文化、融入人口较少民族生活血脉的宗教文化等,一再成为当代人口较少民族文学的重要特色而受到学界关注。甚至将"人口较少民族文学"割裂为"人口较少民族"的"文学"而加以研究,进而使人口较少民族文学的研究不得不返回到对人口较少民族的民风民俗、地域风情、宗教禁忌、道德伦理等为核心的民族文化的一再阐释层面。在这一过程中,作为极具民族及地域色彩的当代人口较少民族文学的审美或艺术特征及其价值却缺少必要的审视与发现。从这个意义上说,我们以当代人口较少民族文学若干重要文学现象分析为重点,以重要作家文学文本解读为依托,以理论的本土化、接地性为旨归,对其审美特性及其相关问题加以研究,也是在挖掘或阐释其独具特色的地方性审美特征或美学风格生成的复杂文化背景及其具有的公共性品质问题。

[①] 鲍义志:《让彩虹更加绚丽——在第四届青海省土族文学研讨会上的讲话》,《中国土族》2012年秋季号。

当然，人口较少民族文学审美价值或公共性意义的凸显，无疑源于人口较少民族作家"公民性认同"的渐趋自觉。或者说，正是源于"公民性认同"的渐趋自觉，人口较少民族作家才不断弱化"民族性"及"文化身份"对其文学创作的约束或限制而主动思考文学的普适性价值书写、主动追索文学的审美价值塑造等。总体而论，随着人口较少民族作家的民族意识及主体意识不断觉醒和深化，他们的身份认同已开始渐趋由"初级性认同"过渡到"公民性认同"（把自己的情感和文化认同归于某种源于血缘、种族、语言、地域、宗教等自然集合观念的族裔文化认同是一种"初级性认同"，那种对人类共同命运和普适性身份的认同为"公民性认同"[①]）。在这种情况下，人口较少民族作家既立足于本民族丰厚的民间文化精神土壤，同时又能积极汲取他者文化的优秀成分，以一种传统与现代、本土与全球"杂然并陈"的思想观念与艺术思维不断探测本民族生活的前昔与今生，在历史与现实、自我与他者的双向坐标中不断深入思考本民族文化的危机与救赎，在民族性与现代性、个体性与集体性的矛盾交织中不断探索本民族精神与人类品性的互动互融，凸显出人口较少民族作家力图在文学的地方性审美创造中参与公共性言说的书写姿态，即使那些表面看起来致力于单一民族性叙事而较少关注公共性写作的人口较少民族作家，他们的作品也并没有完全取消公共性的在场，而是以一种隐而不彰的方式更好地以其自身的民族性叙事特征来介入公共性叙事逻辑之中。如乌热尔图的《丛林幽幽》、乌·白辛的《赫哲人的婚礼》、铁穆尔的《星光下的乌拉金》、萨娜的《你脸上有把刀》、翼人的《荒魂：在时间的河流中穿梭》、汤格·萨甲博的《野人泪》、罗汉的《阿昌女人》、岩香兰的《土壤和花朵》、彭兆清的《诅咒崖》、罗荣芬的《自然怀抱中的纹面女》等都是从国家意识形态这一集体性逻各斯中心主义话语中挣脱出来，以极富民族性或地方性知识特征的公共性叙事彰显出新时期启蒙话语对边缘民族的全方位影响。特别是对诸如城乡冲突、生态灾害、身份认同、文化寻根等问题的文学思考，更是超越了单一的民族身份叙事而表述着对现代性语境下人类共同命

[①] Clifford Geertz, "The Integrative Resolution: Primordial Sentiments and Civil Politics in the New States", *The Interpretation of Cultures*, New York: Basic Books, 1973, p. 258.

运的沉思。鲁若迪基的诗集《我属于原始的苍茫》《没有比眼泪更干净的水》，曹翔的诗集《家乡的泸沽湖》，尹善龙的小说集《多情的独龙河》、散文集《高黎贡山的脚印》《滇西有座雪邦山》等作品，都是围绕人类在面对生态恶化、文化传统解体这一系列关涉民族存续与否考验时的心灵悸动而展开的，超越了民族性书写而进入现代审美品格的营造。

撒拉族的翼人、鄂伦春族的敖长福、毛南族的谭亚洲、怒族的彭兆清、阿昌族的罗汉、普米族的尹善龙、裕固族的贺继新、普米族的鲁若迪基、德昂族的艾傈木诺、俄罗斯族的张雁、裕固族的铁穆尔、鄂温克族的杜梅、毛南族孟学祥等，这些人口较少民族作家都已经渐趋超越单一的民族性写作，而致力于探讨民族性如何与现代性握手言和的问题，并认为在"异"中关注"同"的内容也许更能得到他者的认同和同情。所以，文学创作开始关注文学的美学价值和人类性问题，强调只有人性的共同性与共通性才能得到他者真正的了解、理解和尊重，而"异"的形式只是让其他民族读者发掘人口较少民族文学中"同"的要素，并通过这些"同"的情感、遭遇、全球化身份等一系列因素而获得对"异"的承认。一些人口较少民族文学先前所张扬的文化冲突现已呈现出被文化和解所代替的趋势，他们的文学公共性问题也日益凸显。萨娜的《多布库尔河》以身处现代都市的主人公古迪娅找到了沟通原始绘画与现代绘画之间的艺术通道为隐喻，表述着叙述者对人口较少民族如何从传统走向现代的深沉思考。锡伯族诗人郭晓亮曾说，虽然自己是一个少数民族诗人，但是他在写作的时候从来没有考虑过他是一个民族诗人，他觉得这种不带特殊身份的写作更适合自己。① 鄂温克族作家德纯燕曾用"和解"一词阐述人口较少民族与其他民族关系问题。她说，现在，整个社会都回不去了，作为少数民族不能以保护传统为借口来逃避这一现实，民族还要存在下去，关键是要长出自身的肌肉，强壮自己，敢于竞争，不能逃避。一个作家要为自己的民族做点事情，就要追求人性的东西，文学性的东西，倡导民族间的"和解"。② "和解"不是妥协，不是

---

① 杨春等：《用文字记录民族文化变迁——新疆锡伯族作家访谈》，中国作家网：http://www.chinawriter.com.cn/，2014年1月17日。
② 笔者与德纯燕的对话，2012年5月1日于北京。

折中，不是骑墙，而是对话，是交往，是共同发展。所以说，文化认同不是固定的，而是一种"生产"，永远处于过程之中，而且总是在内部而不是在外部构成其表征。在霍尔看来："尽管认同似乎在诉诸过去历史中的某种本质（认同一直是与这种本原对立的），但事实上认同是有关使用如下资源的问题，即使用正在变化而非存在过程中的历史、语言和文化的问题：不是'我们是谁'或'我们从哪里来'的问题，更多的是'我们会成为谁''我们如何重现''如何影响到我们去怎样重现我们自己'的问题。"①

民族性与现代性、民族认同与国族身份、族群意识与去族裔化等多重视野的交融互通；民间口头传统与现代文学技巧、民族叙事资源与全球化知识话语、文化传承与审美创造等多维观念的交往对话，人口较少民族作家越来越淡化单一的民族性或民族身份叙事，淡化我/他者间的二元式立场，自觉致力于文学的审美价值或文学性创造，认为"文学要靠审美的力量征服读者""忽略文学的审美价值是对我们文学的贬低""要以文学性这一标准来要求自己""依靠独特的民族文化赢得别人好感的作品已经过时"等观点现已成人口较少民族作家的共识。他们的审美创造也越来越有了被其他民族接受者认可或赞许的资本，甚至有了生成经典的可能。

随着"后理论"思潮的兴起以及一些人口较少民族80后、90后作家的迅速成长，当代人口较少民族文学的民族身份建构或重塑问题越来越不再成为唯一或重要的主题。在他们看来，文学唯一的评判标准就是审美标准，如果强行将文学与民族联系起来，就有可能降低了文学自身的价值。所以，他们的创作越来越关注人类共同面临的问题，对民族文化的理性审视、对现代社会的全面反思、对民族历史的冷静言说等，都以其地方性的叙事特征介入了共同性问题的思考。其他如环境污染问题、弱势群体生存问题、民族起源及发展问题、民族及地域文化存续问题、人性内在的情感及精神困顿问题等也都纳入了他们的创作视域。他们的创作几乎都是在试图寻求和建构现代性与民族性之间深层的文化关联系

---

① Stuart Hall, Held David and Mcgrew Tony, "The Question of Cultural Identity", in Stuart Hall, Held David and Mcgrew Tony eds., *Modernity and Its Futures*, Cambridge: Polity Press, 1992, p. 327.

统和价值共享结构,并以极富艺术探索精神的文本结构寻求两者对话的可能与契机。无论是对各民族群体共同命运及其发展前景的审美建构,对城乡冲突或生态灾害背景下人性嬗变的艺术描述,对传统价值观念或道德伦理在当下处境中的变异或解体的文学呈现,还是对现代科学与理性社会体制规约内单一个体命运无助感的真实揭示等(即使表面上看起来很私人化的叙事文本),他们所表述出的问题意识、体现出的人文情怀、文本具有的价值功能等方面都呈现出公共性命意。如毛南族青年作家梁露文、布朗族青年作家郭应国、达斡尔族青年作家晶达等,都是以生命个体的多重体验融入民族及人类生存本相;在身份意识层面,日益表现出一种试图建构跨族裔、跨文化的动态性、历史性、混杂性的身份意识,民族身份表述更具暧昧性。或者说,"身份"在他们的创作中已成为一种开放性的能指系统,这种能指既非否认身份认同的现实意义,亦非完全拥抱后现代意义上身份的虚无性、无主体性,而是强调身份的建构性、历时性和对话性。他们对人生、命运、青春期情感的体验和表述都暗合着这个时代青春男女的共同心音。如达斡尔族女作家晶达的长篇小说《青刺》(天津人民出版社,2012)以现代语境中年轻人的精神困惑、青春痛楚等为内容,写出了年轻人内心的伤与疼、迷惘和挣扎。作者在解释书名《青刺》时写道:"'青刺'——嫩青的刺,坚硬但不成熟,却一样可以在你的掌心中,留下一滴朱砂血。"[1]这不仅是人口较少民族青年在现代性语境中的生命及情感体验,同样也是当今年青一代的共同生命痕迹。汉族学者白烨曾说,晶达的《青刺》不仅在语言节奏上,更在人物塑造上、故事情节的编排上给了自己很大的冲击。"冲击"不就是一种各民族间"美美与共"意义上的认同或赞许吗?

当前,国内的少数民族文学批评界流行一种观点,认为一旦强调少数民族文学的审美价值或艺术价值就会削弱或遮蔽少数民族文学的文化价值或精神价值,就会影响到对少数民族文学民族性特质的挖掘或阐释,甚至被认为是对少数民族文学的误读。在这一批评逻辑规约下,少数民

---

[1] 兴安:《时间与经验的等待——读几位少数民族青年作家的新作》,《文艺报》2012年11月13日。

族文学的文化价值或精神价值又往往被纯化为等同于单一的民族文化价值或民族精神价值。受此批评惯性影响，许多的批评不顾当前少数民族文学创作在文学性追求上越来越注重现代审美品格的塑造，在价值观念上越来越呈现出跨族别、跨文化、超越民族性书写这一事实，刻意回避或忽视少数民族文学的地方性叙事特征或审美风范，孜孜以求于对少数民族文学文化价值的再阐释、再叙述并以此作为判断少数民族文学成功与否的标准与资本。即使在"中华多民族文学史观"这一话题的讨论中，也往往是以竭力挖掘或阐释少数民族文学的文化价值或"民族特色"为旨归，很少触及少数民族文学的审美特征问题。学界在谈到少数民族文学时，马上就会想到民族民间文化、民风民俗、宗教仪式等并以之作为评判其价值的基本依据。如有学者所说："少数民族文学所具有的博大深沉的民族情怀、泱泱浩浩的民族气象、清洁纯净的民族品质和坚韧磅礴的民族精神，构成了民族文学刚直而整齐的风景线，组成了少数民族文学弥足珍贵的民族品格。"他还把少数民族文学特点概括为"民族地理景观""多姿多态的民族文化气象"。① 表面上看，此类批评逻辑是对民族文学价值的肯定及强调，背后却是对其民族文学多元化价值的过滤或纯化，在实质上甚至只是论者脱离少数民族文学实践后的一种主观意旨，并没有真正触摸当代少数民族文学创作所潜蕴的多重价值问题。与之相应，批评者就很自然地把少数民族文学创作的"失败"归因于"民族性的消失"。如有学者认为，（少数民族文学）"在取得最初的成功后，不但没有认真思考和认识民族文化和自己的民族身份在创作成功中具有的重大作用，从而在接续下来的创作中进一步强化，反而忽视了自己在作品中鲜明的民族身份。特别是在跻身于主流文化后，有些少数民族作家丢失了自己的民族身份，从而使他们作品的民族性逐渐消失"②。尽管我们并不否认批评者对这一现象观察的敏锐与深刻，亦不否认这一批评范式对建构少数民族文学的族群认同与文化自觉具有重要的引导与激励功能。不过，如果我们将之置换为另一套阐释语码时则可发现，这种创作恰恰是少数民族文学走出单一的民族性羁绊而走向公共空间的另

---

① 彭学明：《民族文学的民族品格》，《小说评论》2010年第6期。
② 李晓峰：《中国当代少数民族文学创作与批评现状的思考》，《民族文学研究》2003年第1期。

结语　当代人口较少民族文学的审美观照：一个必要的视角

类表现（当然，我们也并不否认其在走向公共性写作过程中存在着诸多亟待改进或克服的问题）。在这一过程中，由于当代人口较少民族文学的历史较短、成名作家及其作品较少等原因，学界更是把人口较少民族文学等同于人口较少民族口传文学，进而将当代人口较少民族文学的价值提纯或过滤为"文化价值"或"精神价值"。特别是在当前情况下，随着文化身份问题的日益凸显，少数民族文学批评更是集中于对作品的文化身份或民族性问题的探讨，并以之为少数民族文学的最终归属。由此，我们不得不审慎思考这样一个问题：在我们为人口较少民族文学在中国文学史中的地位缺失而鸣不平、哀怨不已的同时，谁又能够否认乌热尔图、鬼子等作家及其作品被文坛所接纳，被各民族广大读者所喜爱的事实？也许批评者会说，以前读者对他们的喜爱并没有以多民族文学史观的视角，没有以民族性的视角去观照他们。不过，这种民族性视角的缺失（我们当然不会为民族性视角的缺失而叫好）不是恰好可以证明他们的作品并不是以民族性或民族特色书写见长，而是以独有的文学性或审美品质赢得读者的尊重或爱吗？

　　目前，一些新时期之初成长起来的人口较少民族作家纷纷陷入创作思维模式化、情感表达单一化、文本叙述套路化、审美观念固定化、情节安排任意化的困境，曾经很有前途的一些人口较少民族作家创作资源日益枯竭，或者多年不见新作出版（发表），有些作家甚至放弃了文学创作。这一现象的出现固然有市场经济规约下诸多非文学因素的制约，但与人口较少民族作家在文学观念上过于强调文学的"民族性""民族身份"而忽视文学审美价值的升华及文学的人类性品质追求，在创作题材上过于追求民族传统生活方式的再现、追求民族历史的诗意想象而忽视现代性语境下民族群体心灵的悸动与挣扎，在价值取向上过于张扬自我民族传统价值观念、道德伦理，而忽视多元文化混杂语境下民族传统的现代转型以及传统与现代、本土与全球间关系的复杂性、多元性等问题大有关联，更与当代少数民族文学研究（批评）过于强调少数民族文学（包括当代人口较少民族文学）的文化价值或民族精神价值，而忽视对少数民族文学的审美价值或艺术价值的引导与规约有关。柯尔克孜族作家赛娜·伊尔斯拜克深有感触地指出，柯尔克孜族的作家群体，在民族文化被来自主流的文化以及世界性的他国文化吸纳、同化时显得过于警惕，加之过于迷信"越是民族的就越是世界的"艺术观念，因而缺少超越民族界限、超越时代的气色，缺少民族精神的深度挖掘，尤其缺少对民族文化和精神实体进行文学开启的觉悟，在观念解放和艺术创新方面还有待突破。①所以，她一再强调人口较少民族作家要借着全球化话题获得新的增长空间和认知视角，获取文学创作的新观念、新方法，建立包容、自由、开放的心态。由此可以看出，对于当前人口较少民族文学来说，在人性表达与现实关切层面是否有普遍性的公共性品格，在叙述方式与美学特征层面是否具有一般意义上文学具有的文学性特征，在手法技巧与修辞层面是否具有与他者对话的现代性品格等，才是其能否入史、能否参与公共话语空间建构的关键之所在，才是其能否被不同时代、不同民族读者所接受的根源之所在。

就此意义而言，当代人口较少民族文学无疑要处理好"民族"文学与民族"文学"的辩证关系，"'民族'文学要站在现代性立场反思民族的内在精神，重新思考在政治、经济、社会和文化一体化语境下，民族文化精神的常和变，如此，才能使'民族'文学在呈现出独特的地域风格和民族特色基础上，彰显出民族'文学'的文学性，袒露出民族'文学'的内在审美生成机制，丰富和完善'多元一体'文学格局"②。从这一意义上说，当代人口较少民族文学批评也就不必然是对其民族性或民族意识的执意眷恋，而是着意于当代人口较少民族文学在审美建构或文学性表述方面是否达到或符合一般性"文学"的要求，是否能够走出对"民族性"这一问题的"理论先行"式的批评惯性而拥有与文本协商的合作精神。或者说，当代人口较少民族文学一味以强调文化的多样性作为建构民族身份的基本资源是远远不够的，文化的多样性只有参与相互间的对话、协商和交流才能建构不同文化通约的公共平台，在这一平台之上才能最终实现各自文学与文化功能的最大化，实现各自文学与文化的"新生"或"再造"，一如布迪厄所说，文化"再造"理论揭示了社会文化的动态发展过程，一方面，文化通过不断的"再造"维持自身平

---

① 赛娜·伊尔斯拜克：《少数民族文学与全球视野——以柯尔克孜族文学为例》，中国作家网：http://www.chinawriter.com.cn/，2013年11月28日10:51。
② 李长中：《当代民族文学启蒙叙事的现代性迷思——从新时期到新世纪的一个考察》，《北方民族大学学报》2011年第2期。

衡，使社会得以延续；另一方面，再造的不是一成不变的文化体系，而是在既定时空之内各种力量相互作用的结果，文化再造的方式不断演进，推动了社会文化的进步。①

---

① 〔法〕华康德·布迪厄：《实践与反思——反思社会学导引》，李猛、李康译，中央编译出版社，1998，第134页。

图书在版编目(CIP)数据

当代人口较少民族文学的审美观照/李长中著.—北京：社会科学文献出版社，2015.6
国家社科基金后期资助项目
ISBN 978-7-5097-7214-0

Ⅰ.①当… Ⅱ.①李… Ⅲ.①少数民族文学-文学美学-文学研究-中国 Ⅳ.①I207.9

中国版本图书馆 CIP 数据核字（2015）第 048078 号

·国家社科基金后期资助项目·

当代人口较少民族文学的审美观照

著　者／李长中

出　版　人／谢寿光
项目统筹／张晓莉　周志静
责任编辑／周志静

出　版／社会科学文献出版社·人文分社(010)59367215
　　　　　地址：北京市北三环中路甲29号院华龙大厦　邮编：100029
　　　　　网址：www.ssap.com.cn
发　行／市场营销中心（010）59367081　59367090
　　　　　读者服务中心（010）59367028
印　装／北京季蜂印刷有限公司
规　格／开本：787mm×1092mm　1/16
　　　　　印张：18.75　字数：296千字
版　次／2015年6月第1版　2015年6月第1次印刷
书　号／ISBN 978-7-5097-7214-0
定　价／89.00元

本书如有破损、缺页、装订错误，请与本社读者服务中心联系更换

▲ 版权所有 翻印必究